Eberhardt del' Antonio
OKEANOS

Eberhardt del'Antonio

OKEANOS

Wissenschaftlich-phantastischer Roman

GREIFENVERLAG ZU RUDOLSTADT

1. Auflage 1988
Lizenz-Nr. 384-220/1/88
LSV 7004
Bezug: Horst Wenzel
Printed in the German Democratic Republic
Gesamtherstellung: Karl-Marx-Werk Pößneck V15/30
Gesetzt aus der Timeless-Antiqua
Bestell-Nr. 525 419 4

ISBN 3-7352-0102-4

00780

1

Unter ihnen lag grenzenlos und träge der Ozean im gleißenden Sonnenlicht. Nur von Norden her, wo die Sonne stand, zerfurchten elf Schaumstreifen den flimmernden Wasserspiegel. Sie weiteten sich langsam aus und liefen zu einem breiten Band ineinander, das sich am Horizont im Sonnenflitter verlor.

Professor Doktor Seybal, ein untersetzter Endfünfziger, lehnte sich im Sessel zurück und drückte seine Schulter an den Rahmen des Seitenfensters der Hubschrauberkabine, um besser hinabsehen zu können.

Elf mächtige Doppelrumpfschlepper zerrten, fächerförmig gestaffelt, an einem Ringsektor. Die hohe Brüstung den Schleppern zugewandt, fiel er in mächtigen Stufen fast bis zum Wasserspiegel ab. Stufen, auf denen sich Werkhallen und Bürohäuser, Lagerplätze und Straßen erkennen ließen.

Seybal wußte noch siebzehn solcher Schleppzüge unterwegs. Sie kamen von ihren Bauplätzen an verschiedenen Küsten des Stillen Ozeans und strebten einem Ort in südlichen Breiten zu, der bislang lediglich durch ein winziges Kreuz auf den Seekarten der Schlepperflottillen und der südpazifischen Zentrale des Seeamtes der UNO markiert worden war, an dem sich aber die achtzehn Sektoren zu einem Ringatoll zusammenfügen sollten, wie es in dieser Größe noch niemals vorher gebaut worden war.

Seybal blickte voller Stolz hinab. Er hatte die Projektierung geleitet und den Bau der Sektoren überwacht, und er war von der UNO berufen worden, als Generalkoordinator auch die Montage des Atolls und den Aufbau seiner Industrie zu lenken, um dann endgültig der wissenschaftlichen Arbeit der Forschungsinstitute dieser künstlichen Ringinsel vorzustehen.

Der Mensch brauchte neue Lebenssphären! Und er nahm den Ozean in Besitz! OKEANOS war Seybals Lebensinhalt geworden, Sinn und Ziel vieler Mühen.

So begleitete er den Transport dieses ersten Sektors in einer beinah enthusiastischen Stimmung. Den Befehl über das

Schleppergeschwader übte Kommodore Mertens aus, der sich in den Gewässern aller Längen- und Breitengrade auskannte.

Mertens saß dem Professor am Fenster gegenüber, aber zur Verwunderung Seybals teilte er dessen Hochstimmung nicht, warf keinen Blick auf den imposanten Schleppzug, sondern musterte mit finsterer Miene unablässig ringsum den Horizont.

»Ein Wetter wie bestellt für unser Unternehmen, finden Sie nicht, Kommodore?« fragte Seybal, um Mertens' Schweigen zu durchbrechen. Doch Mertens löste seine Blicke auch jetzt nicht vom Horizont.

Seybal war angesichts des Schleppzuges zu sehr in Hochstimmung, um Mertens seine Grilligkeit – wie er bei sich dachte – dauerhaft zu verargen, wenn sie ihn auch verwunderte. Man konnte nicht immer gut aufgelegt sein, und seine Gründe hatte der Kommodore sicherlich. Indessen kannten sie sich zuwenig, als daß Seybal auch nur erahnen konnte, weshalb Mertens wie ein Falke nach Beute Ausschau hielt. Hoffte er, einen der anderen Schleppzüge zu sehen? Sie waren noch viel zu weit entfernt. Ohne Grund aber ließ Mertens den Hubschrauber gewiß keine Kreise ziehen.

Unvermittelt zog Mertens einen Taschensprecher aus der Uniformjacke und rief ins Mikrofon: »Hier Hummel, rufe Herkules ... Hartnik, bitte erfragen Sie die Wetterprognose vom Satelliten!«

»Hier Herkules«, kam prompt die Antwort, »Wetterprognose turnusmäßig in einer Stunde, Kommodore!«

»Mich interessiert sie jetzt!«

»Frage sofort an, Kommodore. Melde mich wieder!«

Minuten vergingen, in denen Mertens auf und ab ging, was Seybal nun doch in Unruhe versetzte. Nur das gedämpfte Dröhnen der Hubschraubermotoren erfüllte die Kabine. Kein Wort fiel.

»Herkules an Hummel«, quarrte endlich Mertens Taschensprecher. »Kommodore, ein Tief bildet sich! Die Koordinaten ...«

Seybal horchte auf. In diesen südlichen Breiten wäre mit Sturm nur selten zu rechnen, hatten ihm die Meteorologen versichert.

Mertens quittierte die Meldung und war wie ausgewechselt. »Na also!« sagte er und schob den Taschensprecher in die

Jacke zurück. Er nickte Seybal beinahe heiter zu. »Hab's doch gefühlt, Professor, auf meine Nase ist noch Verlaß ... Werde dann richtig kribbelig.« Und vorsichtig setzte er hinzu: »Möglicherweise bekommen wir Sturm ...«

Seybal zwang sich zu einem Lächeln. »Das wird gewiß nicht Ihr erster sein. Und nicht Ihr letzter!«

In Mertens' Blick lag Anerkennung. Sieh diese Landratte, mochte das heißen. »Aber Ihr erster wäre es?« fragte er und meinte nach Seybals leichtem Kopfnicken: »Besser vielleicht, Sie fliegen an Land?«

Seybal musterte den Kommodore mißtrauisch. Meinte er das ernst? Dann wies er nach unten auf die Flottille. »Elfmal einhundertzwanzigtausend Kilowatt, wenn ich mich nicht irre?«

»Ein ausgewachsener Orkan hält mit dem Mehrfachen dagegen!«

»Ich weiß«, sagte Seybal. »Der Meeresspiegel steigt um Meter. Und Wellen wird es geben, bis weit über die Mastspitzen ...«

»Sie haben die Kaventsmänner nicht berücksichtigt«, erwiderte der Kommodore schmunzelnd. Dann wurde er ernst. »Wir können keinem Sturm ausweichen, Professor, mit Ihrer Möbelfuhre machen wir zu wenig Fahrt, jedes Paddelboot könnte uns überholen ...«

»Sonst hat Ihr Geschwader nur strömungsgünstige Schleppkörper an den Trossen, ja?«

»Eisberge«, erwiderte Mertens gelassen. »Bei denen ist es egal, welche Seite oben schwimmt. Will sagen, man kann sie abwerfen, wenn es kritisch wird. Dann dürfen sie sogar kentern. Und nach dem Sturm hängt man sie wieder an die Stroppen.«

In Seybals Kopfschütteln war offene Mißbilligung. Dieser Süßwasserversorgungskommodore mit seinen Eisbergen. Natürlich waren die wichtig, vor allem für Afrika und Amerika. Aber jetzt schleppte er einen Sektor von OKEANOS! Abwerfen, kentern? Daran durfte man nicht einmal im Scherz denken. »Wenn dieser Sektor verlorengeht, Kommodore, dann ist das ganze Atoll nur noch ein Torso«, ereiferte er sich. »Sie schleppen den wichtigsten der achtzehn Sektoren. Allein die Computerzentrale, das Kernfusionskraftwerk. Wirklich, das Atoll wäre ein Körper ohne Kopf!«

»Werde es schon nicht enthaupten«, brummte Mertens beruhigend. »Ist ja noch nicht mal klar, ob uns das Tief überhaupt berührt. Wo es sich bildet, ist das andere Ende der Welt. Außerdem – Stürme sind doch wohl einkalkuliert?«

»Nach menschlichem Ermessen.« Seybal biß sich auf die Lippen. Menschliches Ermessen, dachte er, was war das schon: Alles oder nichts!

»Klingt aber nicht sehr optimistisch«, gab Mertens prompt zurück und setzte sich wieder zu Seybal. »Kein rechtes Zutrauen zu Ihrem Zögling? Sie als geistiger Vater?«

Seybal winkte ab. Jetzt war das Unbehagen in ihm. Ihm war das Meer zu wenig vertraut. Und was er über Orkane gelesen oder gehört hatte, war für einen, der bislang das Flugzeug dem Schiff vorgezogen hatte, zu unvorstellbar, als daß er nicht verunsichert wäre. Er wußte, Schiffe versanken oder verschwanden noch immer. Kleine, mittlere und Supergrößen ... »Zutrauen, Kommodore? Zutrauen setzt Kenntnis voraus. Ich bin weder Meteorologe noch Ozeanologe. Kennen Sie alle Details Ihrer Antriebsanlagen?«

»Natürlich nicht, dazu habe ich meine Chiefs und die Kernphysiker, die Elektroniker, die ...« Mertens stutzte und kratzte sich mit dem Mützenrand den Kopf. »Verstehe schon: Und Sie haben die Spezialisten Ihrer Arbeitsgruppen. OKEANOS ist zu umfassend, als daß Sie alle Details beherrschen könnten ... Eine Großstadt auf dem Meer, mit einem umfangreichen Industriegebiet – welcher OB wüßte da überall Bescheid ...«

»Ich habe zwar gute Leute gehabt, Spitzenkräfte ...«

»Man kann als Leiter nicht alles wissen, ist aber für alles verantwortlich.«

»Deshalb bin ich doch mitgefahren, Kommodore, obwohl hier Sie den Hut aufhaben. Was indessen den geistigen Vater angeht: OKEANOS hat viele Väter ...«

»Jeden Ihrer Bereichsleiter?«

Seybal wiegte den Kopf. »Auch, gewiß. Aber schwimmende Inseln wurden schon im neunzehnten Jahrhundert entworfen, und im zwanzigsten projektierte man sie als Flugplätze, um bei Transozeanflügen zwischenlanden zu können. Dabei aufzutanken, das hätte Transportraum freigemacht, die Nutzlast erhöht und damit den Profit. Schon 1934 plante der Amerikaner Armstrong eine Insel von 400 Metern Länge und 100 Metern Breite bei 30 Metern Höhe über dem Wasserspiegel ...«

Das Sprechen tat Seybal wohl. Es löste seine Beklommenheit, die er wegen der Sturmvorwarnung fühlte. Er hatte sogar den Verdacht, Mertens' ungewohnte Redseligkeit sei nicht zufällig.

»Warum baute man nicht?« fragte Mertens und verschränkte die Arme über der Brust.

»Es waren schon Teile gebaut worden, aber man experimentierte noch, als der zweite Weltkrieg kam ... Danach betrachtete man das Problem aus anderer Perspektive und umfassender. Vor allem der Bevölkerungszuwachs in Asien drängte nach Auswegen. Schwimmende Städte z. B. wurden vorgeschlagen. Die japanische Regierung ließ künstliche Inseln entwerfen.«

»Schon damals?« fragte Mertens verwundert. »Vierhundert mal hundert Meter hätten dieses Problem nicht gelöst ...«

Seybal lächelte. »Die Japaner projektierten schwimmende Inseln von dreißig Kilometern Durchmesser und experimentierten bereits mit maßstabgerechten Modellen. Zweitausendfünfhundert solcher Inseln wurden im Weltmaßstab geplant. Jede sollte von mindestens zweihundertfünfzigtausend Menschen bewohnt werden, die natürlich Arbeit brauchten und versorgt werden mußten!«

Mertens schüttelte den Kopf und beobachtete mißtrauisch Seybals Miene. »Das ist Gigantomanie!«

»Sie irren«, widersprach der Professor. »Dazu zwingen die genannten Umstände!«

»Zweitausendfünfhundert? Da schwappen ja die Meere über!«

»Ihr Wasserspiegel höbe sich um exakt dreizehn Zentimeter.«

»Sie werden nicht mehr überprüfen können, ob Ihre Rechnung stimmt!« behauptete Mertens nachsichtig.

»Das haben die Japaner schon damals errechnet«, widersprach Seybal. »Dennoch ist das noch Zukunftsmusik. Solche Entwicklungen brauchen viel Zeit. Und ein einzelnes Land hätte weder Material noch Kosten aufbringen können. Zumal ja Unsummen in die Rüstung flossen. Unsummen von beidem: Material und Geld!«

Mertens nickte. »Habe diesen Irrsinn als junger Mann noch miterlebt. Solche Inseln wären ja auch ein strategisches Problem geworden.«

»OKEANOS ist nicht ohne Grund ein internationales Projekt. Heute sind zwar die politischen Verhältnisse anders, aber problemlos ist das Ganze trotzdem nicht.«

»Kann ich mir vorstellen«, sagte Mertens und lächelte. »Wenn Sie gleich so in die vollen gehen! Wird nicht einfach gewesen sein, das durchzusetzen?«

Nun lächelte auch Seybal. »Natürlich wurde ich gefragt, ob es gleich ein ganzer Kontinent sein müsse ...«

»Sehen Sie. Hätten es zwei Nummern kleiner nicht auch getan?«

Seybal blickte auf den Sektor hinunter, hob dann den Blick auf sein Gegenüber und musterte ihn kritisch. »Dieses Atoll ist, an seiner Bestimmung gemessen, die kleinste mögliche Variante. Es gab ja Vorgänger, sogar zehn Nummern kleiner. Aber es war auf ihnen kein Raum für umfassende Aufgaben, wie sie die Besiedlung neuer Lebensräume erfordert. Sie waren deshalb anders konstruiert und mit festen Kollektiven ausgesuchter und aufeinander abgestimmter Experten besetzt. Wie die Raumstationen.«

»Das trifft seit vorigem Jahrhundert auch auf Antarktisstationen zu, Professor!«

»Eben, Kommodore! Es betraf immer nur Wissenschaftler und Techniker, nie Familien! Jetzt geht es um eine völlig neue Zweckbestimmung: Eine künstliche Umwelt, die zu besiedeln ist, und wo die Lebensbedürfnisse ihrer Bewohner so weit als möglich aus dem Meer zu befriedigen sind. Und sie muß rentabel sein! Ein kleineres Atoll bliebe ganz einfach Stückwerk, nicht geeignet, die vielen ozeanologischen, ökonomischen und soziologischen Aufgaben zu erfüllen. Kleinere Inseln schwämmen zwar auf unerschöpflichen Meeresressourcen, die Bewohner aber müßten durch aufwendige Transporte aus den ohnehin knappen Festlandreserven versorgt werden.«

Mertens hob die Hand. »Da ist was dran, Professor. Das wäre ja, als säße einer auf einem randvollen Heringsfaß und riefe lauthals nach Fisch!«

»Genauso, Kommodore. Die Gebäude, Institute, Gaststätten, Schulen, die Klinik. Und Wohnhäuser. Alles fertig. Und schon eingerichtet. Sie nachträglich zu bauen, das würde teurer, Kommodore, viel teurer. Hinzu kämen wieder leidige Transportprobleme!«

Mertens hob nun beide Hände. »Akzeptiert, Professor! Ihr Brocken wird rentabel sein – wenn er montiert ist! Wenn!«

Gereizt unterbrach ihn Seybal. »Nun fangen Sie bitte nicht auch noch damit an. Man hat mir schon genug zugesetzt: Absolute Sicherheit für die Sektorentransporte ...«

»Tatsächlich?« Mertens lachte und schüttelte den Kopf. Dann sagte er energisch: »Unfug! Absolute Sicherheit gibt es nicht – ohne Risiko geht nichts!«

»Eben, nicht absolute, sondern größtmögliche Sicherheit. Ich hoffe ...« Seybal verstummte.

»Wir werden Ihren Sektor schon unbeschädigt zu seinem Ziel bringen«, sagte Mertens und legte Seybal die Hand auf den Arm. »Ich will mir doch einen alten Traum erfüllen: Mich als Rentner auf dem Meer zur Ruhe setzen und dabei meine Frau bei mir haben. Ihr Atoll macht es möglich!«

Zuerst schluckte Seybal. OKEANOS als Altersheim für ozeansüchtige Kapitäne. Aber dann lachte er und sagte im gleichen Ton: »Melden Sie sich aber beizeiten, Kommodore, denn wenn das unter den Seeleuten Schule macht, reicht selbst auf OKEANOS der Platz nicht!«

2

Harry Wankon torkelte wie ein Volltrunkener durch einen der Korridore des Sektors. Doch nicht die Promille trugen Schuld, daß seine Knie einknickten und er sich mit pappigen Armen an den Wänden abstützen mußte, seit drei Tagen hatte er keine Krume Eßbares mehr zwischen den Zähnen gehabt ...

Nun war Wankon gewiß nicht der Mann, der sich von dreitägigem Fasten umwerfen ließ. Ihn zeichneten weniger die drei letzten Tage, als vielmehr die vielen Tage vorher.

Harry Wankon hatte sich verkalkuliet!

Schon tagelang irrte er durch die Korridore, öffnete er Raum auf Raum. Wo fand er die Konserven wieder, die er zwei Tage vor dem Schlepp bei einer Pressebesichtigung in großen und mit Elektronenblitz und Fotoapparaten getarnten Taschen auf den Sektor geschmuggelt hatte?

Nahrungsmittelkonzentrate waren zwar wie geschaffen, unbemerkt an Bord gebracht zu werden, genügten aber nicht, da der Mensch nur eine bemessene Frist ohne die Füllstoffe auszukommen vermag, die den großen Teil der normalen Nahrung ausmachen.

Wankon hatte kein Risiko eingehen und deshalb abwechseln wollen: drei Tage lang Tubennahrung, dann einen Tag Konserven, wieder drei Tage Tubennahrung und einen Tag Konserven …

Doch wo lagen die Konservenbüchsen?

Wankon torkelte von Tür zu Tür. Nicht jede gab dem Druck seiner vor Schwäche zitternden Hände nach. Die sich aber öffneten, wiesen ihm Räume unterschiedlichster Bestimmungen: Büros, Werkstätten, Labors, Magazine. Das Mobiliar, die Arbeitsgeräte, fand er so verstaut oder verzurrt, daß selbst bei einer Schlagseite des Sektors nichts in Bewegung geraten konnte.

Er stieß auf fast alles, was sich irgend wünschen ließ, nur was er suchte, das fand er nicht: etwas Eßbares! Weder seine Konserven, noch ein Proviantlager. Dabei war er sicher, daß auch Lebensmittel auf dem Sektor untergebracht waren. Sie wurden vom ersten Tag der Atollmontage an gebraucht, weshalb sollte man sie extra mit einem Schiff bringen? Es gab Strom auf dem Sektor, denn es brannte hin und wieder eine Lampe, somit waren auch intakte Kühlräume möglich. Und wozu wäre auf diesem menschenleeren Inselstück der Strom sonst da?

In einem der Räume sank er in einen festgefügten Liegesessel und schloß die Augen.

Welch ein Leichtsinn, diese ganze unbefugte Reise. Das mußte ihm der Teufel eingeblasen haben: sich nach dem Zerschellen der Sektflasche an der Sektorenwand wie ein Taschendieb durch die Stapellaufgäste zu drängen und im Labyrinth der Gänge unterzutauchen, beladen mit Werkzeugkästen voller Tuben, Notizspeicher und Kontaktschreiber, Videoaufnahmegerät und Videobändern.

Seine eigens dafür angeschmutzte Arbeitskombination war ein sicheres Mittel gewesen, unbehelligt an Bord zu kommen.

Einzigartige Fotos für eine einmalige Reportage wollte er machen, das war ihm zum Teil sogar schon gelungen – ob er aber noch dazukam, die Reportage selbst zu schreiben?

Jetzt erst wurde ihm die Fragwürdigkeit seiner Lage richtig bewußt. Ein Weltspektakel hautnah miterleben, das war sein

Traum. Aber was würde der alte Carmo gesagt haben, hätte er dieses Thema auch nur angetippt? »Wir sind Lokalpresse, mein Guter. Glücklichstenfalls kannst du in die Regionalzeitung aufsteigen, aber da mußt du noch viel tun, mußt du durch Glanzleistungen auffallen. Und das mit der Eröffnung einer neuen Klinik oder dem Bericht von einem Ortsderby der Liga …? Junge, über OKEANOS exklusiv zu berichten, das ist selbst für die ganz Großen ein Volltreffer!«

Glanzleistungen?

Sein Freund Markun hätte sich mit dem Zeigefinger an die Schläfe geklopft, das war so gewiß wie das Amen in der Kirche: »Komm runter vom fliegenden auf den handgeknüpften Redaktionsteppich. Zum Spinnen bist du schon zu alt. Fernweh, was? Verkneif dir's – in deinem Alter haben andere schon längst Familie!«

Aber er hatte sich seinen Urlaub genommen und verbrachte ihn nun auf etwas ungewöhnliche Weise.

Den fälligen Ärger würde er mit Professor Seybal bekommen, so der ihn erwischte, und das wollte er erst einmal erleben … Vorausgesetzt, es gelang ihm noch, seine Konserven zu finden! Verhungern im Wissen um volle Fleischbüchsen – dazu mußte man wohl Harry Wankon heißen. Das wäre auch etwas für die Presse, ließe ihn aber nur noch postum und zu zweifelhaften Ehren kommen.

Mühsam öffnete er die Augen. Er wußte nicht, wie lange er so gegrübelt hatte.

Er schob sich aus dem Raum und wankte erneut den Gang entlang, öffnete und schloß Tür auf Tür und wurde mutloser von Klinke zu Klinke.

Hatten ihn anfangs noch Skrupel gehemmt, in fremde Räume einzudringen, so trieb ihn jetzt die Angst, die Lebensmittel befänden sich im letzten Raum, ihn aber verließe die Kraft, den noch zu erreichen.

Sessel, Betten und Bücher türmten sich hinter den Türen. Als er auf Textilien stieß und dann gar auf Medikamente, flammte seine Hoffnung wieder auf.

Durch die nächste Tür sah er jedoch nur Wimpel und Fahnen. Stapelweise! Sollte er sie hissen? Als Notsignal für den Schlepperkonvoi? Er griff zu und schleppte eine der Wimpelleinen hinter sich her.

Als er den Korridor entlangblickte, erschrak er sehr.

Aus einem der Nebengänge fiel mit hellem Licht auch ein Schatten auf den Bodenbelag …

Ein menschlicher Schatten!

Wankons Beine verfingen sich in der Leine. Im Fallen sah er einen Mann um die Ecke kommen.

Dann stürzte er in einen uferlosen Abgrund.

3

In der Schiffsmesse überflog Seybal mit schnellem Blick die Menükarte, die am Speiseautomaten – gleich am Eingang des Raumes – leuchtete. Er hatte sich vorgenommen, im Laufe dieser Reise wenigstens einmal von jeder der angebotenen Speisen aus Seetieren und -pflanzen zu kosten. Solcherart Gerichte würden auf den Speiseplänen des Atolls dominieren. Bislang war er nicht enttäuscht worden, wenn die Namen der Gerichte auch kaum etwas über ihre Zusammensetzung aussagten. Gewöhnt, seine Menüs nach wissenschaftlichen Gesichtspunkten zu optimieren, vermißte er die genaue Analyse der Speisen. Wenn wenigstens die Eiweiß-, Fett- und Kohlehydratanteile ausgewiesen wären, die Vitamine und die Joule. Es war ihm unangenehm, sich wie die Vorväter den Bauch vollzuschlagen, ohne zu wissen, ob die ernährungsphysiologische Bilanz stimmte.

Unschlüssig verweilte sein Blick auf der Karte. Wie sehr man doch der Gewohnheit unterlag – von den Besatzungsmitgliedern schien keiner die Analyse zu vermissen …

Der Proviantmeister bemerkte sein Zögern und kam heran.

»Nicht zufrieden, Herr Professor?«

Seybal war das Aufsehen unangenehm, das er erregte. »Doch, doch … Das heißt, die Zusammensetzung … Ich habe sonst immer …«

»Die Bestandteile?« fragte der Proviantmeister.

»Nicht, daß ich keinen Bissen hinunterbekäme …«

Der Proviantmeister drückte auf die Leuchttaste »Labsal des Meeres«. »Das sind geröstete Seewalzen, gespickter Tintenfisch, Agarsoße …«, erklärte er.

Hinter Seybal fuhr unvermittelt der Kommodore fort: »Und die unvermeidlichen Tiefseestengel!«

»Ich meinte die Nährstoffe …«, begann Seybal.

Der Proviantmeister verstand sofort und unterbrach ihn: »Ach, die Analyse ...«

Aber auch Mertens hatte begriffen und schnitt ihm die Rede ab: »Ist das nicht, Proviantmeister. Sie hängt morgen, wie vorgeschrieben, am Automaten, sonst wird der Alte ungemütlich!«

Dann berührte er Seybals Arm und sagte: »Entschuldigen Sie, Professor, das ist mir bisher nicht aufgefallen. Wir haben uns da wohl unbewußt immer auf die Zuverlässigkeit unseres Proviantmeisters verlassen. Und zuverlässig ist er, wie wir bequem ... Aber was sein muß, muß sein! Er wird Ihnen die Analyse sofort nachreichen.«

Seybal wehrte ab, drückte auf die »LABSAL«-Taste, nahm wie Mertens die verschlossene Assiette aus der Öffnung des Infrarottunnels und ging mit dem Kommodore an den Kapitänstisch.

Mertens nickte seinen Leuten an den weißgedeckten Tischen zu und brummte: »Laßt's euch schmecken!« Er wartete am Tisch, bis sein Gast die Speisen abgesetzt und Platz genommen hatte und ließ sich mit einem zufriedenen Schnaufen selber nieder.

»Guten Appetit!« wünschte er dem Professor und nahm die Assiette, zog die Folie ab und schob sich den ersten Bissen in den Mund.

»Gleichfalls!« erwiderte Seybal, stocherte aber ohne rechte Eßlust im Menü herum.

»Sie müssen etwas zu sich nehmen«, ermunterte ihn der Kommodore launig. »Möglicherweise schmeckt Ihnen für einige Tage kein Essen mehr!«

Unmutig sah Seybal auf. Was sollte das?

»Der Sturm«, erklärte Mertens zwischen zwei Bissen, »Sie können ihn haben.«

Das schlug Seybal vollends auf den Magen. Er legte sein Besteck aus der Hand.

Mertens blickte verwundert auf, wollte etwas sagen, aber da traten der erste Offizier und der Chief an den Tisch, setzten ihre Assietten ab und meldeten:

»Nautische Seite sturmklar!« der Erste.

»Technisch auch!« der Chief.

Der Kommodore nickte dankend. Während sie aßen, besprachen die drei Seeleute noch Einzelheiten.

Wenn Seybal auch nicht alles verstand, so verriet ihm diese Besprechung doch ein hervorragend aufeinander eingespieltes Kollektiv. Seine Hochachtung dem Kommodore gegenüber stieg. So bärbeißig er manches Mal auftrat, seine Leute hatten offensichtlich viel Vertrauen zu ihm und seinen Fähigkeiten. Und Seybal fragte sich, ob seine Mitarbeiter ihm ebenso vertrauten. Immerhin hatte er Sondervollmachten und würde, durch die Umstände gezwungen, einen autoritären Leitungsstil anwenden müssen. Er hat eine ungewöhnliche Aufgabe unter ungewöhnlichen Umständen zu lösen. Während des Aufbaues des Atolls würden sich Disproportionen kaum vermeiden lassen, zu vieles war neu und ließ sich erst in der Phase der Montage praktisch erproben …

Der Kommodore unterbrach seine Gedanken. »Morgen wird es unruhig, Professor«, sagte er und spießte seinen letzten Bissen auf die Gabel. Er hielt sie wie ein Ausrufungszeichen in der Hand. »Soll ich Sie wirklich nicht abholen lassen? Noch geht das!«

Seybal sah ihm in die Augen. »Ich bleibe an Bord!«

Der Kommodore zerkaute seinen Bissen und nickte vor sich hin.

»Das respektiere ich, Professor. An Ihrer Stelle bliebe ich auch.«

»Aus welcher Richtung kommt der Sturm?« fragte Seybal und spielte zerstreut mit seiner Gabel.

Mertens sah ihn ermunternd an. »Essen Sie etwas, Professor, Sie brauchen für die nächsten Tage Durchhaltevermögen. Der Orkan kommt aus Nordnordost!«

»Das geht aber nicht«, rief Seybal. »Wir haben Kurs Südwest!«

»Ich kann nicht dagegen anpusten, Professor«, sagte Mertens mit einem Lächeln.

»Können Sie nicht ausweichen?« fragte Seybal.

»Ausweichen?« In Mertens' Stimme lag unüberhörbarer Sarkasmus. »Ohne Ihren Bremsklotz – ja!« Er wies nach dem Sektor. »Also die Trossen kappen?«

Allein der Gedanke schon brachte Seybal auf. »Wie bitte?«

Mertens schüttelte ungerührt den Kopf. »Konsequenz Ihres Vorschlages, Professor. Wir laufen ein Zehntel volle Fahrt – mehr ist mit Ihrem Sektor nicht drin. Also abwerfen oder voll auskosten, wenn es uns trifft!«

»Verstehen Sie doch, Kommodore, die Lagunenseite des Sektors fällt bis wenige Meter über den Wasserspiegel ab ... Wenn es Brecher gibt ... Die Gebäude auf den unteren Stufen, die Verkleidungen der Fenster und Türen – auch ins Innere des Sektors!«

Ehe Mertens antworten konnte, sagte der Chief: »Ich denke, OKEANOS ist unsinkbar.«

»Das fertige Atoll, ja«, widersprach Seybal.

Der Chief schüttelte den Kopf. »Trotzdem!« sagte er.

Seybal schluckte. »Ist ein einzelner Rumpf Ihres Katamarans etwa auch see- und sturmfest?«

Mertens schmunzelte anerkennend. Der Chief schwieg.

»Lassen Sie's gut sein, Chief«, sagte der Kommodore. Und zu Seybal: »Wir tun, was wir können. Das ist versprochen!«

»Danke«, sagte Seybal und begann nun doch zu essen.

»Gegen Kaventsmänner sind wir aber nicht gefeit«, fuhr der Kommodore fort. In seiner linken Brusttasche quarrte das Mikroport: »Hallo, Kommodore, hier Brücke. Sie wünschten die Kapitäne im Rundgespräch, es liegt jetzt an!«

»Ich komme«, sagte Mertens und verließ die Messe.

Seybal sah ihm verstimmt hinterher. Kaventsmänner. Mertens konnte das Spötteln nicht lassen. Fehlte bloß noch der Klabautermann!

»Wissen Sie schon Näheres über den Orkan, die Windgeschwindigkeit, die Luftdruckwerte ...«, wandte sich Seybal an den ersten Offizier.

»Wir stehen mit dem Wettersatelliten in Verbindung«, wich der Erste aus. »Genaueres läßt sich zur Zeit noch nicht sagen, soweit es jedenfalls die Prognose für unsere Begegnung mit dem Orkan betrifft. Noch nimmt er an Stärke zu. Der Luftdruck beginnt inzwischen auch hier bei uns zu fallen. Wir rechnen mit morgen früh ... Aber das ist kein Grund zur Panik ...«

»Mit diesem Kommodore nicht«, stimmte der Chief eifrig zu, ehe Seybal ein Wort dazu sagen konnte. »Dreißig Jahre ist er Kapitän, Herr Professor, und er hat nie auch nur ein Beiboot verloren ... Wenn dieser Schlepp sicher auch sein ungewöhnlichster ist, so können Sie für diese Situation keinen besseren Mann finden als ihn!«

Und Seybal wünschte sich wiederum, daß einmal seine Leute auf OKEANOS auch so von ihm eingenommen sein würden.

»Warum haben Sie sich denn ausgerechnet den Südpazifik als Standort ausgesucht«, fragte der Chief Seybal, wischte sich mit der Serviette den Mund ab und lehnte sich zurück.

»Das hängt mit den Aufgaben des Atolls zusammen. Voraussetzungen für deren Erfüllung waren fischreiche Gewässer. Wir brauchen eiweißreiche Ernährung für die Bewohner, wollen Medizin aus der Meeresflora und -fauna gewinnen, und es soll eine Brücke zu Antarktika geschlagen werden ... Aber begonnen hat es eigentlich ganz anders ... Um herkömmliche Brennstoffe weltweit zugunsten der Chemie zu schonen, befaßt sich die UNO-Energiekommission vordringlich mit der Nutzung anderer Ressourcen. Ich gehöre zu dieser Kommission. Bei der Durchsicht wissenschaftlicher Aufzeichnungen über energetische Projekte der Vergangenheit stieß ich auf Inselprojekte. Damals noch im Hochschuldienst, hatte ich mit einer studentischen Arbeitsgruppe die alten Unterlagen aus dem Staub der Archive gegraben – man muß das schon so sagen – und computergerecht aufbereitet. Dann ergaben sich immer neue Möglichkeiten, solche Inseln zu nutzen. Daraus wiederum erwuchsen Forderungen an den Standort: Noch gemäßigte Breiten wegen der Bevölkerung, dauerhafte Luft- und Wasserströmung für die energetische Ausnutzung. Und große Wassertiefen, um Thermokaskaden anzuwenden ...« Er sah auf seinen ungeleerten Teller und entsann sich des Orkans. »Es geht also um einen hohen Einsatz bei diesem Transport. Wenn OKEANOS fertig ist, dann ist es allem gewachsen, was da auf es zukommen könnte.«

»Tatsächlich?« provozierte ihn der Chief. Und der Erste schmunzelte dazu. »Wieso?«

»Dafür sorgen seine Größe, Dünungsdämpfer, Wellenbrecher ...«

Der Chief rieb sich das Ohr. »Das ist schon ein mächtiges Stück vom Kuchen der Gesellschaft, das Sie sich da abgeschnitten haben ...«

»Na, Sie gefallen mir«, spöttelte nun Seybal. »Da ist Ihnen der Aufwand zu hoch – und vorhin verlangten Sie Sturmfestigkeit schon für die Sektoren beim Transport, der selbst für Sie absolute Neuheit ist!«

Der Chief schwieg. Der Erste sprang für ihn ein.

»Das Ganze geht doch ein bißchen über unser Vorstellungsvermögen«, sagte er. »Wenn ich diesen Sektor nehme und mir den mal achtzehn vorstelle, so ist das kaum zu begreifen. Das muß ich erst vor mir haben.«

»Nach dem Orkan, wenn alles gut geht!« warf Seybal ein.

»MMM«, erwiderte der Chief. »Mertens machts möglich.«

»Er und sein Klabautermann!« Seybal lächelte süßsauer.

Der Erste horchte auf, lauschte dem Wort nach und sah ihn verständnislos an. »Klabautermann?«

Aber der Chief begriff. »Kaventsmann, meinen Sie.« Er lachte auf.

»Ja, so sagte der Kommodore!«

Auch der Erste lachte, wurde aber sogleich wieder ernst. »Ein Kaventsmann, Herr Professor, das ist das Gegenteil vom Klabautermann. Geht der Klabautermann von Bord, so will es die Fama, wird's schlimm fürs Schiff. In Wirklichkeit aber wird es schlimm, wenn der Kaventsmann an Bord kommt!«

Seybal wurde ungehalten. Glaubten diese Fahrensleute vielleicht, er ließe sich auf den Arm nehmen?

Doch der Erste erklärte weiter: »Kaventsmann, Herr Professor, sagen die Seeleute zu einer Erscheinung, die schon manchem Schiff den Untergang brachte, vielen Seeleuten den Tod. Sehen Sie mich nicht so an, das ist kein Seemannsgarn. Kaventsmänner entstehen, wenn sich einzelne, extrem hohe Wellen überlagern und sich zu mehr als der doppelten Höhe auftürmen!«

»Es gibt natürlich auch das Gegenstück«, fiel der Chief ein. »Das extrem tiefe Wellental, in das Schiffe hineinstürzen können. Beide sind selten, aber wem sie begegnen, der glaubt wieder an den Klabautermann und hofft, daß der an Bord bleibt!«

Wenn das stimmt, dachte Seybal, dann hätte ich das wissen müssen … Haben das bei der Projektierung wenigstens die Ozeanologen berücksichtigt? Was alles wußte er außerdem nicht? Ihn beschlich ein ungutes Gefühl.

Kaventsmann – eine neue zusätzliche Gefahr für den Sektor?

4

Wankon überwand nur mühsam den Schleier seiner Benommenheit. Und nur verschwommen nahm er wahr, was rings um ihn geschah.

Tür auf Tür schob sich an seinem Blickfeld vorüber, als nähme er eine Parade ab. Silbrig glänzten die Klinken.

Ihm wurde klar: Nicht die Klinken schoben sich an ihm, er schob sich an den Türen vorbei. Oder richtiger: Er lag auf einem Wagen und wurde gezogen. Von wem?

In seinem Schädel dröhnte es wie von einem Dutzend Niethämmern auf der Helling, doch verstand er schließlich: Den Wagen zog jener Mann, dessen Schatten er gesehen. Und er trug die gleiche grüne Kombi, mit der sich Wankon an Bord gestohlen hatte, nur war diese Kombi sauber, besaß Bügelfalten, und der Mann hatte die Kapuze übergestülpt.

Das machte Wankon mißtrauisch.

Wer ist das? Wo kommt er her? Und was will er von ihm? Ein Unbefugter wie er? Hat er ebenso harmlose Absichten für sein Hiersein? Würde er ihn in unsaubere Geschichten hineinziehen wollen? Aber nähme er sich, bei dunklen Absichten, seiner an? Mit etwas Geschick schon konnte man sich auf dem Sektor wochenlang aus dem Wege gehen.

Hatte man ihn, den blinden Passagier Wankon, doch vom Bord eines Schleppers aus erspäht und den Mann gesandt, ihm zu helfen? Oder etwa, um ihn sicherzustellen?

Wankon bemühte sich, zum Sitzen hochzukommen.

Das machte den Mann aufmerksam. Er hielt an und wandte sich langsam um.

Mit einem Schlage war Wankon hellwach: Der Mann war – eine junge Frau. Himmel, und was für eine!

»Zu den Lebenden zurückgekehrt?« fragte sie spöttisch.

Erneut versuchte er, sich aufzurichten.

»Bleiben Sie liegen. Zum Anstandsbuckel ist nachher noch Zeit genug!« sagte sie, drehte sich wieder nach vorn und zog den Wagen an.

Wankon wäre trotzdem gern aufgestanden, allein ihm fehlte die Kraft dazu.

Sie fuhr ihn durch mehrere Gänge, die er nie betreten hatte. Und sie ging zielgerichtet, also kannte sie sich aus, zumindest besser als er.

Wieder erwachte Wankons Mißtrauen. Gab es doch eine Besatzung? Folgten nun peinliche Verhöre und anschließende Isolierung in einem verschlossenen Raum?

Seltsamerweise schwankte auch das Mädchen. Oder sah er das nur so?

Endlich öffnete sie eine der Türen und zog ihn in eines der Zimmer.

Zwei schaumstoffbelegte Liegetische ... Ihre Form, die Schnallen und Halter und vor allem die Hydraulik zur Höhenverstellung verrieten ihm sofort ihre Bestimmung. Er erschrak: Operationstische! Dafür sprachen auch die beiden riesigen Facettenlampen in der Decke und die Fernsehkameras. Diese Erkenntnis ging ihm durch und durch.

»Nein!« sagte er entschieden.

Sie wandte sich ihm zu, bemerkte seinen verstörten Blick und sagte mit aufreizendem Spott: »Zuviel Krimis gelesen? Sie müssen sehr dumm gefallen sein. Ein Sturz auf den Moosteppich hat eigentlich noch keinen k. o. geschlagen, weder körperlich noch geistig.«

Er spürte wieder dieses niederträchtige Ziehen im Magen. Und er ärgerte sich sehr, daß er keine passende Antwort bereit hatte.

Sie brachte den Wagen, den er jetzt als fahrbare Trage erkannte, neben einen der Tische und ließ dessen Platte auf die Höhe der Trage herabgleiten. »Umsteigen!« sagte sie und deutete energisch auf den Tisch.

Er rollte sich hinüber. Über ihm flammte eine der Lampen auf.

»Und ruhig liegen bleiben! Ich hole nur unseren Diagnostizierer!«

»Nein doch, nein!« stammelte er. »Ich weiß doch, was mir fehlt ... Die Tuben, ich meine, die Konserven ...«

»Regen Sie sich nicht auf, der Diagnostizierer tut Ihnen nicht weh!« beschwichtigte sie und ging zur Tür.

»Ich meine doch ... fünf Tage fasten, verstehen Sie, und vorher habe ich nur Tubenkonzentrate genommen, seit der Abfahrt, löffelweise ...«

»Ach, du liebes bißchen«, sagte das Mädchen verblüfft und hob die Hände, als wollte sie die über dem Kopf zusammenschlagen. »Ich bin gleich zurück.«

Schon war sie aus der Tür.

Wankon streckte sich aus und schloß die Augen. Ohne das Wühlen im Leib wäre er sofort eingeschlafen.

Ob sie wußte, wo die Verpflegung lagerte? Ohne Lebensmittel wäre doch keine Besatzung an Bord ... Da gab es ... doch sicher ... Magazin ... Koch ...«

Mehr noch als ihr halblautes »Hallo!« ermunterte ihn ein Duft, wie er ihm köstlicher nie vorher in die Nase gestiegen war.

Sie brachte eine Tasse Suppe, trinkwarm und ungemein appetitlich anzusehen, und er hätte sie gierig in sich hineingeschüttet – sie aber wachte darüber, daß er die Suppe löffelweise zu sich nahm.

Dann streifte sie ihm die Schuhe ab, ohne auf seinen schwachen Protest zu achten, deckte ihm eine leichte Decke über, die auf der Trage neben ihm gelegen hatte, nahm ihm die leere Tasse aus der Hand und schickte sich an, den Raum zu verlassen.

Eine Tasse nur? Eine einzige Tasse? Einen ganzen Eimer hätte er geleert!

»Aber ich ... habe ... doch«, versuchte er aufzubegehren, verfiel aber in Flüstern und fühlte bleischwer seine Lider.

»Schlafen Sie, alles andere hat Zeit!« sagte sie.

Immer entfernter vernahm er ihre Stimme.

»Zum Reden gibt es später noch genügend Gelegenheit ...«

5

Der Sturm nahm ständig zu. Es fauchte und heulte und pfiff um die Aufbauten. Die Wellen begannen sich zu türmen. Gischt sprühte auf. Am Himmel hasteten pechschwarze Wolken. Es wurde dunkel, als sei Nacht.

Seybal stand auf dem Gang im Freizeitdeck und blickte sorgenvoll aus dem Fenster nach achtern.

Noch folgte der Sektor den Schleppern ...

Der Sturm zerfetzte die Wellenkämme und warf den Gischt durch die Luft, daß Seybals Fenster zeitweise undurchsichtig wurde. Die Scheinwerfer der Nachbarschlepper geisterten wie Irrlichter über dem Wirrwarr der Wellen.

Seybal wollte zum Kommodore auf die Brücke, fühlte sich jedoch zu elend; weniger durch das Stampfen des Schiffes, als vielmehr wegen des Gefühles, den Gewalten hilflos ausgeliefert zu sein. Er war froh, daß sich während des Schlepps keiner auf dem Sektor aufhalten durfte. Er hatte mit dem Gedanken gespielt, dort Messungen vornehmen zu lassen, ausgerechnet ein Mädchen hatte ihm das vorgeschlagen. Selbstverständlich wäre auch er an Bord des Sektors gegangen – wie wäre ihm jetzt zumute …

»Es ist nicht gut, so in das Wetter zu starren, Herr Professor, man muß sich ablenken!« Der Flottillenarzt hielt ihm die Tür zur Kinobar einladend auf. »Sie sind schon ziemlich mitgenommen, kommen Sie, ehe Sie die Fische füttern müssen«, setzte er hinzu, als er hinter Seybal die Tür schloß.

»Mein erster Sturm, Herr Doktor«, sagte Seybal entschuldigend. »Ich hätte nie gedacht, daß Katamarane so schwanken …« Er verstummte. Wieso war er so schwatzhaft? Mußte er sich bei diesem jungen Mann entschuldigen, daß Stürme nicht zu seinen alltäglichen Gewohnheiten zählten? Er musterte den Arzt mit neidischer Verwunderung. Der schien ganz unbekümmert. Und nun lächelte er auch noch und sagte: »Da müßten Sie erleben, wie die Monorümpfe schaukeln … Das ist erst Windstärke neun. Und der Seegang dürfte bei sieben bis acht liegen … Wenn ich raten darf, Herr Professor, sehen wir uns ein Videoband an. Was mögen Sie: Naturfilm, Oper? Oder Unterhaltung, Sport?« Dabei füllte er einen Becher aus dem Getränkeautomaten, tippte beiläufig aus einem Röhrchen eine Tablette hinein und reichte ihn dem Professor, der sich in einem Sessel niedergelassen hatte und mit seinem aufsteigenden Mageninhalt kämpfte.

Seybal sträubte sich.

Der Doktor aber hielt ihm unbeeindruckt den Becher hin, bis er zugriff.

Das Getränk schmeckte nicht nur, es beruhigte auch und vertrieb mit der Zeit sogar Seybals Übelkeit.

Dankbar richtete er sich auf. »Kein Video, Herr Doktor. Später vielleicht.« Er versuchte erneut, sich zu erheben, aber so einfach, wie er es erwartet hatte, war es nicht.

Verlegen betrachtete er den Arzt, der das Stampfen des Schiffes geschickt mit den Beinen ausglich. Seybal probierte es noch einmal.

»Bleiben Sie doch sitzen«, riet der Arzt, »das ist Neptuns Tanz. Besser, man hält sich da raus!«

»Aber ich muß zum Kommodore!« Seybal beharrte energisch auf seinem Vorhaben.

Der Arzt hob abwehrend die Hände. »Nicht doch. Der Alte ist auf der Brücke – die brauchen dort Bewegungsfreiheit. Der Erste ist mit oben, der Chief auch. Und die Assistenten ...«

»Ja, verstehen Sie denn nicht: Der Kommodore muß wenden!«

Behutsam, aber unnachgiebig, drückte ihn der Arzt in den Sessel und setzte sich zu ihm. »Flottillenschwenk jetzt? Das wäre zu spät!«

»Aber so zerschlägt die schwere See womöglich die Verkleidung«, begehrte Seybal auf.

»Gut, dann sehen Sie selbst«, erwiderte der Arzt und bat ihn mit einer Handbewegung nach nebenan. Als er die Tür öffnete, fuhr Seybal entsetzt zusammen. Durch die Fenster des Sportsaales, den sie betraten, bot sich ein halber Rundblick heck- und bugwärts. Seybal sah in ein Chaos aus zerklüfteten Wogen und Schaumfetzen. Für ihn als Binnenländer ein Bild des Schreckens. Unwillkürlich wurde er sich der Tausende Kilometer bis zum nächsten Land und der Tausende Meter bis zum Meeresgrund bewußt. Bei Gott, zum Wenden war es zu spät. Hier ging es nur noch ums Überleben.

Aber dann sah er auch: Der Sturm kam von vorn. Also hatte Mertens schon gewendet! Tiefe Dankbarkeit erfüllte Seybal. Was für ein Kommodore!

Hin und wieder tauchten die Lichter des Nachbarschiffes auf einem Gipfel des tosenden Wellengebirges auf, um sofort wieder in eines der Täler zu stürzen. Vom Sektor war nichts mehr zu sehen, die Trossen verloren sich in der schaumverhangenen Ferne, peitschten ab und an in die Wellenberge, schwangen sich wieder auf in die Gischt – aber noch waren sie da!

Brecher tobten über das Deck und knallten gegen die Panzerglasscheiben und die Aufbauten.

Für Seybal bestand die Welt nur noch aus schmerzhaftem Getöse und Schaum. Die See brüllte und geiferte wie ein urzeitliches Raubtier.

Er hielt sich am Türrahmen fest, wandte sich ab und taumelte zurück in die Kinobar.

Kaventsmänner – jetzt wußte er, daß es sie geben konnte.

Der kritische Blick des Arztes brachte Seybal zu sich.

So betrachtete man Testratten, denen man Toxin gespritzt hatte: Hilft die Gegenspritze oder tritt der Exitus ein?

Seybal machte sich stark. Hielt man ihn für einen Jämmerling, der nicht selber auf sich aufpassen konnte?

»Gestatten Sie eine Frage, Doktor«, sagte er, nun wirklich gefaßt und etwas von oben herab, »was täten Sie jetzt, wäre ich nicht hier?«

Der Arzt grinste und erwiderte unbeeindruckt: »Sie sind an Bord, Herr Professor. Und ich bin verantwortlich für Sie!«

»Und für die Leute im Maschinenraum?«

»Sie vergessen die Automatik. Die Männer sind abrufbereit in ihren Kajüten oder in den Freizeiträumen.«

Verflixt, ja, dachte Seybal ärgerlich. Ich bin auf einem der modernsten Schleppertypen der interpazifischen Flotte. »Aber die Männer auf dem Leitstand, auf der Brücke?«

»Von dort kam der Befehl, auf Sie zu achten, Herr Professor. Und der Kapitän ist ›Master nächst Gott‹, wie es in der alten Seemannssprache hieß. Daran hat sich nichts geändert. Absolute Befehlsgewalt – zumal in dieser Situation.«

Seybal beschloß, diesen Jüngling zu ignorieren.

Der Kommodore war auch für ihn verantwortlich, darum kam er nicht herum. Aber hatte er, Seybal, etwa keine Verantwortung zu tragen für sein Milliardenprojekt; andere wichtige Vorhaben waren deswegen zurückgestellt worden.

»Ahnen Sie eigentlich, was hier auf dem Spiele steht, junger Mann«, fragte er den Arzt.

»Freilich, verehrter Herr Professor«, sagte der mit ruhigem Nachdruck: »Einhundertacht …« Er musterte Seybal und berichtigte: »Einhundertneunundsiebzig Menschenleben!«

Das traf Seybal wie ein Schlag. Und er bangte um seinen Plasteklotz. Wer gab ihm das Recht, die Seeleute zu übersehen?

Stumm sinnierte er: Eine verteufelte Lage, in die er geraten war. Orkane sind keine unvorhersehbaren Naturerscheinungen, würde man sagen, erreichte der Sektor nicht seinen Bestimmungsort. Keine Entschuldigung gäbe es für ihn, die ihn entlastete. Er war verantwortlich, davon gab es keine Abstriche. Der Schaden wäre unabsehbar, sämtliche anderen Sektoren müßten zurück, das Projekt wäre um Jahre zurückgeworfen. Wieveile Städte und Fabriken und Kliniken hätte man bauen können, anstelle dieses Atolls, das doch nur berechtigt war, wenn es einen höheren Nutzen für die Menschheit brachte, als das, worauf amn verzichtet hatte.

Aber ebenso würden sie fragen: Wie konnten sie über diesen Plastesektor die Menschen vergessen? Wenn auch nur einem einzigen etwas Ernsthaftes geschah!

Einhundertneunundsiebzig Menschenleben!

Und er sah vor sich ihre Ehepartner, Kinder, Eltern, Geschwister und Freunde.

»Sie sind doch Seemann, Herr Doktor. Sagen Sie mir ehrlich, wie ist die Situation?«

Der Arzt betrachtete ihn mit dem Testblick, den Seybal so haßte. »Nicht gut«, sagte er dann lakonisch, »aber nicht hoffnungslos. Der Vorhersage nach zu urteilen wird sie sich zwar noch verschärfen und auch noch ein Weilchen anhalten, zwei, drei, vielleicht auch vier Tage, aber diese Schlepper ... Und dann haben wir unseren Kommodore!«

Seybal bezwang seinen Schreck. »Haben Sie schon einen solchen Orkan erlebt?«

»Mehrere, Herr Professor«, sagte der Arzt und spielte gedankenvoll mit seinem Trinkglas. »Ich war sogar schon schiffbrüchig!«

»Durch Sturm?«

»Durch Sturm.«

Seybal betrachtete das Haftgeschirr. Flaschen und Gläser und Becher neigten sich, blieben aber an ihrem Ort. Nur der Flüssigkeitsspiegel in den Flaschen schwankte. Diese jungen Leute, dachte er dabei, sie klopften dem Teufel noch lässig auf die Schulter, wenn sie auf seinem Rücken in die Hölle ritten ...

»Erlebten Sie den Sturm auf einem großen Schiff?«

»Erheblich größer war es als dieses hier, allerdings Monorumpf. Ein andermal hatte es uns auf einem Dreihundertzwanzigtausendtonner das Schanzkleid demoliert, daß es aussah, als kämen wir aus einer Seeschlacht!«

»Das sagen Sie, als wären Sie schicksalsergeben.« Der Professor versuchte sich einzugießen, aber sein Glas wanderte dauernd unter dem Flaschenhals hinweg.

»Gestatten Sie?« Der Arzt erfaßte die Flasche und goß, den Bewegungen des Schiffes folgend, die Gläser dreiviertelvoll, ohne auch nur einen Tropfen zu verschütten. »Eine gewisse Gelassenheit ist tatsächlich angebracht. Furcht nützt nichts, sie verhindert auch keine Katastrophe, im Gegenteil, sie fördert sie, weil sie uns lähmt! Außerdem haben wir für den Notfall Rettungsinseln, die auch schwerster See gewachsen sind«, beruhigte der Arzt, der wohl Seybals Schweigen als Angst auslegte. »Mit Signalraketen, Proviant, Medikamenten, Funk, rotem Farbstoff, daß Sie die ganze Südsee rot färben können. Und über uns haben wir die Satelliten des diensthabenden Nothilfssystems.«

Tief in Gedanken versunken, nahm Seybal sein Glas. Einhundertneunundsiebzig Menschenleben ... Risiko – wo fängt es an, wo endet es? Auf der anderen Seite die Schlepper, der Sektor – das Werk Hunderttausender Menschen. Wieviel Schweiß, wieviel Geist ...

Hätte Mertens einen seiner Eisberge im Schlepp, wäre es einfach – aber den Sektor abwerfen ... Das hatte Mertens doch erwogen, wenn auch wohl mehr im Scherz. Dieser Flottillenschlepp war ein gewaltiges Risiko bei diesem Wetter. Auf sich selbst gestellt, widerstanden die Schlepper dem Orkan bestimmt. Und noch war ja gar nicht gesagt, daß der Sektor dann die künftige Lagunenseite dem Orkan zudrehen würde. Unverhofft schwang er sich aus dem Sessel, daß es selbst den Arzt überraschte.

»Wohin wollen Sie, Herr Professor?«

»Der Kommodore kann Ihnen befehlen, mir nicht von der Seite zu weichen, bitte sehr. Aber hier anbinden können Sie mich nicht!«

Er balancierte zur Tür, brachte sie mit einem verblüffenden Schwung hinter sich und hastete den Gang entlang.

Etwas ungelenk stieß er sich mal rechts, mal links von der Wand ab, wenn sie zu nahe auf ihn zukam.

Er bot alle Geschicklichkeit auf, die ihm zu Gebote stand, um dem nachfolgenden Arzt zu beweisen, daß er seiner Hilfe nicht bedurfte. Der blieb jedoch dicht auf.

Endlich das Brückenhaus.

Kommodore und Offiziere standen über die Instrumente des Leitstandes gebeugt, angestrengt und konzentriert, ohne jede Hektik.

»Ein Strich backbord!«

»Liegt an!«

»Fahrt etwas beschleunigen ... Noch mehr ... Gut so! Tempo halten.«

Der Kommodore steuerte also per Hand oder zumindest manuell! Die ganze Flottille?

Von vorn sah Seybal eine derart hohe Wasserwand auf das Schiff zukommen, daß er den Kopf in den Nacken legen mußte, um den Kamm sehen zu können. Er schloß die Augen.

Dröhnend walzten die Brecher über Bord.

Als er sich überwandt, die Augen zu öffnen, war alles wie vorher: Gischt und Wellenberge – aber nicht eine Scheibe entzwei.

Mertens Blick suchte unablässig den Gischtvorhang zu durchdringen und die Lichter der benachbarten Schlepper zu erfassen. Aber die tauchten nur noch hin und wieder schemenhaft aus der Gischt. Das Radarbild schien Seybal ebenfalls verschleiert.

Mertens rief in sein Mikroport: »Hallo, Hartnik, haben Sie die neueste Wetterprognose?«

»Ja, der Wettersatellit liegt ab sofort ständig an.«

»Die Aussichten?«

»Zunehmende Verschlechterung. Luftdruck fällt ständig.«

»Hm ...« Mertens rieb sein Kinn, musterte den ersten Offizier und den Chief und sagte dann entschlossen: »Rufen Sie die südpazifische Zentrale, verbinden Sie mich mit dem Diensthabenden für Seenothilfe!«

Seybal stöhnte auf. Also doch ...

Ein flüchtiger Blick des Kommodore streifte Seybal.

Der erste Offizier rief in sein Kehlkopfmikrofon: »Walroß drei, hören Sie mich? Kurskorrektur ...«

Da hatte Mertens erfaßt, was er gesehen. Ungläubig kehrte sein Blick zurück.

»Sie hier?«

»Ich muß Sie sprechen!«

»Bitte!«

Was Seybal wollte, diskutierte man nicht im Stehen zwischen Tür und Angel, so klang es schroffer, als er beabsichtigte: »Werfen Sie die Trossen los, Kommodore, retten Sie Ihre Flottille!«

Der Kommodore kam auf Seybal zu, als habe er nicht richtig verstanden. »Die Trossen, Herr Professor? Sagten Sie die Trossen?« Und einen Ton höher: »Sagten Sie kappen?« Dann langsam und frostig: »Was hier wann zu retten ist,

Herr Professor, das überlassen Sie bitte der Flottillenleitung!«

Bevor Seybal seine Sprache wiedergefunden hatte und aufbegehren konnte, setzte Mertens – nun sachlich – hinzu: »Den Sektor zu bauen, Herr Professor, war die Aufgabe Ihres Kollektivs. Ihn zu transportieren ist die unsere. Wie Sie dort, bin ich hier verantwortlich. Und ich darf Ihnen versichern, daß ich mir der Tragweite durchaus bewußt bin.« Jede weitere Erörterung schnitt er mit einer kurzen Handbewegung ab, sagte aber versöhnlicher: »Wir haben unseren letzten Anker noch nicht verloren!«

»Dabei geben Sie Notruf«, begehrte Professor Seybal auf. Er ließ sich doch nicht verschaukeln!

Mertens zog die Augenbrauen hoch. »SOS? Wir? Ich rufe die Seenothilfe. Aber nicht, weil wir sinken ... Wir müssen nützen, was möglich ist. Der Flottillenschlepp ist für diesen Orkan nur unzureichend programmiert!«

»Wieso?« fragte Seybal erschrocken.

»Man begegnet nicht oft einem solchen Orkan. Und man schleppt nicht alle Tage Plastegebirge übers Meer! Zum Programmieren aber braucht man Erfahrungen. Außerdem war dieser Orkan nicht voraussehbar, nicht auf so lange Zeit, wie wir unterwegs sein müssen, bei dieser Kriechfahrt!«

Er musterte Seybal, der betroffen den Kopf schüttelte.

»Sehen Sie selbst, Professor«, fuhr er ruhiger fort. »Der Sichtkontakt von Schiff zu Schiff ist nicht mehr gewährleistet. Auch unsere Radarmessung von Schiff zu Schiff und die Lasersignalübertragung werden beeinträchtigt und bei weiterer Verschlechterung problematisch. Ich muß mich also beraten und unterstützen lassen, wie immer das möglich ist. Das bin ich Ihrem Brocken schuldig!« Und an den Arzt gewandt: »Bitte, Dok, begleiten Sie Herrn Professor in seine Kabine und sorgen Sie für ihn, er wird es noch nötig haben. Mich, Herr Professor, entschuldigen Sie bitte.«

Kalkgrau im Gesicht verließ Seybal die Brücke. Sorgen Sie für ihn! – das hieß doch: Schaffen Sie ihn mir vom Halse. In ihm brannte noch die Scham, als er vor seiner Kabine stand. Wer hatte ihn je hinausgeworfen!

»Er meint das nicht so«, beschwichtigte nun auch noch der Arzt. »Aber der Zutritt zur Brücke ist in dieser Situation grundsätzlich untersagt.«

Seybal winkte ab. Als ginge es ihm ums Reglement. Man mußte diesen Kommodore auch nicht dauernd bei ihm entschuldigen. Er hatte ihn ja nicht nur hinaus-, er hatte ihn umgeworfen. Nicht verantwortlich, er, Seybal, gab es das? Sollte er sich zeitlebens Vorwürfe machen? Was aber konnte er tun? Er war Mertens völlig ausgeliefert ... Ob man ihn hinter seinem Rücken auch so verteidigte wie Mertens? Was hieß eigentlich ›ausgeliefert‹? Wer, wenn nicht dieser Kommodore, hätte jetzt auch nur ein Fünkchen Aussicht, dem Orkan zu widerstehen? Er, Seybal, etwa?

Die Übelkeit kam zurück. Er strauchelte.

Der Flottillenarzt faßte ihn unter und zog ihn mit sich. An der Krankenstation machte er halt und schob Seybal in eine Schleuse. Hinter sich schloß er die Tür und drückte auf eine Taste. Die Schiffsbewegungen ließen langsam nach. Dann öffnete sich die gegenüberliegende Tür. Vor ihnen lag ein Ordinationszimmer. Hier bewegte sich nicht einmal der Flüssigkeitsspiegel in den Arznei- und Wundbenzinflaschen. Selbst die Instrumente rührten sich nicht.

Obwohl Seybal gehört hatte, daß im medizinischen Zentrum der Flottille ein Drei-Raum-Komplex kardanisch aufgehängt war, verblüffte ihn diese Wirkung.

Sein Brechgefühl ließ nach. Aber der Arzt verwies ihn in ein Zimmer nebenan, das für frischoperierte und schwerkranke Besatzungsmitglieder bestimmt war, und hieß ihn, sich auf eine der fünf Liegen zu legen.

Da sich Seybal völlig erschlafft fühlte, gehorchte er ohne Widerspruch. Und er nahm auch die beiden Pillen, die der Arzt ihm reichte.

6

Harry Wankon hatte einige Stunden geschlafen. Die junge Frau bemerkte nicht, daß er erwachte. Er betrachtete sie durch schmale Lidschlitze. Wie hatte er sie mit einem Mann verwechseln können? Er mußte tatsächlich einen schweren Fall getan haben.

»Ausgeschlafen?« fragte sie.

»Danke, ja!« erwiderte er und erhob sich in einigermaßen sicherer Haltung vom Operationstisch.

»Dann darf ich Sie bitten mitzukommen!« sagte sie und trat durch die Tür auf den Gang.

Folgen Sie mir unauffällig … Wankon überlegte. Sie ging voran – war das die Gelegenheit zur Flucht?

Ja, aber weshalb flüchten – vor diesem Mädchen? Und wohin – in die Verlorenheit der Räume und ohne Verpflegung? Er konnte ja gar nicht flüchten. Diese eine Tasse Suppe reichte doch nicht einmal für diesen Tag …

Sie öffnete eine Tür. »Hier bitte!«

Jetzt stand er also gleich vor den Befugten. Er mühte sich um eine zerknirschte Miene. Reue war immer gut!

Ruckartig blieb er stehen. Seine Verblüffung war unverkennbar.

»Wo sind die anderen?«

»Welche?«

»Die übrige Besatzung.«

»Genüge ich Ihnen nicht. Oder fürchten Sie sich vor mir?«

»Sie allein«, stammelte er, »in diesem Labyrinth?«

Sie amüsierte sich. »Sehe ich aus wie ein gehetztes Reh?«

»Das darf nicht wahr sein!« Wankon faßte es noch immer nicht. Kopfschüttelnd starrte er sie an. Dann besann er sich. »Das ist auch nicht wahr«, behauptete er entschieden. »Woher wollten Sie den Doktor holen?«

»Den Doktor? Welchen?« fragte sie verständnislos.

»Den, der mich diagnostizieren …«, begann er, unterbrach sich aber, als er ihr Lachen hörte.

»Diagnostizieren sollte ein Automat. Nie davon gehört?«

»Heiliger Strohsack«, murmelte er, »wie stehe ich nun da?«

»Vielleicht nehmen Sie erst einmal Platz. Waren Sie nicht am Verhungern?« Sie deutete zur Seite.

Jetzt erblickte Wankon den Tisch. Und was sie darauf angerichtet hatte, das trieb ihm den Speichel auf die Zunge. Fleisch und Fisch und Wurst und Obst und Butter und Brot – zwar alles Konserven, aber lecker; köstlicher, als er es je empfunden. Und für jeden eine Flasche Bier.

Er setzte sich ihr gegenüber, nahm sein Glas, drehte das Bier vor dem Licht und seufzte: »Vier Wochen nur Wasser!«

Sie trank ihm mit einem Neigen des Kopfes und einem langsamen Lidschlag zu. Sie hatte lange, seidige Wimpern. »Unsere Wasserversorgung ist in Betrieb«, sagte sie so stolz, als habe er von Wein gesprochen. »Wie die Stromversorgung, aber das hängt ja voneinander ab.«

»Und die Verpflegung«, sagte er, mit einem Blick auf den Tisch, »die Verpflegung klappt auch.«

»Ich habe aber einige Fragen, Monsieur Unbekannt.«

»Wißbegier ist eine weibliche Tugend ...«, versuchte er zu frotzeln, aber das schien ihr gar nicht zu gefallen.

»Also, darf ich nun wissen, wer Sie sind, wer Sie schickt und mit welchem Auftrag?«

Wankon deutete eine Verbeugung an, die aber längst nicht so lässig ausfiel, wie sie gedacht war. »Harry Wankon. Ich arbeite bei der New Report, einer kleinen Lokalzeitung ...«

»Reporter?« fragte sie überrascht. »Reporter? Das gibt es nicht! Das hier ist doch kein Abenteuerroman!« sagte sie amüsiert.

Wankon fühlte sich ertappt. Zumal sie ja recht hatte. Irgendwo in der Literatur lag letztlich der Anstoß zu seinem Vorhaben. Wie sonst wäre er auf den Gedanken gekommen, seinen Urlaub so zu verbringen. Er begann zu erzählen, wie und weshalb er auf den Sektor gekommen war.

Und während er erzählte, wurde sie ernster, aufmerksamer.

»Wir haben alle unsere Träume«, sagte sie, als er verstummte. »Und nicht jeder läßt sich erfüllen ... Ihrer vielleicht doch ... Ich gehöre zu den künftigen Insulanern. Wenn ich kann, will ich Ihnen gern helfen – wie gesagt, wenn ich kann und uns Seybal nicht in die Wüste schickt. Ich bin Belinda Kohlus. Ich habe Teile der Elektronik dieses Sektors projektiert und ihren Bau überwacht. Nun muß ich wissen, ob sich das auch bewährt.«

»Dafür wäre doch auf dem fertigen Atoll Gelegenheit?«

»Während des Transportes wechseln die Bedingungen stärker. Jedenfalls für bestimmte Apparaturen. Das ist die Chance für besondere Meßreihen.«

»Dabei helfe *ich* Ihnen, wenn *ich* kann ...«, sagte er. »Hauptsache der Strom fällt nicht aus«, setzte er hinzu und griff zur Gabel, »schon wegen der Meßreihen, aber auch wegen des Fleisches im Kühlraum ...«

»Sie mögen Fleisch?«

»Mein Leben«, gestand er, »Hammel, Kalbsteak, Hirschkeule, Broiler, Ragout fin ...«

»Kurz, alles was Fleisch heißt«, sagte sie amüsiert. »Na,

Strom haben wir genug, Fleisch auch. Und bergeweise Konserven. Ich fand sogar welche im Thermokraftwerk. Nun langen Sie schon zu!«

Er häufte Fleischscheiben auf seinen Teller und spießte mit der Gabel den ersten Bissen an.

»Was denn – ein Wärmekraftwerk? Hier?«

»Na ja, Wärmekraftwerk ist geschmeichelt. Es nutzt die Temperaturunterschiede zwischen Oberflächen- und Tiefenwasser. Thermoelemente!«

»Und dort lagen meine Konserven?«

»Alles mögliche an Fleisch, Bier, Brot, Wurst?« fragte sie zurück.

Er nickte. Sein Gesicht sprach Bände. »Das hätte ich nie als Kraftwerk angesehen, lohnt denn so was?«

Sie deutete zur Lampe. »Es reicht für Beleuchtung, Kühlung, Wasserversorgung, Lüftung, Funk und Fernsehen. Das Sonnenkraftwerk hat Wolkenpause, der Windkraftgitterdamm ist noch nicht errichtet, den Reaktor kann ich nicht anlassen – also alles Wärmeenergie!«

»Funk und Fernsehen?« Das verblüffte ihn.

»Gewiß«, erklärte sie aufgeschlossen und ermunterte ihn, sich nicht vom Essen abhalten zu lassen.

Da schwieg er und langte ausgiebig zu.

Endlich lehnte er sich gesättigt zurück. »Industriefernsehen?«

Sie nickte. »Um von der Zentrale aus die technischen Räume überwachen zu können!«

Was alles waren technische Räume? Im Transportzustand ließ sich das nicht eindeutig erkennen. Wo überall hatte sie hineingeschaut? »Sie haben mich beobachtet, die ganze Zeit?« fragte er unsicher. Ist man sich selber immer ein anspruchsvoller Geselle? Einer Beobachtung bewußt, hätte er sich sicher anders benommen. Und weshalb hatte sie ihn um ein Haar verhungern lassen? Er mußte wohl auf der Hut sein!

»Zwar hängen auch in den öffentlichen Räumen Kameras, aber jetzt sind sie noch nicht betriebsfähig. Sie erblickte ich zufällig in der Trinkwasserzentrale.«

»Ich hatte nur hineingesehen«, versicherte er schnell.

»Ich auch. Kontrolle.«

»Und wir könnten auch die Flottille anrufen?« fragte er dann.

»Das könnten wir«, sagte sie gedehnt und spielte mit ihrem Besteck. »Wenn Sie den großen Krach mit Professor Seybal nicht erwarten können!«

Wankon gab ihr recht. Weshalb anrufen? Sein Magen käme nun zu seinem Recht. Und Gesellschaft hatte er, so daß er sich ein schnelles Ende der Reise gar nicht wünschen sollte. Die Reportage war ihm Rechtfertigung vor Seybal, vor diesem Mädchen, vor seinen Bekannten – und vor sich selber. Abgesehen davon, daß es ein Glücksumstand für das Mädchen sein mußte, nun nicht mehr so ganz allein zu sein auf diesem unübersehbaren, einsamen und geheimnisvollen Stück Insel …

»Was ist dieser Seybal nur für ein Unmensch«, begann er aus dieser Überlegung heraus zu sagen, »Sie auf diesem Sektor wie in einer Geisterstadt allein zu lassen. Das widerspricht doch den primitivsten Sicherheitsvorschriften. Von der menschlichen Seite mal gar nicht zu reden. Sie können wohl auch nie nein sagen?«

»Und ob ich kann!« sagte sie spontan und nachdrücklich. Ihn traf dabei ein wacher Blick.

Wankon stutzte und lächelte dann vergnügt. *So* hatte er das nicht gemeint. »Und warum haben Sie dann nicht?«

»Weil Seybal auch *nein* sagen kann.«

Er überlegte einen Augenblick. »Das verstehe ich nicht«, gestand er.

»Er hat mir diese Reise auf dem Sektor ausdrücklich verboten!«

»Wie das?«

»Erstens: Eben wegen der Sicherheit. Zweitens: Weil ich eine Frau bin – Gefahren haben sich gefälligst nur Männer auszusetzen. Drittens: Ich bin ihm wohl manches Mal etwas unbequem, in seinen Augen vielleicht auch vorlaut, was in gewissen Abständen eines Dämpfers bedarf …«

Grinsend sagte Wankon: »Das finde ich eigentlich gar nicht so schlecht von ihm …«

Sie funkelte ihn aus schmalen Augen an. »Den Dämpfer?«

»Ach wo«, sagte er, »seine Rücksichtnahme … Punkt eins und zwei. Und viertens?«

»Viertens wegen des Alleinseins …«

»Na, jetzt bin ich ja da!«

»Da wäre er aber beruhigt, wüßte er das«, spöttelte sie, legte ihr Besteck aus der Hand und erhob sich. »Der Waschraum ist links nebenan!«

Er wusch sich gründlich.

Als er zurückkam, hatte sie schon abgedeckt ... Auf dem Tisch standen zwei Tassen. Und der Raum war voller Kaffeeduft.

»Haben Sie schon eine Konzeption für Ihre Reportage? Doch nicht etwa ein Interview mit Seybal?«

»Mögen Sie ihn nicht?«

»Ich weiß nicht recht. Aber den hat Gott und alle Welt schon interviewt. Dabei ist er selber gottähnlich ... Genial, korrekt, unfehlbar. Und mit dem Atoll verheiratet!«

»Ob er durch jede Brille so wirkt?«

»Überprüfen Sie's!«

»Wie werde ich, nachher finde ich ihn liebenswürdig – nicht auszudenken. Wo Sie mir doch bei meiner Reportage helfen wollen.«

»Dann wird es Zeit, daß Sie anfangen.«

»Habe ich ja längst. Bilder vom Stapellauf stapelweise. Dort habe ich Ihren Seybal bewundert. Was er so alles vorausbedenken, auf welche Tricks er verfallen mußte ...«

»Erstens ist er nicht *mein* Seybal«, widersprach sie mit leichter Schnippischkeit. »Zweitens ist so etwas nicht mit Tricks zu machen. Und drittens hatte der Kollege Generalkoordinator immerhin ein großes Kollektiv!«

»Zu dem eine gewisse Belinda Kohlus gehörte«, vermutete Wankon. Ihr Name gefiel ihm. Belinda Kohlus, das sprach sich gut.

Sie wiederholte akzentuiert: »Sehr richtig. Aber es geht nicht um Belinda Kohlus als Individuum, das möchte ich doch ausdrücklich betonen, es geht um Belinda Kohlus als kleinen Teil einer riesigen Gemeinschaft, von der jeder seinen Beitrag leistete, ohne den das da«, sie wies mit einer Handbewegung ringsum, »nie vom Stapel gelaufen wäre.«

»Aus der Grube geschwommen, jedenfalls dieser Sektor«, berichtigte er sie und trank einen Schluck Kaffee.

»Na, dann so«, sagte Belinda, noch immer aggressiv. »Jedenfalls darf ich wohl hoffen, daß Sie keinen Personenkult unterstützen, auch nicht, wenn es sich um Professor Seybal handelt.«

»Weiß der Himmel, was Sie für Erfahrungen mit Seybal gemacht haben, daß Sie einen solchen Rochus auf ihn haben. Fest steht, daß er Großes geleistet hat. Fest steht auch, daß er geharnischte öffentliche Kontroversen zu überstehen hatte, selbst vor der UNO, mit denen dieses Atoll, ja, seine wissenschaftliche Integrität in Frage gestellt wurde, was doch wohl beim Personenkult nie üblich war. Und was die Indienststellung der Sektoren betrifft, die war schon großartig. Eine riesige, kirchturmtiefe Trockengrube an der Küste in unmittelbarer Nähe eines Unterwasserabhanges als Baustelle. Dann der grubenbreite Durchstich vom Meere her, daß die Grube geflutet und der Sektor ausgeschwommen werden konnte ...«, schwärmte er.

»Ihre Reportage?« fragte sie spitz. »Andere Sektoren wurden anders gebaut. Im tiefen Wasser. Ihr Aufbau so berechnet, daß sie mit dem steigenden Gewicht doch nie tiefer einsanken, als bis unterhalb der untersten Bauöffnung ... Und andere auf Hellingen. Stückweise vom Stapel gelassen, im Wasser zusammengefügt.«

»Warum das? Ich meine, die Unterschiede?«

»Dieses hier, Harry Wankon«, sagte sie nachsichtig, »ist ein Experimentalbaukomplex. Ihm folgen weitere.«

»Na, na«, warf Wankon ein, der sich an ihrem belehrenden Ton stieß, »ich will bloß eine Reportage machen, Sie gleich Science-fiction!«

»Es sind schon neue Sektoren einer neuen Insel auf Kiel gelegt worden!«

»Und dann sagen Sie Experimentalbau? Das hieße doch wohl, Erfahrungen zu sammeln und nach ihnen zu projektieren und dann erst zu bauen?«

Sie belächelte seine Skepsis. »Bei der erheblichen Bauzeit der Sektoren können die Erfahrungen, die wir mit OKEANOS machen, noch immer einfließen!«

»Erst mal ankommen, dann die Insel montieren, da ist die nächste schon bald fertig«, behauptete er.

»Na, Sie haben vielleicht eine Ahnung«, sagte sie zwischen zwei Schlücken, ohne die Tasse abzusetzen. »Als Reporter hätten Sie sich etwas besser auf diese Reise vorbereiten dürfen.«

»Ich bin Redakteur!« widersprach Wankon, dem dieser Vorwurf nicht gefiel. Aber was sollte er darauf erwidern. So unrecht hatte sie ja nicht.

In der Stille war ihm, als vernähme er fernes Dröhnen. Nun spürte er auch wieder, daß der Raum schwankte. Nicht erheblich, aber immerhin ...

Belinda, die auf eine konkrete Antwort gewartet hatte, bemerkte seine Unruhe. »Nichts weiter«, sagte sie. »Nur der Orkan!«

»Jetzt übertreiben Sie aber«, meinte Wankon. »Das paßte zwar gut als Kapitelüberschrift: Die blinden Passagiere und das scharfe Auge des Taifuns, aber ich war doch draußen, vorhin ...«

»Vorhin – das war vor vielen Stunden. Inzwischen ist der Tiger aus dem Käfig. Was da dröhnt, Harry Wankon, das sind Brecher. Glücklicherweise schlagen sie gegen die Außenwand.«

»Schlügen sie von innen gegen die Wand, wär's schlimmer.«

»Vielleicht tun sie's bald. Falls der Wind dreht. Mit Außenwand bezeichnen wir Insulaner nämlich jene Wand, die von der künftigen Insel dem Meere zugewandt wird.«

Wankon sah sie ungläubig an und faßte sich unwillkürlich ans Kinn. Was war das nur für ein Mädchen? Ging allein auf diesen Sektor, um Meßreihen zu machen. So ganz geheuer war es ja nicht einmal ihm gewesen. Und nun sprach sie vom Orkan, als habe sie ihn schon des öfteren erlebt. So ernst konnte es wohl nicht sein.

»Kommen Sie!« sagte sie, als sie seinen Unglauben bemerkte.

Zwei Räume weiter befand sich die elektronische Zentrale. Leuchtende Schaltpläne an den Wänden, blinkende und ständig strahlende Leuchtdioden und -tasten, über Skalen tanzende und ruhigstehende Zeiger, Digitalanzeigen, Schaltpulte, Schreibtische, Telefone, ein Computer.

Sie winkte ihn an einen der Schreibtische, schob ihm einen Sessel hin und setzte sich ebenfalls. Nach zwei Handgriffen flimmerte es auf einem Bildschirm.

Er schaute verwundert auf den Schirm und blickte dann nach der Uhr. Der Bildschirm zeigte Nacht, die Digitaluhr erst vierzehn Uhr fünfundzwanzig!

Nach einigen Augenblicken begriff er, was er sah: Von der Höhe der Brüstung der Außenwand schwenkte die Kamera über die Stufen der Lagunenseite des Sektors. Das Meer sah er nicht. Es versteckte sich hinter einem Vorhang aus sturmgepeitschten Wolkengüssen und Gischt. Nur undeutlich ließ sich die nähere Umgebung erkennen. Wankon glaubte, einen Springbrunnen der oberen Promenade zu erkennen.

»Tatsächlich, ein Orkan, wie er im Buche steht«, sagte er verwirrt.

Sie schaltete auf die nächste Kamera um, die eine Stufe tiefer stand. Auch hier undurchdringlicher Gischt. Ebenso auf der nächsten Stufe. Stufe um Stufe dasselbe.

Plötzlich war Wasser vor dem Objektiv.

Sanken sie schon?

7

Die Pillen begannen zu wirken. Seybals Übelkeit verging, und eine seltsame Gelassenheit überkam ihn, die alles Gegenwärtige hinwegschob.

Er bat den Flottillenarzt, ihn allein zu lassen. Nach einem kritischen Blick, der Seybal schon nicht mehr aufregte, nickte der Arzt und verließ die Patientenkabine. In der Tür stehend, sagte er noch: »Wenn Sie mich brauchen, dort ist der Klingelknopf. Ich bin nebenan im OP!« Dann zog er die Tür behutsam hinter sich ins Schloß.

Jetzt erst spürte Seybal bewußt, wie sehr ihn die vergangenen Stunden mitgenommen hatten. Gewöhnt, in allen Situationen für OKEANOS vollverantwortlich zu sein, hatte ihn das erzwungene Ausgeschlossensein gerade in diesen Stunden, die sein Werk so sehr gefährdeten, doch schwer belastet.

Nun aber – sei es durch die Tabletten, die stabile Lage nach dem chaotischen Schwanken oder auch seine endliche Einsicht, hier und jetzt tatsächlich nicht helfen zu können – nun aber geriet er in einen Zustand der Entspannung, eines Schwebens zwischen Wachen und Träumen, der ihm völlig ungewohnt war.

Er entrückte dem Toben der Gegenwart, überhörte das widerwärtige Heulen und verlor sich in Gedanken und Bildern seiner Erinnerung.

Er geriet dabei in eine innere Gespaltenheit, die er körperlich fühlte, so als bestünde er aus zwei Ichs, die – sich gegenüberstehend – Zwiesprache hielten.

Ob sich all das, was ihn an Arbeit und Erleben mit OKEANOS verband, auch gelohnt habe, diese Frage bedrängte ihn vor allem. Und wenngleich die Antwort umfassenderer Überlegung bedurft hätte, so konnte er sich doch sagen, daß er wohl alles wieder so machen würde.

Tatsächlich alles? Mit Höhen und Tiefen?

Sie gehörten dazu. Wie könnte Siege ermessen, wer nie Neiderlagen erlitt?

Und Sira?

Es fiel ihm schwer, sich hier eine Antwort zu geben. Wenn es um Sira ging – und es ging in seinen Gedanken noch oft um sie, obwohl sie ihn bereits vor zwölf Jahren verlassen hatte – wenn es um Sira ging, dann wurde er unsicher. Zwölf lange Jahre – und er hatte zu ihrer Trennung noch immer keine unumstößliche Meinung.

Was sie mir wirklich bedeutete, dachte er, das konnte ich erst ganz ermessen, als sie mich verließ.

Und hättest du es vorher gewußt? fragte sein zweites Ich.

Die Zeit mit Sira war ausgerechnet mit jener Zeit zusammengefallen, in der das Projekt OKEANOS geboren wurde und sich meiner ganz bemächtigte. Sicherlich hätte ich manches anders machen müssen … Aber was und wie? Immerhin beansprucht mich OKEANOS noch immer ganz. Hätte ich damals nicht heiraten dürfen?

Andere heiraten auch, trotz ihrer Arbeit …

Sira war jung. Jugend lebt in vollen Zügen. Das ist ihr Recht. Auch die Befürchtung, etwas zu versäumen. ›Du bist jung, hast das Leben noch vor dir, nun habe erst einmal Geduld …‹ – das kann doch nur ein Älterer sagen, der das Leben überschauen kann!

Meine Erwartung, daß sie Verständnis und Geduld aufbringen möchte, mein Vertrösten auf später – ist das Selbstbetrug gewesen?

Schon damals war kein Ende deiner Anspannung abzusehen. Und der Inhalt einer Ehe ist doch wohl nicht von vornherein und dauerhaft Verzicht?

Ich wußte doch gar nicht, worauf ich mich einließ, als ich der Berufung folgte. Das Projekt wuchs und wuchs und ließ mich kaum zum Luftholen kommen.

Und du hast alles dir mögliche getan, eure zunehmende Entfremdung aufzuhalten, aufzuheben?

Sira ist selber Wissenschaftlerin. Sie wußte also um die Anforderungen des Berufes ...

Soweit er im normalen Rahmen verläuft, Erst warst du Tage verreist, dann nur noch Tage daheim, gehetzt von Problemen, Terminen, Besprechungen ...

Es war damals eine schlimme Zeit, Schritt für Schritt stieß ich auf Widerstand gegen das Atoll, auf Unglauben und Unverständnis ... Es war ja auch noch nicht ausgereift. Immer wieder berichtigen, ergänzen, vertiefen, umarbeiten, neu konzipieren ...

Immer Neues kam hinzu, das sich mit dem Atoll verwirklichen ließ ...

Du darfst dich nicht wundern, wenn nicht jeder sofort begriff, worum es ging, und dann vor deinem Brocken scheute wie der Gaul vor der Vogelscheuche.

Es gab auch nationalbetonte Widersprüche ...

Es ist ja auch gar nicht einfach, einem solchen gemeinsamen Milliardenprojekt zuzustimmen, diesem Schritt in die Zukunft, wenn man daheim noch Sorgen mit der hinterlassenen Wirtschaft hat, mit der Wasserversorgung, der Bodenkultivierung, der Energie, dem Lebensstandard; wenn man erst ins Heute treten will, wie jene Staaten, die gestern ihre Abhängigkeit abstreifen konnten ...

Deshalb werden Produktion und Gewinn von OKEANOS Industrie ja auch vor allem für sie verwendet ... Und sie sind es auch, die vornehmlich darauf achten, daß OKEANOS eine optimale Variante wird, sie plädierten letztlich wie die asiatischen Länder für die Größe ...

Was für einige Mitglieder im Forschungsrat die Realisierbarkeit immer zweifelhafter machte ...

Da sind ja auch noch diffizile Probleme, die sich theoretisch nicht lösen lassen ...

Wie der Orkan ...

Und die autoritäre Leitungsform während des Aufbaues ...

Die nicht jedem schmeckte.

Sie gehört ja auch nicht mehr zu den Prinzipien unserer Tage.

Sondervollmachten sind nötig, zumindest während der Anlaufphase. Während dieser Zeit ist noch kein harmonisches Zusammenspiel der einzelnen Wissenschafts- und Wirtschaftssektoren möglich, keine allseitig proportionale Entwicklung. Es werden schnelle und eindeutige Entscheidungen notwendig! Diese Disziplinierung ist unverzichtbar, bis die Anfangsphase beendet ist …

Sie ist auch ein bequemer Leitungsstil für dich: Ich weise an!

Umso besser. Im übrigen kann ich mich trotzdem beraten, werde es sogar müssen, bei diesen vielen Fachrichtungen. Es gibt die Erfahrungen der Raumfahrt …

Sie hat andere Voraussetzungen, Aufgaben und Strukturen. Das Atoll ist kein Kommandounternehmen mit speziell vorbereiteter Besatzung – die Bewohner müssen OKEANOS als ihre dauernde Umwelt hinnehmen, als Heimat, sonst wird seine Hauptaufgabe nicht erfüllt.

Die Bewohner einiger Korallenatolls wie überhaupt alle Bewohner kleiner Inseln leben auch eingeschränkt und nicht komfortabel, seit Jahrhunderten, wenn nicht Jahrtausenden …

Sie wuchsen hinein in diese Welt …

Und die Schiffbrüchigen, die gezwungenermaßen oder freiwillig blieben? Auf primitive Art leben. Zutiefst naturverbunden?

Die Freiwilligen lassen sich zählen. Und die gezwungenen sind kein Gegenargument. Und naturverbunden? Hast du die Natur – bei allem technischen Komfort – ersetzen können? Im Endstadium werden es Massen von Menschen sein … Kennst du Psychosen? Was dann? Noch nie schuf der Mensch ein so großes Stück künstliche Welt, noch nie wurden solche Menschenmassen hineingesetzt … Der Sprung aus dem gewohnten ins neue Leben ist groß. Es ist ein Leben mit anderen Parametern, Anforderungen, Erscheinungsformen, Rhythmen!

Ja, ich weiß, es ist die Herausforderung meines Lebens!

8

Sira Solomka, Doktor der Ingenieur-Wissenschaften und Direktorin des Informations- und Computerzentrums, saß an ihrem Arbeitstisch.

Sie las in einer Zeitschrift, doch immer denselben Satz, weil es ihr nicht gelang, seinen Inhalt zu erfassen. Ihre Gedanken schweiften ab.

Draußen schien die Sonne, und durch die offene Balkontür stahl sich der Frühling in den Raum, brachte den Duft von Apfelblüten mit und den Ruch bruchfeuchten Ackers.

Sie schloß die Augen und wünschte sich hinein in die Frühlingsnatur.

Gewiß, großstädtische Grün- und Parkanlagen, glatte Straßen, die vielen Einkaufsstätten – das alles machte das Stadtleben bequem. Ihr aber fehlte doch die Weite der Landschaft und ihre Stille, die das Rauschen der Wipfel, das Murmeln der Bäche, den fernen Ruf und das Feierabendgeläute erst hörbar macht.

Sie blickte wieder in die Zeitschrift und redete sich zu: »Du bist hier umgeben von Leuchten der Wissenschaft, und wenn du dich nicht als Funzel erweisen willst, dann bist du jetzt zu nüchterner Sachlichkeit und uneingeschränkter Konzentration verpflichtet. In diesem Raum ist es unzulässig, sich von solch unkonkreten Dingen wie Frühlingszauber einfangen zu lassen, es sei denn, du könntest ihn konkretisieren, analysieren, katalogisieren ...

Seufzend schaltete sie die Klimaanlage ein, zu der auch ein Springbrunnen gehörte, als einziger, aber keineswegs unmotivierter, unsachlicher Gegenstand in diesem Tempel der Logik.

Doch weder die Ingredienzien der aufgefächerten Fontäne, noch das gleichmäßige Rauschen versetzten sie in die Lage, sich zu konzentrieren. Die Nüchternheit ringsum ließ sie den Frühling doppelt lockend empfinden.

Sie schloß die Balkontür. Das allerdings nützte wenig. Ihre Gedanken blieben in den Bergen, und es war fraglich, ob sie sich mit dem Gedankenkonzentrator an den Computer zwingen ließen, denn diese Möglichkeit schien ihr absurd: Massendefekt und Elektronenspin gegen Blütenduft und Vogelgezwitscher. Programmbänder und flackernde Flüssigkristalle gegen sonnige Kleinstadtgassen, gegen Bergwälder und Gebirgspanorama?

Der Gong des Videos dröhnte in ihre Gedanken.

Unwillig drückte sie auf die Emfangstaste. Aus dem Bildschirm wuchs ein Mädchenkopf, farbig und plastisch, als habe sie ihn wirklich vor sich. Das Mädchen verbeugte sich leicht.

»Roso Marbu. Diensthabende der südpazifischen UNO-Zentrale. Unsere Seenothilfe erhielt das Hilfsersuchen einer Schleppflottille ...«

Siras Gedanken waren schlagartig im Raum. Sie lauschte den knappen Erklärungen der Diensthabenden, die auch aufgezeichnet wurden.

Der Hinweis, daß unter Umständen drei solcher Schlepps betroffen werden, sollte wohl die Dringlichkeit unterstreichen, mit der zu überprüfen sei, ob irgendwo auf der Welt weitergehende Erfahrungen zur Flottillensteuerung vorlägen und ob sie für diesen Fall, dessen genaue Parameter anschließend zum Kopieren überspielt würden, geeignet wären.

Außerdem weise der Flottillenchef darauf hin, daß man in früheren Zeiten bei Rettungsmanövern Öl auf das stürmische Meer pumpen ließ, um die Brecher und den Gischt zu unterdrücken. Er wolle wissen, ob es etwas Analoges zum Öl gäbe und das umgehend einsetzbar sei. Dem folgten die Koordinaten der Flottille und genaue Angaben über die dortigen Wetterparameter.

Sira quittierte das Gespräch. Nun war sie froh, dem Frühling widerstanden und hier ausgeharrt zu haben, denn die Diensthabende des Computerzentrums hätte sie, die Direktorin, bei diesem ungewöhnlichen Vorfall sowieso über Taschensprecher gerufen. Anweisungen irgendwoher aus ihrer Freizeitwelt geben, das mochte sie nicht.

Sie wählte die Nummer des Lingualinformationscomputers oder LININCOMs, wie sie ihn nannten.

Er meldete, daß er auf sämtlichen Kanälen besetzt sei. Die Dringlichkeitsstufe, die sie mit Tastendruck einschaltete, verschaffte ihr sofortige Verbindung. Alles, was ihren Dialog mit dem Computer behindern könnte, wurde nun unterbrochen.

Noch während sie die Daten eingab, begann LININCOM bereits mit der Ausführung ihres Auftrages, der in seiner Art alles übertraf, was Sira ihm je befohlen. An dieser Ungewöhnlichkeit mochte es liegen, daß sie, wie nie vorher, die Vorgänge so empfand, als sei sie Teil des LININCOM.

Über Kabel und drahtlos verband er sich mit den Informationszentralen aller Kontinente, fragte, verglich, überprüfte und kombinierte. Auch zur Abteilung Weltmeere der UNO, die dieses Projekt betreute, schlug er eine Brücke und holte sich, Siras Auftrag ergänzend, technische Parameter des Schleppzuges, ozeanografische Angaben, meteorologische Daten, kurz: alles, was geeignet war, Antwort zu geben auf die dringliche Frage: Gibt es Möglichkeiten, dem Schleppzug zu helfen? Das Ergebnis seiner Recherchen: Keine entsprechenden Programme irgendwo gespeichert. Eingegebene Informationen genügen nicht zur Berechnung eines geeigneten Programms!

Nun fragte Sira LININCOM wegen des Öls zur Wellenberuhigung, worauf er auf einige Gesetze verwies, die das Verunreinigen aller Gewässer mit Öl auf das strengste untersagten. Außerdem sei Öl für diesen Fall nicht ausreichend und eine Entzündungsgefahr bei atmosphärischen elektrischen Entladungen nicht auszuschließen. Etwas Analoges aber gäbe es nicht.

LININCOM schied damit aus.

Auf dem weiten Ozean aber kämpften Menschen mit dem Orkan ums Überleben. Wie könnte sie sich da zufriedengeben?

Sira wandte sich an das Physikochemische Institut und verlangte den Institutsdirektor Dr. Blego, den sie von Sitzungen im Stadtrat flüchtig kannte.

Er stutzte, als sie ihn fragte, ob er ein wirksames Mittel wüßte, Öl wieder vom Wasserspiegel zu entfernen. Schließlich schien ihr Öl besser als gar nichts, wenn es ans Leben ging. Und auch Gesetze mußten da schweigen, insbesondere, wenn sie Jahrzehnte alt und womöglich nicht mehr auf dem neuesten wissenschaftlichen Stand waren.

»Öl?« fragte Blego verwundert. »Auf einem Gewässer?«

»Auf dem Pazifik!«

Er wußte eine ganze Reihe von Mitteln, hatte aber auch eine ganze Reihe von Fragen: »Havarie auf dem Pazifik? Wie kommt das zu Ihnen? Ein Tanker? Eine Bohrinsel? Wo kommt das Öl her? Ist das schon der Überwachung gemeldet? Die haben doch Möglichkeiten!«

Sira erläuterte ihm die Zusammenhänge.

»Abgesehen vom Verbot – Öl ist auch ungeeignet. Damals feuerte man die Kessel mit Öl, da hatte man's zur Hand. Solche Mengen, wie hier nötig, könnte man bei dem Unwetter nur mit einem Unterseetanker befördern. Aber die Zeit ... Es müßte etwas anderes sein!«

Ungeduldig wartete sie auf das Resultat seiner Überlegungen, verhielt sich aber still, weil sie spürte, daß er mit seinen Worten nur sein Nachdenken kaschierte.

»Wir brauchen eine andere Haut«, sagte er schließlich. »Ja

Haut, das ist es … Eine Emulsion. Oder Plaste. Zähen Schaum!«

»Gibt es so etwas? LININCOM hat nichts gefunden!«

»Dann mixen wir es uns, nach Maß, in der Retorte. Bitte halten Sie für uns den Computer frei. Ich komme zu Ihnen, das ist einfacher so. Sind ja nur Schritte. Bis gleich!«

Sie lief im Raum umher. Von den Schränken zum Besuchertisch, um seine drei Besuchersessel herum, zum Arbeitstisch … Dann saß sie wieder. Links von ihr Videofon und Anschlüsse für die Biohauben des Gedankenkonzentrators und des Gedankenspeichers. Rechts Bedienungseinrichtungen und Mikrofon für den LININCOM und Tastaturen für den Programmierautomaten des LASRA, des Laserschnellrechners. Und sie mittendrin. Aber was nützte modernste Technik, wenn man kein passendes Programm dafür besaß?

Dabei zählte jeder Augenblick. Zwar war sie kein Seemann, es lagen aber einige Seereisen hinter ihr. So konnte sie sich vorstellen, was das hieß: Ein Rudel Schlepper vor einem kapitalen Schwimmkörper, und dazu Windstärke zwölf und haushohe Wellen … Ein Inferno!

Sie nahm die Kopie der Meldung zur Hand, die LININCOM ausgedruckt hatte, und stutzte.

Ein Ringsektor? Von dieser Größe? Und trotzdem ergaben erst achtzehn einen ganzen Ring?

Das könnte, ja, das mußte Seybals Atoll sein, es bestand doch aus Sektoren! Und es sollte, wenn sie sich recht besann, auch sektorenweise zum Standort geschleppt werden.

Seybals Träume – hatte er es doch geschafft!

Blego trat ein und begrüßte sie, als hätten sie sich erst am Vorabend getrennt. Obwohl sie kaum vorher ein Wort gewechselt hatten, war nichts Fremdes zwischen ihnen. Ihre Betroffenheit wich dem Bedürfnis, unbedingt etwas für die Schlepper zu tun.

Ungeniert zog sich Blego einen Sessel heran. »Sie gestatten doch?« Er setzte sich zu ihr und meinte arglos: »Na, da wollen wir Ihrer Klatschtante mal auf den Zahn fühlen!«

»Wem, bitte?«

»Oh, Pardon. Wollte sagen: Ihrem Informationscomputer«, erwiderte er mit ernsthafter Miene, aber in seinen Augen saßen tausend Fünkchen. »Er plaudert doch alles aus?«

Sie nickte lächelnd. »Das allerdings ist seine Aufgabe!«

»Genau das wollte ich sagen«, behauptete er, erbat sich die Meldung, las, kratzte sich unbewußt hinter dem Ohr. »Verteufelte Sache. Möchte nicht in Seybals Haut stecken.«

»Falls er es weiß.«

Blego sah sie verwundert an. »Ich bitte Sie. Wo anders könnte er jetzt sein, als in der Zentrale ...«

»Sie kennen ihn?«

»Ich kenne das Projekt! Man muß es kennen. Wie das Mondobservatorium, die Marsbasis, den Gibraltarstaudamm ...« Er verstummte und tat verlegen.

»Ich kenne es ebenfalls«, beruhigte sie ihn.

Er atmete übertrieben auf und wandte sich unverzüglich dem Videofon zu. »Die Nummer, bitte.«

Es wurde ein Examen für LININCOM. Und er bestand es »summa cum laude«: Auf jede Frage eine erschöpfende Antwort. Die Diagramme, Formeln, Zeichnungen und Aufstellungen fielen wie die schriftlichen Antworten sofort als Kopie in den Auffangkorb. Jedes Geheimnis gab er preis: Alle Eigenschaften eines Ölfilmes, die möglichen Energien eines Orkans, die durchschnittlichen Kräfte der Wellen schwerster See und die idealen Eigenschaften eines zu konstruierenden Stoffes, der die Naturkräfte derart kompensieren könnte, daß sie für die Flottille an Gefährlichkeit verlören.

Blego raffte die Kopien zusammen, warf sie auf den Tisch und nickte, »Unmöglich machen wir sofort, Wunder etwas später!« Dann aber schüttelte er den Kopf. »Ist schon eine tolle Mischung, die hier gebraucht wird. Dieser Ölersatz muß sich ausbreiten wie entspanntes Wasser, aber hohe Oberflächenspannung haben, elastisch bleiben und doch homogen, schaumig, damit es viel wird, aber nicht flockig ... Er muß Orkan und Wellen trotzen und sich doch in kürzester Zeit im Salzwasser zersetzen. Aktivierter Widerspruch. Termin vorvorgestern ...«

Es war mehr ein Selbstgespräch, das Blego führte, das Resümee seiner Überlegungen, und so bemerkte er nicht, daß Sira seine Rede zwar vernommen, nicht aber verstanden hatte.

Seybals Erwähnung hatte längst Vergangenes aufgerührt. Sie sann, wie es in Seybal aussehen mochte. Wer so ganz an eine Sache hingegeben ist, der muß doch auch ganz getroffen sein.

Sie dachte nicht gern an ihre Zeit mit Seybal, in der sie sich gekränkt und zurückgesetzt gefühlt hatte.

Gewiß schwang seinerzeit auch noch immer etwas vom Lehrer-Schüler-Verhältnis mit, schließlich hatte sie bei Seybal Energetik gehört und war zeitweise auch in der Studentengruppe gewesen, mit der er die alten Inselprojekte sammelte und auswertete. Eine solche Abhängigkeit schaffte man nicht von heute auf morgen aus der Welt.

Vor allem aber waren da viele nichterfüllte Erwartungen des Zusammenlebens, der Liebe, gemeinsamer Erlebnisse, gegenseitiger gleichberechtigter Anteilnahme an der Arbeit des anderen ...

Er wußte nicht einmal, daß sie, kurz vor ihrer Trennung, Abteilungsleiterin geworden war. Er war ja dauernd unterwegs. Und kam er für kurze Stunden heim, war er abgespannt, abwesend, in Gedanken bei OKEANOS. Das nahm sie gegen sein Projekt ein, und folglich meinte sie auch, die andauernden Rückgaben der Unterlagen durch den Forschungsrat wären darauf zurückzuführen, daß er den Anforderungen nicht gewachsen sei, daß er nur aus Trotz, Eitelkeit oder was auch immer an diesem Projekt festhielt.

Sie fühlte sich allein, einsam, nicht ernst genommen. Gab es eine Berechtigung, mit dem Partner so umzugehen?

Heute dachte sie anders. Sie war einer solchen Partnerschaft damals nicht gewachsen! Wie hatte sie sich um seine Arbeit gekümmert? Hatte sie überhaupt begriffen, welche Dimensionen Seybals Aufgabe annahm? Und sie wußte kaum etwas von OKEANOS, kannte das Projekt nur in den groben Zügen des Anfangs.

Sie machte erst später, im Laufe ihrer eigenen Entwicklung, die Erfahrung, daß Projekte solchen Umfangs nur in der Auseinandersetzung zum Optimum heranreifen.

Sie konnte Seybal längst keinen Vorwurf mehr machen, hatte sie doch inzwischen begriffen, daß eine solche Aufgabe den ganzen Menschen erfordert ... Ob er dann aber heiraten sollte ... Und wenn, müßte man am Projekt zusammenarbeiten! War es dazu denn zu spät?

Unwillkürlich lächelte sie. Sie hatte ihre eigene Aufgabe. LININCOM schrieb auch ihre Handschrift. Aber was viel wichtiger war: Heute wußte sie, daß sie Seybal nie geliebt hatte, es war nur Achtung, Schwärmerei, Sympathie einer Studentin für ihren Professor gewesen. Sie hatte das für Liebe gehalten.

Aber warum gab es dann für sie keinen neuen Gefährten? Ja, sie hatte erst später erkannt, wer Seybal war, welche Maßstäbe er setzte – nach ihm nahm man keinen beliebigen …

Vielleicht wäre damals die Liebe noch gekommen, wenn sie ausgeharrt hätte?

Jedenfalls wird sie sich nun mit OKEANOS eingehend befassen, das ist sie Seybal schuldig.

Blego hatte sie offensichtlich vergessen. Er hockte vorgebeugt im Sessel, telefonierte mit Instituten und Kombinaten, mit Flugplätzen, Wetterzentralen, Transportbetrieben und Rohstoffzentralen und machte sich Notizen. Vor ihm häuften sich die Kopien aller Daten, die er sich von LININCOM erfragte. Als er sich erneut mit ihm verband, ohne vorher ein Wort mit ihr zu wechseln, keimte Unmut in ihr.

Es ging um Minuten. Und den Informationsfluß zu unterbrechen, das hieße Zeit zu verlieren. Aber daß er sie völlig ausklammerte, wo es ihr in allen Fingern kribbelte, mitzutun!

Endlich hatte er die Informationen zusammen, die er brauchte, den entscheidenden Schritt zu wagen.

Nun begann er zu erklären, während er ihr Zettel auf Zettel mit Aufgaben für den LASRA zuschob. Er überschüttete sie mit Hinweisen, und es rauschte in ihren Ohren von Valenzen und Modifikationen, Atom- und Molekulargewichten, spezifischer Wärme, spezifischen Gewichten, Katalysatoren, Proportionen, Reaktionsgeschwindigkeiten und Formeln, daß sie trotz ihres Tatendurstes versucht war, einhaltgebietend die Hände zu heben.

Sira verstand genug davon, um zu erkennen, daß er bereits bekannte Plaststoffe verändern und sie dem konzipierten Wellenberuhigungsmittel möglichst nahe bringen wollte. Dazu galt es, auf dem LASRA eine Vielzahl von Varianten durchzuspielen.

Sie vergaß ihren Unmut und fütterte den Programmierautomaten des LASRA mit seinen Aufträgen, reichte ihm Zwischenergebnisse und beobachtete mit leichtem Bangen, ob sie seinen Erwartungen entsprachen.

Die Zeit verrann!

Seine Entschlossenheit war ganz nach ihrem Geschmack. Zwar war er dem Äußeren nach nicht das, was sie als junges Mädchen unter ihrem Idealtyp verstanden hatte, dazu war er zu hager, die Nase zu groß und der Mund zu schmal, zudem war er blond und kurzgeschoren, was sie nie sehr gemocht hatte. Doch so, wie er jetzt arbeitete, das nahm sie für ihn ein.

Ob es ihm gelang, die Verantwortlichen aller in Frage kommenden Bereiche zu überzeugen, damit auch sie unverzüglich alle außerplanmäßigen Maßnahmen für Produktion und Transport veranlaßten? Schließlich ist die Idee nur die eine Seite der Medaille, die Realisierung die andere. Die Zahl der Instanzen vom Rezept über die Mixtur bis zum Einsatz war normalerweise groß, und jede wollte überzeugt werden. Das kostete Zeit, die den Einsatz verzögern und damit die Hilfe überhaupt fragwürdig machen konnte.

Blego richtete sich unvermutet auf, sagte: »Das wär's!« Er schlug mit der flachen Hand auf den Streifen Papier, den sie ihm gerade zugereicht hatte. »Baldrian fürs Meer!«

Sira blickte neugierig auf das Blatt.

»Eigenschaften nach Maß«, sagte er. »Nur einige Komponenten der laufenden Produktion sind zu verändern, das bringt kurze Umstellungszeiten. Und dann: Superkurzer Produktionsprozeß bei großem Produktionsvolumen. Pulver, das mit Salzwasser zu schaumiger Emulsion reagiert, die später die Fische vernaschen!«

An seiner Redseligkeit erkannte sie, wie angespannt er gewesen war.

Zu ihrer Überraschung rief er keine übergeordneten Instanzen an, sondern sprach unmittelbar mit dem Chemiekombinat, das den Basisstoff herstellte, erläuterte die Situation, gab die Rezeptur durch, forderte sofortige Produktionsumstellung, beschwor, wetterte und trieb: »In vier Stunden landen die ersten Allwettertransporter bei Ihnen. Herrgott, haben Sie nicht begriffen? Fragen Sie Petrus, ob der so lange wartet, bis Sie ein Papierchen haben. Es geht um mehr, als sich so schnell umfassend erklären läßt ... Ja, Dringlichkeit A 1 – Katastrophenalarm! Nein? Dann bringe ich Sie vor den Kadi, Verehrtester, wegen unterlassener Hilfeleistung im schweren Fall. Hunderte Menschen, Milliardenwerte ... Natürlich hat der Vorsitzende zugestimmt. Na also! Die Flugzeuge sind kontinuierlich zu beladen. Sie starten dann sofort. Transport in wasserlöslichen Plastesäcken, den dünnsten, die Sie haben. Sie müssen beim Aufprall platzen! Der Kostenträger? Sie haben Sorgen. Na gut, mein Institut. Vorerst jedenfalls. Beginnen Sie sofort. Die Unterlagen übermittle ich anschließend über Video.«

Sira horchte gebannt. Welch eine Zivilcourage! ›Der Vorsitzende hat zugestimmt.‹ Wenn das mal gut geht. Andererseits hieß es nicht ohne Grund, daß ungewöhnliche Situationen ungewöhnliche Mittel erfordern.

»Und nun die Luftflotte …« Blego lehnte sich zurück, den Finger auf der Tastatur des Videos. »Ich kann ihn ja verstehen – wenn mich einer mit solcherart Ansinnen überfiele, den würde ich auch erst einmal zum Narren stempeln …« Sprach's und drückte die Nummerntasten.

Sira wurde bewußt, daß er die Flugzeuge bereits zeitlich angekündigt hatte, ohne auch nur zu ahnen, ob sie überhaupt kommen … Das war ja wohl doch närrisch!

»Blego hier, ja, Gregory Blego … Hallo Piet, wie geht's? Da staunst Du, was? Nun mach's halblang, alte Fledermaus, drei Jahre? Nein, tatsächlich. Wie die Zeit vergeht! Also, ich besuche dich … Nein, Ehrenwort, in Kürze … Wie lang das ist? Sagen wir: In den nächsten zwei Monaten, vorausgesetzt, ich bleibe auf freiem Fuß. Was ich ausgefressen habe? Deshalb rufe ich an. Hör zu, Pieter, folgende Lage …« Er schilderte kurz und prägnant die Situation auf dem Pazifik, sein Gespräch mit dem Chemiekombinat, und bat dann: »Du hast doch für Notfälle die Reservestaffel, Piet … Du bist am nächsten dran, ich habe euch angekündigt, ja, vier Stunden! Braucht ihr nicht? Ist ja bestens, Piet, vielen Dank!«

Er stieß pfeifend die Luft aus und lachte auf. »Wir haben gemeinsam bei der Sicherheitstruppe gedient … Er ist Chef der Luftflotte Süd. In sechs Stunden können die ersten Pulversäcke fallen. So lange müssen die Jungs schon aushalten, sind ja hartgesottene Burschen, die von den Schleppern. Die Orkanspitze wird in acht, neun Stunden erwartet. Das müßte zu schaffen sein!«

Und schon drückte er wieder die Tasten des Videos und gab der Diensthabenden der Pazifischen Zentrale die Maßnahmen bekannt, die er getroffen hatte. Sie machte große Augen, als sei er ein Wunderkind. Aber dann lachte sie übers ganze Gesicht. »Danke, vielen Dank!« sagte sie. »Mir fällt ein Gebirge vom Herzen … Ich werde sofort die Genehmigung des zuständigen Ratsvorsitzenden nachholen!«

Blego hob abwehrend die Hand. »Mache ich selber, Mädchen. Was ich mir einbrocke, löffle ich auch aus.«

Roso Marbu schüttelte den Kopf. »Das ist unsere Sache!«

»Ich habe bewußt Vorschriften verletzt ...«

»Eben deshalb!«

Blego lächelte jungenhaft. »Ich melde mich, wenn sie mich durch den Fleischwolf drehen wollen. Bleiben Sie am Ball, vor allem beim Chemiekombinat. Mit der Überwachung der Aktion haben Sie voll zu tun. Für die Transporter verbürge ich mich.« Er hob grüßend die Hand. »Bye, bye!«

Dann bat er um ein Gespräch mit dem Vorsitzenden des Wirtschaftsrates.

Sira trat auf ihren Balkon hinaus. Das würde ein heikles Gespräch. Wer hat es schon gern, wenn ohne sein Wissen, aber in seinem Namen, Entscheidungen getroffen und Maßnahmen eingeleitet werden. Blego aber hatte viele Instanzen umgangen. Andererseits half seine Courage, einen Vorlauf zu schaffen, der die Chancen für den Sektor und damit für das ganze Atoll erheblich verbesserte.

Sie wünschte sehr, daß diese Sache zu einem guten Abschluß käme, um des Atolls willen, um Seybals willen, aber auch wegen Blego, dessen zupackende, ungezwungene Art gar nicht sehr alltäglich war, ihr aber zunehmend gefiel, weil sie mit seinem Handeln übereinstimmte.

Sira atmete auf, als Blego hinter ihr sagte: »Akzeptiert!« Er tupfte sich mit dem Taschentuch Schweißperlen von der Stirn, während sie auf dem Balkon fröstelte. »In seinen Kommandohöhen haben Bürokraten gottseidank keine Chancen. Was nun, sollten wir nicht Seybal verständigen, daß sein Sorgenkind die Krisis bald überstanden hat?«

Sira stimmte zu, hielt es aber nicht für klug, Blego zu sagen, daß sie Seybal kannte. Womöglich fragte er dann, woher, oder er trüge ihr gar an, selber mit Seybal zu sprechen!

»Eine Gelegenheit, ihn persönlich kennenzulernen«, sagte Blego und rief die südpazifische Zentrale, Abteilung Seetransporte, an. Aber die Diensthabende bedauerte. »Professor Seybal befindet sich an Bord des Flaggschiffes der Flottille.«

»Da sieht er ja selber, ob es hilft«, sagte Blego, bemerkte, daß Sira sich unwillkürlich zum Herzen griff, und sah sie besorgt an. »Ist was? Herzschmerzen?«

»Wird Ihr Pulver die Gefahr beseitigen?«

»Vermindern, das hoffe ich sehr«, antwortete er ernsthaft, »zum Erproben fehlt die Zeit.«

»Haben Sie Unterlagen über OKEANOS?«

»Ja. Es lohnt sich, tiefer in das Projekt einzudringen. Wenn es Ihnen recht ist, schicke ich es hierher?«

Als er sich verabschiedet hatte, trat sie wieder auf den Balkon. Er winkte von unten und verschwand mit federnden Schritten in einem der Gäßchen zwischen den alten Fachwerkhäusern.

Vor ihr zog sich das Städtchen den Berg hinauf, schmal und verwinkelt die Gassen, auch die Straßen nicht breit. Hinter ehrwürdigen Fassaden verbargen sich Institute, Verwaltungen, Klubs, einige Wohnungen. Die meisten Einwohner bewohnten die Neubauviertel rechts und links des historischen Teils, durch schmale Parks getrennt von ihren Arbeitsstätten. Über dem Städtchen begann ein Wald aus Tannen und Fichten.

Hier war es fast wie daheim. Das war auch einer der Gründe, weshalb sie seinerzeit in dieser Stadt geblieben war und dieses Institut mit LININCOM und LASRA ausstatten half, die beide mit einer, unter ihrer Leitung entwickelten, neuen Datenspeicherung versehen waren.

Jetzt aber nahm sie das alles nur flüchtig auf. Sie fühlte auch nicht die sonstige Geborgenheit.

Sie war aufgeschreckt und nun voller Unruhe und Bangigkeit. Auf dem Ozean kämpften Menschen ums Überleben. Und unter ihnen befand sich Emori Seybal, den sie fast vergessen hatte, der aber nun ihre Gedanken bewegte ...

9

Geheul wie von Sirenen drang in Seybals Schlaf. Instinktiv wehrte er sich gegen das Erwachen, das ihm nur Unbill bringen konnte. Er hatte jedoch die Bewußtseinsschwelle bereits überschritten, und so gab es kein Zurück. Er trat weiter Schritt um Schritt in die Wirklichkeit.

Es nützte ihm nichts, die Lider fest geschlossen zu halten, denn er wußte schon: Was da so widerwärtig heulte, waren keine Sirenen.

Er mußte die Augen öffnen.

Der Flottillenarzt hatte ihn getäuscht, von wegen: etwas für die Nerven. Doch der Schlaf hatte ihm gutgetan.

Und Kondition würde er nun gebrauchen können, wie ihm das Geheul verriet. Wie lange hatte er geschlafen? Und was hatte er verschlafen? Hatte der Kommodore den Sektor doch noch abgeworfen? Auf sich selbst gestellt, waren die Katamarane ungewöhnlich see- und sturmfest!

Nun war er hellwach und sprang von der Liege. Nichts konnte ihn jetzt noch in der Kabine halten.

Auf dem Gang, der sich auf der Bugseite der Schiffsaufbauten von Rumpf zu Rumpf dahinzog, lehnte der Arzt und blickte durch eines der Fenster voraus.

Er war nicht überrascht, als Seybal auf ihn zukam, winkte ihn – nach einem zufriedenen Blick auf seine Armbanduhr – heran und wies mit einem ›hab-ichs-nicht-gesagt-Lächeln‹ hinaus.

Zwar heulte der Orkan noch furchterregend wie vordem. Und es war auch noch nicht heller geworden. Doch im Scheinwerferlicht sah Seybal, daß die Wogen nicht mehr lawinenartig vornüber kippten und die Wellenkämme nicht mehr sturmzerfetzt als Gischt die Luft vernebelten.

Die See war von einer dichten, rotschillernden Schicht bedeckt, die er mit Schnee verglichen hätte, wäre sie weiß gewesen. Oder auch mit Teichlinsen, hätte sie grün geschimmert.

Aber rot?

Seybal hatte zwar gelesen, daß Zoo- oder Phytoplankton zuweilen das Meer flächenweise überziehen, ja, daß die Pflanzen mitunter sogar eine rote Färbung ergeben – doch jetzt und ausgerechnet hier ...?

Der Nachbarschlepper der Flottille verbarg sich nicht mehr hinter einem Gischtvorhang und Seybal sah sein Auf und Ab im Wellengebirge, daß es nach wie vor gab.

Dann war ihm, als habe er auch die Lichter des übernächsten und sogar dessen Nachbarn gesehen und als schöben sie sich, noch immer im alten Halbkreis gestaffelt, durch die roten Fluten.

»Planktonblüte?« fragte er, ungläubig den Kopf schüttelnd.

Da war es, als dringe ein Pfeifen anderer Art durch das Heulen.

Auf Seybals fragenden Blick sagte der Arzt: »Düsentriebwerke. Sie werfen voraus Pulverbomben!«

Seybal schaute auf den Meeresbelag. Es schien tatsächlich so, als schöbe sich der Schlepper durch hohe Pulverschneewehen, widerspräche dem nicht die rote Farbe.

Nun fiel es ihm ein: »Rote Scheinwerfer, ja? Als Flugzeugmarkierung der Schlepper!«

»I wo«, sagte der Arzt, »das Rot ist echt, Herr Professor.«

»Was ist das?«

»Ein Mittel gegen Seekrankheit.«

An seinem Lachen erkannte Seybal, daß auch den Arzt das Kreuz der Furcht gedrückt hatte. »Und der Sektor, Herr Doktor?«

»Hängt noch brav an den Trossen. Das Schlimmste ist nun überstanden«, antwortete der Arzt.

Seybal war sich dessen nicht sicher. Wie schnell bewegte sich bei dieser Windgeschwindigkeit das Meer vorwärts und trug dabei den Schaumteppich davon?

Bald wäre ihm diese Frage entschlüpft, er entsann sich jedoch rechtzeitig seines Physiklehrers, den sie wegen seiner unwissenschaftlichen Bilder oft belächelt hatten. Aber gerade diese Bilder hatten sich eingeprägt.

»Stellt euch vor«, hatte sein Physiklehrer gesagt, »stellt euch vor, ihr hättet eine Katz' unter eine Tischdecke gesteckt und hieltet die Decke fest. Die Katz' aber läuft unter der Decke zur anderen Tischseite. Dann bewegt sich der Wellenbuckel vorwärts – aber die Decke bleibt, wo sie ist.«

Demnach müßte es möglich sein, einen geschlossenen Belag um den Schleppkonvoi aufrechtzuerhalten, wenn in Fahrtrichtung ständig nachgeschüttet würde.

Ein Gefühl unendlicher Erleichterung erfaßte ihn. Man war dem Inferno der Naturgewalten nicht mehr wehrlos preisgegeben!

»Kommen Sie in die Messe«, empfahl ihm der Arzt, »schließlich müssen Sie wieder einmal etwas zu sich nehmen!«

Tatsächlich spürte Seybal nun die Leere seines Magens als ein schmerzhaftes Ziehen – und das trotz des Schwankens unter seinen Füßen.

»Wie lange habe ich denn geschlafen?«

»Einen reichlichen Tag«, sagte der Arzt mit jungenhaftem Lachen.

»Wie bitte?« Seybal glaubte wirklich, sich verhört zu haben.

»Jaja, stimmt schon!«

»Ihr Nervenberuhigungsmittel ...«

»Ein starkes Schlafmittel!« bekannte der Arzt schnell, schob sich an der Wand ab und balancierte vor Seybal her durch den Gang.

Seybal tat es ihm nach. Es wurde ihm seltsamerweise nicht einmal schlecht dabei.

Als er den Speiseautomaten bedienen wollte, an dem trotz des Orkans nun auch die Speisenanalyse hing, hielt ihn der Arzt zurück.

»Bitte, lassen Sie mich das machen. Ihre Speisefolge wird heute ärztlich verordnet.«

Als sie am Tisch saßen, erklärte der Arzt: »Bei der Rezeptur hatte ich die Hände im Spiel. Sie ist abgestimmt auf die nervalen Belastungen durch den Orkan, ihren sensotorischen Typ, auf ... kurz und gut: Auf die momentanen Erfordernisse.«

Seybal schmeckte das Menü, und er war zufrieden. Es waren braune Röllchen, die an Rouladen erinnerten und auch so mundeten, Blättergemüse wie Schmorkraut, eine sehr herzhafte Soße und eine knödelartige Beilage. Bevor er trank, verhielt er mit dem Glas vor dem Mund und musterte den Arzt.

Der verstand sofort. »Garantiert ohne Schlafmittel!«

Es war ein weinartiges Getränk und schmeckte Seybal.

Der Arzt lächelte. Plötzlich wurde er ernst und blickte mit vorwurfsvollem Blick zur Tür.

Der Kommodore betrat die Messe und ging zum Speiseautomaten.

Er hatte den Blick bemerkt, denn als er an den Tisch kam, sagte er nach einem launigen »Hallo, Professor!« zum Arzt: »Die knappe Stunde Verspätung wird nicht gleich meinen Kräfteverfall bewirken, wie?«

Der Arzt erwiderte kein Wort, kontrollierte aber mit einem Seitenblick Mertens Menü.

Der Kommodore griff zur Gabel, aß einige Bissen und wandte sich dann an Seybal. »Ausgeschlafen?« Und nach zwei weiteren Bissen: »Der Orkan läßt spürbar nach. Laut Petrus haben wir gegen Abend normale Verhältnisse. Jedenfalls so normal, daß wir wieder wenden können. Nur Ihr Fahrplan, Professor, der ist futsch!«

Seybal bemerkte die tiefliegenden Augen, die schlaffen

Wangen und die scharfen Falten in Mertens' Gesicht, und es trieb ihn, sich zu bedanken. Rechtzeitig fiel ihm Mertens' Hinweis zum Auftrag ihrer beiden Leitungskollektive ein. Dementsprechend hätte sich auch Mertens bei Seybal bedanken dürfen, daß der Sektor sich als sturmfest erwiesen hatte. So sagte er nur: »Der Fahrplan, Kommodore, das macht nichts. Ich werde einen Weg finden.« Er unterdrückte seine Rührung.

»Soll ich doch ein Flugzeug anfordern, dann, wenn es Sie abholen kann? Sie müßten eben mit den Sektoren zwei und drei beginnen!«

»Das fehlte noch«, widersprach Seybal mit rauher Kehle und legte seine Rechte auf Mertens' Linke. »Ich möchte, daß Sie neben mir stehen, wenn die erste Montage vollzogen wird. Würden Sie bitte berechnen lassen, wann wir am Standort eintreffen? Vielleicht ließe sich unsere Schleppgeschwindigkeit etwas erhöhen und die der anderen Konvois etwas drosseln?«

»Ich veranlasse das«, sagte Mertens mit einem schnellen Blick zum Arzt. »Sie können wegen der anderen Konvois selbst mit der Transportabteilung sprechen.«

Seybal dankte erfreut. »Ich möchte auch wissen, wem wir das Pulver verdanken ...«

»Hab schon gefragt. Einem gewissen Doktor Blego. Hab mir den Namen notiert. Aber kommen Sie zur Brücke, Professor!«

»Und ich schließe mich ebenfalls an«, sagte der Arzt nachdrücklich.

Mertens schmunzelte. »Wegen meiner Ablösung!« erklärte er Seybal.

»Die Worte höre ich wohl, Kommodore, allein das möchte ich doch lieber kontrollieren ...«

»Ich bin ganz brav, mein Lieber«, versprach Mertens dem Arzt. Und zu Seybal sagte er: »Sie sehen, nicht der Flottillenchef hat das letzte Wort bei uns!«

10

Unschlüssig stand Sira Solomka in der Tür ihrer Küche. Der Mittag nahte, und es boten sich ihr vier Möglichkeiten, mit ihm diesem freien Tag etwas Besonderes abzugewinnen:

Sie könnte sich aus der Menühalle eine Assiette holen und daheim essen. Aber sie fand das alltäglich, gab es Assietten doch ebenfalls in der Betriebsküche, wenn auch nicht in dieser Auswahl.

Oder sie nähme den Weg in die einzelnen Spezialgeschäfte auf sich, um selbst ein Menü zusammenzustellen, was die Mühe des eigenen Zubereitens – wenn selbstverständlich auch alle Zutaten verarbeitungsfertig vorbereitet wären – erforderlich machte. Nicht, daß sie diese Mühe immer scheute, manchmal machte sie ihr sogar Vergnügen. Heute aber hatte sie keine Lust, wenn auch genügend Zeit.

Drittens gäbe es die Möglichkeit, sich über Rohrpost ein Mittagsgedeck aus der Klubgaststätte ins Haus kommen zu lassen. Dann hätte sie nicht einmal den Aufwasch, denn das benutzte Geschirr schickte man ungereinigt zurück. Maschineller Abwasch war effektiver als häusliche Handarbeit.

Oder sollte sie sich – viertens – selber in den Klub begeben? Dazu müßte sie sich umziehen. Und dort könnte sie auf Mike Drossler stoßen!

Also »drittens«! Einmal bei sich selbst zu Gast sein.

Bis zur Bestellung blieb noch Zeit. Ihre kleine Küche hatte sie schon abends aufgeräumt, das Wohnzimmer morgens, nur das Bad wartete noch auf den Bodenreiniger.

Sie griff zum Schaumentwickler und wollte ihn unter den Wasserhahn stellen, da fiel der Zeitungscontainer in den Rohrpostkorb: Die »Mittagspost«.

Sie blätterte in der broschürengroßen Illustrierten, während sie ins Wohnzimmer ging, dort ließ sie sich in einem Sessel nieder.

Zuerst überflog sie die Schlagzeilen. »Erste Tomatenernte auf der Marsbasis ... UNO-Vollversammlung fordert strengere Kontrolle und schärfere Sanktionen für Umweltverschmutzungen im regionalen Maßstab ... Beschluß über weltweite Reduzierung auch der konventionellen Kriegswaffen – amerikanischer Einspruch einstimmig abgelehnt ... In Bombay Fünflinge geboren ... Orkan nun über Land, verwüstet ganze Städte ...«

Sira schrak auf. Es war nur eine kurze Meldung, die sie sich schnell erblätterte. Sie besagte nichts anderes, als daß der Orkan nordwärts zog und über eine Inselgruppe hinwegtobte. Der Schaden war ungeheuerlich, aber die Menschen, rechtzeitig gewarnt, hatten evakuiert werden können. Was aber war mit dem Schleppkonvoi geschehen? Sie mußte die Meldung überlesen haben.

Unwillkürlich suchte ihr Blick unten im Tal die Glasfassade des Physikochemischen Instituts. Ob Dr. Blego etwas Näheres wußte? Wozu gab es Videofon?

»Oh, Sie? Ich freue mich sehr, Sie zu sehen, Sira Solomka«, begrüßte er sie überrascht und die Freude überzog sein Gesicht. »Haben Sie die Unterlagen bekommen?«

»Ja, danke. Haben Sie Bescheid von unserem Seetransport?«

»Nein. Ist etwas schiefgegangen? Entschuldigen Sie, ich bin so eingespannt, daß ich nicht dazukam, mich zu erkundigen.«

»Ich bitte Sie, Gregory Blego«, unterbrach sie ihn betreten, »ich hätte ja auch … Nein, eine Pressemitteilung vom Orkan. Nichts vom Konvoi.« Sie zeigte ihm die Meldung.

»Ich rufe sofort an. Wo kann ich Sie verständigen? Daheim? In dreißig Minuten, ja?«

Es wurde eine lange halbe Stunde, dann lachte er vom Bildschirm her. »Operation geglückt, Patient wohlauf«, sagte er. »Ich war vorhin richtig erschrocken. Man müßte dabeisein, wenn Seybal seinen Ring montiert! Na ja.« Er zuckte die Achseln, lächelte selbstironisch und schlug dann vor: »Ein Grund zum Feiern wäre es immerhin. Gemeinsam meine ich. Wollen wir uns treffen?«

»Gern!« sagte sie.

»Wo darf ich Sie erwarten?«

»An Ihrem Institut. Ich hole Sie ab.«

»Tatsächlich?«

»Ich habe doch heute frei!«

»Großartig!« fand er. »Um dreizehn Uhr, ja? Ich freue mich auf Sie.« Er hob grüßend die Hand und verblaßte auf dem Video.

Sira bestellte sich für Zwölf-Uhr-fünfundvierzig einen Wagen.

»Indu oder Manu?« erkundigte sich die Disponentin.

»Bitte Kombi, wenn Sie haben.«

»Weshalb sollte ich nicht?«

Kombinierte Steuerung war wohl besser, da blieb die Entscheidung offen, wohin sie fahren. Mit der Induktionssteuerung wären sie ans Hauptstraßennetz gebunden, die unterirdischen Kabel verliefen nur unter ihm. Für die Nebenstraßen brauchte man die manuelle Steuerung, dann aber galt absolutes Alkoholverbot – sie aber wollten doch feiern. Mit der Kombi konnten sie erst freizügig fahren und kamen nach dem »Anstoßen« trotzdem, ferngesteuert, bequem und sicher, wieder heim.

»Der Wagen wartet pünktlich an Ihrer Kreuzung. Ihr Kennwort: EROS.«

»Wie bitte?« Sira hätte sich fast verschluckt.

»EROS! Oder wünschen Sie ein anderes, dann stellen wir um!«

»Danke, nein. Es ist schon egal!«

EROS – nicht zu fassen!

Hatte Sira erst das Umziehen gescheut, so verwandte sie nun Sorgfalt darauf. Sie wählte ein körperbetontes Kleid aus seidigem Velour, grünschimmernd, mit dezenten silbernen Blumen. Dazu grüne Schuhe mit hohen, schlanken Absätzen. Kritisch betrachtete sie sich im Spiegel. Saß das Kleid vorteilhaft? Nirgends eine Falte?

Zufrieden nickte sie ihrem Spiegelbild zu. »Kannst dich schon noch sehen lassen!« Dann schüttelte sie den Kopf. Wann hatte sie sich so betrachtet? Wann so auf ein Ausgehen gefreut?

Bis zur Kreuzung war es nicht weit. Sie vermochte auf der Hauptstraße bereits den Wagen zu sehen. Zufällig war er grün. Sie lächelte amüsiert vor sich hin.

Als sie Mike Drossler entdeckte, der gerade den neuen Klub verließ, beschleunigte sie ihren Schritt und erreichte den Wagen, bevor er sie bemerken konnte. Sie wählte am Türschloß hastig das Kennwort. Joi, wenn er das mitbekäme. EROS! – das ginge ohne eine anzügliche Bemerkung nicht ab.

Sie stieg schon ein, während die Schiebetür noch zurückglitt.

Da war er heran, verhielt seinen Schritt und setzte zu einer Verbeugung an. Sira preßte die Zähne aufeinander, unterdrückte das Kitzeln ihres Zwerchfells, nickte etwas verkrampft, drückte dabei auf die Fahrtaste und fuhr davon.

Als er auf dem Fußsteig zurückblieb, atmete sie befreit auf.

Sie war nicht zufrieden mit sich. Soweit kommt das noch, dachte sie, daß ich vor Drossler flüchte.

Sie entsann sich eines Gespräches, das er im Vorübergehen mit einem Klubkameraden führte, der an ihrem Tisch saß.

»Hallo, Dicker«, hatte der gefragt. »Kommst du mit dem Studium voran, brauchst du Hilfe?«

»Hilfe? Danke! Das mache ich mit links. Der Kreisarzt freut sich schon auf mich!«

»Wirst du sein Stellvertreter?«

»Ich? Kreispsychologe. Mit eigenem Sprechzimmer. Der rote Teppich ist für mich schon ausgerollt.«

Sira, die das für Selbstironie gehalten hatte, fragte den Klubkameraden, wer das wäre.

Der sah Drossler hinterher und grinste: »Unser Schwindler!«

»Er schwindelt?«

»Vor allem schwindelt *ihn*! Er war sich beschweren, bei der Regierung natürlich. ›Ganz, ganz oben‹, wie er wörtlich sagte, so hoch, daß ihn schwindelte, als er zurücksah. Seither heißt er Schwindler! Ein Gernegroß ...«

»Wann macht er sein Diplom?«

»Den Termin gibt es schon lange nicht mehr, er denkt, wir wüßten es nicht!«

Der Elektrowagen fuhr fast geräuschlos. Vor dem Physikochemischen Institut lenkte sie auf den Parkstreifen und wartete.

Blego kam nicht allein durch die große Glastür. Er war im Gespräch mit einem Kollegen, aber er schaute zu ihr hin und hob grüßend die Hand.

Sira grüßte ebenso zurück. Durch das offene Fenster verstand sie einige Sätze.

»Und wenn wir die X-Komponente verstärken? Vom Molekulargewicht her müßte das gehen«, sagte Blego. Die Erwiderung des anderen verstand sie nicht, da er ihr den Rücken zukehrte.

»Na bitte, akzeptiert. Ein blendender Einfall, mein Lieber. Könnte ich das bis morgen zwölf Uhr auf meinem Schreibtisch haben? Nein, nur die Ergebnisse.« Blego streckte dem anderen die Hand entgegen, aber der sagte noch etwas, und Blego nahm seine Hand zurück, während sich sein Gesicht verschloß.

»Sagen Sie ihm, daß er seine Tätigkeitsmerkmale gefälligst einmal durchlesen soll. Dann wird er finden, daß diese Entscheidung in seine Kompetenz fällt. Ich nehme ihm keine Entscheidung mehr ab und darf auch Sie bitten, das zu unterlassen. Immer diese Rückversicherungen. Wann will er so auf die eignen Füße kommen? Er hat doch einen Kopf zum Denken!«

Nun schüttelten sie sich die Hände. »Und bitte, achten Sie darauf, daß er nun nicht ins Gegenteil verfällt und seine Entscheidung womöglich ohne Beratung trifft. Wird hohe Zeit, daß sein Kollektiv aktiviert wird.«

Er kam heran, stieg in den Wagen und begrüßte Sira. »Netter Einfall, mich abzuholen. Vielen Dank. Und wohin geht es?«

Sira lachte ihn aus. »Wie könnte ich diese Entscheidung womöglich schon allein getroffen haben?«

Verdutzt horchte er dem Satz nach. »Immer diese Rückversicherer«, sagte er dann erheitert, »nachher bin ich schuld, wenn wir diesen Wagen schieben müssen, weil ich in den wilden Westen will und es dort noch keine Induktionskabel gibt.«

»Das allerdings fiele in meine Kompetenz. Zu ihrer Beruhigung: Das ist ein Kombi, ausgerüstet mit Energiespeicher, fahrbar auch im wilden Westen. Dorthin wollte ich nämlich schon immer mal.«

»Wäre es Ihnen im Westpark wild genug?«

»Na gut, feiern wir unter Gemsen und Murmeltieren«, sagte sie.

Blego griff sich an den Kopf. »Und Eseln wie ich«, sagte er burschikos. »Bei Ihrer Garderobe! Sie sehen bezaubernd aus!« Er nahm ihre Hand und legte seine Lippen auf ihren Handrükken. Für Sira kam das völlig unerwartet. Das schien ihr nicht seine sonstige Art und dieser Handkuß mehr als ein unverbind liches Kompliment. Welcher Frau wäre das unangenehm? Vorausgesetzt, sie findet den Mann nicht unausstehlich.

»Würden Sie mich bitte zuerst in die Lerchengasse bringen? Nummer acht!«

Dort wies er auf eines der uralten Fachwerkhäuser, sprang, als sie hielt, aus dem Wagen, verschwand durch die Tür und kam in kurzer Zeit zurück. In einem grün-rot-changierenden Anzug und grünen Schuhen.

Er trat auf der Fahrerseite an den Wagen, bat Sira, auf den Beifahrersitz zu rutschen, und stieg ein. »Ihre Absätze«, sagte er. »Ungeeignet für den wilden Westen und für das Fahren.«

Aufmerksam durchfuhr er die Gassen in einem Fahrstil, der ihr zusagte: Gleichmäßige Beschleunigung und weiches, vorausschauendes Bremsen. Da war keine Hektik, kein gefühlloses Rucken.

Auf der Hauptstraße schaltete er auf Induktionslenkung um und ließ den Wagen laufen, was das unterirdische Kabel hergab.

Sie hatten das Städtchen hinter sich, als er weitersprach: »Trotzdem, ich mag sie!«, und nach einer taktischen Pause: »Ich meine die hohen Absätze.«

»Ich dachte mirs schon«, gab sie lächelnd zurück und lehnte sich behaglich und entspannt in das Wagenpolster. Felder flitzten vorbei. Und Waldstreifen. Ortschaften duckten sich in die Gebirgstäler, steile Felsenhänge säumten die Trasse. Eine weitgespannte Brücke schwang sich hoch über ein Gebirgsflüßchen und ließ dessen Tücke ahnen.

»Wenn es Ihnen recht ist«, sagte er nach einer Weile, »ich wüßte da ein Berghotel an einem Bergsee, mit Terrasse!«

»Es ist mir recht!« sagte Sira.

Auf der Terrasse sitzen konnten sie nicht, es war zu kühl. Fallwind strich von den Gletschern der Viereinhalbtausender herunter, wehte über den kristallklaren Bergsee und trieb die Touristen trotz strahlender Sonne in den Wintergarten des Hotels.

Blego fand einen Tisch direkt an der großen Glaswand, so daß sie geschützt und doch wie im Freien saßen.

Sira vermochte nicht, sich am Panorama satt zu sehen. Wie immer, wenn sie in diese Gebirgsregionen kam, war sie überwältigt und um Worte verlegen, zu beschreiben, was sie empfand.

Auch Blego saß und schaute und schwieg lange. Dann war es, als erwache er. Er lächelte leicht verlegen und sagte, nicht ohne Selbstironie: »So geht es mir immer wieder, *hier* verschlägt es mir die Sprache!«

In der Tiefe der Räume spielte irgendwo ein Orchester. Ein Hauch Festlichkeit ging von dieser Musik aus. Und Sira hatte das Gefühl, inmitten der vielen Menschen doch mit Blego allein zu sein.

Lautlos rollte der Servo heran, ein dreirädriges Gefährt. Auf der oberen warmen Platte bot er Tee, Kaffee und andere heiße Getränke an, darunter auf zwei gekühlten Platten Säfte, Limonaden, Biere, Weine ... An der Stirnwand befand sich eine Speisekarte, neben jedem Gericht ein Knopf zum Drücken. Der Servo hatte einen Arm, daran waren zwei Hände. Mit der einen Hand hob er die Tischblumen und Siras Handtasche an, um mit der anderen darunter hinweg zu wischen.

»Das habe ich noch nicht gesehen«, meinte Sira. »Und ich dachte schon ›Selbstbedienung‹ ...«

»Und hier will er mit mir feiern ...«, setzte Blego ihren Satz fort.

»Sie lieben wohl Überraschungen?«

»Wenn es sich machen läßt, ja. Überraschungen sind die Würze des Alltags. Hier gibt es ein sehr rühriges Elektronikaktiv. Besessene Bastler. Ihre Spezialität sind Roboter für die Freizeit. Anfangs versuchten sie es noch mit Zweibeinern aus Plast. Aber sie kamen schnell zur Zweckmäßigkeit zurück. Unser altes Prinzip: Kein Aufwand höher als notwendig.«

»Sie sind oft hier?«

»Ich habe das wirklich echte Vergnügen, diese Leute hin und wieder beraten zu können, besonders wenn ...«

Ein nachdrückliches Summen unterbrach ihn.

»Der Servo. Ich habe ihn vergessen.« Er zeigte auf eine Leuchtzeile der Speisekarte: »Bitte, bestellen Sie!«

Blego drückte die grüne Taste mit der Aufschrift: »Ich bestelle« neben der mit dem lapidaren »nein«.

»Bitte«, wandte sich Blego dann an Sira. »Wählen Sie!«

Die Speisen brachte unmittelbar darauf ein anderer Servowagen. Ausgestattet wie der erste, aber ohne Speisekarte, legte er die Bestecke aus und stellte die Menüschalen auf den Tisch. Nach dem Essen hob Blego sein Glas. »Wenn Sie gestatten, dann trinken wir nun auf OKEANOS, unser hilfsbedürftiges Atoll im Pazifik!«

Sira stieß mit ihm an, trank ein Schlückchen und meinte: »Hoffen wir, daß es keiner Hilfe mehr bedarf!«

»Seybal wird auch so genug zu tun haben, daß seine Insel alles das hält, was er versprach. Und er hat allerhand versprochen. Es gehört sicher viel dazu, eine solche Aufgabe zu übernehmen: Selbstvertrauen, Mut, Forschergeist, Schöpfertum, Können natürlich auch und viel Idealismus! Etwas für die Menschheit zu tun – und es wer weiß wie oft gegen Bedenken der Menschen durchsetzen zu müssen ... Und Verzicht gehört dazu, denn verzichten mußte er, der Sache wegen, sicher auf vieles.«

Auf mich mußte er auch verzichten, kam ihr in den Sinn. Aber war das denn wirklich ein Verzicht für ihn gewesen? Wenn sie an Seybals Verhalten dachte – hatte er sie denn überhaupt gebraucht? Empfand er ihren Weggang damals als Verlust?

Bei Gott, ein zwiespältiger Gedanke! Hatte er einen Verlust erlitten, war er zu bedauern, hatte er keinen empfunden, dann war sie es!

Es fehlte nicht viel, und sie hätte lächelnd den Kopf geschüttelt. Was für Überlegungen!

Blegos Verstummen riß sie aus ihrem Sinnen. »Entschuldigen Sie, Erinnerungen ...«

Er war nicht gekränkt. »Man ist so vielem Vergangenen verhaftet, angenehmen und unangenehmen Erlebnissen – und doch, was wären wir ohne sie? Angenehmes hat uns reicher gemacht, Unangenehmes reifer. Auch wenn das Allgemeinplätze sind, man sollte sich hin und wieder seiner Vergangenheit erinnern. Schließlich leben wir nach unseren Erfahrungen. Meine Eltern beispielsweise lebten uns Geschwistern, ich hab' noch einen Bruder und zwei Schwestern, Maßstäbe vor, die ich noch heute anlege. Vater war Lehrer und Mutter Ärztin. Kinderärztin. Sie ergänzten sich so, daß ich eher den Begriff Eltern empfinde als Vater und Mutter ... So möchte ich einmal Maßstäbe weitergeben können ...« Er lächelte, wie ihr schien, mit leichter Befangenheit. »Vater und Mutter«, fuhr er fort, »leben beide nicht mehr. Autounfall. Mutter muß als Ärztin einmalig gewesen sein, mir war immer, als schmerze eine Spritze sie selber mehr als den Dreikäsehoch, der sie kriegen mußte. Und Vater als Lehrer ...« Er sah sie an, unterbrach sich und meinte dann schmunzelnd: »Sie denken jetzt: Wie schwer Pädagogik ist, das merkt man an den Kindern mancher Lehrer, ja?«

Sira protestierte. »Eine Unterstellung!« Ihr wurde sein Schmunzeln bewußt. Da setzte sie hinzu: »Sicherlich gibt es Ausnahmen. Möglich, daß Sie eine ... sein könnten!«

»Sie kennen viele Ausnahmen zum Vergleichen?«

»Ich kenne vor allem Mike Drossler!« sagte sie übermütig.

Blego schluckte, begann dann zu lachen und lachte, bis ihm Tränen in die Augen kamen. »Na, das kostet Revanche«, stotterte er, noch immer vom Zwerchfell gestoßen. »Ich fordere Sie zum Duell!«

»Ein zartes Weib«, wandte sie ein.

»Emanzipiert!« stellte er nachdrücklich fest. »Wählen Sie die Waffen!«

»Wie Sie wollen. Kämpfen wir mit den Füßen!«

Für einen Moment war er verblüfft. Er sah nach unten und verglich ihre Füße. »Wer am schnellsten rennt?«

»Mit diesen Absätzen? Das könnte Ihnen so passen.«

Er überlegte nur kurz, dann horchte er einen Moment, erhob sich und verbeugte sich. »Darf ich bitten?«

Er führte sie der Tanzmusik im Inneren des Hotels entgegen.

Er tanzte gut, wie sie fand, und es machte ihr Vergnügen, in seinem Arm über das Parkett zu wirbeln. Wie lange schon hatte sie nicht mehr getanzt? Und wie wichtig war es ihr damals, bei Seybal, erschienen, als sie darauf verzichten mußte. In der Zwischenzeit hatte sie sich eingeredet, dem Alter entwachsen zu sein, in dem man dem Tanz noch etwas abgewinnt. Und nun?

»Es ist eine Lust, mit Ihnen zu tanzen«, sagte Blego. Es klang so gar nicht nach einer Höflichkeitsfloskel.

Sira freute sich.

»Das hätten Sie meinem ersten Tanzpartner aber nicht sagen dürfen!« behauptete sie.

»Nein?«

»Es war auf einer Schuldisko.«

»Ich entsinne mich dunkel. Die Tanzflächen der Zwölfjährigen! Man machte voreinander Kniebeugen und übte Wassertreten ...«

»Ich tanzte mit einem älteren Jungen, stolz, ja selig, er war wohl schon vierzehn – und plötzlich war mein Tänzer weg!«

»Hatten Sie ihn geschafft, und hing er keuchend über der Stuhllehne?«

»Schlimmer! Ich fand ihn bei unserem Lehrer. Ihn fragte er gerade: Können Sie mir sagen, mit wem ich gerade tanze?«

Das Lachen nahm ihm wieder die Worte. Aber er zog sie enger zu sich heran.

Sie sagte: »Sie fürchten wohl, gleich zum Lehrer gehen zu müssen?« Aber sie widerstrebte nicht.

»Mir fiel nur ein, daß dies ein Duell ist …«

»Und man vorher nach der Distanz fragt!«

11

»Das Besteck, bitte!« verlangte der Kommodore und suchte mit seinem Fernglas den Horizont ab.

Der Navigator las Längen- und Breitengrad von der Standortanzeige ab.

»Also noch achtzehn Meilen, Professor«, sagte Mertens, beobachtete Seybal und amüsierte sich über dessen Miene.

In Seybals Zügen gab es Anflüge von Unmut und Verlegenheit. Und das war ja beileibe kein Wunder. Die Meilen mußte er sich sicher, wie auch die Knoten, erst in Kilometer umrechnen. Und ob er wußte, was ein Besteck ist?

»Sind schon ein traditionssüchtiges Volk, die Fahrensleute, wie?« fragte Mertens den Professor und grinste, als der sich ertappt sah. »Das Besteck ist der Schiffsstandort. Er war früher ziemlich mühselig zu ermitteln. Man brauchte Karte, Kompaß, Log, Sextanten und Chronometer. Später gab es auch Funkpeilung. Heute macht das der Computer mit Hilfe der geostationären Satelliten. Er markiert unseren und die Standorte benachbarter Objekte auf dem Bildschirm. Aber das haben Sie ja schon gesehen.« Mertens wies auf den Bildschirm in der Wandtäfelung. Der Navigator nahm das als Aufforderung und ließ den Schirm aufleuchten.

Eine regelrechte Seekarte mit Längen- und Breitengraden. Und mit leuchtenden Pünktchen. Eines blinkte grün – ihr Konvoi. Und jetzt sah Seybal erstmals auch die anderen Schleppzüge. Ihre Pünktchen zeichneten sich rot und paarweise auf einer spiralförmigen Linie ab. Ein Bild, das Seybal mit Genugtuung aufnahm. Sie würden in gleichmäßigen Abständen am Standort des Atolls eintreffen, der auf der Karte als blauer Kreis leuchtete.

»Wissen Sie, wo der Orkan jetzt ist?«.fragte Seybal.

Mertens, der schon wieder den Horizont absuchte, sagte,

ohne das Glas vom Auge zu nehmen: »Ist überstanden, Professor, nur den zweiten und dritten Sektor hat er noch gestreift. Aber sehen Sie dort!« Er reichte Seybal das Fernrohr.

»Im Radar habe ich ihn schon länger«, sagte der Navigator vom Steuerpult her.

Verschwommen noch, dann immer deutlicher, schob sich der zweite Konvoi über den Horizont.

»Segelschiff von backbord!« rief der Navigator plötzlich und hantierte am Steuerpult.

Auf dem Bildschirm erschien ein vergrößerter Kartenabschnitt, auf dem die fünf ersten Konvois markiert waren. In der Nähe des ersten Sektors blinkte ein roter Punkt.

Der Kommodore fuhr herum, nahm sein Glas und blickte nach Backbord. »Den hat wohl ein Hai gebissen?« schimpfte er. Er drehte sich zum Funker um. »Teilen Sie ihm mit, daß für diesen Schlepp ein Sicherheitsabstand von zehn Meilen festgelegt wurde und daß dieses Planquadrat – geben Sie ihm bitte die Koordinaten durch – von der UNO zeitweilig gesperrt ist.«

»Es ist die California, Kommodore«, berichtete der Funker, »aus den Staaten. Sie erbittet Genehmigung, am Sektor anzulegen. Es sind Journalisten an Bord, die berichten wollen.«

Ehe Seybal seine Sprache wiederfand, befahl Mertens nachdrücklich: »Genehmigung verweigert. Annäherung an sämtliche Konvois grundsätzlich untersagt. Bestehen auf sofortiger Räumung des Sperrgebietes.«

»Journalisten.« Kopfschüttelnd setzte Seybal das Glas wieder ab. »Diese Behinderung könnten wir gebrauchen. Keiner schickt Journalisten – und diese wollen gleich an Bord. Die Montage wird doch vom UNO-Fernsehen übertragen.«

»Die Antwort der California«, meldete der Funker. »Sie wollen bei der UNO scharfen Protest einlegen wegen Beschneidung der Pressefreiheit.«

Daraufhin sagte Mertens: »Sie sollen sofort das Sperrgebiet verlassen, sonst rufe ich eine UNO-Seepatrouille!«

Und zu Seybal: »Ein Windjammer zwischen unseren Stroppen, na Mahlzeit!«

Die See benahm sich manierlich, nur eine leichte Dünung bewegte gemächlich das Meer. Der Himmel war bedeckt, aber längst nicht mehr unfreundlich.

Vom zweiten Konvoi konnte man mit bloßen Augen schon Einzelheiten erkennen, auch die große ›Zwei‹ auf den Wänden des Sektors. Beide Konvois verloren an Fahrt und schwenkten auf den gleichen Kurs ein, so daß sie nebeneinander zu liegen kamen.

Mit Sirenengeheul begrüßten sie sich. Auf sämtlichen Schleppern stiegen Flaggen an den Masten hoch.

Wer konnte nachfühlen, was Seybal in diesen Augenblikken empfand? Er schloß für einen Moment die Augen.

Mertens, der das sah, meinte rauh, daß es wohl doch ein wenig viel gewesen sei und holte Gläser aus dem Wandschrank. Er goß Whisky ein, reichte den Männern auf der Brücke ein Glas und brummte: »Ausnahmsweise. Diesen Augenblick werden Sie nie vergessen!« Dann trat er zu Seybal und stieß mit ihm an. »Auf Ihre Insel, Professor, und daß der Mensch auf ihr gedeihe – und daß sie immer eine Handbreit Wasser unterm Kiel hat.«

Seybal dankte, trank, verschluckte sich und hustete sich die Rührung aus dem Hals. »Eine Handbreit«, sagte er mit einem humorigen Lächeln, »eine Handbreit, mein Lieber, ist nun doch nicht wünschenswert, bei viertausend Metern Wassertiefe!«

Es war nicht das letzte Mal, daß sich Mertens über Seybal wunderte. Wann hatte der Professor vorher gescherzt? Hatte ihn die fremde Umgebung, der Orkan verändert? Er schien ein anderer zu sein. Über dem Sektor tauchte ein großes Delphinluftschiff mit rotierenden Wellpropellern auf und ließ sich langsam nieder. Seybal sagte: »Fahren wir hinüber, Kommodore!«

Der Kommodore rückte seine Mütze gerade, trat ans Leitpult und nahm das Mikrofon. »Der erste Offizier bitte auf die Brücke.« Mertens übergab ihm das Kommando: »Viel kann ich Ihnen damit nicht bieten«, setzte er entschuldigend hinzu. »Es ist ja wieder alles computergesteuert.« Er verabschiedete sich mit Handschlag vom Ersten und seinen anderen Männern und stieg in das Gleitboot.

Einen weißen Schaumstreifen aufs Meer ziehend, sauste das Boot über das Wasser dem Sektor entgegen, der immer steiler vor ihm aufstieg.

Sie mußten den Kopf in den Nacken legen, um zur oberen

Wandkante hinaufsehen zu können. Anders wurde es, als sie um den Sektor herumkamen. Er war wie ein Stück Gebirge, dessen Hang terrassenförmig abfiel. Bäume gab es, Gebäude auch – und obwohl Mertens das wußte, war er doch verblüfft, nach Wochen der Wasserwüste unvermittelt vor einem Stück Landschaft zu schwimmen, das er noch dazu selber hierher gebracht hatte.

Er blickte voller Bewunderung auf Seybal. »Donnerkiel!« rief er aus.

Das Boot legte an einer Treppe an, die in der Kaiwand eingelassen war. Je höher sie stiegen, Terrasse um Terrasse, desto stärker ergriff sie das Gefühl, an Land zu sein. Auf den Terrassen, inmitten von Grünanlagen mit Blumen und blühenden Büschen, verstärkte sich dieser Eindruck noch.

Seybal war nun doch froh, hier Buchen neben Tannen zu sehen, und auch Linden, Espen und Eichen. Dabei hatte er gezaudert, als es um die Parkentwürfe gegangen war: Laubbäume auch? Er fühlte sich seit einiger Zeit vom fallenden Laub bedrückt. Es erinnerte ihn ans Leben: wachsen und blühen und gedeihen, Früchte tragen, welken, im Herbst vom Wind gepflückt, in den Rinnstein verstreut, zusammengekehrt … Früchte …?

Überspannt? Er lächelte versteckt. Wenn jeder wüßte, wie viele überspannte Vorstellungen sich schon in Entscheidungen niedergeschlagen haben!

Das Luftschiff war auf einem Sportplatz gelandet. Aus seinem Rumpf quollen Menschentrauben in orangenen Kombinationen. Und Güter – Kisten und Container, Säcke und Fässer.

»Die ersten zweihundert Bewohner«, sagte Seybal zu Mertens, der das Programm wohl im Großen kannte, nicht aber in den Einzelheiten. Mertens beobachtete sehr befriedigt, wie organisiert alles ablief, jeder wußte, was er wann und wo zu tun hatte.

Eine Gruppe lief zu einem nahe liegenden Werkgebäude und fuhr von dort Lastkarren heran, die sie schnell beluden und zu einem Hochhausensemble schoben.

Eine andere Gruppe lief treppab zum Kai, wo über eine Slipanlage einige Motorboote, die dort verzurrt lagen, zu Wasser gelassen wurden, um auf ihnen zum zweiten Sektor überzusetzen. Eine dritte Gruppe bezog Platz an der dem zweiten Sektor zugekehrten Sektorenseite.

»Das Verholkommando«, erläuterte Seybal, als er Mertens Interesse wahrnahm. »Und jene dort«, ein Trupp verschwand in einem der Terrasseneingänge, »das ist das Ballastkommando. Wir müssen eventuell einige Ballasttanks fluten, um die gleiche Höhe der Sektoren zu erreichen.«

Als sie am Luftschiff ankamen, trat eine Frau in roter Kombination zu ihnen und teilte Seybal die bereits von ihr veranlaßten Maßnahmen mit.

Nach ihr meldete der Kommandant des Luftschiffes: »Luftschiff Delta Zeta zwozwofünf entladen und startbereit zur Montageüberwachung!«

Seybal begab sich mit Mertens an Bord des Luftschiffes, wo sich vor allem Mertens neugierig umsah, war er doch noch nie auf einem Passagierschiff der Lüfte gewesen. Den Unterschied zum Passagierschiff des Wassers, hinsichtlich des Komforts jedenfalls, fand er nicht erheblich. Es gab Decks mit Kabinen, Kulturräumen, Speisesälen, Dienstleistungseinrichtungen, und es gab Gepäckräume, Kühlräume, Lagerräume. Ja, er sah Wegweiser zum Promenaden- und zum Sonnendeck. Und selbst die Uniformen unterschieden sich nur wenig von denen der Marine.

Als Mertens danach fragte, erfuhr er, daß die Besatzung etwa den gleichen Umfang hatte wie auf einem Schiff, sich im wesentlichen auch wie diese unterteilte. Kernphysiker und Arzt fehlten nicht. Mertens trat zu Seybal, der durch das Bodenfenster hinunter sah.

Die Sektoren wirkten, je höher das Luftschiff stieg, um so unwirklicher. Und es kam den Männern vor, als hätten sie Teilstücke einer Modellbahnanlage vor sich, die noch zusammengefügt werden mußten: Wege und Straßen brachen jeweils an der Sektorenkante ab und setzten sich nach einem breiten Zwischenraum auf dem anderen Sektor fort.

Die Schlepper formierten sich um. Vor die Lagunen- und die Seeseiten der Sektoren spannten sich je drei mit straffen Trossen, um sie so auszurichten, daß ihre Stirnseiten genau aufeinanderzuschwammen. Ein Lasergerät kontrollierte mit seinem Lichtstrahl ihre Lage zueinander und meldete Abweichungen an den Zentralcomputer des Luftschiffes, der die Schleppermanöver steuerte und Ungenauigkeiten sofort korrigierte.

An den äußeren Stirnseiten der beiden Sektoren drückten

je drei Schlepper mit ihren Bugs die Sektoren gegeneinander. Je zwei andere ließen sich zwischen ihnen an langen Trossen mitschleppen und waren bereit, die Sektoren beim Annähern abzubremsen. Radargeräte überwachten auch diese Manöver.

Trotzdem spähten Seybal und Mertens aufmerksam hinab, um bei einem Geräteausfall sofort die Schiffsmanöver über Funk zu leiten, während der Kommandant, seine Offiziere und der Navigator den Computer, die Funk- und die Schiffstechnik im Auge behielten und natürlich auch die Lage des Luftschiffes.

Behutsam näherten sich die Sektoren einander. An den unterschiedlich aufschäumenden Heckwellen der Schlepper erkannte Seybal ihr computergerechtes Zusammenspiel.

Aus den Sektoren streckten sich Teleskoparme nacheinander aus, verkuppelten sich und übernahmen die weitere Annäherung.

»Der Computer hat die Befehlsausgabe eingestellt!« rief der Kommandant vom Kommandopult herüber.

»Danke!« sagte Seybal zu Mertens und reichte ihm die Hand. Der wußte nicht, wie ihm geschah. Keine Hand hatte er gerührt, nicht einen Befehl gegeben.

»Ich werde Ihren Dank weitergeben an die Flottillen!«

Die Sektoren hatten sich vereinigt. Seybals Leute rissen die Arme hoch und warfen ihre Mützen in die Luft. Mertens Flottille ließ die Schiffssirenen heulen.

Es gab jedoch keine Pause. Auch die Schlepper von den Stirnseiten machten nun an den Längsseiten der Sektoren fest. Der Navigator meldete die nächsten beiden Sektorenkonvois.

Und wieder rannten die Verholtrupps zu ihren Schnellbooten, legten ab und flitzten den neuen Sektoren entgegen, um die Laser- und die Radarstrecken aufzubauen. Die Konvois schwenkten so ein, daß die Stirnseiten der Sektoren drei und vier auf die Stirnseiten des jungen Inselabschnittes zeigten. Wieder formierten sich die Schlepper. Und wieder gab Seybal das Startkommando für das Programm.

Dann bugsierten die Schlepper auf beiden Seiten die Sektoren an den Inselabschnitt, streckten sich die Hydraulikarme aus, meldete der Computer Befehlseinstellung, heulten die Schiffssirenen, flogen noch vereinzelte Mützen in die Luft.

Und erneut verteilten sich Arbeitstrupps auf die neuen Inselstücke, drangen in ihr Inneres ein und verbanden die unterirdischen Fahr- und Versorgungstrakte.

Seybal befand sich in Hochstimmung. Obgleich die Kapitäne und Schiffsoffiziere wie auch die Montagemannschaften mit Trickfilmen und Wasserbeckenspielen, Zeichnungen und Montageablaufplänen vorbereitet worden waren, hatte er doch Bedenken gehabt. Die Theorie ist das eine, die Wirklichkeit sieht aber doch oft anders aus. Deshalb hatte er die Kapitäne der Flottille und jeden einzelnen Mann der Kommandotrupps nach strengen Kriterien aussuchen lassen, denn sie mußten Zusammenhänge erkennen, Abläufe überblicken, Wirkungen einschätzen und selbständig handeln können, wenn es darauf ankam.

Auf dem dritten Sektor ließ man ein Tauchboot zu Wasser.

»Es bereitet die Verankerung vor«, erklärte Seybal. Er setzte zu einer genaueren Erläuterung an, aber der Kommandant bat sie in die Sitzecke. Auf dem Tisch dampfte Tee neben einem Imbiß.

Mertens nahm seine Mütze ab, verglich die Uhr und schüttelte, sich zu Seybal setzend, den Kopf. »Schon vier Stunden vergangen!«

Beim Essen löste sich die Spannung, das Ungewöhnliche begann normal zu werden. Wenn sie die folgenden vierzehn Stunden durchhalten wollten, mußten sie Pausen einlegen.

Trotzdem wurde Seybal unruhig, als die nächsten beiden Konvois einschwenkten. Der Kommandant beruhigte ihn. »Es läuft wie vorgesehen, genau nach Programm! Ich starte den Computer, bleiben Sie nur sitzen. Übrigens bittet der Fernsehreporter um ein Interview.«

Das hatte Seybal vergessen: Es war ja ein Fernsehteam an Bord. »Wo sind die Filmleute jetzt?«

»In der Messe. Es gibt dort einen Platz, von dem sie alles genau verfolgen können. Sie brauchen Bewegungsfreiheit«, sagte der Kommandant, »wie wir unsere Ruhe.«

»Welches Abenteuer wäre diese Montage früher gewesen, ohne Computer, Radar, Laser«, sagte Mertens. »Ob wir die Leistungen unserer Vorfahren noch richtig einschätzen?«

»Faßte man Abenteuer als Kampf gegen unbekannte Wirkungen auf, so böten Wissenschaft und Technik kaum noch Abenteuer«, erwiderte Seybal. »Aber heute ...«

»... ist jedes Programm ein Abenteuer«, lästerte Mertens.

»Jaja«, sagte Seybal trocken. »Und jeder Orkanschlepp!«

Die Dämmerung brach herein, auf den Sektoren und den verbliebenen Schleppern flammten lichtstarke Scheinwerfer auf und verstärkten den Eindruck der Unwirklichkeit, den das stückweise Zusammenschieben von Landschaftsteilen, Fabrikanlagen und zwei mittleren Städten hervorrief.

Die letzten beiden Sektoren!

Der eine wurde vor allem von einem Flugplatz eingenommen, während sich im anderen eine Durchfahrt befand, weit genug, um auch Großfrachtern und -tankern genügend Platz zu bieten.

Den Flugplatzsektor zogen vier Schlepper von der Lagune her in die Lücke, während vom Meer aus zwei schoben und sich zwei – bremsbereit – mitziehen ließen. Je drei drückten see- und lagunenseitig gegen jenes Atollende, an dem der Flugplatzsektor anlegte. Alles ging gut. Nun kam der letzte Sektor mit der großen Durchfahrt.

»Und jetzt, Kommodore, ist Ihre Flottille dran!« sagte Seybal zu Mertens, der bereits von einem Fuß auf den anderen trat.

Gewiß, so war es geplant, daß sich Mertens dabei aber nicht an seinem Steuerpult, sondern auf dem Luftschiff befinden würde, das war für ihn nicht vorauszusehen gewesen. So ergriff ihn, obwohl der Computer auch hier die Montage steuerte und sich für den Ablauf keinerlei Änderung ergab, doch Unruhe, als seine Schlepper von ihrem Liegeplatz ablegten und auf die Lücke im Atoll zufuhren. Über Funk vergewisserte er sich von der Einsatzbereitschaft jedes einzelnen seiner Kapitäne und verfolgte mit Argusaugen auch das kleinste Manöver seiner Flottille.

Vorsichtig legten die seewärtigen Schlepper ihre Bugs beiderseits der Durchfahrt an den Sektor, stemmten sich die lagunenseitigen in die Trossen, spannten beiderseits je zwei von ihnen vorsichtig die Stroppen ...

Dieses war das schwierigste Manöver, deshalb auch war dafür Mertens' Flottille vorgesehen worden, die schon einen Sektor montiert und inzwischen genügend Ruhe gehabt hatte. Dieser letzte Sektor mußte genauestens eingeschwommen werden, so präzise, als setze man den Schlußstein in ein Gewölbe. Ungeschickte Manöver konnten unberechenbare

Kräfte auf die beiden Seiten des offenen Ringes übertragen und unermeßlichen Schaden anrichten.

Seybal, gespannt wie Mertens, verkniff sich jede Bemerkung. Auch vom Kommandopult des Luftschiffes kam kein Wort.

Der Sektor kam langsam und genau paßgerecht auf die Lücke zugeschwommen. Endlich rasteten die Hydraulikarme ein, meldete der Computer sein AUS! Unten spannten die Verholtrupps zusätzliche Seile zwischen das Atoll und sein letztes Stück. Nun schlug die Stunde der Winden.

Unmerklich für den Beobachter aus dem Luftschiff schlossen sich die Spalten beiderseits des letzten Sektors.

Mit weitausholender Geste wies Seybal neben Mertens auf die Ringinsel.

»Da haben Sie OKEANOS!« sagte er.

»Können wir landen?« fragte der Kommandant vom Kommandostand herüber und dämpfte damit ungewollt Seybals Pathos.

»Ich bitte darum«, sagte Seybal nun nüchternen Tones, während sich Mertens den Schweiß von der Stirn wischte. »Nichts tun hat mich noch nie so angestrengt!« Und mit einem Blick zu Seybal: »Was Sie mit mir machen, Professor, das geht auf keine Walhaut.«

Seybal lachte befreit. Er war wie weinselig, obwohl er doch keinen Tropfen getrunken hatte. Seine Rechnung war aufgegangen: Die Sektoren zugleich als Transporter zu nutzen; nun brauchten Maschinen und Geräte nur entkonserviert zu werden, die Kräne entzurrt, die Büros und Labors und Magazine eingerichtet – und schon konnten sie den Betrieb aufnehmen. Einer der Gründe für die Kritik seiner Gegner: »Das heißt doch, Milliardenwerte bewußt aufs Spiel zu setzen. Schon der Transport selbst ist ein ungerechtfertigtes Risiko. Die Sektoren aber auch noch mit Sachwerten vollzustopfen, das ist unverantwortlich.« Vor allem der nordamerikanische Delegierte hatte das eingeworfen. Seybal war sich nie so recht klar geworden, ob er das aus echter Besorgnis vorbrachte – es hätte ihn jedenfalls wenig gewundert, wäre dem der Vorschlag gefolgt, die Sektoren als Rohbauten zu verschiffen und ein amerikanisches Konsortium mit dem Transport der Ausrüstungen zu beauftragen oder es wenigstens daran zu beteiligen. Denn ein solcher Transport wäre ungemein aufwendig geworden und hätte ganzer Flotten bedurft, großer Mittel und langer Zeit. Also ein profitables Geschäft.

Das Luftschiff setzte in der Nähe der Durchfahrt auf dem Flughafen auf. Es mußte nicht wie in früheren Zeiten an einem Bugmast verankert werden. Es setzte wie ein Flugzeug auf Beinen auf. Allerdings waren es zwölf, die teleskopartig ausgefahren wurden und keine Räder trugen.

Gasfüllung sorgte für das Schweben, Vor- und Auftrieb erzeugten die Weller. Am Boden sicherten es vier Halterungen.

Mertens schreckte Seybal aus seinen Gedanken. »Was ist mit den Sirenen?«

»Was soll mit ihnen sein?« fragte Seybal, fing Mertens betroffenen Blick auf und bemerkte nun auch, daß die Sirenen der Schlepper schwiegen.

Nun lauschten alle und starrten hinaus.

Als sie das Luftschiff verließen, kam ihnen ein Kleinbus entgegengefahren. Das veranlaßte Seybal zu einem anerkennenden Kopfnicken. Eine umsichtige Person, diese Kommandoleiterin. Sie nutzte alle technischen Möglichkeiten, die das Atoll ihr bot.

Daß sie ihm aus dem Bus herüberwinkte, ließ ihn stutzen.

»Kommen Sie«, rief sie und hielt ungeduldig die Tür auf.

Seybal und Mertens eilten zum Bus, der sofort abfuhr, als sie auf der hinteren Polsterbank saßen.

»Was ist denn los?« fragte Seybal außer Atem.

»Der Sektor paßt nicht!« sagte die Frau.

»Wie bitte?« Seybal traute seinen Ohren nicht.

»Der Sektor paßt nicht!« rief sie nun deutlicher.

Ihm wurde die Ungeheuerlichkeit ihrer Worte bewußt. Er erbleichte und starrte Mertens an, als wüßte der Antwort. Aber den fror es wie Seybal.

Schon waren sie am Platz. Die innere Ecke des Sektors lag am Atoll. Je weiter seewärts sie kamen, desto breiter klaffte der Zwischenraum.

»Und drüben?«, fragte Seybal.

»Genau dasselbe!« sagte sie.

Nun starrte er auf den Spalt. Ob er sich hier auf See schließen ließe? Wie? Überbrücken? Stückwerk! Nachgießen? Derselbe Pfusch! Zwar mußten die Kammern zwischen den Sektoren sowieso vergossen werden, damit das Atoll zu einem kompakten Körper wurde, aber diese Kammern waren schon eingelassen und nur einige Zentimeter breit. Wie konnte es zu dieser groben Ungenauigkeit kommen? Schluderei oder ...

Mertens mußte ähnliches vermuten, denn er fragte: »Wo ist dieser Sektor gebaut worden?«

Aber Seybals Blässe war bereits vergangen, und ein winziges Lächeln umspielte seine Lippen. »Am Sektor liegt es nicht, Kommodore.«

Er trat zur Kommandoleiterin und wies sie an: »Lassen Sie bitte an sämtlichen Spalten die inneren Ecken überprüfen! Am gesamten Atoll! Und nachziehen, wo sich Zwischenräume zeigen, und wären sie noch so klein!«

Sie teilte sechzehn Zweiergruppen ein und verteilte sie auf vier Elektrokleinbusse, die sofort in beiden Richtungen davonstoben.

»Nun zu Ihnen, Kommodore! Sie übernehmen das Kommando über alle noch verfügbaren Schlepper«, befahl Seybal.

»Es sind noch sechs Flottillen«, warf die Kommandoleiterin ein.

»Also sechsundsechzig Schlepper. Das müßte genügen. Lassen Sie auslaufen! Verteilen Sie die Schiffe auf die vier Sektoren beiderseits der Durchfahrt und auf die gegenüberliegenden fünf! Drücken Sie das Atoll zu einem Kreis zusammen. Es ist ein Ei!

Mertens legte unwillkürlich die Hand an die Mütze. Hatte er diesen Mann als Passagier an Bord gehabt? Wenn er so ist, was mußte er dann unter der Untätigkeit im Orkan gelitten haben! ›Drücken Sie zusammen!‹ Sagen ließ sich das leicht. Ihm war nicht wohl in seiner Haut. ›Das ganze Atoll‹ – bei Neptun, mit welchen Dimensionen war der Mann vertraut! Da hatte er sein Abenteuer. Kampf gegen unbekannte Wirkungen. Das war sogar einer *mit* unbekannten Wirkungen!

Seybal bemerkte Mertens Zögern nicht. Er sprach über seinen Taschensprecher mit dem Kommandanten des Luftschiffes.

»Nochmaliger Einsatz. Von oben aufnehmen, das Ganze. Mit Radar! Genau über dem Mittelpunkt der Lagune bleiben. Dann Computervergleich mit der Kreisform. Er hat doch die Schlepperwerte gespeichert, also Fahrbefehle errechnen, die Ausführung überwachen und ständig korrigieren. Lassen Sie Ihren Spezialisten ran. Auf alle Fälle kommt Kommodore Mertens an Bord, er leitet das Manöver!«

Er gab Mertens die Hand. »Ich verlasse mich auf Sie!«

»Was Sie mit mir so machen ...«, begann Mertens wieder, verstummte ergeben und stieg in den Wagen, der ihn zum Luftschiff bringen sollte.

So ruhig, wie sich Seybal gab, war er keineswegs.

Was er angeordnet hatte, blieb trotz Computer ein beträchtliches Wagnis. Welche Kräfte wirkten wie und wo? Hielten ihnen die Verbindungen zwischen den Sektoren stand? Das Schlimmste: Keiner hatte vorausgesehen, daß sich bei der Montage ein Ei ergeben könnte! Wenn das publik wurde, welch ein Gelächter! Sollte er es als ganz normal ausgeben, schließlich filmten sie ... Wo war das Filmteam? Er sah schon die Zwischentitel und Schlagzeilen: Das Ei des Seybal – Meeresei – Atolloval – das Jahrhundertei. Es fanden sich eine Menge Möglichkeiten ...

Befand sich das Team im Luftschiff, dort verblieben, weil sie annahmen, alles sei vollbracht? Wenn die Fernsehleute in ihren Kojen lagen, mochte es angehen. Aber sicher filmten sie jetzt aus Mertens' Warte!

Andererseits, wie er Mertens einschätzte, legte der auf publicity auch keinen Wert und hielt sich die Leute vom Halse!

Er mußte abwarten, was sich ergab.

Im Grunde konnte auch der Computer nichts anderes anordnen als Mertens, nur eben viel schneller und deshalb ungefährlicher: ständig pendeln zwischen ›drücken‹ und ›bremsen‹ und wieder, je nach Wirkung, ›drücken‹ oder ›bremsen‹. Aber eben nicht nach Gefühl und Augenmaß, sondern berechnet und korrigiert, entsprechend der Sektorenmasse und der Schlepperleistung, der Beschleunigung, Geschwindigkeit, dem Wasserwiderstand, der örtlichen Strömung ...

Und für alle Fälle hatte er Mertens hinaufgeschickt, den geeignetesten Mann, um notfalls viel langsamer und simpler, auf Urväterart, dieses Spiel manuell zu leiten, aber eben mit menschlicher Vorausschau und Phantasie.

Die Kommandoleiterin gab Bescheid, daß alle Spalten überprüft wären. Seybal ließ feststellen, ob sämtliche Positionslampen brannten, die gleichmäßig um das Atoll verteilt waren, damit der Kommodore genaue Anhaltspunkte für einen optischen Vergleich fand, der bei der Präzision von Radar und Computer für die Sache zwar völlig wertlos war, dem Kommodore aber das Gefühl des Unbeteiligtseins nahm.

Seybal erklomm die oberste Terrasse, der Spalt ging mitten durch die Promenade, die sich an der oberen Brüstung zum Meer dahinzog, und er ging mitten durch Seybals Herz.

Die Männer des Verholkommandos standen neben den Winden, deren Trossen sich zum Sorgensektor hinüberspannten. Oder sie saßen auf den Bänken der Promenade in der Nähe des Spaltes.

Seybal hielt sich etwas abseits im Halbdunkel, setzte sich auf die Mauer eines niedrigen Springbrunnens. Normalerweise hätte er hinübergehen sollen, zu den Männern, auf ein Gespräch. Was aber sollte er jetzt mit ihnen besprechen?

Unbehagen stieg in ihm auf. Und Unsicherheit. Wieder fragte er sich, ob es richtig gewesen war, als Chef auf das Atoll zu gehen, ob er dem gewachsen sei, was hier auf ihn zukam.

Er kam nicht ins Grübeln. Mertens meldete sich.

»Hallo, Professor, hören Sie mich?«

Seybal verdeckte instinktiv die Schallöffnung seines Taschensprechers, obwohl die Männer des Verholkommandos außer Hörweite saßen.

»Hallo, Mertens, hier Seybal. Hat der Kreisvergleich stattgefunden?«

»Ja, der Computer schlug daraufhin eine andere Schlepperverteilung vor. Sind Sie einverstanden?«

»Wie könnte ich ablehnen, Mertens? Sehen Sie die Insel gut, haben Sie Funkkontakt zu jedem Schlepper und vor allem zu den Meßgeräten an den Spalten?«

»Aye, Professor, alles klar. Können wir anfangen?«

»Ich bitte darum. Sind die Filmleute bei Ihnen?«

Mertens' Lachen klang zu ihm. »Schlafen längst!«

»Also Start!«

»Es geht los!« rief einer von der Winde. Die Männer von den Bänken liefen herbei.

Seybal erhob sich und trat aus dem Schatten, ging hinüber zum Spalt. Keiner kümmerte sich um ihn. Alle standen am Rand und spähten, um auch nicht die geringste Bewegung zu verpassen.

Der Professor blickte auf die straffgespannten Trossen. Man hätte die Kreisform natürlich auch mit den Winden erreichen können, doch das hätte Tage gedauert. Das Atoll mußte aber schnellstens seefest werden. Und sturmfest!

Da, die Trossen zitterten. Wenn sie rissen ...!

»Verlassen Sie die Winden! Gehen Sie sofort aus dem Bereich der Trossen!« schrie er die Männer mit einer Lautstärke an, die er sich selber nicht zugetraut hätte.

Aber keiner nahm ihn ernst.

»Was will denn der?« fragte einer und ein anderer: »Hat hier jeder was zu sagen?«

»Das ist Seybal«, fauchte eine unterdrückte Stimme. »Führt sofort die Weisung aus!«

Der Spalt jedoch erweiterte sich nicht. Die Trossen begannen vielmehr, erst unauffällig, dann immer deutlicher, durchzuhängen.

»Er kommt!« rief einer der Männer.

»An die Winden!« befahl die vorher unterdrückte Stimme. »Trossen straff, Hydraulik seewärts anziehen!«

Der Spalt verringerte sich langsam, aber unaufhaltsam. Fast unmerklich legten sich die äußeren Ecken der Sektoren aneinander.

»Winden halt! Hydraulik stopp!«

Nun heulten die Schiffssirenen.

12

Um das Interview war Seybal nicht herumgekommen, es gehörte zum Fernsehbericht von der Inselmontage. Blego hatte eine spärliche Vorankündigung gesehen und sofort Sira verständigt.

»Hallo, Sira, wie ist Ihnen unser Ausflug bekommen?«

»Danke, gut. Und Ihnen?«

»Treffen wir uns heute?«

»Das nenne ich Tempo«, sagte sie überrascht. »Stürmt es wieder irgendwo? Oder brennt es diesmal?«

»Und wie«, sagte er lachend. »Heute abend wird die Reportage gesendet. Die vom Atoll. Sie wissen schon.«

»Ja, dann bleibt mir keine Wahl. Wann geht es los?«

»Fünfzehn Uhr!«

»Gut, treffen wir uns vierzehn Uhr dreißig. Im Klub, wenn es recht ist.«

»Die Zeit ja, der Ort weniger. Darf ich mir erlauben, Sie zu mir einzuladen?«

Sira betrachtete ihn prüfend.

Er erwiderte lächelnd ihren Blick. »Ich habe natürlich einen triftigen Grund. Es handelt sich um eine UNO-Ausstrahlung«, erklärte er, »die kann hier, um diese Zeit, keiner empfangen. Auch der Klub nicht. Ich habe das E-C-E-Antennensystem. Allerdings Eigenbau. Aber ich bürge für guten Empfang.«

»Wenn das so ist«, sie lächelte vergnügt. »Bis dann!«

Zehn Uhr dreiundzwanzig zeigte die Digitaluhr an. Als vorhin der Video gongte, hatte sie mit flüchtigen Blicken zur Uhr gesehen: Schon so spät? Jetzt dachte sie: Die Zeit ist wie angestemmt! Zur Arbeit mußte sie sich zwingen, dauernd kam ihr Blegos Gesicht dazwischen

»Du bist achtunddreißig«, hielt sie sich vor, »nun benimm dich wie eine Erwachsene! Teenagermanieren? Nicht zu fassen!«

»Na und?« fragte sie sich vergnügt. »In welchem Alter darf man sich nicht mehr auf eine Begegnung freuen? Man ist so jung, wie man sich fühlt!«

Dann rief sie sich zur Ordnung. Aber was nützte das. Etwas Vernünftiges wurde heute wohl nicht mehr. So war sie froh, als ihr Dienstende kam.

Blegos Wohnung in einer Zeile alter Häuser, von denen nur die Fassaden geblieben waren, verblüffte sie. Die Räume zogen sich durch vier dieser schmalen Häuser. Da sie, wie früher üblich, erhebliche Unterschiede der Etagenhöhe aufwiesen, gab es zwischen den Zimmern Stufen, die hier, im dritten Stock, Meter überwinden mußten. Blego hatte aus dieser Kalamität einen Vorzug gemacht, indem er auf geschickte Art und Weise die Stufen in die großzügige Zimmergestaltung einbezogen hatten.

Die Möbel waren modern und betonten mit ihren klaren, schnörkelfreien Linien ihre Zweckmäßigkeit, ohne den Räumen Wohnlichkeit zu nehmen. Das Besondere aber, das diese Räume unverwechselbar machten, waren die kleinen Gegenstände.

Nein, Blego hatte weder Nippes, noch eine alte Petroleumlampe mit Elektroanschluß, noch ein altes Kohlebügeleisen aufgestellt oder gar ein Wagenrad als Lampenträger aufgehängt. Auf den Möbeln standen geschnitzte Figuren, die eine talentierte Hand verrieten und in ihrer Linienführung den Bildern an den Wänden verwandt schienen.

Blego, der ihr Interesse gewahrte, hob ergeben die Hände. »Das waren noch Zeiten, als ich noch Zeit hatte!«

»Das haben Sie selbst gemacht?« fragte Sira ungläubig.

Ihm schien das nicht aufregend. »Ich habe kein Sitzfleisch. Untätig herumzusitzen, ist mir schrecklich. Allerdings jetzt ... Nun, wem man ein Amt gegeben ... Aber wem sage ich das? Haben Sie ein Hobby?«

»Musik! Die alten Meister! Mein Vater ist Kammervirtuose. Bratscher. Am liebsten sind ihm die Klassiker! Deshalb!«

»Und Sie betreiben die Musik nur als Hobby?«

»Als Konsument – vom Betreiben kann gar keine Rede sein. Es hat meinen Vater sehr enttäuscht, daß ich die Naturwissenschaften vorzog.«

»Das kann ich mir vorstellen. Sicher hatte er seine Pläne ...«

»Sicher ... Aber mit dem gleichen Recht hätte Mutter meinen Beruf planen können ... Sie ist Zahnärztin – soll ich nun den Leuten die Zähne ziehen?«

Blego faßte sich belustigt ans Kinn. »Trotzdem haben Sie Mutters Pläne vorgezogen. Sie ziehen immerhin Wurzeln ... Quadrat- und Kubikwurzeln ...« Fürsorglich ihren Arm umfassend, dirigierte er sie in das am höchsten gelegene Zimmer.

Hier luden eine Sesselgruppe und ein festlich gedeckter Tisch zum Verweilen ein. Viel Blumen, Näscherei und Weingläser.

Die Reportage war interessant, als fesselte und vermittelte ein konkretes Bild von Größe und Vielgestaltigkeit des Atolls. Sira erkannte deutlicher als je vorher, daß sie damals nicht im entferntesten begriffen hatte, was Seybal plante. Sie wurde immer einsilbiger, ja, sie schwieg, als der Reporter Seybal ankündigte.

Nun bereute sie, daß sie sich auf dieses Rendezvous eingelassen hatte. Seybal sehen – und dann? Mußte sie die Schatten ihrer Vergangenheit heraufbeschwören?

Dann war Seybal auf dem Bildschirm. Und obgleich sie seine Züge und seine Stimme wie auch seine Gestik wiedererkannte, blieb er doch ein Fremder für sie. Sie war froh darüber und konnte so gelassen seinen Worten folgen.

»Was für ein Mann!« sagte Blego nach der Reportage.

Sira hob ein wenig die Schultern und versteckte sich hinter einem Lächeln. Wäre das der Moment, ihm zu sagen, wie sie zu Seybal gestanden hatte? Aber weshalb eigentlich?

»Mich interessiert dieses Atoll brennend«, sagte Blego. »Wie ist es, wollen wir es einmal gemeinsam besuchen?«

»Nein, nicht OKEANOS«, entgegnete sie heftiger als gewollt und setzte ruhig hinzu: »Dort wird man jetzt gerade auf Besucher warten!«

13

Die Nacht hatten Seybal und Mertens auf dem Luftschiff verbracht. Sie waren viel zu erschöpft gewesen, um zum Schlepper oder zum Hotelhochhaus des ersten Sektors zurückzukehren. Selbst den kleinen Imbiß, den ihnen der Kommandant anbot, lehnten sie ab, waren für die Kabinen aber um so dankbarer.

Sie erwachten am Vormittag. Die Sonne stand schon ziemlich hoch. Das Frühstück nahmen sie in der Messe des Luftschiffs ein. Beide hatten es eilig. Mertens, zu seiner Flottille zu kommen, und Seybal, sich einen Überblick zu verschaffen und vor allem, sein Büro zu eröffnen.

Sie verabschiedeten sich vor dem Luftschiff. Seybal bedankte sich herzlich. »Und vergessen Sie nicht, Sie wollten sich auf OKEANOS zur Ruhe setzen!«

Für beide stand je einer der Elektrowagen bereit, die den Verkehr auf dem Atoll ermöglichten, bis die Schnellbahn ihre Kreise ziehen würde.

Seybal setzte sich selbst ans Steuer des Wagens, der ihm künftig als Dienstwagen zur Verfügung stand. Ich werde Mertens zur Auszeichnung vorschlagen, dachte er. Er hatte es kurz danach vergessen.

In seinem Büro, im zwanzigsten Stock eines Verwaltungshochhauses auf dem ersten Sektor, erwartete ihn eine Überraschung. Die Tür war nicht verschlossen. Und als er sie öffnete, wandte sich eine Frau in mittleren Jahren um, die dabei war, Unterlagen in Aktenschränke einzuordnen

»Sie?« fragte er erstaunt und schüttelte ihr herzlich die Hand. »Sie sind schon hier?«

»Wer, Herr Professor, soll Ihnen unliebsame Besucher vom Leib halten, wenn nicht Ihre Sekretärin?«

»Frau Leipin, unliebsame Besucher? Ich bin für jeden zu sprechen!«

Aber sie lachte. »Das können Sie gar nicht, Herr Professor. Noch werden die Tage nicht verlängert. Einigen wir uns darauf, daß ich jeden Besucher mit wichtigen Anliegen vorlasse.«

»Wann sind Sie gekommen?«, fragte er, ohne weiter auf die Besucher einzugehen.

»Heute nacht, mit dem Luftschiff.«

»Und wo haben Sie geschlafen?«

»In meiner Wohnung!«

»Und Ihr Mann?«

»Kommt noch heute. Übrigens, Frau Cerny war hier.«

»Wer ist das?«

Die Sekretärin stutzte nur kurz, dann sagte sie nachsichtig: »Die Kommandoleiterin, Herr Professor. Vom Verholkommando. Die Sektorenspalte wäre vergessen, die Quartiere des Kommandos eingerichtet, der Empfang und die Unterbringung der heute Anreisenden vorbereitet.«

»Eine umsichtige Frau!« sagte er anerkennend.

»Dafür hat sie doch den Plan, weshalb sonst wäre er aufgestellt?« fragte Frau Leipin leicht verwundert. »Und dann sind zwei blinde Passagiere aufgegriffen worden.«

Seybal horchte auf. »Wo?«

»Auf dem ersten Sektor!«

»Auf dem ersten ausgerechnet? Wo sind sie?«

»Beim Ordnungsdienst.«

»Wie sind sie in den Sektor gekommen? Es war doch alles verschlossen.«

»Sie können sie selber fragen, Herr Professor, sie sind abholbereit.«

»Bitte lassen Sie sie vorführen. Wir werden das ganze Atoll absuchen müssen, ob es noch mehr Schwarzfahrer gibt!«

Seybal ging zum Fenster, das ihm einen Blick über das Atoll bot, über sein OKEANOS. In der Ferne, genau gegenüber, der Zugang zur Lagune: Die Schiffsdurchfahrt. In der Hälfte des Ringes, auf beiden Seiten, die Städte. Sie trugen bereits Namen, obwohl sie kaum Bewohner hatten. VINETA die linke und ATLANTIS die rechte. In VINETA würde er wohnen.

Dort wohnte auch Frau Leipin.

Sie sah ins Zimmer. »Sie sind schon unterwegs!«

»Danke. Sagen Sie, bitte, wissen Sie die Nummer meiner Wohnung?«

Sie lächelte ergeben. »Das Wohnungsregister steht in Ihrem Schrank!« Sie wies auf den Aktenschrank neben seinem Schreibtisch, entnahm ihm ein broschiertes Register und las nach kurzem Blättern vor: »Seybal, Emori, Professor, Generalkoordinator des Atolls. VINETA, Blumensteig einundzwanzig, Wohnung sechzehn Strich vierzehn, also sechzehnter Stock, vierzehnte Wohnung. Ich habe sie vorhin inspiziert, ich wohne ja nebenan. Einwandfrei!«

»Ich habe auch keinen Einwand!« Seybal schmunzelte. »Aber was mich interessiert, liegt sie nach Süden?«

Frau Leipin guckte nun doch entgeistert, faßte sich aber schnell. »Sie wollten doch Sonne haben? Die steht hier mittags im Norden!«

Er ließ sich in den Sessel fallen und sagte seufzend: »Ich habe wohl doch zu wenig Schlaf gehabt, vergangene Nacht.«

Es klopfte an der Tür des Vorzimmers. Frau Leipin bat einzutreten. Zwei Männer und eine Frau.

»Die blinden Passagiere«, meldete der Ältere der Männer.

»Danke, wir rufen an, wenn sie zum Flugplatz zu bringen sind«, sagte Seybal und wies dem Pärchen die Besucherecke.

»Sie werden noch heute ausgeflogen«, fuhr er, zu den beiden gewandt, fort, hieß sie, sich zu setzen, und nahm hinter seinem Schreibtisch Platz. »Selbstverständlich auf Ihre Kosten!«

Er betrachtete die beiden. Sie paßten zusammen, waren aber bestimmt schon Mitte der Zwanzig und nicht mehr jung genug für solche Abenteuer. Sie schien ihm überhaupt nicht der Typ für unüberlegtes Handeln ... Er eigentlich auch nicht. Sie war wohl die energischere von beiden. Nicht unsympathisch, weder sie noch er. Wollten sie bei ihm arbeiten? Ein solches Objekt reizte ja viele, und der normale Weg über das Personalbüro der UNO verhieß bei dem Andrang wenig Erfolg.

Er räusperte sich energisch. Das fehlte noch, daß er jetzt Verständnis für sie suchte. „Was dachten Sie sich, als Sie sich auf den Sektor stahlen?« Dann setzte er noch härter hinzu: »Wo sind Sie aufgegriffen worden?«

»Nirgends!« sagte sie. »Wir haben uns beim Ordnungsdienst gemeldet!«

»Freiwillig?«, fragte Seybal verdutzt.

»Natürlich«, sagte sie forsch. »Wenn wir nicht gewollt hätten, dann hätte uns auch kaum jemand gefunden!«

»Wie sind Sie denn ins Innere gekommen, der Sektor war doch abgeschlossen?«

»Mit meinem Schlüssel, Herr Professor«, sagte das Mädchen lächelnd.

Seybal, bereit aufzubrausen, denn sich auf einen Nachschlüssel zu berufen, das war denn doch zu unverschämt, um toleriert zu werden, Seybal stutzte. Diese Stimme! Er sah sie aufmerksam an und verschluckte sich beinahe. »Sie kenne ich doch ... Sie sind doch ...«

»Belinda Kohlus, Herr Professor, ganz recht. Projektantin und vorgesehene Leiterin des Meeres- und des Windenergiekomplexes. Die Meeresanlagen sind voll betriebsfähig. Und es gibt nach meinen illegalen Meßreihen einige neue Erkenntnisse ...«

»Darüber später. Ich hatte doch ausdrücklich untersagt ...«, begann Seybal, nachdem er tief Luft geholt hatte.

»Gewiß, per Weisung, Herr Professor. Und mir jede persönliche Aussprache verweigert.«

Seybal betrachtete sie ein Weilchen mit schmalen Lippen. »Woher haben Sie den Mut genommen?«

Sie bezog die Frage auf ihre Undiszipliniertheit und sagte keß: »Sie, Herr Professor, hätten an meiner Stelle kaum anders gehandelt!«

Er wollte auffahren, entsann sich jedoch, daß er ja tatsächlich mit dem Gedanken gespielt hatte, an Bord des Sektors zu gehen, und es im Grunde nur unterlassen hatte, um kein schlechtes Beispiel zu geben.

»Wissen Sie, daß der Sektor im Orkan seinem Schicksal überlassen werden sollte?« kam er auf seine Frage zurück.

»Sind Sie sicher, daß er dann untergegangen wäre?« fragte sie ihn lächelnd.

Seybal schwieg zwiespältig. Ein verflixtes Mädchen ... Nur gut, daß Mertens sich geweigert hatte und es diesen Schaum gegeben hatte. Da wollte er nun Menschen retten und hätte um ein Haar damit zwei andere gefährdet.

»Über Ihren Disziplinarverstoß ist noch nicht das letzte

Wort gesprochen!« sagte er zu Beli, aber sie lächelte erleichtert, denn Seybals Worten fehlte der übliche Nachdruck.

»Und Sie? Auch vom künftigen Team?« wandte er sich an Wankon.

»Henry Wankon, Journalist«, sagte Wankon. Der Beruf, wie ein Tabu verkündet, war auf Wirkung berechnet. Er hatte allerdings eine andere als erhofft.

»Journalist?« fauchte Seybal wie ein gereizter Tiger. »Journalist? Nordamerikaner, wie? Sie versuchen es wohl um alle Ecken? Erzählen Sie, wer Sie beauftragte, wie Sie an Bord kamen, was Sie dort wollten. Das gibt einen UNO-Skandal, versichere ich Ihnen, Ihre Auftraggeber werden sich wünschen, Sie nie gekannt zu haben. Moment mal, Sie waren gemeinsam an Bord, dann haben Sie Ihre Hände im Spiel, Belinda Kohlus?« Er war aufgebracht, wie sie ihn noch nie gesehen hatte. »Damit trennen sich unsere Wege, heute noch. Unfaßbar. Ich werde Sie wegen Vertrauensmißbrauch zur Verantwortung ziehen lassen. Die Staatsanwaltschaft Ihres Landes einschalten ...« Er schwieg erschöpft.

»Vielleicht erlauben Sie Henry Wankon, der übrigens kein Nordamerikaner ist, einmal zu erzählen, Herr Professor?« warf sie trocken ein.

»Bitte!« sagte Seybal eisig.

Wankon begann zu erzählen, ausführlich, aber ohne Umschweife.

»Natürlich verlasse ich noch heute das Atoll«, endete er niedergeschlagen.

Seybal saß in seinem Sessel und starrte vor sich hin, mehrmals den Kopf schüttelnd.

»Ist denn Ihre Reportage schon fertig?« fragte er schließlich.

»Nein«, erwiderte Wankon zerknirscht.

»Daraus wird auch vorerst nichts! Aber Sie bleiben. Sie ahnen ja nicht, in welche Lage Sie mich gebracht haben. Kein Mensch darf vorerst erfahren, daß Sie Journalist sind und wie Sie herkamen. Und Sie werden auch keiner sein, nicht auf diesem Atoll! Ab sofort sind Sie für das Inselbuch verantwortlich. Eine Chronik, in die täglich aufgenommen wird, was sich Wichtiges auf der Insel ereignet.«

»Ich habe nur Urlaub!« wandte Wankon ein. »Der ist bald vorbei!«

»Das spielt jetzt keine Rolle. Ich sorge, daß er verlängert wird«, sagte Seybal. »Wir haben ein UNO-Team an Bord, das sind die einzigen Journalisten, die akkreditiert wurden, aber nicht die einzigen, die berichten wollten. Soll es Ihretwegen Verwicklungen geben? Es würde zu geharnischten Protesten kommen.«

Im Grunde sogar berechtigt, dachte er, zumindest verständlich. Und dann das Wider gegen das Atoll, die Zweifel an seiner Seetüchtigkeit: Wie kann man mit diesem Maßstab beginnen – kleine Schritte, und dann Aufgabe für Aufgabe? Dazu der Widerspruch gegen seinen Status: Es muß doch einem Land zugeordnet werden, was heißt hier sozialistisches Territorium? Das Aufbegehren: Wieso können sich die Vereinigten Staaten nicht beteiligen? – Das alles war kein Affront gegen ihn, Seybal, es war Widerstand gegen eine weltumfassende Entwicklung.

Natürlich mußte man Kontroversen vermeiden, vor allem, wenn man so, wie hier, nicht einmal dafür verantwortlich war.

»Sie sind nicht eingewiesen worden«, sagte er zu Henry Wankon. »Aber diese Insel hat viele Besonderheiten. Am besten, Sie halten sich – wie bisher – an Belinda Kohlus!«

14

OKEANOS begann sich zu regen. Doch bedurfte es noch der Hilfe von außen. Und sie kam täglich mit Schiffen, Luftschiffen und Flugzeugen. War doch nicht alles, was anfangs benötigt wurde, auf den Sektoren zu verstauen gewesen, und vom Vorhandenen war vieles auch schon bald verbraucht.

Wankon hockte im Hafen an der Pier auf einem Poller und gab sich dem Staunen hin. Schiff lag an Schiff vertäut. Rufen und Knarren und Brummen erfüllte den Hafen. Wenn dieser Lärm für einen Moment verstummte, dann hörte er die Wellen schmatzen.

Aus den Seitenluken großer, dickleibiger Frachter kamen auf Rollenbahnen Container gefahren, rollten über den Kai zu unermüdlichen Paternosterhebezeugen und wurden zu riesigen Bergen gestapelt. Kräne senkten ihre Greifer in breitmäulige Ladeluken und hoben sperrige Güter – Bretter,

Rohre, Profilstäbe, Fässer – auf Elektrolaster, die in langer Schlange warteten.

Über allem lag der unverkennbare Hafengeruch: ein Geruch von nassem Holz, Tang, Diesel und Öl.

»Nun komm schon!« sagte Beli zu ihm. Sie saß auf einer Kiste neben dem Poller. »Die Container für den Windkraftgitterdamm sind vollzählig.«

»Du hast natürlich wieder Kistchen gezählt«, spottete Wankon, »die romantische Hafenatmosphäre spürst du gar nicht.«

Beli kicherte. »Romantisch! Geruch nach Tang und Seewasser haben wir immer und überall, zumindest, wenn die Tangproduktion läuft. Und die Schattenspiele der Kräne und Entladungsbrücken, die sind so romantisch nicht, daß sich dein Blick dran festsaugen müßte. Bliebe die Exotik der unbekannten Ferne ... In der sind wir selber, Henry!«

Sie stand auf und hing sich ihre Schultertasche um.

»Beli Kohlus, die Erfinderin des Antiexotikeffektes«, lästerte er, »ich werde es in der Chronik vermerken!«

»So stünde auch mal was anderes drin als nur Seybals Meriten!« stichelte sie.

»Na komm, ich bemühe mich sachlich zu sein. Das müßtest du, als Nüchternheitsapostel, aber anerkennen!«

»Du sprichst mir Emotionen ab?« fragte sie entrüstet.

»Bei Aphrodite, du weißt, was das ist?«

»Henry Wankon, du bist ein ausgewachsener Flegel!«

»Ist gut«, konterte er grinsend, »kriege ich nun eine Fünf in Betragen?«

Sie sah ihn an, als hätte sie ihn nie vorher gesehen, und sagte mit übertriebener Verwunderung: »Und mit so einem habe ich Brüderschaft getrunken!«

»Deshalb komme ich ja auf so etwas«, gestand er grinsend, »der erste Eiszapfen, den ich küßte!«

»Henry!«

»Nein? Kannst du's besser? Mach mal!«

»Das könnte dir so passen, das schlage dir aber aus dem Kopf!«

»Und warum gibst du dich dann mit mir ab?«

»Weil es Seybal anordnete: Kinderfrau auf Zeit. Daß sich der kleine Henry nicht verläuft!«

Wankon sprang auf und faßte sie unter. Sie wollte ihm den Arm entziehen. »Laß mal, Beli«, sagte er, ihre Hand festhaltend, »bei seiner Amme darf man sich festhalten. Kehren wir also heim, in unsere eigenen vier Wände!«

»Ich in meine. Und du gehst an die Chronik, mein Lieber!«

»Aber die habe ich doch daheim!«

»Hat Seybal schon mal drin gelesen?«

»Noch nicht einmal danach gefragt. Nur gut, daß die gute Leipin alles Wesentliche für mich notiert.«

»Du solltest aber nicht nur über technisch-wissenschaftliche Ereignisse berichten, sondern auch über Probleme, Erkenntnisse, Mißhelligkeiten!«

»Zum Beispiel, daß eine Beli Kohlus ein Biomat ist.«

»Wie das?« fragte sie, mit schmalen Augen.

»Mal abgesehen vom Gefühlsdefizit – sie schürt das Feuer mit bloßen Händen und verbrennt sich nicht. Wie erklärt man das?«

»Mit verständlicher Vorsicht!«

Ein großes Passagierschiff legte ab.

»Via Wellington. Es hat uns Leute gebracht«, erklärte Wankon. »Was die menschlichen Dinge angeht, Beli, die lassen sich zur Zeit, in diesem Stadium des geordneten Durcheinanders, nicht überblicken. Das jedoch müßte der Chronist. Und außerdem, wie sollte er die Fülle der Ereignisse fassen, die Quelle der Fakten sprudelt über. Vorige Woche wurden fünfhundert Wohnungen bezogen. Vorgestern wurden dreiundzwanzig Schiffe abgefertigt, zwölf Flugzeuge und drei Luftschiffe. Das ozeanologische Institut öffnete seine Pforten, die Fischfangflotte kam mit vollen Schiffsbäuchen zurück, und damit begann die Fischindustrie die Verarbeitung. Die untermeerischen Reviere sind eingeteilt, die für Fischzucht und die für Pflanzenanbau. Der Reaktor wurde angelassen, das Hotel Tasmania eingeweiht, fünf Cafés haben aufgemacht …«

»Schon gut!« protestierte Beli mit erhobenen Händen.

Aber Wankon war in Fahrt und nicht zu bremsen. »So geht das Tag für Tag. Gestern waren wir hier dreitausend Einwohner, hatten wir zwölf Bugsierschlepper, dreißig Unterwasser- und vierzehn Mutterschiffe …«

»Ja, aber noch keine Drogerie, keine Spezialgeschäfte, nicht mal einen Frisiersalon. Das sollte doch wohl auch in der Chronik stehen, diese disproportionale Entwicklung des Atolls. Daß man mit solchen Nachlässigkeiten die Bewohner verärgern darf und damit OKEANOS, dieses prächtige Stück Neuland, diskreditieren!«

»Ich sehe schon«, sagte er zerknirscht, »ich muß mich noch mehr an die Basis halten.«

Sie warf den Kopf zurück. »Soweit die Basis nicht ausgerechnet Kohlus heißt!«

»Eine reizende Basis«, stellte er fest. Als er ihr Gesicht sah, fügte er schnell hinzu: »Im Ernst, Beli, du solltest mich öfter mitnehmen, wenn du dein Revier abgehst!«

»Bin ich hier der Oberförster?«

Er ging nicht darauf ein. »Die Montage des Windkraftgitterdammes zum Beispiel ...«

»Kannst du dir zu Gemüte führen, weshalb nicht? Wenn du auch nur drei Zeilen darüber in die Chronik schreiben kannst: Am xten wurde die Montage der insgesamt dreihundert Windräder mit einem Durchmesser von je achtzehn Metern auf einem hochstehenden Gitter aus Stahlgerüsten beendet ...«

Wankon überhörte auch das. Was sollte er denn machen, er konnte doch nicht täglich von jedem Ereignis eine Reportage schreiben, womöglich die menschlichen Hintergründe erhellen ...

»Und wenn man den Menschen in seiner Umwelt plus Technik zeigte?« fragte sie unbeirrt.

»Auch, Mädchen, auch. Man kann alles, finde ich, aber keine Ausschließlichkeit postulieren. Deine Ansichten trieben mich zu Journalismus oder Literatur ...«

»Na, du wolltest doch eine Reportage schreiben ...«

»Und du wolltest mir dabei helfen. Womit wir wieder am Ausgangspunkt wären. Beli Kohlus, du mußt dich mehr um Henry Wankon kümmern!«

15

Seybal ging in seinem Zimmer auf und ab. Gedankenversunken blickte er vor sich hin.

Auf seinem Schreibtisch stapelten sich die Protokolle der Inbetriebnahme verschiedener Institutionen, vor allem der Fischwarenindustrie. Die ersten Fänge übertrafen die optimistischsten Erwartungen. Fischkonserven-, Fischmehl- und

Fischhäutefabrik liefen auf vollen Touren. Wie geplant allmählich zu beginnen, war nicht möglich gewesen.

Er freute sich sehr. Dieses Ergebnis bewies eine gute Standortwahl. Hier brachte eine Strömung nährstoffreiches Wasser aus der Tiefe herauf. Futter für unabsehbare Fischschwärme.

Frau Leipin betrat das Zimmer. Sie legte einen neuen Hefter auf den Schreibtisch, sah Seybals hochgezogene Augenbraue und fragte, auf den Stapel weisend: »Nicht zufrieden, Herr Professor?«

Seybal nahm sein Ohrläppchen zwischen Daumen und Zeigefinger und begann es unbewußt zu reiben. »Doch, doch, das heißt ...«, murmelte er schließlich und setzte sich an seinen Schreibtisch. »Es geht mir bald wie Goethes Zauberlehrling – wer bannt die Geister, die ich rief!«

»Einen Mokka?« fragte sie.

Er nickte ihr zu und griff nach einem neuen Hefter. »Das reinste Zauberwort, Frau Leipin.« Dann stützte er das Kinn in die Hand und öffnete den Hefter. Die ersten Ergebnisse des ozeanologischen Instituts: Hinweise zur Strömung und zum Verlauf einiger warmer Driften, zum Salzgehalt an verschiedenen Punkten des riesigen Beobachtungsreviers und zu ihrer Temperatur. Auch bodentopografische Angaben. Und Empfehlungen für die ersten Erdölbohrungen.

Er könnte also wirklich zufrieden sein, obwohl er sich vorkam wie ein Tänzer auf dem Schleppseil, der sich müht, die Balance zu halten. Es kam auf eine ausgewogene Entwicklung der einzelnen Industriezweige an, die ja voneinander abhängig waren. Ohne Improvisieren war da nichts zu machen. Der Netzplan wurde mehr zur Orientierungshilfe, denn es fehlten nicht nur Erfahrungen, es gab auch zuviele unbekannte Faktoren, die den Fortgang beeinflußten und damit das Zusammenspiel der einzelnen Sektionen. Aber deshalb hatte er ja – wie beim Bau der Sektoren – weitestgehende Vollmachten, um Disproportionen operativ schnell ausgleichen zu können. Es herrschte im Grunde das Befehlsprinzip, das endlose, hemmende Debatten verhinderte, es Seybal aber dennoch gestattete, anregende Meinungen zu berücksichtigen, denn Einspruch war erlaubt, hatte aber keine aufschiebende Wirkung. Nur so war es möglich gewesen, den Bau der Sektoren in den verschiedenen Teilen der Welt zu koordinieren und ihre unabdingbare Einheitlichkeit zu wahren – um wieviel nötiger war das Prinzip hier, wo sofortige Entscheidungen lebenswichtig werden konnten für das Atoll, aber auch für seine Bewohner, deren Zahl ständig stieg.

Andererseits gab es Fragen, deren Beantwortung einen größeren Zeitablauf voraussetzte. Der Zirkulationswirkung des Salzgehaltes oder dem Substanzverlust des Stoffwechselzyklus kam man nicht in wenigen Wochen auf die Spur. Und auch die Tiefenverteilung der biologischen Ressourcen und die Frage, ob und wie sie vertikal wanderten, waren Kinder großer Zeiträume ...

Das Pfeifen eines Flugzeuges drang in Seybalds Gedanken. Hafen und Flugplatz waren Lebensadern des Atolls, die es mit der Welt verbanden, und es war ihm nicht leichtgefallen, sich gerade hier zu beschränken. OKEANOS ist, bei allen gigantischen Ausmaßen, eine künstliche Umwelt, gemessen an der Größe der Kontinente sogar winzig. Nicht jedem ist eine Robinsonade gegeben. Das ständige Bewußthalten dauernder Verbindungen zur übrigen Welt würde, wie er hoffte, die künftigen Bewohner heimisch werden lassen. Die Aneignung künstlicher Welten ist ein ernsthaftes Problem, und sie ist in dieser Größenordnung noch ohne Beispiel. Wer schon könnte in zugespitzten Situationen Massenpsychosen ausschließen?

Dennoch mußte ein Flugplatz mit langen Landebahnen, wie ihn Düsenjets benötigen, künftigen Inseln vorbehalten bleiben. Es war also nichts mit Direktverbindungen von OKEANOS nach Paris, Moskau, Berlin, Luanda oder Rio. Vielleicht konnte man später einen schwimmenden Flugplatz zufügen?.

Jetzt jedenfalls vermochten nur Schwenkflügler und Schwenktriebler zu landen und Maschinen mit kurzem Auslauf. Und natürlich Luftschiffe.

Frau Leipin brachte den Mokka, und Seybal sog seinen Duft genüßlich in die Nase. Aber bevor er einen Schluck trinken konnte, gongte das Video.

Mit ergebenem Schulterzucken drückte Seybal die Empfangstaste.

Eine junge Frau erschien. »Signore Professore, ich muß mich beschweren. Nirgends gibt es Fertignahrung für meine kleinen Bambini. Kinderseifen fehlen. Spielzeug und Kindersachen auch!«

Frau Leipin hatte sich den Magnetschreiber herangezogen und machte sich Notizen.

Seybal beendete das Gespräch und nickte ihr zu. »Die ersten Familien sind da, und schon Beschwerden! Das ist heute die achte! Wieso fehlt Kindernahrung?«

Frau Leipin versprach, sich darum zu kümmern. »Auf jeden Fall lasse ich mit dem nächsten Luftschiff Kindersachen einfliegen!«

Als Seybal die Tasse absetzte, erreichte ihn das nächste Gespräch. Ein älterer Mann. »Bitte entschuldigen Sie, Herr Professor, wenn ich mich direkt an Sie wende. Ich wohne im zwanzigsten Stock zur Seeseite hin. Eines meiner Fenster ist undicht. Nun pfeift es durch die Ritzen, daß man nicht schlafen kann, und bei Regen peitscht es ins Zimmer. Ich habe mich an den verantwortlichen Hausverwalter gewandt, aber trotz zweier Eingaben tut sich nichts!«

Seybal bat um Namen und Adresse und um den Namen des Hausverwalters.

Dann sagte er zu Frau Leipin: »Wir werden dem Verwalter wohl Beine machen müssen. Bitte weisen Sie ihn an, diesen Schaden sofort zu beheben. Termin der Vollzugsmeldung übermorgen, mit Begründung der bisherigen Säumigkeit. Wir werden ihn im Auge behalten; bleibt er so nachlässig, müssen wir uns von ihm trennen. Und rufen Sie bitte die Direktoren der Kaufhallen und Warenhäuser wegen der fehlenden Artikel an. Ich erwarte sie morgen früh neun Uhr bei mir. Bitten Sie den verantwortlichen Bereichsleiter der Kommunalabteilung dazu ...« Er seufzte. »Dieser Kommunalkram bringt mich noch um. Fehlte nur noch, daß einer heiraten will. Seybal als Standesbeamter!«

Lächelnd sagte Frau Leipin: »Die Kommunalabteilung hat einen Personenstandsbeauftragten ...«

»Ein Kommunalpolitiker muß her, als Vorsitzender der Inselverwaltung! Wir brauchen auch die Bürgermeister der beiden Städte. Wenn das auch erst Minigemeinwesen sind. Da können sie sich wenigstens in Ruhe einarbeiten! Sie werden auch froh sein, wenn wir diesen Kram los sind und fachgerecht arbeiten können – wie ich Sie kenne, haben Sie doch schon vieles abgefangen. Stimmt's?«

»Na ja«, sagte sie unbestimmt.

»Wo klemmt es noch?«

»Beschwerden gibt es wegen fehlender Trinkgläser, mangelnden Angebots von Blumen und Schreibwaren. Das Heimwerkerangebot fehlt völlig!«

Seybal war verwundert. »Und deshalb gab es Beschwerden?« fragte er etwas spöttisch. »Am besten, wir rufen die UNO an und versuchen, diesen Kram vom Halse zu bekommen!«

Das Gespräch kam mit dem UNO-Emblem auf dem Videoschirm. Am Video war Omu Ringalla, der Vorsitzende der Abteilung Weltmeere, den Seybal natürlich kannte, hatten sie doch oft miteinander zu tun. Seybal aber stutzte, denn er hatte den Personalchef sprechen wollen, sich aber aus alter Gewohnheit offensichtlich verwählt.

»Hallo, monsieur professeur, was macht OKEANOS?« fragte der Afrikaner und enthob Seybal einer Erklärung der Umstände.

Seybal hatte sich inzwischen gefangen und grüßte mit leichter Verbeugung. »Ich freue mich sehr, Sie zu sehen, mon président, OKEANOS erwacht wie der Golem.«

»Olala, ein feuerspeiendes Ungeheuer?«

»Ich meinte mehr die Kraft, die in OKEANOS wächst. Aber wir haben sie fest im Griff. Auch wenn die Positionen des Netzplanes durcheinander geraten. Morgen beginnt die Bergung der Erzknollen, vorerst mit zehn Tauchbooten und einem Transporter. Das heißt also, noch in dieser Woche läuft das metallurgische Zentrum an: Sortierung, Abscheidung, Verhüttung. Der erste Frachter mit Halbzeugen verläßt uns in zwei Wochen ...«

»Bon«, sagte der Afrikaner, »sehr gut!«

»Der erste Frachter mit Fischkonserven legt schon nächste Woche ab. Die unerwartet großen Fänge zwangen mich, Konservendosenblech einfliegen zu lassen, vorerst eine Luftschiffladung. Wenn die Metallurgie voll produziert, sind wir aus dem Dilemma heraus.«

»Es ist gut, wenn OKEANOS schnell rentabel wird, mon cher! Sie wissen ja, die Kritiker ...! Ich bin gespannt auf Recherchen und Versuche hinsichtlich der Anreicherung von Edelmetallen in Flora und Fauna!«

»Wir haben die Setzlinge in die Netzreviere ausgebracht. Auch in die untere zerklüftete Zone des Atolls«, warf Seybal ein.

»Bon«, sagte Ringalla. »Sehr gut. Wir brauchen die Edelmetalle! So dringend wie pflanzliches Eiweiß. Große Teile Afrikas, Asiens und Südamerikas hungern danach.«

Endlich konnte Seybal sagen: »Die Tangproduktion ist auch angelaufen, aber wachsen muß er schon noch!«

Ringalla musterte Seybal einen Moment und sagte: »Ich weiß, Sie tun, was Sie können. Aber vergessen Sie nicht, mon cher, Afrika hat einen großen Beitrag geleistet für OKEANOS, obwohl es dafür hätte seine Landwirtschaft stärker intensivieren können. Es wartet nun auf den Erfolg! Und noch etwas: Wir brauchen Zystostatika, wenn möglich vorgestern! Ganz dringend, mon cher!«

»Die pharmakologische Produktion ist doch für später vorgesehen, und unser Forschungsprogramm läuft erst an, mon président.«

»Ich weiß, professeur, ich weiß. Aber tun Sie, was immer Ihnen möglich ist. Noch sterben täglich viele Menschen Hungers, und Krebskranke … Es ist ein Jammer!«

Seybal seufzte. Als ob er das nicht wüßte! Aber mit einem Atoll war das Problem sowieso noch nicht zu lösen. OKEANOS war ein Anfang. Natürlich mußte man herausholen, was irgend herauszuholen war.

»Mir wächst das Kommunale über den Kopf! Ich spiele Friedensrichter, klopfe säumigen Handelsleuten auf die Finger, bringe Schlafmützen in Trab, befasse mich notgedrungen mit soziologischen und sozialen Problemen!«

»Sie haben es doch so gewollt?« stellte Ringalla verwundert fest. »Die gesellschaftliche Struktur wird nach der industriellen aufgebaut – das haben Sie gesagt und geschrieben. Non?«

»Doch! Um ehrlich zu sein, ich ging von den Großbaustellen zu Lande aus. Aber dort sind die Leute noch irgendwo beheimatet und gesellschaftlich eingebunden, und auf der Arbeitsstelle gewissermaßen nur als Gast! Hier ist es anders. Die meisten siedeln sich sofort fest an, als Bürger, und ohne Wohnung noch anderswo!«

»Das war vorauszusehen!«

Seybal deutete ein ergebenes Händeheben an. »Ich wollte freie Hand haben für den Aufbau, wenigstens für die ersten Etappen, ohne Übergeordneten, der womöglich, ohne Ahnung von unseren wissenschaftlich-technischen Belangen, überall hineinspricht. Dies ist vor allem ein industrielles Gebilde, geschaffen, um zu produzieren!«

»Und für wen, professeur? Für den Menschen und vor allem mit und durch den Menschen! Sie brauchen einen Verbündeten, mon cher, eine starke gesellschaftliche Struktur, die macht es Ihnen leichter! Lassen Sie mich machen, ich spreche mit dem chef de personnel!«

16

Eine Woche verging, bis der Personalchef mitteilen ließ, daß der geeignete Kommunalpolitiker gefunden und bereit sei, nach OKEANOS zu kommen.

»Er hat allerdings nichts Näheres zur Person gesagt«, wunderte sich Frau Leipin, schaltete die Lingualschreibmaschine aus und wartete auf Seybals Bitte, zurückzufragen.

Aber Seybal winkte ab. »Na wenn schon. Wir werden sehen!« Schlimmer war sein Zwiespalt. So sehr er an einem Ratsvorsitzenden interessiert war – hatte er sich da kein Kuckucksei ins eigene Nest gelegt? Wäre es nicht klüger gewesen, auch für die nächste Zeit das kommunale Kreuz auf sich zu nehmen und dafür den Hut freizügiger Entscheidung aufzubehalten? Schließlich mußte nun ein Teil der Vollmachten an den neuen Ratsvorsitzenden übergehen, der ja in der Endkonsequenz der oberste Leiter der Insel werden würde. Aber irgendwann mußte der autoritäre Leitungsstil sowieso normalen Leitungsprinzipien weichen – ob sich der Personalchef überhaupt in seine Lage versetzen konnte, um zu verstehen, wessen er und das Atoll bedurften?

Abwartend sah Frau Leipin zu ihm hin. Er aber blickte gedankenverloren zur Lagune hinab.

»Er kommt heute vierzehn Uhr dreißig mit der planmäßigen Maschine«, schreckte sie ihn aus seinen Gedanken, »wen wollen Sie zur Begrüßung schicken? Den Direktor für Metallurgie, für Ökonomie, für Nahrungsmittelproduktion, für Plaststoffe oder den Direktor ...«

Seybal hob einhaltgebietend die Hand. »Lassen Sie's gut sein!« Sie nannte nur Direktoren und erinnerte ihn so daran, wer da kam.

»Ich gehe selbst. Zwar wollte ich mit Croupier über die Inbetriebnahme des Leichtindustriekomplexes sprechen, aber vielleicht vereinbaren Sie einen neuen Termin?«

»Ich habe dem Sicherheitsinspektor schon Bescheid ... Ich dachte ...« Frau Leipin schwieg verlegen.

»So, so«, sagte Seybal amüsiert, »da dachten Sie und haben schon. Und die Aufzählung der Direktoren war wieder einmal der Köder, den Hecht Seybal zu fangen!«

Sie schwieg noch immer.

»Schon recht«, sagte er nun, »wenn ich Sie nicht hätte!«

Seybal war rechtzeitig am Flughafen. Er wartete am Durchgang des Empfangsgebäudes.

Vor ihm breitete sich in strahlender Sonne das Atoll. In weitem Rund umgab es schützend die Lagune. Ein Anblick, der ihm das Herz weitete. Mein Werk, dachte er stolz. Dann entsann er sich der vielen Mitarbeiter und korrigierte sich: Das Werk meines Lebens! War das auch zu hochgestochen? Dem Atoll hatten immerhin die wichtigsten Jahre seines Lebens gegolten. Mochte einer sagen, was immer er wollte, OKEANOS war sein Kind. Ihm galt sein Sorgen und Mühen und Sinnen ... Und nun kam ein Mensch, der OKEANOS bisher nur aus Zeitungen kannte ...

Die Maschine landete. Seybal kam der schlanke Rumpf mit den verdrehten Flügeln vor wie eine Wildgans mit verrenkten Schwingen. An die Schwenkflügler mußte er sich erst gewöhnen, Schwenktriebler waren ihm vertrauter, hatte er doch selber einen jahrelang als Dienstmaschine gehabt.

Es waren sicher einhundert Fluggäste, die über die Gangway herabstiegen und auf ihn zukamen.

Wie gut wäre es, jetzt ein Bild des Ankömmlings zu haben oder wenigstens Namen und Beschreibung. Oder ein Zeichen – Rose im Knopfloch! Er konnte ihn doch schlecht über den Schallwandler ausrufen lassen: »Der neue Ratsvorsitzende wird gebeten, sich zur Begrüßung zu melden!«

Die Leute gingen an ihm vorbei, keiner hielt Umschau, ob er abgeholt würde. Seybal wollte schon gehen, als er einen Fluggast bemerkte, der etwas zögernd den Flugplatz verließ.

Das Gesicht kam ihm merkwürdig vertraut vor. Doch woher ...?

Der Mann war groß, in Seybals Alter, aber schlanker. Seine

ganze Erscheinung ließ auf Beweglichkeit schließen, auf körperliche und geistige.

Auch er stutzte und kam, noch zögernd, heran.

»Emori?« fragte er unsicher, rief erkennend: »Klar, du bist es!« trat auf Seybal zu und schloß ihn in seine Arme. »Servus, mein Alter!«

Seybal war sehr verlegen. Er kam nicht darauf, wer ihn so vertraulich in den Armen hielt. »Ich weiß nicht ... verzeihen Sie ... Du ... Woher?«

Der breitschultrige Mann lachte in einer Art, gewinnend und ansteckend, daß Seybal seine Verlegenheit verlor. Und als der Fremde ihn an den Schultern faßte und von sich hielt und dazu noch sagte: »Es ist lange her, laß dich anschauen, mein Alter!« war Seybal im Bilde.

»Gennadi ... Gennadi Schwustoch! Alter Freund, dich hatte ich nicht erwartet!«

»Wen dann?« fragte Schwustoch lachend und zog ihn noch einmal an sich.

»Einen Vorsitzenden, für unseren Rat ... Ich bin ganz durcheinander, komm, gehen wir!«

»Und dein Vorsitzender?«

»Frau Leipin, meine Sekretärin, wird herausbekommen, wann er wirklich kommt. Aber wohin willst du?«

Schwustoch lachte. »Wohin? Zu dir!«

Seybal freute sich sehr, einen ehemaligen Kommilitonen wiederzusehen, umsomehr, als es Schwustoch war, mit dem ihn eine enge Freundschaft verbunden hatte. So eng, daß er jetzt nicht begriff, wie sie sich aus den Augen verlieren konnten. Nur gut, daß der neue Vorsitzende nicht mitgekommen war. So hatte er Zeit für den Freund. »Mir ist es ganz lieb, daß mir für heute der offizielle Begrüßungssermon erspart bleibt!«

Schwustoch verkniff ein Auge und nickte ihm zu. »Du kennst mich ja, ich mag das Offizielle auch nicht.«

»Man kommt bloß nicht darum herum«, sagte Seybal, faßte Schwustoch am Arm und lenkte ihn zum U-Bahneingang.

»Manchmal doch«, widersprach Schwustoch und ging voraus.

Die U-Bahn brachte sie schnell voran.

Unterwegs fragte Seybal nach der Reise, woher er käme, und was man so fragt, wenn man voller Freude, aber auch voller

Ungeduld ist, sich mit dem Besucher in Ruhe unterhalten zu können.

Hinzu kam, daß Seybal sich zurückhielt, weil sie nicht allein waren. Man kannte ihn und grüßte ihn, und das auf jeder Station erneut.

Schwustoch gab Seybal halblaut Bescheid, fragte selber dies und das und wiederholte zwischendurch die Namen der Stationen.

»Passagierhafen« las er, und «Klinikum ... Zentralpark ... Palast der Künste ...« Bei »Vineta-Zentralmarkt« berührte Seybal Schwustochs Arm. »Wir sind da!«

Vor der U-Bahnstation breitete sich ein Platz, den halbwüchsige Buchen umgaben, in seiner Mitte gab es einen Springbrunnen mit lustigen Märchenfiguren aus Stein. Und rignsum Bänke. Auf der gegenüberliegenden Seite führten breite Treppen zu einer weiten Halle hinauf, die Schwustoch sofort als Markthalle erkannte. Rechts und links des Platzes gab es Geschäfte, ein Hotel, einen Friseur und ein Café. Eine moderne Kleinstadt am Hang. Und beiderseits des Platzes begannen breite Promenaden, mit Grünanlagen und Bäumen. Auch hier Wasserspiele und Brunnen und Sandkästen und Kinderfiguren aus Stein und Bronze. Und überall Blumen. Talwärts sah man zwischen den Häusern die Lagune blinken.

Es war so still, daß sie ihre Schritte hörten und das Rauschen des Wassers und das Wispern von Blättern und Blüten. Noch waren die Bänke leer und die Sandkästen auch. Und die Wege und Treppen, die sich zwischen den Häusern hinauf- und hinabzogen, waren nur wenig belebt. Hin und wieder ein Mann, seltener eine Frau, kaum ein Kind. Auch die Fenster vieler Häuser und die Schaufenster mancher Geschäfte gähnten noch kahl in den Tag.

Und das verlieh dem Ganzen, so schön der Anblick war, eine seltsame Verlorenheit.

Schwustoch räusperte sich und sagte: »Wenn hier erst Leben herrscht ...«

Seybal betrachtete ihn kritisch von der Seite. »Bedrückt es dich auch? Man hat schon von den Geisterstädten im wilden Westen gesprochen ...« Er sagte das mit leichter Bitterkeit.

»Das ist übertrieben«, meinte Schwustoch. »Die Geisterstädte sind gestorben, tot, verfallen. Deine Städte warten auf das Erwachen, sind neu. Aber es ist natürlich nicht ganz problemlos.«

»Was meinst du?«

»Anpassungs- oder Eingewöhnungsschwierigkeiten, psychische Depressionen ...«

»Das hältst du für möglich?«

»Man sollte darauf achten. Auch auf übertriebenen Alkoholgenuß ...«

Seybal sann Schwustochs Worten nach. Typisch für Schwustoch. So war er schon als Student gewesen: Letztendlich ist der Mensch Ausgangspunkt und Inhalt allen Strebens ... Ob der Neue auch solchen Überlegungen folgt? Es wurde doch hohe Zeit, daß er kam. Hatte er, Seybal, diesen Problemen genug Aufmerksamkeit geschenkt?

»Hoffentlich ist der Neue kein Papiermensch!« sagte er.

»So unmöglich wird er schon nicht sein«, tröstete Schwustoch. »Man wird sich überlegen, wen man hierherschickt, denke ich.«

Sie kamen an ein Hochhaus mit blitzender Glasfassade. Neben dem Eingang ein bronzenes Schild. »Generaldirektion des Wirtschafts- und Wissenschaftsbereiches OKEANOS.«

»Sitzt der Inselrat auch hier?« fragte Schwustoch.

Seybal lächelte. »Nicht hier in Vineta. Er sitzt in Atlantis, auf der anderen Ringseite.«

»Und das ist gut so?«

»Nehme ich an. Weit genug, daß man sich nicht dauernd auf die Zehen tritt, und nah genug, um ständigen Kontakt zu haben.«

Schwustoch schmunzelte und betrat vor Seybal das Gebäude.

Seybal schob ihn durch die Tür ins Vorzimmer.

»Statt des Ratsvorsitzenden habe ich einen guten Freund mitgebracht. Würden Sie uns einen Imbiß bestellen und etwas zu trinken?« fragte Seybal Frau Leipin und sagte zu Schwustoch: »Du wirst abgespannt sein, Frau Leipin ist berühmt wegen ihres Mokkas, möchtest du?«

Schwustoch stand vor Frau Leipin, gab ihr die Hand und stellte sich vor.

Frau Leipin hörte seinen Namen, stutzte und verfärbte sich. »Sie sind ... Verzeihen Sie, wir bekamen eben erst Ihren Namen ... Und über Video Ihr Bild.« Sie nahm ein Bild vom

Schreibtisch, verglich und sagte: »Tatsächlich. Willkommen, Herr Oberrat! Das heißt, Herr Professor ...«

Schwustoch hob die Hände. »Lassen Sie die Titel ...«

Seybal nahm sehr verwirrt das Bild auf. »Du? Wieso haben sie dein Bild geschickt? Solltest du auch abgeholt ... Wir erwarteten nur den Neuen ...«

»Na eben«, sagte Schwustoch und legte seine Hand auf Seybals Arm. »Ich bin's, mein Alter!«

»Der Neue? Himmel, ich werde alt. Warum sagtest du nichts?«

»Ich wollte es dir schonend beibringen!«

»Daran erkenne ich dich wieder!« seufzte Seybal belustigt.

Die Tage vergingen. Schwustoch hatte fürs erste ein Büro neben Seybal bezogen, so hatte er ihn schnell zur Hand, wenn er Auskünfte brauchte und Zugang zu Seybals Unterlagen und Plänen. Er war viel unterwegs, sah sich die Städte an, die Freizeiteinrichtungen, besichtigte die Häfen und Betriebe und machte sich so mit seinem künftigen Wirkungsbereich bekannt.

Es ergab sich, daß er – wenn er nicht unterwegs war – mit Seybal das Mittagessen einnahm und sie sich austauschten. Für Seybal hatte es den unerwarteten Vorteil, daß er manches mit anderen Augen zu sehen begann, schließlich war er weder Kommunalpolitiker noch Wirtschaftler und auch kein Sozialpolitiker.

Seybal freute sich über den Verbündeten und schalt sich einen Narren, daß er nicht eher dafür eingetreten war, die gesellschaftliche Ebene zu aktivieren. Aber wußte man, wer da auf einen zukam? Jedenfalls war es ein Glücksfall, einen alten Bekannten in dieser Funktion zu wissen. Gennadi war immer ein rundum vernünftiger und maßvoller Mensch gewesen, wenn auch absolut prinzipienfest und deshalb nicht immer sehr bequem für seine Partner.

Seybal war seinerzeit von einem jungen Nationalstaat zum Studium delegiert worden, wo Gennadi sein Zimmergenosse wurde. Viele Erkenntnisse gesellschaftlicher und politischer Art hatte er ihm zu verdanken. Aber auch in persönlicher Hinsicht kam er zu Einsichten, die sein künftiges Leben bestimmten. War er zuerst darauf aus gewesen, innerhalb der bürgerlichen Intelligenz seines Landes einen lukrativen und interessanten Platz einzunehmen, so hatte er nach und nach begriffen, daß er Teil eines größeren Ganzen war und beitragen mußte, seinem Volk zu einem besseren Morgen zu verhelfen. Und Gennadi hatte ihm schließlich auch die ersten Anstöße gegeben, über den nationalen Rahmen hinauszudenken und internationale Geschehnisse im Zusammenhang zu sehen.

Ohne diese Sicht, dessen war sich Seybal bewußt, hätte er die gewaltige Bewährungsprobe, zu der sich OKEANOS ausgewachsen hatte, nie bestanden. Ja, sie hätte keinen Sinn für ihn gehabt.

Seybal war sicher, daß sie ein gutes Gespann abgeben würden.

Oft saßen sie des Abends beisammen, meist bei Seybal, der seine Wohnung inzwischen eingerichtet hatte, während Schwustoch im Hotel untergekommen war. Es gab viel zu erzählen, das gemeinsame Studium lag über vierzig Jahre zurück, Zeit genug, Ansichten und Lebensmaximen zu ändern. So sprachen sie vor allem von der gemeinsamen Vergangenheit und versuchten von da aus, die Zwischenzeit aufzuhellen.

Eines Abends saßen sie in einer stillen Ecke des Hotels, weil sich Schwustoch auch einmal als Gastgeber fühlen wollte.

Seybal fragte, wie sich Schwustoch in das Leben von OKEANOS hineinfinde.

Schwustoch trank ihm zu, hielt das Weinglas gegen das Licht und sagte mit verstecktem Lächeln: »Gut, ich komme voran. Aber das ginge noch schneller, würdest du mich zu den Leitungssitzungen einladen.«

Seybal kaute verlegen einen Schluck Wein. Mit Leitungssitzungen war es bislang nicht weit her, noch waren einige Direktorensessel unbesetzt, erst mußte er alles in Gang setzen. Das müßte Schwustoch sich doch selber sagen, ja, er müßte es doch mitbekommen haben! Worauf wollte er hinaus?

Er schluckte den Wein hinunter und erwiderte: »Noch sind wir im Aufbau. Zur Zeit komme ich besser mit persönlichen Gesprächen aus.«

»Möglich«, sagte Schwustoch trocken. »Aber lange wird sich das nicht mehr so machen lassen. Ich bitte dann um Einladungen. Ich darf nicht im unklaren darüber bleiben, wo es läuft und wo es klemmt. Bei allen den Sondervollmachten, vergiß nicht, daß in der Endkonsequenz der Vorsitzende des Inselrates den Hut aufhaben wird. Wie soll ich entscheiden, wenn ich eure Probleme nicht kenne? Übrigens wird es Zeit, die Räte der Städte und den Inselrat zu bilden, dazu ist es notwendig, daß deine Arbeitskollektive geeignete Abgeordnete delegieren. Über den Modus sprechen wir noch. Die Wahl erfolgt dann, wenn alles läuft.«

Seybal schwieg. Obgleich er natürlich vorausgesehen hatte, daß ein neuer Vorsitzender auch eigene Ansichten haben würde, mußte er sich erst daran gewöhnen.

»Die kommunale Verwaltung lösen wir noch diese Woche aus deinem Bereich. Ihr Umfang reicht für die Städte und für die Inselverwaltung. Wir wollen uns keinen Wasserkopf aufhalsen!«

Seybal lächelte etwas verkrampft und sagte: »Ich sehe, du konsolidierst dich.«

»Ohne Grund wirst du nicht nach mir verlangt haben. Hast dich ja auch ganz schön abgestrampelt, die ganze Zeit. Wenn du das schon seit Jahren so treibst – und anders war dieses Projekt nicht zum Objekt zu machen, ja, dann wird mir klar, warum du noch Junggeselle bist. Es wird Zeit, mein Alter, hohe Zeit für dich, nun auch an dich zu denken. Mancher hat über seinen Vorhaben schon den Anschluß verpaßt.«

Seybal fehlten die Worte. Wenn er alles erwartet hätte, diese Gesprächswendung nicht. »Was denn, willst du mich verheiraten und zum Familienvater machen?« fragte er, als er sich gefaßt hatte.

»Wäre das denn so abstrus?« fragte Schwustoch zurück. »Das heißt, eine Frau wirst du dir schon selber suchen müssen. Aber du solltest dich mal ernsthaft mit diesem Gedanken vertraut machen, Emori!«

Seybal drehte das Glas zwischen den Fingern und lehnte sich schließlich zurück. »Ich war nicht immer allein. Ich war sogar verheiratet. Wir haben uns getrennt … Sie von mir!«

Schwustoch schwieg betroffen.

»Du weißt ja, wie das ist, im Stadium des Projektierens wird man voll gefordert«, fuhr Seybal fort, froh, einmal darüber reden zu können. »Sie war eine meiner Studentinnen. Wir entdeckten uns in jener Zeit, als ich die alten Inselprojekte ausgrub, sie war in dieser Studentengruppe, die mit mir auswertete. Nach ihrem Studium heirateten wir. Es waren unvergeßliche Jahre. Aber was sie mir bedeutete, das weiß ich erst, seit ich sie verlor.«

»Hast du denn keine andere gefunden?«

»Schon, aber keine war wie sie.«

»Das heißt, du liebst sie noch?«

»Wer weiß das genau? Wir sind so lange getrennt. Wenn ich sie sähe, vielleicht …« Er schwieg und hob leicht die Hände. »Man sollte sich eben in meiner Lage für eines entscheiden. Entweder die Liebe oder eine solche Aufgabe!«

»Das sind doch keine Alternativpositionen«, widersprach Schwustoch kopfschüttelnd. »Arbeit oder Liebe. Wo kämen wir hin, wenn alle diese Frage stellen würden. Jedenfalls ist eure Trennung nicht gesetzmäßig. Was ist denn aus ihr geworden?«

»Ich weiß nicht«, erklärte Seybal nachdenklich. »Nach unserer Trennung hörte ich, daß sie längst Abteilungsleiterin geworden war und zwei Patente besaß.«

»Um Himmelswillen, Emori, habt ihr euch denn nicht ausgetauscht? Über eure Arbeit, eure Erfolge und Niederlagen?«

»Ich war doch kaum daheim«, erläuterte Seybal, sah Schwustoch mit einem wachen Blick an und fragte: »Sag mal, wann läßt du deine Familie nachkommen? Ich bin auf deine Frau gespannt. Du warst ja damals sehr anspruchsvoll. Laß sie nicht zu lange warten, Gennadi!«

Schwustoch kniff vergnügt ein Auge zu. »Ich habe viel Glück gehabt. Aber der Umzug … Das ist schwierig. Deine Wohnungen sind nichts für große Familien.«

In Seybals Zügen spiegelte sich echte Verblüffung. »Ich weiß ja, daß du Kinder hast. Aber wir haben Fünfraumwohnungen. Und die mit allem Komfort. Das reicht doch für fünf, ja wenn wir zwei Kinder in einem Zimmer unterbringen – und es sind große Zimmer – sogar für acht Personen!«

»Eben, nur für acht«, erwiderte Schwustoch schmunzelnd. »Vielleicht sogar für zehn.«

»Acht Kinder, zehn Personen, das ist doch wohl eine selten umfangreiche Familie!«

»Schon, schon«, Schwustoch hob lächelnd die Schulter. »Aber was sind acht oder zehn Kinder für einen Kinderfreund?«

»Zehn … Kinder?« Seybal war mißtrauisch. »Sag bloß, ihr habt noch mehr?«

»Zwölf, Emori, weniger sind es nicht.«

»Zwölf Kinder?« Seybal wußte nicht sogleich, was er noch sagen sollte. Unwillkürlich sah er sie vor sich: zwölf Kinder! Ein kreischendes, balgendes, hektisches Durcheinander. Chaos auf engstem Raum. Und dazu die Mutter, abgearbeitet, verbraucht. Wie hatte Gennadi ihr das antun können? Das heißt, sie mußte ja wohl einverstanden gewesen sein! Konnte Liebe zu solchen Resultaten führen?

»Entsinnst du dich, daß ich im Kinderheim aufgewachsen bin?« fragte Schwustoch.

Seybal nickte, noch immer befremdet.

»Wir hatten alles, Emori«, sagte Schwustoch. »Spielzeug, gutes Essen, gute Kleidung. Und vor allem fürsorgliche Erzieher. Aber eines fehlte: die Nestwärme!«

»Nestwärme?« Damit wußte Seybal wenig anzufangen.

»Mutters Hand, beim Einschlafen, auf der Stirn, beispielsweise«, erklärte Schwustoch ohne Pathos. »Eigene Eltern, eine eigene Mutter mit weichen Armen ...«

»Und ich genierte mich, wenn mir Mutter übers Haar fuhr.«

»Was man nicht vermissen muß, weiß man oft nicht zu schätzen. Jedenfalls vergaß ich's nie. Vier Kinder bekam Chris, acht haben wir uns aus dem Heim geholt!«

»Zu den vier eigenen noch acht fremde?«

»Zwölf eigene, ohne Unterschied!« sagte Schwustoch so nachdrücklich, daß sich Seybal entschuldigte. So habe er es nicht gemeint. Doch Schwustoch fuhr lächelnd fort: »Nicht der Zeugungsakt macht uns zu Eltern im eigentlichen Sinne. Zu Eltern werden wir durch Liebe und Fürsorge und Vertrauen. Und durch die Verantwortung, mit der man alles zum Wohle des Kindes regelt und mit der man es auf das Leben vorbereitet!«

Seybal griff etwas hilflos wieder zum Glas. Was sollte er darauf erwidern? Zwölf Kinder – und er glaubte Schwustoch dessen Bekenntnis aufs Wort. Zwölf Kinder – er aber hatte nicht eins! Ein oder zwei Kinder von Sira, sie hätten schon den Kinderschuhen entwachsen sein können. Vielleicht wäre es doch gegangen: Arbeit und Liebe!? Aber läge ihm der Familienvater? Ist es schon müßig, darüber nachzudenken? Wäre er glücklicher? Zumindest wäre er nicht allein ... Wie oft hatte er sich, seit Sira ging, allein gefühlt! Verlangt ein Objekt wie OKEANOS ein solches Opfer? Was bleibt denn von ihm nach seiner letzten Stunde? Welche wirklichen Werte ... Soll er Schwustoch beneiden? Himmel, zwölf Kinder – und er ist offensichtlich glücklich dabei. Wirkte er deshalb um soviel jünger auf ihn? Jedenfalls mußte ihm geholfen werden!

»Ich habe eine Idee«, begann er, noch überlegend, »wenn wir die Trennwände zweier großer Wohnungen durchbrechen, dann ergäbe das zehn Räume, dazu doppelte Sanitäreinrichtungen – das müßte doch genügen, wie? Dann hast du zentrale Aufenthaltsräume, und Schlafräume, Arbeitsräume, Spielzimmer ... Gut so?«

»Und ob!« Schwustoch strahlte vor Freude. »Da kann ich Chris ja schreiben, daß sie bald kommen können. Wird meine Bande jubeln! Oder besser noch, ich spreche über Video mit ihr!«

17

Gennadi Schwustoch mochte dieses Wetter. Die Luft klar wie Kristall, eine Sonne, daß man die Arbeit am Schreibtisch als Fron empfand, und eine leichte Brise, die angenehm salzig auf den Lippen prickelte. Sonnentag auf dem Ozean!

Er streckte sich mit erhobenen Armen und lehnte sich ins Rückenpolster des Sessels. Über die Balkonbrüstung blickte er zur Lagune. Segelyachten zerkräuselten den grünlich blanken Wasserspiegel. Er saß gern hier, in seiner großen Wohnung, zwei Etagen über Seybals Räumen.

Von hier aus konnte er alle Häfen übersehen, die das Atoll aufwies. Den Fischereihafen mit den Katamarantrawlern und den gierigen Möwen, die sich hier schon eingewöhnten. Den Erzhafen mit seinen langgestreckten Ladebrücken und den Mutterschiffen, deren Bergungsbathyskaphs vom Meeresgrund die Erzknollen heraufbrachten. Den Handelshafen mit seinen Kähnen, Kühlhochhäusern, weiträumigen Lagerhallen und den großbäuchigen Frachtlinern. Den Yachthafen, in dem nur noch wenige Segelyachten vor sich hinschaukelten – das Wetter war zu schön. Und den Passagierhafen, ihren MEERESBAHNHOF, dessen Kais zur Stunde wie leergefegt waren. Dort würde er stehen und seine Rasselbande begrüßen!

Ein prächtiges Farbenspiel, das sich ihm bot: weiß und rötlich die Wohnhäuser, gelblich die Werkhallen, grün in vielen Varianten: Palmen und Fichten, Zedern und Linden, Pappeln und Eichen und Farne und Gräser. Hell die Straßen und Wege. Silbern flimmernd die Wasserflächen. Und über allem festliche Himmelsbläue.

Tief brummte eine Schiffssirene und lockte ihn vom Schreibtisch auf die andere Seite des Hauses – der Vorteil der zwei vereinigten Wohnungen: Er konnte auch auf das Meer hinausschauen.

Hinter dem Horizont verlor sich der Ozean im Glast. Ein Frachtschiff kam auf und näherte sich der Einfahrt. Schwustoch hörte das unverkennbare »Ui ... Ui ... Ui ...« der Schlepper, die dem Frachter geschäftig entgegenfuhren. Hatte ihn die Frachtersirene an das zufriedene Brummen einer wiederkäuenden Kuh erinnert, so dachte er bei den kurzen Sirenenstößen der Schlepper unwillkürlich an das Quieken übermütiger Ferkel. Er schüttelte nachsichtig den Kopf und lächelte über sich. Kindheitserinnerungen ... Gut, er kam vom Lande, seine Eltern hatten einem Kolchos angehört, und das Kinderheim, in dem er nach ihrem tödlichen Autounfall lebte, lag nicht weit von einer Sowchose – aber daß ihn das noch heute zu solchen Vergleichen führte ...?

Wie werden seine Kinder dieses Milieu erleben? Und Chris, die in der Stadt aufgewachsen ist?

Wenn er hinaussah, dann war ihm zumute, als befände er sich im Urlaub. Aber wie lange würde dieses Gefühl anhalten? Und was, wenn er alles kannte, wenn ihm die Begrenztheit des Atolls ständig gegenwärtig war? Wie würden es vor allem die Kinder aufnehmen? Lief man auf der obersten Balustrade, kam man auf achtzehn Kilometer Strecke. Ist das nun viel oder wenig – zu wenig gar? Schließlich lief man im Kreis! Konnte man sich daran gewöhnen? Und wie oft würde er mit den Kindern zum Festland fliegen müssen, damit sie des Lebens auf OKEANOS nicht müde wurden? Und Chris? Und die vielen anderen Erwachsenen? Konnte man sich so richtig einleben auf dem Atoll? Oder gelang es Kindern schneller als Erwachsenen, die schon viele Jahre auf dem Festland gelebt und fixierte Festlandsschablonen ihrer Umwelt hatten? Wäre es besser gewesen, Bewohner von natürlichen Inseln zu nehmen, die in die Begrenztheit hineingewachsen waren? Wie stabil würde das Heimatgefühl werden, hielt es auch unvorhersehbaren Zwischenfällen stand? Wenn etwa die extra für OKEANOS gezüchteten Baumvarianten sich dem besonderen Klima doch nicht gewachsen zeigten und ihr Welken die Künstlichkeit der Insel stärker bewußt machte? Konnte man schnell genug auswechseln …? Man mußte eine Baumschule einrichten! Oder hätte man künstliche Bäume nehmen sollen?

Ein Klingeln unterbrach seine Gedanken. Er eilte zum Video, Frau Leipin erschien auf dem Schirm, und Schwustoch stutzte, noch bevor sie ein Wort gesprochen hatte. Die gute Leipin und so ernst? Was war passiert?

»Entschuldigen Sie die Störung, Herr Oberrat. Ich wurde vom medizinischen Dienst verständigt. Unser Professor … Ein Kollaps!«

»Ich gehe sofort hinunter«, versprach er erschrocken und überhörte sogar das »Herr Oberrat«.

»Er ist nicht daheim. Er liegt in der medizinischen Bereitschaft in Atlantis, ich will sofort hin!«

»Wo ist denn Ihr Mann?« fragte er.

»Im Schwimmstadion, ich wollte nur den Fotoapparat holen.«

»Gehen Sie zu ihm, ich kümmere mich um den Professor!«

»Aber ich muß doch …«

»Keine Widerrede, Sie müssen zurück zu Ihrem Mann!«

Als er ihren hilflosen Blick bemerkte, sagte er: »Ich rufe Sie abends an. Und wenn es wirklich nicht ohne Sie geht, weiß ich doch, wo Sie zu erreichen sind.« Damit unterbrach er die Verbindung, warf sich eine Jacke über und verließ die Wohnung. Im Fahrstuhl schüttelte er den Kopf über sich, weil er nicht zuerst die Bereitschaft angerufen und sich erkundigt hatte, aber er kehrte nicht um.

Seybal lag in einem EEG-Zimmer auf einer Pritsche neben dem EEG-Gerät. Schwustoch, der mit dem diensthabenden Arzt im Gang zusammengetroffen war und ihm erst klarmachen mußte, wer er war, sah das Schild und dann den Arzt überrascht an. Stand es so schlimm um Seybal?

Der Arzt beruhigte ihn. »Wir haben ihn nur hier hineinlegen müssen, weil unser Personal noch nicht ausreicht. Die EKG-Schwester von nebenan kann ihn so mitbetreuen. Es ist reine Überarbeitung, er müßte mal richtig ausschlafen, und kürzer treten, natürlich!«

Im Zimmer bemühte sich die Schwester gerade, Seybal zu überzeugen, daß er liegenbleiben müsse. »Sie sollen noch ruhen, das hat der Doktor angeordnet!«

»Ihr Doktor kann mich ...«, knurrte Seybal, machte eine Pause und fuhr, als er die Eintretenden bemerkte, grimmig fort: »... hier nicht festhalten! Was denn, du, Gennadi? Haben sie etwa die Pferde scheu gemacht?«

»Was machst du nur für Sachen?« sagte Schwustoch, erleichtert darüber, daß Seybal schon wieder störrisch sein konnte.

»Eine Lappalie«, sagte Seybal und setzte sich demonstrativ auf. »Der Doktor wird's bestätigen!«

»Ganz so ist es nicht«, widersprach der Arzt. »Zumindest läßt sich die Ursache dieser Lappalie nicht übersehen. Einige Konsequenzen sind zu ziehen!«

»Und die wären?« fragte Seybal etwas herablassend.

»Einige Tage faulenzen, schlafen, spazierengehen ... Wann hatten Sie den letzten Urlaub?«

Professor Seybal sah erst den Arzt und dann Schwustoch an. »Vor zwei Jahren!« Es klang keineswegs zerknirscht.

»Das darf doch wohl nicht wahr sein«, entfuhr es dem Arzt. »Dann wäre ein sofortiger verlängerter Urlaub angebracht. Sie müssen Ihren Akku wieder aufladen!«

»Ausgeschlossen«, widersprach der Professor. »Was nicht drin ist, das ist nicht drin!«

»Im Moment scheint es tatsächlich nicht machbar«, warf Schwustoch ein. »Davon müßten wir ausgehen. Entwerfen wir ein unerläßliches Minimalprogramm für die Zeit bis zum Urlaub: Fünf Tage Ruhe. Kräftigende Behandlung bei ständiger Beobachtung. Urlaub, sobald als möglich. Unbedingtes Kürzertreten in puncto Arbeit.«

Seybal sagte schließlich ergeben: »Es ist wohl mein Schicksal, euch Ärzten nachgeben zu müssen.« Schwustoch, der sehr wohl merkte, daß Seybal den Arzt nur abwimmeln wollte, schwieg.

Der Arzt mußte Seybals Absicht auch bemerkt haben, denn er bestand darauf, daß Seybal zumindest die ersten zwei Tage Ruhe in einem Krankenzimmer verbringen sollte. Unter seiner Aufsicht! Das lehnte Seybal brüsk ab.

»Aber Sie haben niemanden, der sich um Sie kümmert. Vor Rückfällen sind Sie nicht sicher!«

Da Seybal nicht nachgab, der Arzt aber auch nicht, entstand ein fruchtloses Hin und Her, bis Schwustoch eingriff.

»Folgender Vorschlag an beide Seiten«, begann er. »Die Notwendigkeit der Ruhetage ist unbestritten. Es geht nur um das Wo und Wie. Ich schlage deshalb vor, daß Professor Seybal so lange bei mir wohnt.«

»Bei dir? Bist du schon eingezogen?«

»Am Donnerstag. Aber du warst nie zu erreichen!«

Seybal griff sich an den Kopf. »Wohnt zwei Stockwerke über mir, und ich weiß es nicht!«

»Was wohl auf eine sehr geregelte Arbeitszeit des Herrn Professors schließen läßt«, warf der Arzt sarkastisch ein.

»Aber ja«, lästerte Schwustoch, »von Mitternacht bis Mitternacht!«

Schließlich war der Arzt mit der vorgeschlagenen Lösung einverstanden und brachte sie beide im Einsatzwagen zu Schwustochs Wohnung.

Da Samstag war, würde Seybal am Donnerstag wieder ins Büro gehen können. »Wenn es Ihnen gut geht«, schränkte der Arzt ein. »Und wenn Sie kurz treten!«

Das versprach Schwustoch an Seybals Stelle. »Ich sitze doch noch nebenan, Herr Doktor. Und seine Sekretärin – wenn ich ihr sage, daß der Professor geschont werden muß, dann ...«

»... komme ich überhaupt nicht mehr zum Arbeiten«, setzte Seybal launig fort.

Der Professor verschlief den Nachmittag und erwachte auch nicht, als Leipins vorbeikamen, um nach ihm zu sehen.

18

Frau Leipins Angebot, ab sofort für die beiden Männer zu sorgen, lehnte Schwustoch freundlich, aber bestimmt ab.

Gegen Abend erwachte Seybal und setzte sich auf. »Das hat gut getan!« gestand er und rekelte sich. Dann trat er ans Fenster und blickte zum Frachthafen hinunter. Ein großer Frachter lag am Kai. Über die Rollbahnen schoben sich die Container.

»Lebensmittel«, stellte er fest. »Alles Lebensmittel. Es ist doch allerhand, was wir nicht selber produzieren können. Brotgetreide, Reis, Kartoffeln, Früchte, Wein, Fleisch ...« Das klang so bedauernd, daß Schwustoch lachte.

»Du Selbstversorger«, sagte er, »sei froh, daß es noch solche Verbindungsstränge zum Festland gibt wie die Schiffslinien!«

Seybal horchte auf. »Fürchtest du noch immer Aneignungsschwierigkeiten? Es ist mir kein Fall eines ... sagen wir Inselkollers bekannt.«

»Ob man es so hart nennen muß ...« Schwustoch hob die Schulter und setzte sich zu Seybal. »Du und auch deine ehemaligen Mitarbeiter, die ihr OKEANOS projektiert und gebaut habt, euch ist es vertraut, denn es ist unter euren Händen gewachsen. Doch die vielen Ansiedler, Emori, ihnen ist es fremd ...«

»Eben Neuland ...!« warf Seybal ein.

»Aber synthetisches Neuland!« Sie leben hier nicht auf festem Boden, sondern auf einem schwimmenden Hohlkörper wie auf einem Schiff! Nichts ist zufällig oder in langer Zeit organisch gewachsen – alles wurde erdacht und mit Sachlichkeit nach zweckmäßigen Gesichtspunkten errichtet. Es hat keine unmittelbare natürliche Umwelt, denn der Ozean ist sie nicht, zumindest nicht, wenn er sie rundum umgibt.«

»An diesem Projekt arbeiteten Psychologen mit«, wandte Seybal ein.

Schwustoch nickte. »Am grünen Tisch, mangels Praxis, ja! Das mag ganz gut sein, aber wir brauchen Psychologen jetzt. Hier! Wenigstens einen zur Beratung für die Inselverwaltung.«

Seybal erhob sich, aber Schwustoch wies auf den Sessel. »Bitte setz dich. Ich kümmere mich ums Abendbrot.«

»Ich kann doch bei mir ...«, widersprach Seybal, wurde aber von Schwustoch unterbrochen.

»Du bleibst hier! Ich habe es dem Arzt versprochen – und du weißt doch, wenn ich etwas verspreche ...«

»Aber ich ...«, begehrte Seybal auf, kam aber wieder nicht zum Ende seines Satzes.

»Das hast du dir selber eingebrockt, mein Alter, also Schluß der Debatte.«

»Noch nichts läuft reibungslos, geschweige auf vollen Touren. Müßiggang wäre jetzt nicht zu verantworten!«

»Gesundheitlicher Raubbau und Zusammenbruch des Leiters noch weniger!« sagte Schwustoch kategorisch und wies erneut auf den Sessel.

Seybal setzte sich zwar, aber er wies mit dem Kopf auf Schwustochs Schreibtisch. Ein buntes Durcheinander von Büchern, Protokollen, Berichten und Zeichnungen breitete sich aus. »Und du?«

»Ach, weißt du«, erklärte Schwustoch grinsend, »erstens habe ich bisher ein normales Leben geführt und somit Reserven, und zweitens muß ich doch herausfinden, weshalb es gewisse Disproportionen in der gesellschaftlichen Entwicklung des Atolls gibt.«

»Mit Disproportionen war zu rechnen!«

»Ei gewiß, mein Alter, mit unvermeidlichen! Die ich meine, gehören nicht dazu!«

»Das wären?«

»Theater, Dienstleistungen, Freizeitwarenangebot!«

»Das Theater ist da!«

»Was nützt der leere Raum?«

»Ich weiß ja, daß du Theaterfreund bist, aber soll das Ensemble täglich vor leerem Hause spielen – oder monatlich einmal?«

»Und Gastspiele? Aber es geht nicht nur ums Theater. Das Atoll ist zu klein, als daß wir auch nur auf eine einzige Entspannungsmöglichkeit verzichten können. Wir überfordern sonst die Leute und kommen dann in arge Schwierigkeiten, weil es nur zwei Ärzte gibt. Es geht ja schon nicht an, daß Bewohner von Vineta in Atlantis behandelt werden, wie ein gewisser Seybal, weil der Arzt von Atlantis dienstfrei hat.«

»Er kann nicht durcharbeiten!«

»Wie es eben dieser Seybal auch nicht sollte«, setzte Schwustoch ungerührt fort. »Das stimmt, deshalb brauchen wir sofort mehr Ärzte! Allgemeinmediziner, Spezialisten, medizinisches Personal.«

»Das schlußfolgerst du doch nicht nur aus dem heutigen Vorfall?«

»Hast du noch nie in der Chronik gelesen?«

»Hat dieser Wankon etwa?«

»Er hat, wie es von einem Chronisten wohl zu erwarten ist!«

Seybal schwieg einen Augenblick. »Und was erwartest du von mir – mehr Arbeit oder mehr Ruhe?«

»Mehr Ruhe, mein Alter«, sagte Schwustoch gelassen. »Die

Disproportionen betreffen vor allem meinen unmittelbaren Zuständigkeitsbereich. Vielleicht hast du vornehmlich Industrie und Wissenschaft gesehen?«

»Und die Bedeutung der kommunalen Verwaltung unterschätzt?«

Schwustoch blieb gelassen. »Es geht um etwas anderes, Emori: Lenin hat einmal gesagt, daß die Qualität der Freizeit die Qualität einer Gesellschaft bestimmt. Das kann man nicht ernst genug nehmen und auch nicht umfassend genug. Und davon darf man auch keine Abstriche zulassen.«

Als ihn Seybal verschlossen ansah, meinte er begütigend: »Wir haben uns schon damals offen die Meinung gesagt und wurden gute Freunde dabei – eine Freundschaft ohne Aufrichtigkeit ist keine Freundschaft!«

Seybal sagte nach einer Weile: »Natürlich ist das keine Frage. Aber über die Probleme müssen wir noch oft und gründlich reden, schon im Hinblick auf die künftigen Inseln. Und am Dienstag werde ich mit der Personalabteilung sprechen wegen der Ärzte.«

»Das mache ich am besten selber, Emori. Mögen sie sich langsam daran gewöhnen, daß wir auf OKEANOS zwei Kompetenzbereiche haben. Außerdem, mein Lieber, gehst du vor Donnerstag an kein Telefon! Du solltest deinen Packen sowieso umfassender auf viele Schultern verteilen. Du hast doch genug gute Fachleute!«

»Du hast gut reden«, stellte Seybal fest. »So einfach ist das nicht! Der eine liegt mir in den Ohren, weil er mehr Tang produzieren möchte als vorgesehen, der andere schwört auf mehr Seegurken, beide gemeinsam auf neueste Anreicherungsmethoden, die noch gar nicht praxiserprobt sind. ...«

»Besser, als sie drängen zu müssen. Für die Ausgewogenheit bist du doch da!« warf Schwustoch ein.

»Siehst du, und da liegt die Makrele in der Tunke«, erwiderte Seybal mit ungewohnter Humorigkeit. »Soll ich einen dieser Fachpatrioten als Stellvertreter oder gar als amtierenden Generalkoordinator einsetzen? Ich bin mir nicht sicher, ob er das nicht für sein Spezialgebiet ausnutzt. Außerdem ist jeder mit seinem Fachgebiet voll ausgelastet. Ich brauchte einen, der eventuell von außen kommt und den Überblick gewinnt und behält. Am besten einen Physikochemiker!«

»Dann laß dir doch einen verschreiben. Der Personalchef

und sein Computer werden schon den geeignetsten finden«, riet Schwustoch. »Ein Stellvertreter ist der beste Ausweg für dich!« Wenn du ihn tatsächlich an die Schalthebel läßt, setzte er insgeheim für sich hinzu, aber darauf werde ich schon achten, denn leicht wird dir das nicht fallen.

Seybal grübelte vor sich hin, und Schwustoch wollte ihn schon an den Arzt erinnern, da meinte der Professor: »Ich glaube, ich hab's ...« Er rieb sich mit dem Zeigefinger das Kinn, dann hob er den Kopf und sagte: »Dieser Dr. Blego müßte der richtige sein.«

»Und wer ist dieser Dr. Blego?«

»Der Mann, der damals das Wogenberuhigungsmittel schuf. Beim Orkan. Ich erzählte dir davon.«

»Und du hältst dein Angebot für attraktiv genug?«

»Ich hoffe es. Er müßte sich OKEANOS doch verbunden fühlen.«

Schwustoch lachte und kopierte den Personalchef. »Nur der Computer gestattet eine maximale Anpassung enger Mitarbeiter auch von der Persönlichkeitsstruktur her.« Und mit normaler Stimme, aber ironisch, fügte er hinzu: »Und deshalb wählen wir direkt. Ich unterstütze dich, vorausgesetzt, Dr. Blego will. Und damit Schluß der Debatte, wüßte der Arzt, daß wir Probleme wälzen, bekäme ich Prügel!« Er stemmte sich schwungvoll aus dem Sessel, sagte: »Ich gehe in die Küche und du wieder auf die Bärenhaut!« und verließ das Zimmer.

Doch Seybal war nicht nach Liegen zumute, er folgte Schwustoch und sah dabei in einige der Räume.

»Du mußt doch Tag und Nacht geräumt haben, daß schon alles auf seinem Platz steht. Zehn Zimmer!«

Schwustoch lachte hörbar und etwas selbstironisch: »Ja, wenn man's nicht erwarten kann! Ich hätte nie gedacht, daß Zimmer voller Möbel so leer sein können, wo ich doch Vasen und Decken und all den Schnickschnack herausgetan habe, der eine Wohnung erst gemütlich macht. Hast es ja selber gesehen. Die Möbel kamen am Mittwoch. Die Einzugsbrigade half mir.«

»Das alles hast du vom Festland kommen lassen?«

»I wo«, sagte Schwustoch und legte Wurst aufs Tablett. »Drei Kinderzimmer sind aus dem Möbelhaus.«

»Endlich mal was Positives«, sagte Seybal launig.

»Wenn es dir um Sternchen geht, mein Alter, dann muß ich dich enttäuschen«, sagte Schwustoch. »Ich weiß zu sagen, wo's noch klemmt.«

Während der auferlegten Ruhetage nahm sich Seybal die Chronik vor. Sie fand, soweit es die Einträge über das wissenschaftliche und das industrielle Vorankommen betraf, seinen ungeteilten Beifall. Ja es war erstaunlich, was Wankon alles zusammengetragen hatte, obwohl er nicht ein einziges Mal bei ihm gewesen war. Warum eigentlich nicht? Von Frau Leipin und dieser Belinda Kohlus allein konnte er die vielen Fakten nicht haben.

Eine fleißige Arbeit. Und flüssig geschrieben. Der Mann war ein wirklicher Journalist. Seybal las mit Interesse.

In letzter Zeit häuften sich kritische Anmerkungen zur Entwicklung des Gemeinwesens auf der Insel. Und die gefielen Seybal nicht. Verstimmt las er von noch nicht eröffneten Spezialgeschäften für Schuhe, Maßbekleidung, Haushalt- und Eisenwaren, Farben, Drogen, Bücher, Uhren ... Und über noch fehlende Friseure und Fußpfleger ...

In ihm stieg Ärger auf. Lappalien, gemessen an den riesigen Fortschritten auf industriellem Gebiet. Natürlich waren diese Unstimmigkeiten nicht lobenswert – aber sie derart hochzuspielen, war das notwendig?

Am Donnerstag früh ließ er durch Frau Leipin sofort Wankon zu sich bitten.

»An sich gefällt mir die Art, in der Sie berichten«, begann er, als ihm Wankon gegenübersaß. »Ich meine aber, daß die Proportionen nicht stimmen, daß Sie bestimmten Erscheinungen zu großes Gewicht beimessen. Da sind die Geschäfte ... Wir liegen mit den Terminen genau im Netzplan!«

»Dann stimmt der Netzplan nicht mit den tatsächlichen Verhältnissen überein, Herr Professor«, erwiderte Wankon unbefangen. »Ich habe nur festgehalten, was offensichtlich ist. Es besteht dringender Bedarf an einer Reihe von Waren und Dienstleistungen, der nicht gedeckt wird. Also sind entsprechend der Bewohnerzahl die jeweiligen Eröffnungstermine im Netzplan zu spät angesetzt.«

Seybal schluckte und preßte die Lippen aufeinander. Dieser junge Dachs wußte nicht, wovon er sprach. Er ahnte nicht im mindesten, welche Mühe und Sorgfalt auf diesen Netzplan verwendet worden war, wie viele Fachleute ihr Bestes gegeben hatten, eine Zukunft zu planen, die von vielen unbekannten Faktoren bestimmt wurde. Das ging nicht so wie bei einer Großbaustelle an Land, wo man auf Erfahrungen zurückgreifen konnte.

»Glauben Sie, daß Sie das richtig beurteilen können?« Seybal fragte schärfer, als er beabsichtigt hatte. »Hielten Sie es immerhin für möglich, daß die Bewohnerzahl gegenüber dem Netzplan zu hoch ist, weil unsere Fischzüge viel ertragreicher sind als geplant und deshalb mehr Fischverarbeiter benötigt wurden, als vorgesehen waren? Und daß die Fischverarbeitungsindustrie aus gleichem Grunde mehr Dosen braucht als erwartet und deshalb unsere Metallurgie und unsere Papier- und Verpackungsindustrie beschleunigt in Betrieb genommen werden, also auch zeitiger mit Personal besetzt werden muß ... Und so ist es auf mehreren Gebieten!«

»Das habe ich nicht gewußt«, entschuldigte sich Wankon. »Ich werde diese Zusammenhänge in die Chronik aufnehmen, damit die Planung für künftige Inseln intensiver durchdacht und auf unseren Erfahrungen aufgebaut werden kann ...«

»Diese Chronik, Wankon, dient nicht nur der künftigen Planung. Sie gibt auch Auskunft über unsere Arbeit, über die Leistungen aller Beteiligten. Wie Sie diese Dinge schildern, gewinnt man den Eindruck, als habe die Projektierung versagt, als wäre leichtfertig geplant worden!« widersprach Seybal verärgert.

»Ich gebe zu, ohne die Schwierigkeiten der Beteiligten zu kennen, kann man ihre Leistung nicht einschätzen«, bekannte Wankon.

Seybal musterte ihn sehr verärgert und sagte mit kalter Ironie: »Glauben Sie etwa, daß fehlende Spezialgeschäfte für Lindenblütentee oder Laubsägeblätter die Leistungsfähigkeit unserer Kollegen herabsetzen? Oder daß sie sich notfalls nicht auch einmal ihre Zehennägel selber beschneiden können?«

Wankon schluckte. Sein Gesicht begann zu glühen. »Herr Professor, was den Bewohnern Verdruß bereitet, das wertet doch in ihren Augen unser Atoll ab. Und sie empfinden diese Mängel nicht als Kleinigkeit, werden verärgert und unlustig!« verteidigte sich Wankon und fuhr, als Seybal ihn schweigend betrachtete, heftig fort: »Wenn man Mängel herunterspielt oder Kritik an ihnen unterdrückt, dann ist die Sache damit noch nicht vom Tisch. Und diese Pannen ...«

Seybal schnitt ihm das Wort ab. Das war zuviel! Mit schneidender Kälte sagte er: »Es geht nicht um Schönfärberei. Auch Schwarzmalerei ist von Übel. Es geht um Ausgewogenheit. Und um sachliche Berichterstattung! Wenn Sie in der Chronik nicht maßvoll sind, dann muß man sich doch fragen, was Sie sonst noch in die Welt hinausposaunen!«

Wankon erstarrte. Mit hochrotem Gesicht saß er vor Seybal und suchte offensichtlich nach Worten.

Und Seybal ärgerte sich, daß er sich zu solcher Schärfe hatte hinreißen lassen. Er hätte sich Wankon einsichtiger gewünscht. Leider fand er sich noch nicht in der Lage, die Situation nüchtern zu beherrschen. So sagte er unerbittlich: »Ich möchte Sie ersuchen, sich zu überlegen, ob wir uns nicht im guten trennen sollten. Ihr Urlaub wird sowieso nicht ewig verlängert, die Redaktion hat bereits mehrmals angefragt und gedroht, Ihre Stelle anderweitig zu besetzen!«

19

Sira und Blego hatten sich im Klub verabredet. Sira konnte es kaum erwarten. Jedes Treffen brachte ihn ihr ein Stück näher. Was ihr an ihm ganz besonders gefiel, war seine Geradlinigkeit.

Dieser Gregory Blego hatte einiges bewirkt. So spürte sie kaum Verlangen mehr, auch sonntags und an den freien Tagen hinter dem Arbeitstisch des Instituts die Zeit zu verbringen, weil sie der leeren Wohnung müde war.

Jetzt ging sie außerhalb der Arbeitszeit nur ins Institut, wenn sie wirklich gebraucht wurde oder wenn ihr eine Arbeit unter den Nägeln brannte.

Ihr Leben schien ihr reicher. Ja, sie fand Interesse an Dingen, die ihr bisher gleichgültig gewesen waren. Es war beglükkend, sich täglich in den Augen eines Menschen zu spiegeln, den man mochte, und zu fühlen, daß man neben seinen Träumen bestand.

»Du bist schon hier? Wenn ich das gewußt hätte! Bitte entschuldige, wenn ich dich warten ließ«, Blego stand vor ihr. Sie hatte sein Kommen nicht bemerkt.

»Aber es ist noch Zeit«, wehrte sie seiner Entschuldigung, »noch ganze zehn Minuten!«

»Zehn verschenkte Minuten«, behauptete er und setzte sich zu ihr. »Sira, ich muß etwas Tolles mit dir besprechen!«

Er bestellte eine Flasche Wein. »Bordeaux!«

Der Ober hob die Hände. »Bedaure, wir haben zur Zeit nur roten Burgunder, wenn es französischer Wein sein soll.«

»Ja, bitte, eine Flasche!«

Er kostete, fand ihn gut, ließ einschenken und stieß mit ihr an. Sie tranken einen Schluck, und Blego schmeckte genußvoll. »Der paßt auch zu dem, was ich dir sagen möchte.«

Sira war voller Neugier. Es mußte etwas sehr Schönes sein. Betraf es sie beide?

Blego erzählte, daß er auf das Atoll berufen sei. Sira erschrak. Je länger er sprach und den Glücksumstand pries – mein Gott, wie er sich noch begeistern konnte! – desto mehr erstarrte sie.

Das blieb schließlich auch dem freudeschwelgenden Blego nicht verborgen.

»Ist dir nicht gut?«

»Es geht gleich vorüber«, sagte sie. Blego bei Seybal auf OKEANOS! Ließ denn diese Insel sie nie zur Ruhe kommen? Sie mühte sich um Fassung. »Kommst du denn weg vom Institut?«

»Mein Stellvertreter rückt nach. Zum Glück habe ich ihn an allem teilnehmen lassen. In acht Tagen ist er fit!«

»In acht Tagen schon?«

»Ja, man machte es dringend. Es gibt wohl Schwierigkeiten. Weißt du was? Du kommst nach, sobald du kannst!«

Unter anderen Umständen wäre Sira beglückt gewesen, war es doch das erste Mal, daß zwischen ihnen direkt von gemeinsamer Zukunft gesprochen wurde. Ausgerechnet jetzt mußte sie ablehnen!

Ihr »es geht nicht!« erstaunte ihn weniger, als sie angenommen hatte. »Du wirst leicht seekrank, ja? Mutter hatte auch lieber festen Boden unter den Füßen.«

Das war der Augenblick, ihm von Seybal zu erzählen. »Ich muß dir etwas sagen, Gregory«, begann sie und spielte mit dem Schloß ihrer Handtasche. »Damals, als ich noch Studentin war, im letzten Studienjahr, also da habe ich …« Sira verstummte. Was stottere ich zusammen, dachte sie ärgerlich, dafür gibt es doch gar keinen Grund. Ich war mit Seybal verheiratet, Punktum.

Ehe sie wieder zu Wort kam, legte ihr Blego die Hand auf die spielenden Finger und sagte beruhigend: »Ich bitte dich, Sira, keine Beichte. Was früher war, das ist doch völlig gleichgültig. Dazu ist später mal Zeit, wenn du dann noch willst. Wichtig ist jetzt die Gegenwart!« Das Wort »Beichte« verschloß ihr den Mund. Absolution für vergangene Sünden hatte sie nicht zu erbitten!

»Zu dumm«, fuhr Blego fort, als sie schwieg, und er verriet damit, daß er mit seinen Gedanken gar nicht ganz bei ihr gewesen war, »zu dumm, ich habe schon zugesagt. Ich dachte doch, du kämst mit. Was machen wir bloß? Kommst du mich besuchen?«

»Nicht nach OKEANOS!«

»Dann komme ich oft zu dir! Vielleicht kann ich den Vertrag befristet abschließen?«

20

Wankon war mit Beli Kohlus am Windkraftgitterdamm gewesen, hatte die Anlage besichtigt und Belis liebstem Kind reichlich ehrliches Lob gespendet. Er war wirklich beeindruckt, mit wie wenig Mitteln man dem Winde hohe Energien abtrotzen konnte.

Nun saßen beide auf einer Bank in einer Grünanlage. Rings um sie herum junge Bäume und Sträucher und Blumenrabatten, vor ihnen die schimmernden Propellerkreise hochtouriger Windkraftturbinen, die in einem Gitter hingen, das wie ein mächtiges Rahsegel an den Querstangen eines riesigen Mastes befestigt war.

»Ein imposantes Bild, dazu das helle Klingen der sausenden Propeller – schade, daß ich bald abreisen muß«, sagte Wankon. »Was muß mich auch der Teufel reiten, mich mit Seybal zu reiben. Na, ich komme dich oft besuchen. Es wäre schön, Beli, wenn du auch zu mir kämest ...«

Beli legte die Hände um ihre Knie, hielt ihren Kopf schräg und sah ihn von der Seite her an. »Und wer sagt, daß du abreisen mußt?« fragte sie ungezwungen.

Er sah sie groß an. »Das weißt du doch. Seybal, unser Herr und Meister!«

»Und wenn ich sage, daß du bleiben kannst und Schwustoch unterstellt wirst?«

»Mach keine solchen Späße«, wies er sie zurecht, stutzte, musterte sie aufmerksam und fragte: »Woher willst du das wissen?«

»Von Gennadi Schwustoch persönlich!«

»Ah ja? Und woher hat es Gennadi Schwustoch, wer hat ihm von meinem Zusammenstoß mit Seybal erzählt?«

»Na ich – auch persönlich!« sagte Beli gelassen.

Er schüttelte den Kopf. »Wie stehe ich jetzt da? Henry Wankon kann nicht mal seine eigenen Angelegenheiten ordnen!«

»Im Augenblick sehe ich dich sitzen … Und von Nichtkönnen kann keine Rede sein – vielleicht von Unentschlossenheit.«

»Was hast du dir dabei gedacht, Beli?«

»Daß man das nicht akzeptieren darf. Deinetwegen, Seybals wegen und meinetwegen nicht. Zudem, ich bin Abgeordnete!«

»Na, wundervoll, Wankon als Demonstrationsmodell gesellschaftlicher Macht.«

»Das meinst du doch nicht im Ernst?« Sie war fahl, und ihre Augen sprühten Empörung. »Bitte, sag, daß das nicht wahr ist!«

Ihre Empörung verunsicherte ihn. »Na ja, mich so bloßzustellen!«

»Ich stelle dich bloß, wenn ich mich einsetze, daß du hier bleiben kannst?« fauchte sie.

»Ich denke, es geht dir als Abgeordnete darum, Seybals Übergriff zu korrigieren?« fragte er begriffsstutzig.

»Was wohl dasselbe ist!«

»Ist es nicht! Du willst also, daß ich bleibe?«

»Und daß Seybals Übergriff …«, fuhr sie eigensinnig fort.

»Du willst, daß ich bleibe?« unterbrach er, nicht weniger beharrlich.

»Auch …«

»Und warum?«

»Du stellst Fragen«, sagte sie und wies mit dem Kopf nach dem Flugplatz. »Denkst du, ich möchte da draußen stehen und einer Maschine nachsehen, die mit dir in den Wolken verschwindet?«

»Joi, du magst mich? Sag das noch mal!«

»Das habe ich nicht gesagt. Ich müßte dich besser kennenlernen. Und was heißt mögen? Und außerdem, ich kann als Abgeordnete solche Selbstherrlichkeiten nicht dulden!«

»Ich interessiere dich!« Wankon spielte den Fassungslosen. »Da muß ich dir die Abgeordnete wohl nachsehen.«

»So ganz erwachsen wirst du großes Kind wohl nie?«

»Also ganz erwachsen, Beli Kohlus, willst du Henry Wankon zum Manne?«

21

OKEANOS begeisterte Blego mehr, als er erwartet hatte. Es war ihm angenehm, daß er einen kleinen Anteil daran hatte.

Seybal fand er annehmbar. Mit ihm würde sich arbeiten lassen. Wenn Blego auch nicht der Mann war, der vor großen Leuten in Ehrfurcht erstarb, so war Seybal bisher doch für ihn wie ein Mythos gewesen, und er konnte sich von dieser Vorstellung nicht gleich lösen. Das ließ ihn nicht, wie er es gewöhnt war, unmittelbaren Kontakt finden.

Anders ging es ihm mit Schwustoch. Dieser gefiel ihm vor allem in seiner Bescheidenheit, die er bei aller Bestimmtheit besaß. Auch daß er noch zuhören konnte, wenn man mit ihm sprach, war ihm sympathisch.

Blego hatte binnen Tagen Fuß gefaßt. Schwierigkeiten waren nur mit der Änderung des ihm vorgelegten Vertrages verknüpft. Seybal war nicht einverstanden mit der Befristung, deshalb einigten sie sich auf »vorläufig ein Jahr« mit vierteljährlicher Kündigung. Wie er das Sira beibringen sollte, das wußte Blego noch nicht.

Schwustoch war in das Ratsgebäude von Atlantis umgezogen und hatte sein Zimmer für Blego freigemacht. Damit ergaben sich für Blego die Vorteile, von denen schon Schwustoch profitiert hatte.

Um Blego im Büro zu treffen, mußte man schon Glück haben, er war draußen, »vor Ort«, wie er sagte. Eine Arbeitsmethode, die Seybal fremd war und die er mit Neugier betrachtete. Blego war überall; wo er hinkam, fand er schnell Kontakt. Und bald stellte Seybal fest, daß dieser Leitungsstil auch ihn besser informierte, als es mit den obligatorischen Berichten möglich war.

Blego kam mit allen möglichen Leuten zusammen, und da er durch sein öfteres Auftauchen, sein Interesse und seine direkte Art bald mit ihnen vertraut wurde, stieß er von selbst auf die Probleme, die Seybal zu schaffen machten.

Dazu gehörte das Gerangel der Meereswirte, welche Methoden die höchste Ausbeute an Edelmetallen brächte.

Blego erfuhr davon vor Ort!

Der Leiter der Fischzucht, ein Italiener, stritt mit dem Leiter der Pflanzenzucht, einem temperamentvollen Schweden.

Sie standen auf einem der Wege in den Grünanlagen des weiträumigen Instituts für lebende maritime Ressourcen und bemerkten Blegos Näherkommen überhaupt nicht.

Er hörte den kleinen Maggiero unter heftigem Gestikulieren sagen: »Es ist doch wohl unbestritten, daß die Fischzucht optimale Ausbeute verspricht. Maria mater, mit erhöhter Affinität zu Gold. Die Zermannschen Komplexone werden …«

Lundquist unterbrach ihn mit lebhaften Bewegungen: »Doch nicht die Fischzucht. Die maritime Flora hat den größten Massezuwachs, Tange, Algen – dort die Affinität zu maximieren lohnt sich, da sind Ihre Möglichkeiten doch einfach lächerlich!«

»Mit dem kleinen Unterschied«, erwiderte Maggiero herablassend, »daß Tange und Algen erst angesiedelt werden mußten und müssen, auf künstlichen Plattformen, die …«

»Im Wasser schwimmen, zwanzig Meter tief, aus Schaumbeton, ja, Sie haben recht. Aber was da wächst, Verehrtester, welche Mengen je Hektar«, ereiferte sich Lundquist, »davon wagen Sie nicht einmal zu träumen!«

Blego war bestürzt. Was für eine Arbeitsatmosphäre mußte hier herrschen. Die Schärfe des Disputs hielt er dem Gegenstand nicht angemessen. Solcherart spitzer Streit entwuchs meist Ressortegoismus und Kompetenzeifersucht und ließ vermuten, daß die leitende Hand ihre einzelnen Finger nicht zu kollektivem Wirken zusammenhielt.

Er trat hinzu, tat, als habe er den bissigen Ton nicht gehört, und sagte verbindlich: »Interessante Aspekte! Bitte, legen Sie beide bis übermorgen Ihre Vorstellungen von einer optimalen Variante auf Ihrem jeweiligen Fachgebiet stichwortartig dar.

Keine Dissertation. Nur so, daß sich die Fakten ordnen lassen. Ist Ihnen das möglich?«

Maggiero und Lundquist stimmten sofort zu.

Aber sie machten verwunderte Gesichter, als Blego hinzusetzte: »Und bitte, halten Sie sich den Freitagvormittag frei – ich möchte mit Ihnen und einigen anderen Kollegen beraten.«

Sehr begeistert war Seybal nicht, als ihm Blego mitteilte, er habe eine Beratung angesetzt, aber er konnte schließlich nicht verlangen, daß Blego ihn vorher um sein Einverständnis fragte. Außerdem hatte er selber angeordnet, daß die lebenden maritimen Ressourcen, die ihm selber wenig lagen, aber Blegos Interesse hatten, in dessen Obliegenheiten fielen.

Sollte er an dieser Beratung teilnehmen? Gewöhnt, in allem den Ton anzugeben, lockte es ihn natürlich, wenigstens als Beobachter mitzukommen. Aber das wäre nicht gut für Blegos Autorität.

Blego nahm Seybals Nachdenklichkeit nicht wahr, er war mit dem vielen Neuen, das auf ihn einstürmte, zu sehr beschäftigt.

»Was mich verblüfft, ist die Vielzahl der Aufgaben. Es wird ein Weilchen dauern, ehe ich von allen Gebieten wenigstens eine Ahnung habe: Krillverarbeitung und Erzbergbau, Pharmazie und Sedimentabbau ... Wie schaffen Sie das bloß?«

Seybal stutzte ob der ungewohnten burschikosen Anerkennung und runzelte die Stirn. Aber dann schmunzelte er und wies einladend auf den Kaffee, den Frau Leipin ihnen hereinreichte. Sie saßen sich am Besuchertisch in Seybals Zimmer gegenüber.

Seybal wies aus dem Fenster. »Sehen Sie dort die gläsernen Hallen? Gemüsezucht in Hydroponik, beheizt durch Wärmepumpen. Und dort, neben dem Windkraftgitterdamm«, Blegos Blick folgte in Richtung des ausgestreckten Zeigefingers Seybals, der auf die andere Atollseite verwies, »in jenem Fabrikkomplex werden wir aus Plankton, Fischen und Krill Eiweiß gewinnen und daraus Plaste, Fasern und Gewebe herstellen, Papier aus Tang auch, Keramik und Glas aus Tiefseeton, -sand und -kalk. Arzneimittel aus maritimen Organismen. Vergessen Sie nicht, daß dies eine Experimentierinsel ist. Forschungsstätte vor allem. Aber schon mit ökonomischen Kennziffern belegt. Von der Rentabilität von OKEANOS hängt es ab, wie schnell die nächsten Inseln folgen.«

»Ich las davon«, sagte Blego. »Übrigens mit einer gewissen Skepsis.«

Seybal nickte. »Wäre mir auch so ergangen. Aber wenn man dann drin steckt, erscheint einem alles selbstverständlich. Dabei ist das ganze Projekt ja aus der Unzulänglichkeit einstmaliger Technik hervorgegangen. Inseln als Stützpunkte für Transozeanflüge. Vornehmlich für die Atlantiküberquerung. Aber damals gab es Schwierigkeiten, sie zu bauen.

»Und heute brauchte man sie dafür nicht mehr«, warf Blego ein.

»Sie irren, Gregory Blego, OKEANOS ist der Anfang einer Kette von Inseln, die auch Schiffs- und Flugreisen nach Antarktika sicherer machen sollen. Und ökonomischer. Die Möglichkeit, unterwegs Kraftstoff aufzunehmen, erhöht die Nutzlasten!«

Die Beratung fand im Institut für maritime Ressourcen statt. Die Zusammensetzung der Teilnehmer ließ aufmerken: Meereswirte, Ozeanologen, Hydrobiologen, Biophysiker, Kernphysiker, Hydrochemiker, Chemiker, Zoologen ... Etwa dreißig Leute. Auch Frauen waren dabei. Sie saßen um den großen Beratungstisch und ihr Raunen machte deutlich, daß sie nicht oft in diesem Raum gesessen, geschweige beraten hatten.

Als Blego sich erhob, schwiegen sie erwartungsvoll.

»Ich habe Sie hierher bitten lassen«, begann er, »um mit Ihnen zu beraten über die Erhöhung der Ausbeute bei der Anreicherung von Edelmetallen in Meeresflora und -fauna durch Steigerung der Affinität mittels Komplexonen und anderer Verfahren unter hiesigen Bedingungen.« Er holte tief Luft. Ein schrecklicher Satz. Aber es war alles an Wichtigem drin. Mißtrauisch sah er sich um. Man hatte ihn verstanden. Kunststück, schließlich stand das Thema auf der Einladung ...

»Dieses Thema liegt Ihnen – besser formuliert – seit Tagen vor, mit der Aufforderung, sich darüber Gedanken zu machen. Ich schlage Ihnen folgende Verfahrensweise vor: so wie wir hier um den Tisch sitzen, diskutieren wir zwanglos. Wertungen oder gar Abwertungen durch andere sind nicht gestattet. Geäußert werden dürfen nur Ergänzungen, Erläuterungen,

Vertiefungen und neue Gedanken. Ich betone ausdrücklich, es geht hier nicht um allseitig durchdachte, überprüfte und wissenschaftlich gesicherte Vorschläge – obwohl die natürlich zugelassen sind. Es geht aber mehr um Neues bzw. Verbesserungen. Die meisten Ideen bestanden einmal aus unausgegorenen, halbfertigen Gedanken – und zuviele davon sterben, ehe sie zu Ende gedacht sind, oder weil sie diskreditiert werden.

»Na, das ist ja ganz etwas altes Neues, ist das«, sagte einer der Ozeanologen. »Eine Ideenkonferenz. Davon habe ich aber schon lange nichts mehr gehört.«

»Naja, Vorschläge machen, das wird uns nicht schwerfallen, aber nicht darüber zu lästern – ob wir das schaffen?« sagte ein Zoologe.

Also Sticheleien wie gewohnt, aber Blego fand weniger der unangenehmen üblichen Schärfe dabei.

»Bitte zur Sache«, begann Blego und fuhr fort: »Fangen wir bei Adam und Eva an. Komplexone geben uns die Möglichkeit, Metalle in lebenden Organismen anzureichern ...« Er drückte sich bewußt etwas simpel aus, aber die Debatte lief dennoch etwas zögernd an. Man war Seybals kritische, manchmal bissige, immer aber geschliffene Kommentare gewöhnt, wenn man ihm eine Sache vortrug, die man nicht bis ins Letzte durchdacht hatte. Da Blego aber keine Verstöße gegen die Verfahrensordnung duldete und sogar kritische Gesten unterband, bildete sich bald eine offenere Atmosphäre heraus, und die Bedenken, von den anderen belächelt zu werden, schwanden mehr und mehr, zumal Blego sich rege beteiligte, aber bewußt hütete, seinen Gedanken etwas Endgültiges zu geben.

Frau Leipin protokollierte, und es war ihr anzusehen, daß – nach der allgemeinen Verblüffung, mit der auch sie erst fertig werden mußte – es ihr Spaß zu machen begann. Nun fühlte sogar sie sich angesprochen ... Und sie nahm sich vor, in der täglichen Arbeit mit Blego weniger zurückhaltend zu sein, wenn sie glaubte, eine Idee zu haben. Er war nicht Seybal, der forderte zumindest Thesen.

Richtig los ging es, als Maggiero einwarf: »Es ist doch erwiesen, daß die Zermannschen Komplexone in der Fauna des Meeres ...« und ihn Lundquist unterbrach: »Das ist doch Ignoranz, natürlich in der Meeresflora!«

Blego hob protestierend die Hand und rief: »Einspruch! Ich glaube, es macht sich notwendig, eine Zusatzregel aufzunehmen: Grundsätzlich darf kein Teilnehmer unterbrochen werden, es sei denn zur Verfahrensordnung. Jeder Verstoß wird mit einer Verwarnung geahndet – wer mehr als zehn Verwarnungen hat, natürlich von jetzt an, scheidet aus der Debatte aus! Einverstanden? Bitte Handzeichen!«

Es gab nicht nur erhobene Hände, einige murmelten auch Zustimmung. Maggiero und Lundquist schwiegen zwar noch, aber Blego war sicher, daß das nicht lange vorhalten würde. Er führte die Runde zum Thema zurück. Ein Chemiker schlug vor, die Komplexone zu verabreichen, bevor die Organismen – Tang und Fische – ins Meer gesetzt werden. »Und nach der Ernte lösen wir mit anderen Komplexonen die Edelmetalle heraus.«

»Vielleicht ginge das in Absetzbecken«, entfuhr es Frau Leipin ungewollt. Sie sah sich etwas verlegen um, aber Blego nickte und sagte: »Gut, das müssen wir noch überlegen!« Frau Leipin aber widmete sich ein Weilchen intensiv der Lingualschreibmaschine, die selbsttätig protokollierte.

»Während der Zucht sollten wir weitere Gaben verabreichen, damit auch der Nachwuchs seinen Teil bekommt«, meinte ein Biologe.

Lundquist wollte etwas sagen, er hatte schon den Mund geöffnet, aber Maggiero, der ebenfalls zur Wortmeldung die Hand gehoben hatte, war schneller: »Bei den Fischen natürlich über das Futter!« rief er.

»Wenn man sie in den Tangfeldern löst, ließe sich bei seinem großen Wachstum eine starke Anreicherung erreichen!« warf nun Lundquist ein und wurde vom Zoologen unterstützt: »Wobei von jeder Gabe Zoo- und Phytoplankter mitbetroffen wären und zu erhöhter Affinität kämen, was schon zu angereicherter Nahrung führte.«

»So gesehen, könnten doch Fische und Tang in gleichen Revieren untergebracht werden ...«, schlußfolgerte ein Biophysiker lebhaft.

Blego schmunzelte zufrieden, die Debatte lief. Es würde allerhand Arbeit bei der Auswertung geben. Er blickte fragend zu Frau Leipin, die ihm beruhigend zunickte. Das Protokoll wuchs. Jeder Beitrag wurde festgehalten. Es wurden eine Reihe wertvoller Anregungen gegeben, die wesentliche Änderungen und Ergänzungen bevorstehender Verfahren brachten, wie der Vorschlag eines Physikers, der sich meldete und, dabei noch überlegend, sagte: »Ich habe in der Literatur über Versuche gelesen, die Affinität in der Metallanreicherung durch Strahlung zu verstärken!«

Nun entsann sich auch Blego. »Wir sollten es mit nukleoxylarer Strahlung versuchen«, schlug er vor, »mit Breitstrahlern meinethalben!«

Der Physiker nickte. »Dazu müßten die Zuchtreviere mit schwimmenden Inseln als Strahlerbasis versehen werden.«

»Die an den Netzbojen verankert werden könnten!« stimmte der Ozeanologe bei.

»Wir sollten erst einmal im Kleinen beginnen«, warf Blego ein, »kleine Zuchtreviere für Fisch- und Pflanzenzucht, zwischen Wellenbrecherring und Außenwand eingerichtet, entgegengesetzt von der Hafeneinfahrt, also im Bereich der Sektoren eins bis drei … Dann könnten wir die Strahler nämlich am Atoll befestigen.«

So ging es fort. Als Blego diese Beratung beendete, hatte er nicht nur viele Anregungen und einen wichtigen Vorschlag gewonnen, sondern – wie er glaubte – im Kollektiv auch Lust geweckt zum Miteinanderdenken.

Nicht, daß er etwa unkritischen Leitungsberatungen als Standard das Wort reden oder sie gar einführen wollte. Kritik war Belebungsspritze und hielt Verantwortung wach, Fehler und Versäumnisse mußten kritisiert werden, unter Umständen hart, aber immer der Sache wegen und mit der Chance, die Falte, auch mit Hilfe der anderen, auszubügeln. Wer ist schon vollkommen?

Daß Seybal, mit Sondervollmachten ausgestattet und die Insel schon vom Projekt her als führender Kopf betreuend, administrativ leitete, das hatte er schon in den ersten Tagen mitbekommen, doch er fand es nicht unverständlich, denn das, was hier entstanden war, erschien ihm so grandios, daß er nicht beurteilen konnte, ob jede Phase der Entstehung dieser Insel überhaupt ohne solch autoritäre Regie zu meistern gewesen wäre.

Aber es war nicht sein Stil, und er schien ihm dem jetzigen Stadium auch nicht mehr angemessen. Er wußte auch, daß nicht jeder einer Veränderung des Leitungsstiles geneigt war, fühlte sich doch mancher in der Familie geborgen, in der

Papa Seybal alles für ihn vorbedachte und reglementierte – und ihm damit oft Denken und Verantworten ersparte.

Blego war sich auch im klaren, daß er sich an Seybal würde reiben müssen.

Den von Blegos Arbeitsgruppe nach den Protokollen erarbeiteten Vorschlag billigte Seybal nicht sofort.

Da waren Bedenken, schließlich ging es um Strahlung im Großen. Da schreckte ihn die Überfülle der planmäßigen Aufgaben, die er durch jedes Abweichen vom Programm gefährdet sah. Da bohrte Zweifel, ob es überhaupt lohne, schließlich lief das Ganze auf Empirie hinaus. Und da stach ihn auch etwas die Eifersucht: Wenn es lohnt, warum hast du selber das nicht vorgesehen?

Doch er war kein Ignorant und sich seiner Verantwortung durchaus bewußt, ja, im Grunde war ihm OKEANOS doch zum Maßstab seines Handelns geworden. Was für die Insel gut war, das war auch für ihn gut!

Aber war dieser Vorschlag gut?

Er las mehrmals das Protokoll. Und wenn er diese vergessene und ihm widerstrebende Art der Ideenfindung erst mit Kopfschütteln, dann mit nachsichtigem Lächeln zur Kenntnis genommen hatte, beim dritten Lesen fand er sie nicht mehr befremdlich, beim vierten Lesen ganz originell, und schließlich kam er zu der Einsicht, daß man so Potenzen freilegen konnte. Er sollte sich künftig wohl etwas mehr zurückhalten …

Der Vorschlag war nicht abwegig. Käme man so auch nur zum halben vermuteten Zuwachs der Ausbeute – wäre es doch ein Gewinn. Und er könnte Omu Ringalla …

Aber erst mußte der Vorschlag vom Sicherheitsbeauftragten befürwortet werden, der war genau. Sollte er darauf warten?

Sollte er sich hinter Croupier verstecken? Keiner sollte ihm nachsagen können, er sei unentschlossen oder, schlimmer noch, voreingenommen!

Er bat Lundquist zu sich, danach Maggiero. Aber das hätte er sich sparen können. Obwohl ihm beide allein gegenüberstanden, sprach keiner mehr nur von seinem Fachgebiet, beide betonten, daß dieser gemeinsam erarbeitete Vorschlag die optimale Variante sei und ihre Unterstützung habe.

»Signore professore«, schwärmte Maggiero, »eine hohe Metallausbeute und der Fisch trotzdem verwendbar für Nahrungskonserven.« Und etwas euphorisch setzte er hinzu: »Vielleicht sollten wir versuchen, Wale als Herde zu halten. Wir könnten nützen die Milch, und vielleicht auch für Metalle ...«

Seybal schüttelte noch den Kopf, als Maggiero bereits gegangen war. »Was ist denn mit den Leuten los?« fragte er Frau Leipin verwundert.

Die lächelte und erwiderte: »Das nächste Mal sollten Sie teilnehmen, Herr Professor!«

Er betrachtete sie verblüfft. Das fehlte noch! Wale ... Wale? War denn das wirklich so blödsinnig, wie er es fand? Sollte er es nicht erst einmal überdenken? »Wir werden sehen«, murmelte er unbestimmt.

Nun war Frau Leipin verwundert, hatte sie doch eine brüske Ablehnung erwartet.

Seybal bestellte Croupier zu sich, einen beherrscht auftretenden Mann um die Vierzig.

»Sie als Sicherheitsverantwortlicher, Croupier, was sagen Sie zu diesem Vorschlag?«

»Der Vorschlag liegt mir vor«, sagte Croupier, »wir sind dabei, ihn zu prüfen, oder genauer, die sicherste Variante zu suchen. Ich habe mit Dr. Blego eine Besprechung vereinbart!«

Seybal nickte schweigend und trat, nachdem Croupier gegangen war, ans Fenster. Mein OKEANOS ..., dachte er.

22

Die großen Fisch- und Pflanzenzuchtreviere lagen weitab des Atolls über stumpfen, untermeerischen Gebirgskegeln, die vom Ozean im Laufe der Jahrhunderttausende abgetragen worden waren.

Gegenüber diesen Revieren wiesen die bestrahlten Versuchsreviere am Atoll bald eine Zunahme der Metallausbeute auf.

»Sie haben mir eine Sorge genommen«, sagte Seybal zu Blego, als die ersten Ergebnisse vorlagen, »wir stehen mit dem Edelmetallaufkommen noch immer im negativen Bereich, nun aber läßt sich hoffen. Ich muß gestehen, daß ich wenig Zutrauen hatte. Ich darf Sie beglückwünschen, Doktor Blego!«

»Danke, Herr Professor, ich werde es der Arbeitsgruppe übermitteln!«

Seybal erhob sich, trat ans Fenster, sah hinaus, drehte sich um und ging einige Schritte auf und ab. Dabei sah er zu Boden. Unvermittelt blieb er stehen, blickte mit etwas schiefgehaltenem Kopf zu Blego und sagte: »Ich möchte nicht drängen, Doktor Blego, aber empirische Methoden weisen meist Reserven auf. Haben Sie schon einmal die Erhöhung der Strahlenintensität in Erwägung gezogen? Ich meine, abgesehen von den Möglichkeiten, die noch mit den Komplexonen gegeben sind?«

Blego ließ einen Augenblick auf seine Antwort warten. Natürlich hatten sie erwogen ... Der Alte mußte ganz schön in Druck sein, daß er entgegen seiner Beteuerung so drängelte! Wer setzte ihm zu? Ringalla? Aber Seybal war nicht der Mann, sich allein von seinem Vorgesetzten antreiben zu lassen. Also eigene Ungeduld, Einsicht in die Notwendigkeit, Um- und Weitsicht ...?

»Wir, Croupier, die Kernphysiker, die Biologen, der Zoologe war auch dabei, wir haben ein Stufenprogramm erarbeitet, mit, wie wir meinen, maximalen Bestrahlungswerten und optimalen Steigerungsraten«, erwiderte Blego schließlich. »Sie kennen Croupier, da ist kein Risiko drin.«

»Das möchte ich auch nicht eingehen«, sagte Seybal, »andererseits, wo beginnt das Risiko, geht es auch ohne Risiko – und was brächte das Risiko?« Er erwartete keine Antwort, denn er fuhr sogleich fort: »Die Edelmetallausbeute gehört zum metallurgischen Programm. Die Manganknollenförderung ist auch nicht problemlos angelaufen. Sedimentlawinen und Schlammfälle machen uns sehr zu schaffen. In den betreffenden Planquadraten gibt es hohe Erzkonzentrationen, über 50 Kilogramm je Quadratmeter! Allerdings auch überdurchschnittlich viel Abraum, weil wir in der Handhabung der ferngesteuerten untermeerischen Schürftechnik noch ungeübt sind. Die Suspensionsströme wurden durch die Bergungsgeräte ausgelöst.«

»Wo wir doch faktisch jeden Dreck des Meeres nützen«, sagte Blego ungewollt ironisch, »sollten wir doch so die Kennziffern der Düngerproduktion aus Sedimenten und die Tonproduktion aus Schlamm übererfüllen und vielleicht sogar den Erzverlust vermindern können. Und wenn ich mich nicht irre, dann gibt es dort unten doch auch feine Buntmetallschlämme?«

Seybals Blick war unfreundlich. »Sie wissen so gut wie ich, daß wir nicht nach Tonnen, sondern nach ökonomischem Ertrag gewertet werden. Die Edelmetallausbeute könnte die Bilanz ausgleichen, ganz abgesehen von ihrer Dringlichkeit. Man sollte wohl auch den wissenschaftlichen Aspekt nicht aus dem Auge verlieren.«

Er hat ja recht, dachte Blego und ärgerte sich über seine Schnoddrigkeit. Sie war gewiß nicht die richtige Reaktion auf Seybals unzugängliche Sachlichkeit. Nie gab es ein persönliches Wort von ihm, immer gab er sich unnahbar als Chef.

»Vielleicht auch nicht, daß OKEANOS gewissermaßen ein Unikat ist – unerprobt, ja, zur Erprobung geschaffen ...«

Seybal lächelte. »Sagen Sie das Ringalla!«

»Aber ja, weshalb nicht?« fragte Blego.

Seybal war verblüfft, man sah es ihm an. »Das würden Sie tun?«

»Natürlich.«

»Dann fahren Sie für mich zur nächsten Kommissionssitzung – ich muß wieder einmal Bericht erstatten!«

Nun war Blego verblüfft. Wenn Seybal seine Aufforderung nur als Redensart gemeint hatte, so wußte er schnell zu parieren. »Sie meinen wirklich?«

»Warum nicht?« sagte Seybal.

Blegos Verblüffung beschäftigte Seybal noch, als Blego gegangen war. War sein Vorschlag so ungewöhnlich? Wenn er auch nicht als Aufforderung gemeint war, so konnte es tatsächlich nichts schaden, wenn ihn Blego ernst nahm. Es ist nicht verkehrt, wenn Blego tiefer hineinsieht und die Forderungen unmittelbar erlebt, mit denen OKEANOS konfrontiert ist, schließlich ist Blego sein Stellvertreter und muß sich einarbeiten. Ein schlechter Leiter, der nicht für »Ersatz« sorgt.

Dabei schadet es nichts, wenn Ringalla die Situation einmal aus anderer Sicht und einem anderen Mund vermittelt bekommt, und wenn Blego in der Kommission unmittelbar erlebt, daß Ringallas Forderungen doch nur den konkreten Erfordernissen entsprechen, dem Wissen um Notwendigkeiten.

Am nächsten Morgen bat ihn Blego, die Insel schon zehn Tage früher verlassen zu können, eine Bitte pro forma, denn Seybal wußte um die nächtlich erleuchteten Fenster von Blegos Arbeitszimmer. Selbst Schwustoch hatte Seybal aufmerksam gemacht: »Dein Stellvertreter sollte nicht auch noch deine Untugenden übernehmen. Für Nachtdienst ist er nicht vorgesehen. Soweit mir bekannt ist, hat er noch keinen freien Tag verbracht!«

Und es hätte Blegos Begründung nicht bedurft, daß er seinen Haushalt auflösen wolle oder – falls eine Unterredung anders verliefe, als er erhoffe, wenigstens reduzieren und konservieren müsse.

»Fürchten Sie Widerstand gegen Ihre endgültige Übersiedlung nach hier?« fragte Seybal.

»Meine Bekannte will nicht nach OKEANOS!« erklärte Blego rundheraus.

Für Seybal konnte es dafür nur berufliche Gründe geben. »Welchen Beruf hat sie denn?«

»Sie ist Leiterin eines Informationszentrums«, erwiderte Blego. »Das gibt nicht jeder auf.«

»Verständlich«, meinte Seybal und öffnete abschließend die Mappe mit den Unterlagen für die Kommissionssitzung, die sie besprechen wollten, »aber vielleicht gar nicht nötig. Sie könnte unser späteres Informationszentrum übernehmen.«

Blego konnte darauf nichts erwidern, darüber mußte er erst mit Sira sprechen. Aber natürlich freute er sich. Das wäre die Lösung!

»Nun gut«, sagte Seybal und reichte Blego das erste Blatt aus der Mappe. »Das ist die Monatsbilanz der ...«

Die gelbe Blinklampe des Videos unterbrach seine Erläuterung. Aus dem Bildschirm wölbte sich das plastische Bild von ... Seybal traute seinen Augen kaum – von Kommodore Mertens.

Der grüßte, bemerkte Blego, entschuldigte sich für die Störung und wollte später noch einmal anrufen. Aber Seybal hielt ihn zurück.

»Wir haben keinen Orkannotstand, Kommodore, daß wir nicht zu sprechen wären«, sagte er schmunzelnd. Mertens lachte. Seybal machte Blego und Mertens miteinander bekannt. Die beiden nickten sich zu. Blego fand den Mann sympathisch. So hatte er sich einen echten Seebären vorgestellt.

»Um es trotzdem kurz zu machen«, begann Mertens, »ich wollte doch meinen Lebensabend auf Ihrer Insel verbringen. Bleibt mir diese Möglichkeit?«

»Natürlich«, erwiderte Seybal überrascht, »keine Frage. Wenn es soweit ist, melden Sie sich …«

Unerwartet sagte Mertens: »Es ist soweit, Professor!«

»Sie gehen doch noch nicht in Rente?« Seybal war sicher, daß es sich um einen Scherz handele.

»Ich bin schon seit fünf Jahren Rentner!« behauptete Mertens lakonisch, als wäre das völlig selbstverständlich.

Seybal sah zu Blego, als könne der ihm helfen, blickte dann Mertens an und überlegte angestrengt. Wie sechzig sah Mertens nicht aus. Und trotzdem wollte er sich zur Ruhe setzen. Hatte ihn einer der Wechselfälle des Lebens um seine Stellung gebracht? Wenn schon, dachte er, wir haben alle unsere Niederlagen erlebt. Nur, was würde Mertens beginnen, noch tatendurstig und doch ohne echte Aufgabe? Würde er sich aus Langerweile verdrossen an allem und jedem reiben? Er würde sich mit Schwustoch verbünden müssen, damit Mertens gesellschaftlich eingebunden wird. Nichtstun ist für manche Gift. »Sie wollen sich also zur Ruhe setzen …«, sagte er, um noch etwas Zeit zu gewinnen. Er mochte keine übereilten Entscheidungen …

»Das ist es nicht«, erwiderte Mertens. »Die Ärzte raten mir, die große Fahrt aufzugeben, meine Frau wünscht sich das auch nach den vielen Jahren Fahrenszeit. Bei Ihnen wäre ich auf hoher See und doch nicht auf großer Fahrt – und das mit meiner Frau. Eine Aufgabe hätten Sie doch sicher auch für mich?!«

»Das kommt ein wenig überraschend«, sagte Seybal. Mertens als Mitarbeiter! Sein erster Impuls war, absagen. Einen so selbstsicheren Kommodore wie Mertens konnte man nicht mit bedeutungslosen Aufgaben betrauen … »Haben Ihre Ärzte gesundheitliche Bedenken gehabt?« Ein Kranker paßte noch nicht recht auf das Atoll!

»I woher denn«, sagte Mertens schmunzelnd, »aber die Vorschriften, Professor. Große Fahrt, zumindest auf Schleppern, ist nach sechzig nicht mehr so gern gesehen. Und auf Passagierschiffahrt umsteigen? Sie wissen, daß ich dafür kaum in Frage komme!«

»Das geht nicht so Hals über Kopf, Kommodore«, entschuldigte sich Seybal schließlich, »ich muß mir Ihren Anruf durch den Kopf gehen lassen. Aber ich finde eine Möglichkeit!«

Mertens fand das verständlich und verabschiedete sich.

»So ist das nun«, wandte sich Seybal an Blego. »Die einen wollen nicht nach OKEANOS, andere drängen sich danach.«

Blego nickte und dachte an Sira.

Sie versenkten sich in die Arbeit. Es war nicht wenig, was Blego für die Kommissionssitzung auf- und mitnehmen mußte. Aber sie kamen nicht ganz zu Ende. Erneut störte sie die Blinklampe.

»Entschuldigen Sie, Herr Professor«, sprudelte Maggiero vom Bildschirm her. »Aber ich muß es Ihnen sagen. Es ist sicher gut für den Rat, zum Mitnehmen für Dr. Blego. Lundquist kommt gleich und bringt Ihnen ein neues Ergebnis. Lassen Sie Dr. Blego nicht eher fort!«

»Was sagen Sie dazu?« fragte der Professor, ohne eine Antwort zu erwarten.

Sie bearbeiteten noch zwei Diagramme, dann meldete Frau Leipin Lundquist an.

Der kam herein und legte ein Blatt auf die Tischplatte. »Die neueste Analyse!« erklärte er, nach schnellem Lauf noch um Luft ringend. »Die Terpene ... erhöhte Substanzanteile ... Bestrahlungsrevier ...«, keuchte er.

Seybal warf ihm einen mißbilligenden Blick zu, nahm das Blatt auf, überflog es, stutzte und las es fasziniert.

Blego zog Lundquist am Ärmel und wies auf den Nebensessel.

Seybal reichte Blego den Bogen. Der pfiff hörbar durch die Zähne. Antibiotika, zum Teil anticanzerogen – das war eine Botschaft, die sich hören lassen konnte. Aber nun würde Seybal sicher selber reisen und sich Genugtuung verschaffen für die Widerstände, Anzweiflungen und Ablehnungen, die er über sich hatte ergehen lassen müssen, all die Jahre.

Doch Seybal nickte ihm zu, als er den Bogen zurückgab und sagte lapidar: »Da haben Sie etwas vorzuweisen, Doktor Blego!«

Der Düsenjet jagte in zwölftausend Meter Höhe über das Wolkenmeer. Blego saß in seinem Sessel, blickte auf das Watteweiß unter sich, ohne etwas davon zu sehen. In Gedanken war er nicht mehr in dieser Kabine, unter den vielen Fluggästen, sondern schon bei Sira. Nicht ohne Selbstironie überdachte er ihr Verhältnis.

Sira, sie war nicht die erste Frau in seinem Leben, wenn es aber nach ihm ginge, die letzte.

Es juckte ihn in den Fingern, ihr Bild aus der Brieftasche zu ziehen, um sich an ihr zu erfreuen, stolz und froh – doch neben ihm saß ein Jüngerer mit hochmütigem Gehabe, und Blego, der burschikose, ja, etwas schnoddrige Blego, genierte sich. Sollte dieser Junge über ihn grinsen, falls er ein Grinsen vor lauter Arroganz noch fertig brachte? Blego wußte, daß er dann nicht unbedingt zurückhaltend bliebe. So ließ er das Foto stecken und bedachte seine eigene Befangenheit mit Ironie.

Er glaubte sich in den letzten Jahren eine gewisse Dickfelligkeit angeeignet zu haben, die ihn nicht wie einen Seismographen auf die geringsten Erschütterungen reagieren ließ – und jetzt fand er sich so empfindlich, daß ihn ein Grinsen ... Unwillkürlich richtete er sich auf. Genug damit. Er war unterwegs zu Sira, freute sich unbändig auf sie. Mehr noch aber auf die Aussicht, Sira zum Mitkommen nach OKEANOS zu überreden. Was gäbe es Schöneres, als gemeinsame Arbeit, gemeinsame Ziele, gemeinsame Freude über Gelungenes, gemeinsames Bedauern von Mißlungenem. Sira um sich zu haben, den ganzen Tag und die ganze Nacht! Nicht mehr fortmüssen und den anderen allein lassen.

Er war so voller Ungeduld, daß er vom Flug und der Fahrt wenig wahrnahm und erst wieder bewußt erlebte, als Sira ihre Tür öffnete und er sie in den Armen hielt.

»Es ist schön, dich zu haben!« sagte er nach dem Kuß und sah ihr in die Augen.

»Ich möchte sehr, daß du das nie vergißt!« sagte sie und zog ihn ins Zimmer.

Himmel, was ist mit uns, dachte Blego, er fühlte sich so befangen und aufgeregt, wie er es sich niemals vorgestellt hätte. Aber er merkte, daß es Sira ebenso erging, das löste etwas von seiner Betroffenheit. Dabei kannten sie sich nicht erst seit gestern. Was Trennung doch bewirkte!

Er erhob sich, zog sie aus ihrem Sessel, nahm sie in den Arm, und alles, was dann kam, war anders als alles vorher, wie nie erlebt.

Die Tage vergingen. Und bei allem, was sie unternahmen, entdeckten sie Gemeinsamkeiten. Keine absolute Übereinstimmung etwa, die keinen Raum für Spannungsbögen ließ, aber gleiche Interessen, gleiche Grundurteile, und sie empfanden über allem Du und Ich immer mehr das WIR.

Nur in einem kamen sie nicht überein: OKEANOS.

Sira blieb hart. »Dorthin nie!«

Er erinnerte sie an das Jahr, für das er sich verpflichtet hatte.

Sie nickte. »Solchen Unsinn machen Männer, wenn man sie allein läßt! Aber tröste dich, Insulaner, auch Robinson wurde eines Tages erlöst!«

Und doch befaßte sie sich mit der Insel, interessierte sie sich für alles, was er erzählte. Ja, sie erkundigte sich nach diesem und jenem, und er begriff immer weniger, weshalb sie es ablehnte, mit ihm dorthin zu gehen. Hing sie so an ihrem Institut?

Auch nach Seybal fragte sie. »Wie ist dein Chef?«

Sie waren in einem Hochgebirgstal.

Blego schaute sich um und genoß die Bilder und sog den würzig-herben Duft in sich hinein. OKEANOS war momentan sehr weit von hier, und er hatte wenig Lust zur Antwort. Da auch Sira schwieg, blieb die Frage zwischen ihnen, wurde drängender, als sie gemeint war.

»Seybal?« Er zuckte mit den Achseln. »Was soll ich sagen? Sicher genial, nicht unsympathisch. Sehr autoritär. Manchmal glaube ich, daß er nicht mehr anders kann. Na ja, Generalkoordinator, seit Jahren mit Sondervollmachten – daran gewöhnt man sich ... Er hat immer in großen Dimensionen denken und entscheiden müssen – ob er alltäglichem Kleinkram, wie er ja entsteht, wenn ein Projekt lebendig wird, gewachsen ist? Ihn zu beurteilen ist nicht einfach. Er lebt nur seiner Aufgabe, sie ist Sinn und Ziel seines Lebens. Er hat OKEANOS sein Leben verschrieben. Mag's großartig klingen, aber so ist es. Wer weiß, worauf er deswegen verzichtete, was er aufgab. Er ist allein, vielleicht sogar einsam – also sieht er das Leben nicht auch durch die Brille eines geliebten Menschen ... Kurz, er führt das Leben eines Titanen. Ich habe jedenfalls, wenn es auch nicht so klingt, Respekt vor ihm. Ich bin eben ein Lästermaul ...« Er lächelte sie an und sagte abschließend: »Jeder von uns träumt insgeheim von einer solchen Lebensaufgabe, einer solchen Hingabe an eine Sache!«

»Du auch?« fragte Sira mit einem hellwachen Blick.

»Natürlich«, gab er gelassen zu, »doch wovon träumt man nicht alles? Nur, so hineinverlieren könnte ich mich nicht, die Welt ist zu groß, zu schön, zu vielseitig, Liebes. Und ich glaube ganz einfach nicht, daß wir leben, um zu arbeiten. Wir arbeiten, um zu leben. Jedenfalls ist OKEANOS für mich nicht der Nabel der Welt.«

23

Es fiel Seybal schwer, die Ergebnisse der vielversprechenden Analyse für sich zu behalten. Es drängte ihn, darüber zu sprechen, seine Freude auszudrücken, über Perspektiven zu disputieren.

Nur – mit wem? Zu seinen Direktoren hatte er keine persönlichen Bindungen, Schwustoch war zu seiner Familie geflogen. Blego war in Urlaub. Und Frau Leipin? Er schätzte sie sehr, aber sie kannte die Fakten und war andererseits mit den Dingen zu wenig vertraut, um künftige Möglichkeiten absehen zu können.

So saß er allein in seiner Wohnung, war voller Mitteilungsdrang und auch Emotionen und wußte nicht, wohin damit. Mertens fiel ihm ein. Doch der war erst am Vortage eingetroffen und hatte noch mit dem Einrichten der Wohnung zu tun. Zudem – er hatte von all den Problemen keine Ahnung!

Es blieb ihm nur, Ringalla anzurufen, um wenigstens einige Worte zur Sache sagen zu können. Zudem fühlte er Genugtuung, schließlich war Ringalla es, der ständig drängte.

Er hatte Glück. Die Verbindung kam umgehend zustande und Ringalla schien zu einem Disput aufgelegt.

Zuerst fiel es Ringalla auf, daß Seybal daheim im Sessel lehnte und sich in seiner Reichweite eine geöffnete Flasche Bordeaux befand.

»Hallo, monsieur professeur, eine gute Nachricht?« fragte er mit einem Blick zur Weinflasche.

»Monsieur président, eine sehr gute Nachricht«, sagte Seybal und legte den Bericht mit der Analyse auf das Lesegerät, drückte auf »Kopie« und »Übermitteln«, sah Ringalla die

Kopie aus seinem Gerät nehmen und lesen. Ringalla las zweimal, blickte auf, sagte: »Wissen Sie, was das heißt? Entschuldigen Sie, natürlich wissen Sie so gut wie ich. Bleiben Sie am Ball, professeur. Haben die Tierversuche schon begonnen?«

»Die ersten Ergebnisse sind noch nicht sehr umfassend, aber ausgezeichnet. Die Struktur ist uns fast bekannt gewesen, sie ähnelt dem Maytansin – aber das in den Algen und in dieser hohen Konzentration! Ein Tausendstel Masseprozent!« Und leise setzte Seybal hinzu: »Meine Mutter starb an Carzinose ...«

»Sie geben vielen neue Hoffnung, professeur, nehmen wieder etwas vom Schrecken ... Nun, wir sehen uns am nächsten Montag!«

»Ich habe Ihnen meinen Stellvertreter geschickt!«

»Sehr vorausschauend.«

»Er wird die Kommission informieren.«

»Sind Sie zufrieden mit dokteur Blego?«

»Er ist intelligent, einsatzbereit, kurzentschlossen und sehr unkonventionell ...«

»Danken Sie Gott. Sonst hätte er Ihnen keinen Schaum gemacht!«

»Es sollte auch keine Klage sein«, sagte Seybal ergeben.

Ringalla bemerkte es und lächelte. »Können Sie ihn für zwei Wochen entbehren?« fragte er für Seybal unerwartet. »Übernächste Woche hätte ich ihn sowieso hergebeten.«

Seybal öffnete die Hände. »Wie Sie wünschen, mon président.«

»Die Beratung dauert vier Tage. Und übernächste Woche tagt der Rechts- und Sicherheitsausschuß. Thema ist die Eigenverantwortlichkeit und die Risikobereitschaft der Leiter im Notfall. Ihr dokteur kann uns gewiß Anregungen geben. Außerdem wird er ausgezeichnet ... Wir sind erst durch Ihre Anforderung darauf gekommen. Schlimm ...!«

»Ich habe seinerzeit die Personalabteilung informiert!«

»Ich weiß, professeur, das Versäumnis ist nicht bei Ihnen passiert! Also, mon cher, adieu, und bleiben Sie dran. Ich warte auf weitere Erfolge! Au revoir!«

In dieser Nacht schlich sich der Schlaf wieder einmal an Seybals Bett vorbei. Er warf sich hin und her und stieg dann, nach Mitternacht, aus dem Bett. Am Fenster sitzend überschaute er OKEANOS. Das Gespräch mit Ringalla hatte Erinnerungen in ihm aufgewühlt, die er längst abgeklungen glaubte.

Mutters Kopf im Kissen, vierzig Jahre erst, und doch war sie in wenigen Wochen total verfallen. Vaters Gesicht im dauernden Widerstreit zwischen tiefer Verzweiflung und zur Schau getragener Zuversicht. Woher hatte er die Kraft genommen, mit ihr von einem gemeinsamen Urlaub im nächsten Jahr zu sprechen, wo er doch wußte, ihr blieben nur noch wenige Wochen?

Das namenlose Leid, als Mutters Blick erlosch. Noch in der Erinnerung brannten ihm Kehle und Brust.

Und er entsann sich, daß es damals war, als er sich schwor, etwas zu schaffen, was überdauerte. Und so war die Insel auch eine Art erfülltes Vermächtnis.

Und doch ... ihm blieben viele einsame Stunden, die er früher nicht empfunden hatte. Nun gut, er war auch nach der Scheidung Frauen begegnet. Aber nichts von Dauer. Warum nur legte er noch immer Sira als Maßstab an?

Sollte er gelegentlich erkunden, wo Sira lebte und wie?

Spät erst schlief er ein.

Nicht richtig ausgeschlafen, kam er doch pünktlich wie jeden Morgen ins Büro.

Zwar überwand er dank Frau Leipins Mokka seine Müdigkeit, aber seine Gedanken kreisten noch um Sira, die ihn vor langen Jahren verlassen hatte.

So war er ganz froh, als sich Lundquist und Maggiero anmeldeten.

Es ging um die bevorstehende Monatsbilanz, die wieder in den roten Zahlen verharrte. Und das brachte die beiden, und einige ihrer Abteilungsleiter, auf die Beine.

Nun, da sie zu wissen meinten, wo der Stein der Weisen zu finden sein könnte, trieb sie die Ungeduld.

»Sollen wir denn mit den Metallen immer in der Kreide stehen?« fragte Lundquist. »Der Fischfang brilliert mit Übererfüllung, aber wir bleiben unseren Teil schuldig.«

»Man wagt ja denen von der Meereswirtschaft nicht mehr ins Auge zu sehen«, stand ihm Maggiero bei, »ihre Eiweißerzeugung klappt, die Alginate kommen, nur wir ... rote Ziffern! Dabei ist alles ...«

»So einfach«, setzte Lundquist fort, »drehen wir den Schlüssel weiter um!«

»Und welchen Schlüssel meinen Sie?« fragte Seybal, obwohl er ahnte, worum es beiden ging.

»Die Strahlung, erhöhen wir die Intensität!«

Seybal hob abwehrend die Hände. »Was erwarten Sie von mir? Doktor Blego ist unterwegs, für mehrere Wochen!«

»Das hängt doch nicht von Doktor Blego ab«, warf Maggiero ein.

»Er hat die Dosis festgelegt.«

»Ich bitte Sie, Professor«, sagte Lundquist. »Was kann denn schon passieren? Daß der erwartete Zuwachs nicht kommt. Mehr nicht. Man könnte die Strahlung erhöhen, auf das Mehrfache. Ohne Gefahrenrisiko!«

»Aber Sie sind der Chef«, sagte Maggiero und zuckte mit der Achsel.

Wieder allein, stand Seybal lange am Fenster, hielt die Hände auf dem Rücken verschränkt und sah hinaus, wie immer, wenn ihn etwas erregte.

Dieser Blego hatte die Leute munter gemacht ... Wieso war ihm das nicht gelungen? Sie waren über ihn hergefallen, als würde er ihren Tatendrang hemmen. Dabei war er froh über ihre Ungeduld, war sie doch auch die seine! Konnte er sie enttäuschen? Das wäre auch nicht in Blegos Sinne ... Aber darum ging es gar nicht. Und es ging auch nicht nur um die Metalle. Um sie in erster Linie, gewiß, aber auch um die Substanzen ... Ihn überfielen die Bilder der Nacht. Anticanzerogene!

Er, Seybal, hat die Vollmachten und er ist verantwortlich, das nimmt ihm keiner ab. Er bekommt auch die Prügel, wenn er irgend etwas unterläßt.

Wie hatte Ringalla gesagt? Eigenverantwortlichkeit und Risikobereitschaft. Das war für ihn weiß Gott nichts Neues!

Er rief den Meister der Abteilung Strahlenphysik an, der die Breitstrahler betreute.

Ein gelangweiltes Gesicht, blasiert, als fände er die ganze Welt verächtlich. Die Augen verkniffen, die Mundwinkel herabgezogen.

Seybal wies ihn an, die Strahlung in den Zuchtrevieren der Sektoren 1–3 um dreißig Prozent zu erhöhen. »Und tragen Sie es in das Tagesprotokoll ein!«

Nicht einmal als Seybal sprach, verlor sich der angewiderte Gesichtsausdruck des Mannes ganz. Und er nickte auch nur widerwillig.

Ich muß ihn im Auge behalten, dachte Seybal. Wo nur kann man einen solchen Mißmut herhaben?

24

Das erste, was Blego nach seiner Rückkehr vorgelegt wurde, waren Kühlwasseranalysen. Er kam durch Zufall dazu, nämlich bei seinem Rundgang gleich nach seiner Rückkehr.

Beli Kohlus war ihm begegnet, als er an der Wärmepumpenstation vorübergehen wollte. Er gab ihr die Hand, und obwohl Beli als Energetikerin direkt Seybal unterstand, erkundigte er sich, mehr aus Höflichkeit, nach ihrer Arbeit. »Läuft alles rund?«

Beli, die noch nie allein mit ihm gesprochen hatte, sagte: »Rund schon ...«

»Aber?«

»Hin und wieder saugen wir strahlendes Wasser an.«

»Wo?«

»Überall, mal hier, mal da.«

»Was heißt strahlendes Wasser?«

»Mit radioaktiven Substanzen angereichert!«

»Welchen?«

»Vor allem Phytoplankton! Übrigens ungewöhnlich groß!«

»Weiß das Professor Seybal?«

»Ich bitte Sie, natürlich habe ich's gemeldet. Aber es ist nichts geschehen! Komischerweise sind immer, wenn keine Strahlung nachweisbar ist, auch die vergrößerten Phytoplankter weg.«

»Was heißt weg?«

Beli blies leicht die Backen auf, erklärte dann aber betont exakt: »Treten radioaktive Plankter auf, sind es viele und große und verstopfen uns die Filter. Treten nichtstrahlende Plankter auf, sind es kleine und so wenige, daß man sie vergessen kann.«

»Sie haben sich doch schon Gedanken gemacht?«

»Natürlich. Sie müssen mit den Strömungen kommen, den untermeerischen, meine ich.«

»Haben Sie die Richtung bestimmt?«

»Das gehört nicht zu meinem Arbeitsgebiet.«

Sie sah seine spöttisch hochgezogenen Augenbrauen und die steile Falte zwischen seinen Augen.

»Verstehen Sie mich richtig, Doktor, mir fehlen die Möglichkeiten dazu, deshalb wende ich mich ja an Sie!«

Blegos Gesicht verlor den Spott. »Entschuldigen Sie«, bat er, »ich werde mich dieser Erscheinung an die Fersen heften. Wann immer Sie können und mögen, können Sie sich beteiligen!«

»Ich bedanke mich«, sagte Beli. Und nach kurzem Zögern: »Auch für Ihren Schaum!«

Er sah sie verständnislos an.

»Sie wissen nichts von meinen Eskapaden?« fragte sie verblüfft.

»Das klingt ja schlimm«, sagte er.

Sie bat ihn in die Zentrale und erzählte dort mit wenigen Worten, wo sie den Orkan erlebt hatte, und mit wem.

Blego lachte, daß es ihn schüttelte.

»Hätte ich das gewußt«, sagte er endlich, »wir hätten Ihnen glatt einen Teppich gewebt, daß Sie wie Jesus über den See Genezareth, trockenen Fußes, und vor dem Sektor hier gewesen wären. Sie hätten dann unseren verehrten Professor einweisen können!«

Schwustoch kehrte so energiegeladen wieder, daß Seybal bei der Begrüßung auf dem Treppenflur, wo sie sich begegneten, zu ihm sagte: »Es wird wohl Zeit, daß ich meine Familienverhältnisse überdenke, wenn sich das so auswirkt!«

Schwustoch strich sich lächelnd das Kinn und sagte trokken: »Aber vergiß nicht, Emori, ich habe zwölf Kinder!«

Worauf Seybal ungewohnt heiter erwiderte: »Zumindest in dieser Hinsicht muß ich darauf verweisen, daß in meinem Alter solcherart Rekordmarken nun wohl doch nicht mehr zu erreichen sind.«

Er zog Schwustoch in seine Wohnung, schob ihn ins Wohnzimmer und sagte nachdenklich, einladend auf die Sessel weisend: »Ich weiß nicht, ob es in meiner Lebensrechnung einen Fehler gibt. Eine solche Aufgabe lösen und Kinder – kann man das? Aber was darf ich dir anbieten, was möchtest du?« Schwustoch verfolgte belustigt Seybals liebenswürdig betuliche Art, die er in seinen vier Wänden an sich hatte, sie amüsierte ihn jedesmal. Im Büro war Seybal, wie auch die Einrichtung: einfach, absolut sachlich. Und hier –?

Schwustoch hielt nicht viel von der Nostalgie, die seit vielen Jahrzehnten immer mal wieder auftauchte, er mußte aber zugeben, daß die Wohnungseinrichtung Seybals – echt Chippendale! wie er schwor – ihm imponierte und er sie, wie im Museum, mit ästhetischem Vergnügen betrachtete. Doch selbst darin wohnen, das konnte er sich nicht vorstellen.

Seybal brachte Wodka und setzte sich. Schwustoch zuprostend, fuhr er fort: »Jedenfalls dürfte es kein ganzes Dutzend Kinder sein.«

Sie tranken, und Schwustoch lächelte vor sich hin. »Meine Kinder in deinen Möbeln ...« Er sah seine Bande vor sich. »Kinder«, begann er versonnen, »Kinder sind ein zweites Leben. Wiederauferstehung, wenn du willst, irdische Wiederauferstehung ... Ich meine, alles erlebst du erneut, Kindheit, Jugend, ersten Liebesschmerz, aber als Zuschauer. Nein, nicht als Zuschauer, dazu betrifft es dich zu sehr, man erlebt alles eher etwa wie gebrochen, in einem Prisma der Reife, der Erfahrung. Ja, das ist es, der ... der Strahlenschein ihrer Emotionen zerlegt sich für dich in ... in die Spektralfarben der Ursachen ...« Er schwieg und schien einen Augenblick verlegen. »Sieh mich nicht so an ... reden wir lieber von dir. Jung wie du noch bist ...«

»Na, nicht gleich übertreiben«, sagte Seybal. »Fünfzig Jahre!«

»Zeit genug, noch einmal zu beginnen«, behauptete Schwustoch. »Für zwei, drei Kinder müßte die Zeit noch reichen!«

»Ich habe keine Ahnung ...«, gestand Seybal und setzte, als er Schwustochs provokatorisches Lächeln sah, hinzu »von Kindererziehung.«

»Da mach dir nichts draus, Emori. Das wichtigste ist wohl die Vorbildwirkung. Im guten wie im bösen Sinne. So mancher benimmt sich wie die Axt im Walde und wundert sich, wenn sein Sprößling zur Motorsäge wird. Aber bei dir ..., du scheinst keine schlechte Kinderstube hinter dir zu haben, ganz schön verwöhnt sicherlich, aber trotzdem ganz annehmbar ...«

»Danke, zu ›danke‹ und ›bitte‹ hat's gereicht«, warf Seybal spöttisch ein.

Schwustoch hatte ihn genau beobachtet und wußte, daß er Seybal nicht verletzt hatte, so fuhr er fort: »Eben. Und dann ist ja noch die künftige Mama, ohne die das Ganze sowieso nichts wird. Sie wird schon Ahnung haben.«

Seybal nahm einen derart kräftigen Schluck, daß er sich verschluckte. »Es ist sowieso ein Glücksspiel«, sagte er unbestimmt.

»Wem sagst du das?« versetzte Schwustoch, nun doch etwas hintergründig. »Der Umgang mit Menschen – ein schwieriges Kapitel. Das Mitfühlen-Können ist wohl das Geheimnis aller Pädagogik – und ein kleines bißchen Konsequenz!«

»Und gesunder Menschenverstand, Gennadi!«

»Und was ist das – gesunder Menschenverstand?«

Seiner gar nicht provokatorisch gemeinten Frage entsann sich Schwustoch Stunden später, als er auf der meerwärtigen Loggia saß und überprüfte, ob das stimmte, was er Chris versprochen hatte: einen einmaligen Blick!

Er sah mit den Augen seiner Kinder, und als ein Schiff über die Kimm stieg, zappelte er vor Ungeduld, es größer werden zu sehen, und als es größer war, mußte er sich zusammennehmen, ihm nicht zu winken.

Da drang von unten eine Stimme in seine Beschaulichkeit.

Die Stimme kam ihm bekannt vor. Er erkannte, daß es Seybal war, der sprach.

»Ich muß Sie bitten, davon abzusehen, wir haben ganz einfach keine Zeit dafür!«

Schwustoch wartete unwillkürlich auf die Erwiderung.

»Diese ominöse Strahlung, Herr Professor, kann ich beim besten Willen nicht nebensächlich finden!«

Das schreckte Schwustoch auf. Strahlung? Und noch dazu ominös? Und wer wagte es, so mit dem Generalkoordinator zu sprechen?

Er schlich auf Zehenspitzen zur Balkonbrüstung, obwohl ihn keiner hören konnte, und sah, gedeckt durch die Schlingpflanzen, hinunter. Er mochte Lauscher nicht, und es wäre ihm peinlich gewesen, hätte man ihn entdeckt.

Seybal stand mit Blego auf dem Weg zwischen den Rosenrabatten.

Seybal erwiderte: »Wir dürfen uns nicht verzetteln, müssen uns jetzt auf das Wesentliche konzentrieren, Doktor Blego.«

»Und was ist jetzt wesentlicher als die Radioaktivität?«

»Es geht um die wissenschaftlichen und die ökonomischen Kennziffern des Atolls«, sagte Seybal nachdrücklich. »Ökonomie ist doch nicht bestimmt von Wollen und Dürfen, wir sind sie der Gesellschaft ganz einfach schuldig.«

»Diese Strahlung könnte unsere Meßreihen verfälschen, vor allem aber die Sicherheit des Atolls gefährden«, erwiderte Blego etwas lauter.

Schwustoch hielt den Atem an.

Seybals Stimme wurde kühl: »Was da hin und wieder strahlt, Doktor Blego, ist keine Atombombe. Es kann allenfalls eine Tonne Atommüll sein. Sie muß schon Jahrzehnte auf dem Grunde des Ozeans liegen. Seither gibt es nämlich sehr strenge internationale Abmachungen, die Verschmutzungen jeder Art auf dem Lande und auf den Meeren zu verbieten. Lag diese Tonne so lange dort unten, dann hat ihre Ermittlung gewiß auch noch Zeit bis nach der nächsten Bilanz? Ich bin dann gern bereit, Sie nach Kräften zu unterstützen!«

Schwustoch hörte Blego sagen: »Ich teile Ihren Optimismus nicht, Herr Professor. Man muß beides tun. Gestatten Sie mir, in meiner Freizeit mit dem Bathy sieben selbst zu suchen? Wir haben heute wieder Aktivität festgestellt.«

Seybal musterte Blego mit verschlossenem Gesicht. »Bathy sieben ist zur Zeit unbesetzt. Der Bootsführer ist erkrankt.«

»Ich weiß«, erwiderte Blego, »Kapitän Mertens spränge ein. Er hat die Bathyprüfung.«

Seybal musterte Blego schweigend, sagte dann: »Bitte!«, wandte sich brüsk um und schritt auf das Hochhaus zu.

Blego sah ihm verblüfft hinterher, ging dann aber gelassen zum Kai hinunter, an dem das Tiefseetauchboot festgemacht hatte.

Schwustoch beobachtete, wie Blego über den Ausleger an Bord ging, in den Schiffsrumpf hinabstieg und über sich die Luke schloß.

Der linsenförmige Bootskörper legte ab, zog einen weißen Schaumstreifen in das Lagunengrün und versank dann in voller Fahrt in den Fluten.

Schwustoch ging gedankenvoll in seine Wohnung. Er mußte wissen, was hier vorging.

Differenzen zwischen Stellvertreter und Chef in offensichtlich prinzipiellen Dingen sind nicht gut.

Er drückte die Tasten des Videophons. Auf dem Schirm erschien Seybal. Er sah aus, als beuge er sich aus Schwustochs Schirm.

Schwustoch sah ihm prüfend ins Gesicht. In Seybals Augenwinkeln und Mundfalten schien noch der Ärger zu nisten.

»Hallo, Emori«, grüßte Schwustoch und fragte direkt: »Was ist das für eine Strahlung?«

Seybal hob erstaunt die Augenbrauen.

»Ich hörte auf der Loggia deine Debatte mit Dr. Blego«, erklärte Schwustoch. Es war ihm nicht mehr peinlich, zugehört zu haben.

Seybal musterte ihn einen Augenblick und fragte: »Du hast mit Strahlung bisher wenig zu tun gehabt?«

»Immer nur mit den Organisationswissenschaften, Ökonomie, Gesellschaftswissenschaften ...«

Aber Seybal hörte nicht richtig zu, er hatte nur einen Anfang gesucht. Und er wollte offensichtlich Zeit gewinnen. War er sich selber nicht klar? Doch Seybal war nicht der Mann, der sich mit Drumherumreden aus der Affaire ziehen würde.

Und Seybal begann unvermittelt von der Entdeckung der Beli Kohlus zu erzählen. »Die Quelle ist bisher nicht auffindbar!«

»Wer hat gesucht?«

»Blego veranlaßte sowohl die Erzknollensammler als auch die Fischfänger, Meßsonden auszusetzen und Wasserproben zu nehmen.«

»Und hat vorher nicht gefragt?«

»Wofür hältst du mich?«

»Aber diese Quelle zu finden, das kann doch nicht so schwer sein«, wandte Schwustoch ungeduldig ein. »Man muß doch nur entgegen der hiesigen Strömungsrichtung suchen ... Logischerweise.«

»Was heißt hier Logik – die Strömungen sind hier überlagert, Gennadi, ihre Richtungen wechseln ständig. Das ist einer der Gründe für diesen Standort! Die Strahlungsquelle kann im Norden liegen, in hundert oder fünfhundert Kilometer Entfernung. Die Strömungen sind schnell. Sie kann aber auch westlich oder östlich zu suchen sein. Blego meint, die

Quelle in der Tiefsee, unterhalb der oberen Strömung, suchen zu müssen ...«

»Du nicht?« Seybals Unbestimmtheit machte Schwustoch ganz kribbelig.

»Die Schwebestoffe, Phyto- und Zooplankter, die von der Strahlung betroffen sind, haben ihr hauptsächliches Lebensgebiet im Epipelagial.«

»Hauptsächlich?«

»Es wurden auch schon Organismen aus dem Bathypelagial und größeren Tiefen gefunden. Vertikale Vermischungen zwischen oberen und unteren Strömungen ermöglichten aber auch einen Standort der Quelle im Tiefseebereich. Ich meine, der Aufwand für eine erfolgversprechende Suche ist so groß, daß sie aus ökonomischen Gründen zur Zeit nicht vertretbar ist. Möglicherweise könnte es auch ein Defekt eines Atomfrachters sein, verseuchte Abwässer ...« Er hob beide Hände. »Zumindest gibt es keinen zwingenden Schluß, der auf eine nahe Quelle hindeutet.«

»Die aber möglich wäre?«

»Das ist nicht die Frage, Gennadi. Das Problem ist, ob sie sofort, unter Zurückstellung unserer Aufgaben, gesucht werden muß. Es gibt so viel Ungeklärtes. Uns wachsen die Aufgaben ohnehin über den Kopf. Nicht alles können wir sofort untersuchen. Abweichungen vom Programm wären nur vertretbar, wenn unsere Sicherheit tatsächlich gefährdet wäre.«

»Blego sieht sie gefährdet.«

»Ich nicht!«

»Können die Breitstrahler die Ursache sein?«

»Ausgeschlossen. Die Dosis ist viel zu gering.«

»Es geht nicht an«, sagte Schwustoch, »daß ihr in dieser Frage konträre Meinungen habt und sie nicht zur Übereinstimmung bringt. Und daß die Sorge um OKEANOS von dem einen als Privatsache betrachtet werden muß, weil der andere sie so sieht. Und daß es Freizeiterkundungen im Tiefseebereich gibt nach einer Quelle, die möglicherweise eine Gefährdung für alle darstellt. Auch für dein Werk, Emori! Gut, du bestreitest eine akute Gefahr. Aber ich meine, das könnt ihr beiden allein sowieso nicht entscheiden. Bei allen Sondervollmachten, Emori, es ist an der Zeit, daß solche bedeutenden und für OKEANOS lebenswichtigen Entscheidungen kollektiv getroffen werden.«

Seybal hatte sich in der Gewalt, wenn er auch nicht verbergen konnte, wie es in ihm arbeitete. Aber Schwustoch kannte ihn und wußte, daß bei ihm keine persönliche Eitelkeit im Spiel war und es ihm immer um die Sache ging. Das würde ihn zur Einsicht bringen.

»Wer ist denn dieser Mertens?« fragte er. »Ich meine Blegos Bootsführer!«

Seybal brauchte einen Moment, um sich von seinen Gedanken zu lösen. »Mertens? Darüber wollte ich mit dir sprechen, wenn wir das Dienstliche durchnehmen. Während deiner Abwesenheit meldete er sich, ich hatte ihm versprochen ...« Seybal erzählte, was er Mertens zu verdanken hatte. »Ich konnte nicht absagen. Es fällt zwar in deine Kompetenz, aber ich dachte, daß er vielleicht als Hafenkapitän ... Da wäre er im Dienst und doch bei seiner Frau ... Bei seinen Voraussetzungen ...«

»Aber ja«, stimmte Schwustoch zu. »Da hast du mir einen Dienst erwiesen. Einen besseren Hafenkapitän kann ich doch gar nicht bekommen.«

25

Blego wußte nicht, ob er sich je an diesen feuchten, finsteren Abgrund gewöhnen könnte.

Schon als Kind erschien ihm die Wasserfläche als Trennwand zweier Welten. Über ihr die sonnendurchglühte, alltägliche Welt – unter ihr eine geheimnisvolle, dunkle, ja, feindliche ...

Wurde ihm damals bewußt, daß ein Teil seines Körpers in diese Unterwelt eintauchte, dann beschlich ihn leichtes Grauen, und er versuchte, so flach wie möglich zu schwimmen. Zwar wurde er ein leidlicher Taucher und holte sogar Ziegelsteine vom Grunde des Schwimmbeckens herauf, aber nur aus Furcht, seine Freunde bemerkten sein Unbehagen.

Dieses unterschwellige Unbehagen belästigte ihn wieder, als der Bathyskaph seinen Bug senkte und den Wasserspiegel durchbrach, um in die Tiefe vorzudringen. Ihm kam es vor, als sei es zwar anstrengender, doch längst nicht so bedrükkend, in den Weltraum aufzusteigen, als in die Tiefsee zu tauchen.

Die oberen Schichten des Wassers wurden ja noch vom Licht durchdrungen – es war ein wolkenloser Sonnentag –, aber je tiefer man kam, desto stärker veränderte das Wasser seine Farben. Verblaßte erst das Rot, so verschwanden bald Gelb, dann Grün – und schließlich blieb nur das Blau. Als auch das verging, kam samtene Schwärze, die ewige Finsternis, vage erhellt von den Leuchtorganen der Tiefseebewohner, streifenweise erleuchtet von ihren starken Bootsscheinwerfern.

Es sollte ja Leute geben, die sich in dieser bodenlosen Finsternis pudelwohl fühlen.

Er aber konnte die Wassersäule nicht vergessen, die auf dem Bathy lastete. Und aller zehn Meter Tiefe bekam jeder Quadratzentimeter seiner Oberfläche ein weiteres Kilo Wasser aufgeladen ... Das heißt, dieser Druck umgab ihn von allen Seiten ...

Zweihundert Kilo je Quadratzentimeter waren es schon, er spürte sie fast körperlich.

Er redete sich zu: Du bist nicht der, der auszog, das Gruseln zu lernen. Wenn es für dich auch keine reine Freude ist, so gewöhnt sich der Mensch schließlich doch an alles ...

Ein Räuspern schreckte ihn auf. Er war ja nicht allein.

Kapitän Mertens steuerte gelassen, als lenke er einen Straßenkreuzer über eine verkehrsarme Chaussee, ihren Bathy durch dieses finstere Reich der Tiefseeungeheuer.

Als Blego herantrat, drehte sich Mertens nicht einmal um.

»Na, Doktor, den Bauch beruhigt?« fragte er. »Geht mir auch so, wenn ich Lift fahre.«

Sein Blick haftete auf den Instrumenten, deren phosphoreszierendes Grün seinem Gesicht ein unwirkliches Aussehen gab.

Sonarschirm, Thermometer, Voltmeter, Amperemeter, Manometer ...

Zweitausendzweihundertfünfzig Meter! Wieviel Tonnen? Ging das schon wieder los? War das Feigheit? Aber was ist Mut? Kaltschnäuzigkeit? Furchtlosigkeit? Oder Selbstüberwindung?!

Und da hatte ihn Seybal womöglich in Verdacht, er jauchze vor Vergnügen, wenn der Bathy abwärts geht, und dränge sich deshalb zu diesen Tiefseeabenteuern.

Dabei trieb ihn ehrliche Sorge. Hinter dieser ominösen

Strahlung konnte sich alles mögliche verbergen: Atommüll, versenktes Kriegsgerät, Wracks von Schiffen mit Atomantrieb. Nur eines war sehr unwahrscheinlich: Seybals einzelne Tonne. Der Aufwand, sie hierher zu bringen, machte das unwahrscheinlich ... Wenn, dann hätte man viele, meist gleich mit dem ganzen Schiff, versenkt, da sich angeblich das Tiefenwasser nicht mit dem Oberflächenwasser vermische ...

Zweitausenddreihundertzehn Meter ...

Ob Mertens auch eine solche Beklemmung unter den Rippen spürte? Aber er schien völlig ruhig, kurvte mit dem Bathy wie ein Taxifahrer durch die Tiefsee.

Es erweckte Vertrauen, wie sicher er den Ruderknüppel bediente.

Blego war froh, daß es Mertens war, mit dem er diese Fahrt machte. »Was sagen die Instrumente, Käptn?« fragte er, nur um etwas zu sagen, und setzte sich zu ihm.

»Nichts, Doktor«, brummte Mertens denn auch, »sie zeigen aber an: Alles normal. Drei Meilen voraus, 33 Grad backbord, krabbeln einige Froschköpfe über den Hang.«

Er schob seine Kapitänsmütze in den Nacken, wies auf den Sonarschirm und vergrößerte den Bildausschnitt.

Stählerne Krabben reckten gelenkige Spinnenarme mit verschiedenen Werkzeugen nach dem Boden. Auf dem linsenförmigen Leib bewegte sich ein großer Kopf, dessen vorgewölbte Scheinwerfer und Fernsehkameras wie Froschaugen aussahen.

»Planquadrat 139 – Erzkugelsammler und Bohrgeräte, ja?« vermutete Blego.

»Wie kommen Sie darauf?«

»Ich hörte von Seybal: Bodenanalysen und Konzentrationsmessungen der Manganknollen ... Stichproben brachten fast sechzig Kilogramm pro Quadratmeter. Wenn sich das bestätigt, kann unser Meister aus dem vollen schaufeln, dann lohnt die große Schippe, und das bekäme seiner Bilanz!«

»Für dieses Jahr«, sagte Mertens, ohne dabei den Mund zu verziehen, »fürs nächste wird dann sowieso erhöht.«

»Ist doch normal«, erwiderte Blego. »Man braucht diese faustgroßen Knollen ja nur aufzulesen ...«

Mertens nickte: »... und nach oben zu schaffen und an Land zu schippern. Bei dem Besatz können sie Berge schütten, Gebirge!«

»Einen neuen Himalaja«, versicherte Blego mit ernster Miene, »allein im Pazifik liegen schätzungsweise 1,5 Billionen Tonnen. Und 600 Millionen wachsen jährlich nach!«

»Aber nicht alles Mangan. Zwanzig bis fünfzig Prozent, mehr ist es nicht.« Mertens lächelte verhalten.

»Auch Eisen, Phosphor, Kupfer, Nickel, Kobalt«, zählte Blego auf.

»Und was wird aus dem vielen Mangan?« fragte Mertens.

»Aber, Kapitän, wenn Chemie dran war, oft krank gewesen?«

»Ziegenpeter«, knurrte Mertens und hob fatalistisch die Schultern.

Blego schwieg einen Moment. Bei Mertens mußte man wohl vorsichtig sein, der hatte es vielleicht faustdick hinter den Ohren. Darum fragte er nur: »Den gab's noch?« Daß Mangan in der Metallurgie eine Rolle spielte, mußte Mertens wissen ... Und so antwortete er: »Na ja, man braucht es zum Gurgeln, gegen Bleichsucht und zum ...«

»Ist ja toll«, unterbrach ihn Mertens grinsend, »da bin ich nun ein Leben lang auf dem Ozean herumgeschippert – und dann kommt eine Landratte und erklärt mir, daß ich bei Halsschmerzen den Arzneilöffel nur unter den Kiel hätte halten müssen ...«

Das war ihm gelungen! Blego mochte diese Frotzeleien, und das Lachen saß ihm in der Kehle. Mühsam beherrscht sagte er: »Bitte halten Sie Kurs, Kapitän, und diese Tiefe.«

»Aye, Dok«, erwiderte Mertens. »Vielleicht kullert uns hier die ominöse Tonne über den Weg.«

»Was denn, Sie wissen?«

»Warum wohl fixieren Sie dauernd den Strahlungsmesser, den Sie extra installieren ließen. Dachten Sie, ich hätte Tang auf den Klüsen? Und außerdem, Doktor, Ihre Debatte vorhin war ja wohl laut genug!«

»Und Sie kommen doch mit?«

»Schön ist es ja nicht, daß Sie erst jetzt die Luke öffnen. Aber besser als nie. Warum ist er dagegen, daß Sie suchen?«

»Wenn ich etwas finde, könnte das den Produktions- und auch den Forschungsablauf empfindlich durcheinander bringen! Und er fürchtet um die Ausbeute. Die Bilanz, Kapitän!«

»Sie sagen das so, als wäre der Plan Teufelswerk«, meinte Mertens lachend. »Dabei tun Sie doch alles, ihn zu überbieten.« Er zog seine Mütze wieder etwas in die Stirn. »Aber versetzen Sie sich mal in seine Lage. Hätte ich ein Schiff projektiert und seinen Bau überwacht und wäre dann sein Kapitän, was glauben Sie denn, wie ich hinterher wäre, daß es glänzt! Ist ja wohl menschlich, oder nicht?«

»Und die Sicherheit?«

»Es ist wohl doch noch gar nicht heraus, daß sie wirklich gefährdet ist. Noch steht Ansicht gegen Ansicht.« Er wandte sich zu Blego um. »Aus seiner Warte sieht er manches anders. Und das darf er doch?«

Blego schwieg. Sah er Seybal richtig, oder war er zu vorschnell in seiner Einschätzung, vielleicht gar voreingenommen?

Die Geschwindigkeit des Bootes war hoch, schemenhaft flitzten Schatten vorbei: längliche, ovale, runde, schmale, breite, kurze, lange ... Weit reichten die Scheinwerferkegel nicht.

Ohne die Schallwerfer und ihr Echobild auf dem Sonarschirm wäre diese Geschwindigkeit Irrsinn gewesen. Aber ohne die Geschwindigkeit der Tauchschnellboote könnte das Atoll auch keineswegs dieses Tausende Quadratkilometer umfassende Gebiet überwachen, erforschen und bewirtschaften.

Von den Tiefseebewohnern zeichneten sich bei aller Vielfalt nur die größeren ab, die Konturen der Tiefseelandschaft hingegen traten klar und kontrastreich hervor. Der Bathy brauste im Tiefflug an einem Steilhang entlang, dessen Kamm sie ebensowenig ermessen konnten wie seinen Grund.

Ein Cañon tat sich auf. Mertens schwang mit einer kühnen Kurve hinein. Der Grund stieg an und raste auf sie zu, aber Mertens blieb dreißig Meter über ihm.

Da, wieder ein Schatten am Rande des Scheinwerferkegels. Blego stockte der Atem. Hier unten konnte man tatsächlich wieder an Seeungeheuer glauben. Hätte eine siebenköpfige Schlange sein können ... »Was war das eben, Käptn?«

»Konnte es nicht erkennen. Ein Tiefseekrake vielleicht?«

Mertens starrte einen Moment auf den Schirm, fauchte: »Festhalten!« und ließ den Bathy steil steigen.

Blego wurde in den Sitz gepreßt, die Scheinwerferkegel verkürzten sich, das Wasser trübte sich bis zur Undurchdringlichkeit. Nicht einmal die Schallwellen zeichneten Bilder auf den Schirm.

Einen Augenblick war es, als hielte einer den Bathy fest, dabei schien es, als läge er kopfüber auf der Rückenlehne.

Mertens ging auf »äußerste Kraft«.

Also Gefahr!

Aber der Strahlungsmesser pendelte auf Null.

Sie kamen wieder in Fahrt, und vor den Scheiben wurde es lichter. Dann drehte sich für Blego die Welt, und er fühlte sich endlich wieder normal.

Ehe er fragen konnte, musterte ihn Mertens kritisch von der Seite und knurrte: »Sedimentlawine, sah sie im letzten Augenblick! Mußte Looping, allerdings nur einen halben, versuchen. Sind nun auf Gegenkurs.«

»Sie hätten Flugkapitän werden sollen!«

»Ja, nicht?« Mertens lachte. »Hätte nicht gedacht, daß man das im Wasser kann!«

»Sie könnten sogar den Kunstflugschein machen«, lästerte Blego, nun doch befreiter. Aber da war ein neuer Schatten vor dem Bullauge, und diesmal schien er auch auf dem Bildschirm gewesen zu sein. Jedenfalls schob Mertens seine Mütze wieder in den Nacken und sah Blego kurz an, als wollte er fragen: Kannst du dir das erklären? Doch dann schüttelte er den Kopf und belauerte den Schirm wie ein Hai den Schiffbrüchigen.

»Und das, Kapitän?«

»Sicher wieder ein Krake. Konnte ihn nicht richtig ausmachen. Es ist noch zu trübe. Und diese Schlammwolke verändert ja auch die Schallgeschwindigkeit, schluckt das Echo ... Mieses Bild!«

Kraken, Himmel, und das sagte er so, als spräche er von Ölsardinen. Blego saß und starrte in das geheimnisvolle Dunkel neben den Scheinwerferkegeln und entsann sich aller Bücher und Filme, in denen Taucher oder gar Schiffsbesatzungen mit Kraken gekämpft hatten wie Siegfried mit dem Drachen.

Nein, er nahm dem guten Gesner seinen Meerteufel nicht ab, nicht die dreihundert Schuh langen Wasserschlangen, nicht die Wale, die ganze große Schiffe zum Frühstück verschlangen. Das war achtzehntes Jahrhundert! Und Seeschlangen sind kleiner, wenn auch giftig und von Schwimmern durchaus zu fürchten. Indessen Kraken – pfui Teufel!

»Mit solchem Viehzeug kennen Sie sich aus?« Mertens mußte nicht bemerken, wie flau ihm zumute war.

»Ein bißchen schon. Wundert Sie das? Von Tiefseemetallurgie habe ich zwar keinen großen Schimmer, aber in Tiefseezoologie habe ich nicht gefehlt. Wer wie ich ab und an hier herunter kommt, kann die Biester gar nicht übersehen. Und dann möchte man ja wissen, wer sich nach einem die Zähne leckt ... Ein norwegischer Bischof, Mitte des achtzehnten Jahrhunderts, sprach von einem Kraken mit zweieinhalb Kilometern Körperdurchmesser.«

»Reizend!« sagte Blego. Seemannsgarn, und das ihm! »So ein Bischof sollte aber bei der Wahrheit bleiben!«

»Er hatte nur den falschen Zollstock. Aber es gibt wohl tatsächlich Biester, die gut und gerne dreißig und mehr Meter an die Meßlatte bringen. Und dazu zehn Arme – suppentellergroße Saugnäpfe!«

»Ich rufe gleich um Hilfe!« behauptete Blego.

»Gut, Dok, aber erschrecken Sie mir dabei die Biester nicht!« raunte ihm Mertens zu und grinste breit. Blego atmete tief durch.

Dieser Kapitän war doch ein Prachtstück. Was auch sollte ihnen ein Krake anhaben, selbst wenn er sechzig Meter groß wäre, wie es die Zoologen immerhin für möglich hielten. Den möchte er sehen, der ihre Nuß zu knacken vermochte! Elf Kilometer tief konnten sie tauchen, also einem Druck von neunhundertvierzigtausend Tonnen widerstehen.

Ein neuer Schatten, dem Mertens geschickt auswich. »Diese Biester müssen ein Meeting abhalten, hier unten«, sagte Blego in Mertens' Ton. Aber der schüttelte den Kopf. »Das war kein Krake. Sah eher aus wie ein ...«

Blego fiel das so schlagartig ein, daß er ohne Überlegung fortfuhr: »Eine Linse ... Ein Froschkopf! Was macht der denn hier draußen, so weit vom Atoll entfernt?«

»Hinterher, Dok?«

Blego wehrte ab. Wenn man allem Seltsamen nacheilen wollte, kam man nie ans Ziel.

Ein neuer Schatten. Und noch einer ... Und noch ...

»Alle auf gleichem Kurs!« knurrte Mertens. »Aber wir haben doch die letzte Grenze des Schürfgebietes schon passiert!«

Blego sah zur Reliefkarte. Tatsächlich. Brachen die Froschköpfe etwa aus? Aber das war Unsinn. Zwar arbeiteten sie nach einem vorgegebenen Programm, wichen Hindernissen selbständig aus, suchten sich den erfolgreichsten Kurs, aber wenn der Leitstrahl ausfiel, und nur das könnte hier passiert sein, sollten sie sofort auftauchen.

Also gab es keinen Grund zur Aufregung.

Plötzlich war der Teufel los. Von allen Seiten kamen sie. Der Bildschirm flimmerte.

Mertens bot alle seine Geschicklichkeit auf und wurde Herr der Lage. Mit einer scharfen Kurve wich er nach oben aus.

Er rief die Zentrale: »Was ist los? Machen Sie mit den Froschköpfen Schnitzeljagd?«

»Wer soll denn, wie denn, verdammt ...«, stotterte der Diensthabende. »Der Leitstrahl ist in Betrieb, aber die Froschköpfe ... Das kann doch nicht wahr sein!«

»Es ist wahr, mein Sohn«, versicherte Mertens nachdrücklich.

»Geben Sie kleinen Alarm«, befahl ihm Doktor Blego.

Seybal hörte die Sirenen zweimal aufheulen, stutzte, verhielt den Schritt, griff in die linke Jackentasche nach seinem Taschensprecher. Die Tasche war leer. Dann fiel ihm ein, daß er ihn auf seinen Schreibtisch gelegt hatte. Im ersten Impuls wollte er in eine der nächsten Dienststellen gehen, um anzurufen, er war immerhin neun Kilometer vom Direktionsgebäude entfernt auf der anderen Atollseite. Aber er unterließ es, mußte es unterlassen, denn er hatte angewiesen, daß jedes Leitungsmitglied ständig den Taschensprecher bei sich zu tragen hatte – wie ernst würde man künftig Weisungen nehmen, die er selbst nicht befolgte? So blieb ihm nur die U-Bahn, und er verfiel in einen schnellen Laufschritt, der sein Herz hämmern ließ und den Schweiß ausbrechen.

Kurzatmig und schwitzend vom schnellen Lauf erreichte er die Station. Er sah gerade noch, wie sich die Schiebetüren der Doppel-Röhren schlossen, in der – von Linearmotoren getrieben und Magnetfeldern gestützt – die Fahrkabinen dahinbrausten. Das leise Summen bestätigte ihm die Abfahrt des Zuges. Erschöpft lehnte er sich an das Geländer der Treppe, doch er war zu unruhig. Was war geschehen? Wenn OKEANOS etwas zustieße – nicht auszudenken.

Er schrak auf. Ein Summen. Der nächste Zug! Die Schiebetüren glitten auseinander. Er stieg ein, setzte sich und wurde von der Beschleunigung in die Polster gepreßt.

Endlich kündigte die Leuchttafel seine Station »Generaldirektion« an, er straffte sich, sprang aus der Kabine und hastete zum Lift, um sich zur Zentrale im obersten Stockwerk bringen zu lassen.

Während des Aufsteigens beruhigte sich sein Atem und sein Herzschlag, und er trat in die Zentrale – wieder ganz der Chef.

»Die Froschaugen sind ausgebrochen!« empfing ihn der diensthabende Operateur.

Auf den Bildschirmen sah er die bestürzten Gesichter seiner Direktoren. Mochten sie sich wundern, weshalb er persönlich hierher gekommen war, er verlor darüber kein Wort.

»Sind Sie sicher?« fragte er und gab den Worten einen leicht ironischen Klang.

»Kapitän Mertens«, meldete der Operateur, »verständigte mich. Und Doktor Blego wies an, die Leitungsmitglieder zu benachrichtigen und kleinen Alarm zu geben.«

Seybal sah zu Blegos Schirm. Er war dunkel.

»Ich habe den Ausbruch selbst überprüft!« setzte der Operateur hinzu.

»Und den Havariebefehl gegeben?« fragte Seybal mit einem Blick auf das Operateurpult.

Der Diensthabende stutzte, griff zum roten Hebel und drückte ihn herunter, daß die Plombe im hohen Bogen davonflog.

Seybal sagte kein Wort. Aber unter seinem Blick stieg dem Operateur das Blut in die Wangen. Dann wandte sich Seybal den Direktoren zu und sagte: »Ich danke Ihnen. Der Alarm ist aufgehoben.« Und zum Diensthabenden: »Und schalten Sie die Sirenen ab!«

Nur das Bild Schwustochs, der bei Alarm grundsätzlich zuzuschalten war, blieb. Seybal bemerkte es nicht gleich. Er sah sich um und schüttelte den Kopf. Wie war es möglich, daß der junge Ingenieur vor Aufregung den roten Hebel vergaß? Ringsum Sachlichkeit, das kann doch keine Panik aufkommen lassen? Die berüchtigte Revolte der Roboter gegen ihre Schöpfer durfte hier nicht stattfinden. Da begegnete er Schwustochs Blick, erhob sich von seinem Sessel und setzte sich in die Nähe von Schwustochs Schirmbild.

»Wie können die Robots ihren Kurs verlassen?« fragte Schwustoch.

»Im Prinzip können sie es nicht. Aber sie haben es doch. Im Moment bin ich überfragt. Der Leitstrahl garantiert über untermeerische Bojen, die seine Signale in Befehle umwandeln und ihre Ausführung garantieren, den vorgegebenen Kurs, damit sie Streifen auf Streifen des Areals abernten können. Es ist, als hätten andere Bojen die Führung übernommen, aber der Leitstrahl ist durch die feste Montage am Atoll in seiner Richtung fixiert!«

»Ein Eingriff von dritter Seite?«

Seybal wandte sich an den diensthabenden Operateur: »Gab es Fremdstrahlen, Funkzeichen oder ähnliches? Wurde ein fremdes Objekt festgestellt?«

»Nichts!« beteuerte der Diensthabende und setzte, nach einem Blick auf einen der Schirme, fort: »Die Froschköpfe tauchen auf.«

»Wie wurde das Ausbrechen festgestellt?«, fragte Schwustoch.

Seybal wollte diese Frage weitergeben, aber der Diensthabende hatte sie vernommen. Er antwortete sofort: »Ich habe nichts bemerkt. Erst durch Meldung vom Bathy ... Er wäre fast mit den Froschköpfen kollidiert!«

Seybal schrak auf. »Wenn jetzt möglich, bitte eine Verbindung mit Doktor Blego!« Und nach kurzem Überlegen: »Fragen Sie alle Unterwasserstationen, die schon besetzt sind, ob etwas bemerkt wurde!«

Während Seybal sich von Blego berichten ließ, rief der Diensthabende dic einzelnen Stationen. Dann unterbrach er Seybal: »Ich habe alle Stationen befragt. Keine hat etwas festgestellt!«

»Wie viele sind das?« Schwustoch blickte aus dem Schirm hinüber zur großen Wandkarte.

»Über einhundert«, erwiderte Seybal. »Aber nur fünf sind schon besetzt. Manche arbeiten automatisch, einige warten auf die Inbetriebnahme, eine hat Revision ...« Er unterbrach sich, drehte sich auch nach der Karte um, auf denen jetzt die besetzten blinkten, und fragte hastig: »Und U 83? Sie blinkt nicht!«

»Sie ist ja auch unbesetzt! Kann also nicht antworten«, erwiderte der Diensthabende.

Seybal fauchte: »Von wegen ...«, und wandte sich an Blego: »Hören Sie, Doktor Blego, auf U 83 ist eine Revision. Sie antwortet nicht. Sie sind am nächsten, würden Sie vorsichtshalber nachschauen?«

»Wir sind schon unterwegs!« sagte Blego.

Blego seufzte. Schon wieder so eine Kurve, die einem die Eingeweide durcheinander brachte. Und er hatte gedacht, Mertens sei alt! Eine kuriose Geschichte: Roboter rücken aus. Wußte der Kuckuck, wie sich das erklären ließ. Die rätselhafte Radioaktivität? Unsinn, die gab keine konkreten Befehle: Alles nordwärts marsch! Ob sie von einem untergegangenen Atomfrachter kam? Er wandte sich an Mertens, aber der schaute unablässig auf seinen Sonarschirm.

»Gehen noch viele Schiffe unter, Käptn?«

Mertens warf ihm einen kritischen Blick zu. »Warum fragen Sie?«

»Nur so.«

»Aha«, sagte Mertens, und Blego schien es, als nicke er leicht mit dem Kopf. Da Mertens aber wieder auf den Schirm sah, konnte er seine Miene nicht sehen. »Keine Furcht, Doktor, so schnell gluckert man nicht ab. Heute gibt es viele Möglichkeiten, Neptun vom Dreizack zu springen ... Wie eigentlich sind Sie hierher geraten? Sie kamen doch wohl direkt aus der Bickbeerenschweiz?«

»Woher?«

»Vom Binnenland, sind wohl nicht mal Süßwasserfreizeitmatrose gewesen?«

Blego holte tief Luft, verschluckte sich, hustete. Aber was wollte er machen. Es konnte nicht schwer sein, das zu bemerken. »Eine lange Geschichte, Kapitän Mertens«, erwiderte er und begann zu erzählen, wie ihn seinerzeit Sira angerufen hatte. »Irgend so ein putziger Vogel hatte vorgeschlagen, Öl auf die turmhohen Wellen zu gießen ... Und nun fragte die Computerzentrale bei mir an, ob das zulässig wäre und wie sich das Öl später wieder beseitigen ließe ...«

»Tatsächlich?« brummte Mertens. »Und dann?«

»Das ist doch streng verboten, als Seemann wissen Sie das!«

Mertens nickte. »Den Schlepp untergehen zu lassen war erlaubt?«

»Es gibt viele Möglichkeiten, Neptun vom Dreizack zu springen, sagte mir ein Fahrensmann. Wir fanden eine ...!

Ölersatz, biologischer Schaum, ziemlich zähe ... breitete sich wie Öl auf den Wellen aus, dämpfte sie, und ließ sich von den Fischen vernaschen ... So haben wir's jedenfalls vorgesehen. Es soll aber geholfen haben!«

»Es hat, Doktor Blego ...«

»Sie wissen?«

»Ihr putziger Vogel mit dem Öl, das war ich! Es war nur ein Tip, kein Vorschlag!«

»Oh«, entfuhr es Blego, »entschuldigen Sie bitte, Kapitän!«

»Bitte«, brummte Mertens, »macht fast nichts. Wäre auch ein starkes Stück gewesen, Öl auslaufen zu lassen, Tausende Tonnen ... Und wenn wir abgegluckert wären – nicht einen Tropfen aufs Meer!« sagte er ganz entschieden, sah Blego pfiffig an und setzte fort: »Ganz abgesehen davon, daß wir überhaupt keins hatten. Nur einige Kännchen für die Scharniere der Luken und Bullaugen. Hätte kaum gereicht, einen Wellengang im Waschbecken zu beruhigen. Es war der schlimmste Orkan meiner Fahrenszeit. Elf Schiffe und ein Sektor – und das verantworten!«

Blego stutzte. »Sie waren der Kommodore des ersten Schlepps?«

Mertens schwieg, blickte auf den Schirm und sagte nach einer Weile mit rauher Stimme: »Das Zeug vergesse ich Ihnen nie, Doktor. Wenn Sie mich mal brauchen!«

Da wußte Blego, daß es schlimm gewesen war, damals. Und auch, was Mertens zu verdanken war.

»Da haben Sie einen mächtigen Stein in Seybals Brett. Er wird froh sein, Sie hier zu haben!«

»Seybal? Ich weiß nicht ...«

»Beim nächsten Orkan bestimmt!«

»Was soll dem Atoll passieren, ist ja fast ein Kontinent, schwimmt in alle Ewigkeit!«

Er hatte zunehmend langsamer gesprochen und unterbrach sich dann. In seiner Haltung lag gespannte Aufmerksamkeit. Blego blickte neugierig über Mersten's Schulter auf den Schirm. Unwillkürlich hielt er den Atem an, starrte auf das sich zeigende Bild. Vor ihnen lag eine Schlucht. Über ihr waren die Felsen fast geschlossen. Er dachte an Schlammlawinen und duckte sich instinktiv.

»Muß das sein?«

»Durch diese hohle Gasse, Dok – wenn's auch nicht so aussieht – führt der kürzeste Kurs! U 83! Vielleicht ist die Besatzung in Gefahr?«

Blego schwieg. Und das hier unten!

Die Zentrale meldete sich: »Sie erreichen Netzbereich West, Kurs liegt gut, Mindesttauchtiefe eintausend Meter!«

Mertens nickte Blego zu. »Wir sind bald da!«

Froschköpfe waren nicht zu sehen. Im starken Scheinwerferlicht nur flüchtige Schatten ausweichender Tiere.

Dreitausendfünfhundert Meter Tiefe. Blego kam auf zweihundertsechsundneunzigtausendsiebenhundertdreißig Tonnen. Aber das brachte ihn jetzt nicht mehr so aus der Fassung.

Bis U 83 mußten sie noch einige Seemeilen horizontal und über eintausend Meter vertikal zurücklegen.

U 83 schwieg noch immer. Diese Station diente geophysikalischer Erkundung, von ihr aus sollte auch ein Stollen in die Erdkruste vorgeschoben werden. Im gegenwärtigen Entwicklungsabschnitt war sie mit einer Vielzahl automatischer Geräte bestückt. Eine feste Besatzung hatte sie nicht.

»Möchte wissen, wer in der Station ist«, meinte Blego. »Ob das zusammenhängt – der Ausbruch der Froschköpfe und die ungewöhnliche Besetzung der Station?«

Mertens schnaufte. »Ungewöhnlich? Sie wissen nicht? Die Kohlus ist hier unten. Die ist zu hübsch, um die Froschköpfe zu vergraulen. Die verdreht höchstens Wankon den Kopf.«

»Ist der auch hier unten?«

»Ich hörte, wie Seybal die Kohlus beauftragte, nach dem Rechten zu sehen. Ein Meßwertgeber war ausgefallen. Wankon bat, mittauchen zu dürfen!«

»Versteht er was von Elektronik?«

»Er berief sich auf die Chronik«, sagte Mertens. »Und seit er Schwustoch untersteht ...«

»Wäscht Seybal seine Hände in Unschuld«, lästerte Blego. »Klänge gut, als Kapitelüberschrift: Viereinhalbtausend Meter unter dem Meer ...« Das Wort erstarb ihm im Mund. Vor ihnen lag die Kuppel von U 83. Was sie sahen, ließ auch Mertens erstarren.

Der dröhnende Schlag verklang. Beli sah von ihrer Arbeit auf. Wankon, der sich Notizen machte, horchte dem Dröhnen nach und schaute fragend zu ihr hin.

Sie zuckte mit den Achseln und beugte sich wieder über den zerlegten Meßwertgeber auf ihrem Arbeitstisch. »Da hat einer was verloren ...«

»Freilich«, sagte Wankon mit leichter Bissigkeit, »sein Taschenmesser. Es fiel beim Spaziergang in den Gully.«

Beli stutzte, warf ihm einen Blick zu und sagte, ohne ihre Arbeit zu unterbrechen: »Ein Anker. Vielleicht auch ein Fischfanggerät? Diese Stahlkuppel hält ganz andere Schläge aus.«

Er beobachtete nachdenklich, wie sie vorgebeugt auf ihrem Stuhl saß und mit geschickten Fingern einen Schraubendreher handhabte. Sie konnte tun, was sie wollte, er fand jede ihrer Bewegungen anmutig. Ein erstaunliches Mädchen, hübsch, zielstrebig, selbstbewußt ... Und – leider – kein bißchen anlehnungsbedürftig.

»Dir wäre es wohl lieber, es wäre etwas Größeres gewesen?« stichelte sie, ohne den Blick zu heben, »das läse sich auch besser in deiner Reportage ...«

Verletzt sagte er: »Ich möchte mal wissen, warum du ständig so boshaft bist!«

Beli fuhr herum. »Boshaft?« Sie war betroffen und das versöhnte ihn. Also doch nur Frotzelei, und die hatte er zwischen ihnen begonnen, schon auf dem Sektor. Und jetzt erschien sie ihm das richtige Mittel, seine Befangenheit zu verbergen, die ihn in ihrer Gegenwart befiel, weil er nicht recht wußte, wie er mit ihr umgehen sollte. Dabei hatte er sich so ein Mädchen in seinen Wachträumen vorgestellt: Zierliche Figur, lange dunkle Haare, feingeschnittenes Gesicht. Nur an die Grübchen hatte er nie gedacht. Nun stand sie vor ihm – und war trotzdem im Grunde ganz anders ... Erst einmal hatte er sie geküßt, als sie Brüderschaft tranken.

Oft dachte er an diesen Kuß. Sie hatte weiche, warme Lippen, lag schmiegsam in seinen Armen ... Natürlich war sie nicht die erste, die er geküßt hatte. Aber noch nie hatte ihn ein Kuß so berührt ... ergriffen ... aufgewühlt ... Mein Gott Amor, wie beschreibt man das?

Beim Auseinandergehen an dem bewußten Abend scherzte er doppelsinnig: »Hatten wir uns eigentlich schon geküßt?«

Sie lächelte: »Ich werde nachdenken ...«

Sie war nicht darauf zurückgekommen. Tippte er das Thema an, wies sie ihn ab: »Laß mir Zeit!« Selbst noch nach dem Gespräch am Windkraftgitterdamm.

Gut Ding will Weile – welch törichte Sprüche es gab!

Aber bei Beli war er sich nicht sicher! Nicht einmal ihrer ungeteilten Zuneigung, die aber war ihm unerläßlich.

Ein neues Geräusch schreckte sie. Es dröhnte, dann scharrte etwas an der Kuppel, als würde ein Span abgeschrammt.

»Ein U-Boot?« fragte sie, und er glaubte, in ihren Augen nun doch einen Schreck zu bemerken. Er mühte sich, besonders gelassen zu erscheinen, obwohl seine Nerven wie Saiten vibrierten.

Das Sonar widerstand seinen Bemühungen ebenso wie das Sprechgerät. Es gab keine Verbindung mehr zum Atoll, so angestrengt er auch auf die Taste klopfte und »Hallo, Zentrale!« rief. Es gab nur noch sie beide.

Sein Versuch zu scherzen fiel kläglich aus. »Gibt es hier Brieftauben?«

Sie rang sich ein Lächeln ab. »Man braucht dich nur mitzunehmen und schon spielen die Geräte verrückt!«

»Meine Ausstrahlungskraft!« verkündete er großspurig und ärgerte sich sofort über seine Albernheit, bemerkte, daß sie entgeistert auf die Instrumente sah, und verzichtete auf eine bessere Erwiderung.

»Stimmt etwas nicht, Beli?« Er ging zu ihr, betrachtete die Instrumente, konnte aber mit der Anzeige nichts anfangen, weil er die normalen Werte nicht kannte.

»Hier stimmt einiges nicht, Henry!« sagte sie gepreßt.

»Dabei können wir nicht mal nachsehen, wer da eben klopfte!« versuchte er zu frotzeln. »Das Sonar gibt nicht mal ein Pausenzeichen.«

Sie legte das Prüfgerät aus der Hand. Er bemerkte keinen Schreck in ihrem Gesicht, als sie sich umwandte. »Wenn dich die Neugier plagt, sehen wir nach. Wir haben unseren Bathy noch in der Schleuse!«

Wankon war betroffen: Den hatte er glatt vergessen.

Sie stand schon an der Schleuse, öffnete sie. Der Bathy lag

einstiegsbereit in der Schleusenkammer. Er sprang auf den Rumpf und reichte ihr die Hand.

Sie wehrte ab. »Paß lieber auf, daß du nicht stolperst!«

Ohne seine Hilfe erkletterte sie den Bathy und stieg durch die Luke hinein.

Er folgte ihr und verriegelte die Luke.

Dann setzte er sich neben sie.

Sie hielt schon die Hand auf dem Befehlspult, von dem aus sich die Schleuse bedienen ließ.

Sie drückte die Taste »Füllen«.

Er lauschte auf das Rauschen des einschießenden Wassers. Aber er hörte nichts.

Sie beobachtete beklommen ein Manometer. »Es läuft nur langsam ein, sehr langsam«, sagte sie.

»Die Hauptsache, es läuft überhaupt!« erwiderte er leichthin. Der Bathy lag in der Schleusenkammer. Sie brauchten doch nur aufzusteigen. Wozu also sich aufregen?

Beli klopfte ungeduldig auf die Fülltaste.

»Ruhe«, mahnte er, »wir haben Zeit.«

Endlich blinkte das Leuchtbild: »Schleuse gefüllt!« Sie atmete hörbar auf und drückte die Taste »Schleuse außen öffnen«.

Plötzlich schrillte eine Glocke in kurzen Intervallen. Rot blinkte das Leuchtschild: »Havarie!«

»Die Schleusentore öffnen sich nicht!« sagte sie. »Gehen wir zurück in die Station. Warten wir, bis sie uns helfen!«

Viereinhalbtausend Meter unter dem Meeresspiegel!

»Lassen wir eine Flaschenpost aufsteigen«, sagte er sarkastisch, »wenn uns schon keiner hört!«

»Man wird merken, daß wir nicht antworten, eine Frage der Zeit.«

»Falls sie uns rufen ...«, wandte er ein. Plötzlich umfaßte er ihre Schultern. »Beli, wenn nur unser Empfänger gestört ist, nicht unser Sender!«

Das Entleeren der Schleuse ging sehr langsam vor sich.

Endlich öffnete sich die Schleuse. Sie lief zum Sprechgerät, drückte ungeduldig einige Tasten. »Die Antenne ist ausgefallen«, sagte sie bedrückt.

»Unsere Luft reicht immerhin noch acht Stunden«, tröstete er.

Sie holte tief Luft. »Wenn es uns nicht gelingt, die Regenerierungsanlage in Betrieb zu setzen«, widersprach sie hoffnungsvoll. »Aber das schaffst sogar du allein!«

»Für dich und unter deiner fachkundigen Leitung feile ich sogar einen Hunderttausendtonner aus einem Stück«, versprach er mit großer Geste. »Umso eher die paar Ersatzteile – nur fraglich, ob mir das in acht Stunden gelingt!«

»Wieso?« Sie verstand ihn nicht.

»Als wir uns nach hier abmeldeten und der Diensthabende die Mitnahme der doppelten Menge Luft anordnete, begründete er es damit, daß noch einige Teile an der Regenerierungsanlage fehlen.«

Ihre Augen weiteten sich, hörbar holte sie Atem.

Aber so schnell gab sie sich nicht geschlagen. »Bevor unsere Luft knapp wird, hat man uns herausgeholt!«

»Wenn man unsere Lage bemerkt!«

»Aber ja doch, Henry!« trumpfte sie auf. »Du kannst dir an drei Fingern abzählen, daß man von selber draufkommt, wenn wir nicht in vier Stunden zurück sind. Länger dürfen wir nämlich nicht unten bleiben!«

»Reichen dann die vier verbleibenden Stunden, uns herauszuholen? Hier herrschen immerhin 450 bar!«

»Kopfrechnen eins«, sagte Beli. »Allgemeine Betriebskunde mangelhaft! Wenn uns ein Froschkopf rammte, liegt ein Versagen vor – das wird automatisch der Zentrale gemeldet.«

»Vier Stunden sind keine Ewigkeit«, mahnte er. »Manchmal kriegt der Teufel Junge, und dann häufen sich die Widrigkeiten. Laß uns überlegen, was wir selber tun können!«

Er sorgte sich. Vor allem um Beli. Vier Stunden sind bei diesem Druck wenig. Es konnte auch ein Schiff gesunken sein. Aber ehe er diese Möglichkeit gegenüber Beli erwog, biß er sich die Zunge ab.

Seybal schritt unruhig im Raume auf und ab. Da hatte er nun aufgeatmet, daß der Alarm keine ernste Ursache hatte. Eine kleine technische Panne! Und nun U 83! Ausgerechnet jetzt, wo diese beiden ... Die Kohlus verstand ihr Fach und war gewissenhaft, sie würde antworten, wenn sie könnte. Geräteausfall?

Da erklang Blegos Stimme: »Nicht zu fassen!«

Er blendete für Seybal das Sichtgerät ein. Seybal beugte sich atemlos vor und starrte auf den Schirm.

Bei U 83 liefen auch die Rohre künftiger Erdölsonden zusammen, durch die Erdöl und Erdgas zum Atoll befördert werden sollten. Da hinein waren Froschköpfe geraten und hätten ein wüstes Durcheinander angerichtet. Aus der Verankerung gerissen und verbogen, krümmten sich die Rohre wie Schlangen in einem Nest vor den Schleusentoren der Station.

Eingeschlossen. Diese beiden! Schon einmal hätte er sie bald auf dem Gewissen gehabt.

»Ich sehe mir das aus der Nähe an!« hörte er Blego sagen.

»Daß Sie mir nicht aussteigen! Für Tiefseeskaphander fehlt Ihnen die Erfahrung!«

»Und die beiden?« fragte Blego vorwurfsvoll.

»Kommodore Mertens, daß mir Doktor Blego an Bord bleibt!« wies Seybal mit schmalen Lippen an.

Gennadi Schwustoch lehnte mit beiden Ellbogen auf der breiten Promenadenbrüstung der obersten Stufe des Atolls. Vor ihm, einhundert Meter tiefer, breitete sich der Ozean bis an den Horizont. Er ließ seinen Blick schweifen.

Von links stoben Katamaranschnellschiffe über die Wasserfläche und entfächerten ihren Pulk zu einer breiten Linie. Zehn, zwölf, vierzehn Schiffe. Die Mutterschiffe der Froschköpfe.

In Schwustoch machte sich Bedauern breit. Wäre Chris schon hier und seine Rasselbande! Deren Geschnatter fehlte ihm: »Können die noch schneller? Warum fahren sie nebeneinander? Weshalb sind sie gelb?« Und die Altstimme seiner Frau: »Laßt doch Vater mal Luft holen!« Die Lachfältchen um ihren Mund und die zwinkernden Augen sagten: Das kommt davon, wenn man nie genug kriegen kann!

Sein Video gab Pausenzeichen. »Atollzentrale« stand schwarz auf dem Schirm. Und darunter in Rot: »Bitte bleiben Sie auf Empfang!«

Alarmbereitschaft!

Ein Ball flog an seinem Kopf vorbei. Er prallte gegen den Video, daß der umkippte, und sprang zurück.

Schwustoch konnte das Gerät gerade noch ergreifen, ehe es über die Brüstung rutschte und in der Tiefe verschwand.

»Bitte bleiben Sie auf Empfang!« – da hätte er ja hinterherspringen müssen.

Jetzt erst wurde ihm bewußt, daß in der Fülle der Geräusche, die ihn gedämpft erreicht und zum Träumen verleitet hatten, auch Kinderstimmen gewesen waren. Jetzt schalt eine Stimme: »Verflixte Lausejungen! Ihr wißt genau, daß hier Fußballspielen verboten ist!«

Schwustoch horchte auf. Schimpfen ließ sich manchmal nicht vermeiden – aber mit solcher Stimme, schrill und verständnislos?

Er wandte sich um. Im Hintergrund eine Gruppe Kinder. Davor ein Erwachsener. »Ihr solltet euch schämen, Herrn Wissenschaftsoberrat so aus den Gedanken zu reißen!«

Schwustoch stieß die Luft empört durch die Nasenlöcher. Wer machte ihn hier zum Popanz?

Ehe er etwas sagen konnte, löste sich einer der Jungen aus der Gruppe, lief auf ihn zu und druckste: »Tschuldigung. War nicht Absicht. Passiert bestimmt nicht wieder.«

Schwustoch verbiß sich ein Lächeln. Was sollte er machen? »Vergessen wir's«, sagte er und reichte dem Jungen die Hand.

Der zwölfjährige Schwarzschopf drückte sie. »Ich bin Croupier, der Jean. Aber … wenn Sie das Vater sagen, kriege ich Ärger! Er hat uns doch eingeschärft, hier nicht zu spielen! Wegen der seltenen Pflanzen und wegen …« Er zeigte mit dem Daumen nach unten. »Aber auf dem Sportplatz sind die Großen …«

Schwustoch umfaßte Jeans Schulter und schob ihn der Treppe zu. »Ab, zum Spielplatz!«

»Und Vater?«

»Müssen wir ihm Ärger machen?«

»Müssen wir nicht. Danke!« sagte Jean und rannte erleichtert zu den anderen. »Kommt!«

Der Fremde blieb allein zurück und trat heran. »Ausgerechnet der Sohn des Sicherheitsbeauftragten!«

Schwustoch sah sich den Mann genau an. Ein Sauertopf! Schärfer als beabsichtigt sagte er: »Wie auch dürfte eine Pfarrerstochter fluchen?«

Der andere war bestürzt. »Wie meinen?«

Schwustoch aber sagte nichts weiter.

Der andere sah unvermittelt zur Armbanduhr, murmelte etwas von Terminen und verbeugte sich. Dann stelzte er davon. Schwustoch war es recht. Jeden Augenblick konnte sich die Zentrale melden, und was die ihm zu sagen hatte, daß mußten Außenstehende nicht unbedingt mitbekommen. Was auch stellte er sich mit dem Video hierher? Schon tönten fünf Akkorde vom Video, und Seybal erschien auf dem Bildschirm.

Schwustoch trat näher und drückte auf »Empfang«. »Hallo!«

»Wo steckst du denn?« wollte Seybal wissen. Und nach einem Blick im Halbrund: »Hättest du Lust, zu mir zu kommen? Nach Hause! Ich muß mal hier raus.«

»Komm doch einen Sprung hierher«, sagte Schwustoch. »Diese Luft könnte dir nichts schaden!«

»Wenn du meinst!«

»Was macht U 83?«

»Eine Bergungsgruppe ist hinunter. Keine akute Gefahr.«

Blego war zornig. »Daß mir Doktor Blego an Bord bleibt!« Ihn drängte es hinaus. Prüfend sah er zu Mertens. »Können Sie ungerührt zusehen?«

Mertens sah auf den Trümmerhaufen und erwiderte ruhig: »Wofür halten Sie mich?« Mehr nicht.

Das brachte Blego zur Besinnung. »Was können wir tun, Kapitän?«

»Im Moment nichts. Die Rettungsmannschaften sind unterwegs. Sie haben Spezialapparaturen und kennen Station und Rohrnetz genau. Warten wir ab, ob wir ihnen helfen können. Müssen ja bald hier sein!«

Das war das Vernünftigste, sah Blego ein, aber das Warten zermürbte.

»Kann Sie ja verstehen«, tröstete Mertens, »ein attraktives Mädchen – wenn ich jung wäre ...«

Blego stutzte. So ein Unsinn. Die schöne Beli – was ging die ihn an? Auch Wankons wegen stiege er aus.

Endlich kamen die Tauchboote. Fünf Stück. Mit Universalgreifzeugen. Aber sie gingen nicht, wie Blego vermutet hatte, an das Rohrgewirr heran, sie brachten erst die Sonarantenne in Ordnung.

Seine Hilfe anzubieten, wäre ihm angesichts dieser Technik direkt lächerlich vorgekommen. »Fahren wir«, sagte er.

»Wohin«, fragte Mertens. »Wir müssen erst wissen, was hier gespielt wird. Womöglich braucht Seybal jeden Mann.«

Die Unterhaltung unterwegs war einsilbig. Mertens hatte den Bathy auf ›volle Fahrt‹ gebracht und ließ ihn stetig steigen. Plötzlich hatten sie einen Blauwal im Sonar, einen Fleischklumpen von bestimmt dreißig Metern Länge und 130 bis 140 Tonnen Gewicht. Mertens drehte eine seiner Kapriolen.

Blego wollte schon aufbegehren, da sah er es auch: Fünf große Fischtorpedos, etwa acht bis zehn Meter lang, griffen den Wal an und rissen ihm mit messerscharfen Zähnen respektable Batzen aus dem Leib, wichen nur seiner wütenden Schwanzflosse aus.

Mertens Manöver hatte Erfolg; die Tiere ließen vom Wal ab und verschwanden in der Unendlichkeit des Pazifiks.

Ehe Blego sich recht besann, war Mertens wieder auf Kurs.

»Tschuldigung«, murmelte er, schob seine Mütze in den Nacken und lächelte, als sei er verlegen.

Verständnisinnig nickte Blego. »Ich weiß ja, Kapitän, Haie kann der Fahrensmann seit alters her nicht leiden!« Daß Mertens sich eingemischt hatte, brachte ihn ihm noch näher.

»Hmmm«, brummte Mertens nachsichtig. »Haie haben vertikale Flossen, die Wale horizontale, nicht? Schwertwale, Doktor, keine Haie!«

Nun selbst verlegen, hüstelte Blego und blieb stumm.

Ein neues Ereignis half ihm über die fatale Minute hinweg: Sie empfingen endlich das Sonarrichtfeuer des Atolls. Erst schwach, dann immer deutlicher blinkten seine Impulse vom Schirm.

Mertens ging auf ›halbe Fahrt‹ und peilte das Richtfeuer an. Er warf Blego einen mißtrauischen Blick zu. Aber dann nickte er. »In Ordnung!«

Blego meinte, es sei gut, bei dieser Gelegenheit schnell nach den Nukleoxylarstrahlern zu sehen. Er könnte sich die morgige Inspektionsfahrt ersparen und diese Zeit nutzen, um weiter nach der ominösen Strahlungsquelle im Ozean zu suchen, die ihm keine Ruhe ließ.

Mertens zeigte sich nicht sehr erbaut, drehte aber bei. Sie mußten langsam manövrieren, da die einzelnen Bestrahlungsreviere von Netzen begrenzt wurden.

Plötzlich rief er laut: »Was?«

Blego hatte doch gar nichts gesagt. Er wandte sich Mertens zu, sah, wie der sich schüttelte und mit der Hand über die Augen fuhr, um danach erneut zu gucken …

Blego öffnete den Mund, starrte mit verkniffenen Augen aus dem Bullauge, sah nichts und fragte: »Ist was?« Da bemerkte er, daß Mertens auf die Standort-Ortung blickte.

»Das darf doch nicht wahr sein«, sagte Mertens, »ein Froschaugenleitstrahl, hier?«

»Ist es wirklich einer?«

»Das ist die Kennung!«

»Dann geht die Ortung falsch!«

»Stimmt aber mit dem Richtfeuer überein.«

Blego ahnte etwas. »Zum Leitstrahler!«

Der Abend breitete sich über dem Atoll aus. Nur vom Horizont her fiel noch mattflimmernder Widerschein über die Wasserfläche, doch bald war auch der vergangen. Und Schwustoch empfand Ruhe. Er erwartete Seybal.

Das helle Summen von Reifen drang durch das Wispern der Abendbrise. Dazu ein Scheinwerferstrahl. Emori Seybal brauste auf einem Elektrokrad heran. Nur noch Elektrofahrzeuge durften auf OKEANOS benutzt werden.

»Weißt du Näheres von U 83?« fragte Schwustoch sofort.

Seybal erzählte von dem Rohrgewirr. »Damit müßten die Spezialboote fertig werden.«

»Bekommt ihr sie rechtzeitig frei?«

»Ich denke ja, wenn nichts dazwischen kommt ...«

Beli und Wankon saßen schweigend nebeneinander. Ihre Bemühungen, trotz des Antennenschadens Rufe des Atolls zu empfangen oder Rufe ans Atoll zu senden, hatten sie aufgegeben. Es war ja auch nichts anderes als Selbstbetrug. Das zu wissen, machte die Situation nicht erträglicher. Im Gegenteil, sie wurden sich ihrer Verlorenheit in der unvorstellbaren Weite des Pazifiks immer erschreckender bewußt. Und das riesige Wassergebirge über ihnen lastete, körperlich fast spürbar, immer beklemmender auf ihnen.

Beli saß in ihrem Arbeitsstuhl, hatte die Ellbogen auf die Tischplatte und ihr Gesicht in die offenen Hände gestützt.

Wankon, der sie so hilflos zum ersten Male sah, hob, hinter ihr stehend, zwei-, dreimal die Hände, um sie nach ihr auszustrecken, ließ sie aber immer wieder unentschlossen fallen.

Beli merkte nichts davon. Es war fast wie damals im Orkan, jetzt aber ging die Situation ihr viel stärker an die Nerven. Es war keine nackte Furcht – noch nicht! Mehr ein Grausen. Der Ungewißheit wegen. Und stark genug, ihr die spitze Zunge zu binden.

War sie damals froh gewesen, nicht mehr allein zu sein, so erfüllte sie jetzt, bei aller Not, eine tiefe Dankbarkeit, daß Henry bei ihr war. Das machte ihr die Situation erträglicher. Ihr wurde aber auch bewußt, daß sie sich ihm gegenüber nicht immer fair verhalten hatte.

Wankon war ihr sympathisch, daß er sie begehrte, wußte sie. Warum also war sie ihm keinen Schritt entgegengegangen? Konnte sie denn an Henry auslassen, was sich an Bitternis vergangener Enttäuschungen in ihr breitgemacht hatte? Die meisten Menschen hatten Enttäuschungen hinter sich, ehe sie den richtigen Partner fanden. Um wie viele schöne Stunden hatte sie Wankon und auch sich gebracht.

Wankon trat zu ihr und fragte: »Könnte das alles mit der Strahlungsquelle zusammenhängen? Die Blegosche meine ich.«

Sie nahm das Kinn aus ihren Händen. »Strahlung dröhnt nicht, Henry!«

»Aber vielleicht die Quelle selbst?« gab er zu bedenken.

Ausgerechnet jetzt kratzte und schabte es an der Station.

Beli fuhr hoch. Er konnte gerade noch sein Gesicht zurückwerfen, sonst wäre ihr Kopf unter sein Kinn gefahren.

Nun stand sie vor ihm, seine Hände faßten ihre Schultern. Sie ließ es geschehen, lauschte nur verstört nach draußen.

»Wir sollten etwas unternehmen, die Zeit nicht nutzlos verstreichen lassen!« sagte sie und sah ihn fragend an.

Da küßte er sie.

»So habe ich's zwar nicht gemeint«, sagte sie etwas unsicher, aber …«

In dem Moment kam eine Stimme aus dem Schallwandler des Sprechgerätes: »Hallo, Beli Kohlus, hallo Wankon. Es hat euch ein bissel eingeklemmt, wir bringen das gleich in Ordnung.«

Belis Augen strahlten, und sie sagte schnell ins Mikrofon: »Hier Kohlus. Alles in Ordnung. Nur die Schleusentore sind unbeweglich.«

»Kein Wunder. Falls ihr probiert habt, dann stellt mal alle Schleusenhebel auf geschlossen, auch die Wasserklappen! Luft müßt ihr noch für 'ne Weile haben, ja?«

»Ausreichend. Kein Grund zur Aufregung. Noch für sechs Stunden.«

»Bis dahin sitzt ihr oben im Klub bei einer Cola! Aber ein, zwei Stündchen dauert es noch!«

Beli wandte sich wieder Wankon zu, umarmte ihn fest und küßte ihn.

»Na weißt du, Henry, daß es bei dir immer erst eine Katastrophe geben muß«, sagte sie und schmiegte sich an ihn.

Blego horchte auf. »... im Klub bei einer Cola!« tönte es aus dem Schallwandler. Und das klang ganz alltäglich. Also begannen sie mit dem Aufräumen dort unten.

»Hmmm«, brummte Mertens, »keinen Sinn für Heroismus, wie? Nichts mit Trara und Orden an die Brust!« Aber das klang ironisch.

Da war schon das Atoll, erst schemenhaft im diffusen Licht der Scheinwerfer, dann als mächtige Wand, aus der unergründlichen Tiefe aufsteigend und sich über sie hinaus auftürmend in schwindelnde Höhe.

Mertens ließ den Bathy steigen. Wie im Fahrstuhl versank vor ihren Augen die weiße Wand Meter auf Meter in der Tiefe.

Endlich die Strahlerzone, Mertens manövrierte nach Backbord. Und Blego hielt die Luft an.

Stemmten sich die Masten der Strahler sonst waagerecht vom Atoll ab, so hingen sie jetzt buchstäblich an einem Faden, nämlich dem Kabelbündel, das ihnen die Energie zuführte, senkrecht herunter. Die Strahler aber wiesen in verschiedene Richtungen, und ihre Strahlen verloren sich in den Weiten des Ozeans.

Blego fluchte lautlos, aber herzhaft. Erst wurden die Froschköpfe verrückt, dann verlor U 83 die Stimme und nun hingen die Strahler ... Wer hat sie abgerissen? Auch die Froschköpfe? War die Reihenfolge anders herum: Hatten erst die Leitstrahler etwas abbekommen und mit ihnen die Nukleos, wurden so die Leitstrahlen abgelenkt und durch sie die Froschköpfe, die dann U 83 attakierten? Aber dann mußte es eine Kollision gewesen sein ... Er sagte es Mertens und fuhr fort: »Ein U-Boot ... Kapitän, wir müssen hinunter, helfen ...«

»Kaum«, knurrte Mertens gelassen. »Sähe ganz anders aus. Masten und Strahler sind noch topfit, Doktor. Muß ja auch so sein. Sonst hätte doch die Zentrale ihren Ausfall festgestellt.«

Nun sah auch Blego, daß die Fundamente der Masten aus der Bordwand herausgezogen und die Strahler völlig unbeschädigt waren. Und er sah noch mehr. »Die Bruchkanten, Kapitän. Fahren Sie näher heran ... Noch näher!«

Mertens manövrierte geschickt. »Nichts Ungewöhnliches«, sagte er erleichtert.

Aber Blego kannte sich aus mit Plasten. »Brüche dieser Sorte müßten scharfkantig sein, Kapitän. Diese sind stumpf! Das aber heißt, das Material ist nicht mehr hart ... Und die Masten sind durch ihr eigenes Gewicht ...« Er hielt inne, weil ihn diese Erkenntnis frieren ließ. Es war, als rinne ihm Gletscherwasser über den Rücken. »Fahren Sie den Greifer aus«, sagte er mit rauher Stimme, »den mit den Hartmetallzähnen. Versuchen Sie ein Stück Bruchrand herauszukneifen.«

Mertens sah ihn zweifelnd an. Die Härte der Plastewand war sprichwörtlich. Aber nach einem Blick in Blegos Gesicht fuhr er den Greifer aus.

Der Bruchrand zerbröckelte unter den Greiferzähnen wie Mürbegebäck. Mertens sah Blego fassungslos an.

Obwohl Blego schon vieles erlebt hatte, mußte er sich setzen.

Zehntausende Menschen in Wohn-, Produktions- und Forschungsstätten ... Kinder, Frauen, Männer ... Und keiner ahnte etwas, während unter ihnen, über dem bodenlosen Abgrund, das Atoll zerkrümelte.

Er atmete einige tiefe Züge und suchte angestrengt, sich zu fassen. »Eine Probe, Kapitän, zum Mitnehmen«, sagte er kurzatmig. »Aber vorsichtig. Und dann ab, was die Düse hergibt!«

Während sie unter dem Atoll hinwegtauchten, sprach er schon mit dem Diensthabenden: »Hier Blego! Havarieanweisung! Setzen Sie sofort die Leitstrahler und die Nukleos außer Betrieb. Melden Sie diese Maßnahmen dem Chef und dem Ratsvorsitzenden. Berufen Sie ohne Verzug die gesamte innere Leitung und die Katastrophenkommission ein. Termin in fünfzehn Minuten!«

Seybal hatte Schwustoch in seine Wohnung mitgenommen, auf dem Sozius, und Schwustoch hatte nicht einmal widersprochen. Nun saß er in einem der Sessel und betrachtete, wie schon bei den vorangegangenen Besuchen, auch diesmal die Einrichtung Seybals.

Er versuchte, für sich eine Erklärung zu finden, weshalb Seybal so wohnte. Entsprang diese nostalgische Neigung einer Kunstsinnigkeit? Kunst war zeitlos – aber Wohnmöbel gehörten dem Alltag und solche ins Museum ... Wohin aber kam man mit diesen Ausschließlichkeitsansprüchen? Hingen in seinem Arbeitszimmer etwa keine alten Meister? Und sogar als Kunstdruck?

Er horchte, Seybal klapperte im Wirtschaftsraum mit dem Geschirr. Dann telefonierte er: »Ja bitte, Menü fünf, zweimal. Und Madeira. Nein, ohne Besteck und auch ohne Geschirr. Danke, ich warte!«

Schwustoch lächelte gutmütig. Welch ein Widerspruch: In diese Wohnung ein modernes Menü mit der Rohrpost aus der Klubküche. Ob Emori auch auf klassischem Geschirr servierte?

Er streckte sich, fuhr aber sofort zurück, als habe er eine Tempelschändung begangen. Durfte man sich auf diesen kostbaren Stücken lümmeln? Mit seiner Rasselbande jedenfalls konnte er Emori nie besuchen.

Seybal kam und servierte das Essen auf Meißner Porzellan. Seybal setzte es fast zärtlich auf den Damast.

Den Wein schenkte er in geschliffene Bleikristallpokale. Und Schwustoch fand das passend. Nur, so gemessen und vorsichtig hatte er selber noch nie gegessen. Hoffentlich fällt mir der Löffel nicht auf den Teller ... Darf man eigentlich das Fleisch auf diesen Tellern mit dem Messer schneiden ... Kratze ja nicht mit der Gabel ... Ein erheblicher Teil seines Eßvergnügens verwandelte sich in ängstliche Vorsicht. Und dennoch versetzte ihn dieses ungewohnte Mahl in Feststimmung und drängte ihm den peinlichen Gedanken auf, er sei mit seinen Alltagskleidern hier an dieser Tafel deplaziert.

Seybal dagegen strahlte Wohlbehagen aus. Er hob seinen Pokal: »Laß uns trinken, Gennadi, auf das Atoll, sein allgemeines Gedeihen und insbesondere auf den guten Ausgang der letzten Stunden.«

Schwustoch wurde sich durch Seybals ›Aufgekratztsein‹ erst richtig bewußt, wie sehr ihm das alles auf dem Gemüt gelegen hatte. Seybal konnte sich besser als er zusammennehmen. Er würde das beachten müssen!

Sie aßen schweigend, bis Seybal Schwustochs verstohlene Blicke bemerkte. »So richtig wohl fühlst du dich bei mir nicht? Gefällt's dir nicht?«

Schwustoch kaute und schluckte dann den Bissen hinunter, wischte mit der Serviette den Mund, faßte den Stiel des schweren Pokals und drehte ihn spielerisch. »Nicht gefallen? Jedes Stück ist eine Kostbarkeit, bewundernswert auch wegen der damaligen kunsthandwerklichen Fertigkeit. Darin wohnen, Emori, im Alltag? Ist dann immer Feiertag? Oder wird die Festlichkeit alltäglich? Aber du, inmitten dieser Herrlichkeit, scheinst sie tagtäglich bewußt zu genießen. Dabei konzipiertest du diesen riesigen modernen Plastering, diese überschaubaren Linien, die zweckmäßigen Formen, die Funktionalität ...«

Seybal lächelte und hob den Blick. »Der Mensch ist nicht so widerspruchslos, wie es scheinen mag. Da gibt es welche, die kritisieren Kunst so einseitig, intolerant, ja ichbezogen, daß sie selber an der Enge schöpferischen Schaffens verzweifeln müßten, gäbe man ihnen nach.« Er hob mit einem feinen Lächeln seinen Pokal und trank Schwustoch zu. »Und andere«, fuhr er fort, »andere, Gennadi, die mögen überschaubare Linien, sie entzückt die Zweckmäßigkeit und sie huldigen modernen Formen, aber sie trauern doch tatsächlich ... dem Röhren alter Vierzylindermotoren nach, samt deren Gestank!«

Schwustoch stutzte, setzte unwillkürlich hinzu: »... und schiefen Zäunen!«, schluckte und lachte sich Tränen in die Augen. »Nicht zu fassen, Emori«, sagte er, noch außer Atem, und griff sich an den Kopf. »Aber natürlich würde ich kein altes Motorrad nehmen, um mit ihm durch Neubauviertel zu knattern!«

Seybal lächelte und sagte: »Das wäre auf dieser Insel auch nicht erlaubt.«

Der Gong des Videos unterbrach ihn. Auf dem Bildschirm erschien der Diensthabende und sagte ohne Umschweife:

»Doktor Blego gab Havarieanweisung und wies an, die Leitstrahler und Nukleos außer Betrieb zu setzen. Und ich soll die innere Leitung und die Katastrophenkommission einberufen!«

Seybal erstarrte. Der Diensthabende wartete. Da nickte ihm Schwustoch zu und erklärte: »Danke, wir werden dabei sein!«

»Dieser Doktor Blego ist der Deckel zu meinem Sarg«, stöhnte Seybal. »Wenn das so weitergeht ... Ich werde ihn sofort rufen ...« Er wollte sich erheben, aber Schwustoch hielt ihn zurück. »Du verwechselst Ursache und Wirkung, Emori! Wir wissen ohnehin gleich, was anliegt. Möglich, daß Blego jetzt unbehindertes Handeln braucht, denk an den Orkan!«

»Und wenn sie havarierten?«

»Das kann er uns gleich selber sagen. Den Kopf kannst du ihnen erst abreißen, wenn du sie hast!«

Seybal kam nicht zum Fragen. Als er mit Schwustoch den Sitzungssaal betrat, waren die anderen schon da, und Blego ergriff ohne jede Vorrede sofort das Wort. Und er fiel mit der Tür ins Haus.

»Durch Augenschein stellten wir, Kapitän Mertens und ich, fest, daß die Leitstrahler und die Nukleos aus der Wand des Atolls herausgebrochen sind, und wie es den Anschein hat, durch ihr eigenes Gewicht. Das aber heißt, die Atollwand zerbröckelt schon bei minimaler Belastung. Die bisherigen Zwischenfälle sind also nur Sekundärerscheinungen. Der Zustand der Wand ist, um es rundheraus zu sagen, äußerst bedrohlich! Er schließt Wassereinbrüche nicht aus.«

Keiner sprach ein Wort. Sie saßen alle einen Moment wie erstarrt.

»Wissen Sie eigentlich, was Sie da sagen, Doktor Blego«, keuchte Seybal, nach Atem ringend, »hinter den Strahlern befinden sich unsere Zentralen, das Herz und das Hirn des Atolls! Wassereinbrüche dort, das wäre ja nicht auszudenken!« Noch keiner hatte ihn je so aschfahl gesehen.

Er tat Blego leid. »Wir sollten untersuchen, wie tief die Wand vermürbt ist. Von außen. Mit dünnen Bohrern«, schlug er vor. »Viel kann es nicht mehr sein, die Wand ist drei Meter dick, die Strahlenmasten waren eineinhalb Meter tief verankert.«

»Wir sollten den Rest nicht noch mit zerstörenden Untersuchungen belasten«, wandte Lundquist ein.

»Das Material ist fest genug, um mit zwanzig Zentimetern Dicke noch dem Wasserdruck standzuhalten«, erklärte Croupier betont ruhig.

»Aber umsonst wird es nicht drei Meter dick sein«, gab Maggiero zu bedenken.

Croupier widersprach sofort: »Es sollte Ewigkeiten halten!«

Seybal hatte sich gefangen. »Da wir nicht wissen, wie dick das verbleibende Material noch ist«, sagte er energisch, »wird Doktor Blego, als Plastespezialist, wie von ihm vorgeschlagen, mit Hohlbohrern Tiefe und Ausdehnung der Vermürbungszone untersuchen. Nehmen Sie ein Spezialboot, Doktor Blego. Und Sie, Croupier, treffen Maßnahmen zur systematischen Untersuchung des Atolls. Doktor Blego wird Ihnen vom Boot aus Hinweise geben, in welchen Bereichen zu suchen ist. Und Sie, Brent«, wandte er sich an den Direktor des technischen Dienstes, »stellen inzwischen eine Spezialkolonne zusammen, die die Strahler demontiert. Am besten von oben. Und arbeiten Sie mit Croupier zusammen. Es ist unbedingt zu gewährleisten, daß Doktor Blego in keiner Weise behindert wird.«

Blego machte sich mit Mertens, dem ein Wink mit dem Kopf genügte, unverzüglich auf den Weg.

Wer wußte, wie lange diese unerklärliche Mürbe schon am Atoll nagte. Und wie lange sie noch etwas zu nagen hatte ...!

Während sie zum Tauchboot liefen, sahen sie von verschiedenen Seiten Menschen kommen, Frauen mit Kindern, einige Männer. Irgendwo mußte die Vertraulichkeit in der Leitung ein Leck haben, durch das Informationen nach außen rannen. Wenn sie nur nicht zu Gerüchten wuchsen, zur Panik aufschäumten ...! Er mußte Seybal aufmerksam machen.

Als das Boot sank, spürte er keinerlei Unbehagen. Er war mit allen Sinnen bei der Bruchzone und atmete auf, als der Bathy sie endlich erreichte. Mertens hatte kein überflüssiges Wort gesprochen.

Jetzt ging es nicht nur darum, mit dem Greifer einige Stückchen mürbes Material herauszukneifen, sondern es waren Bohrkerne zu entnehmen. Dort, wo der Bohrer nicht griff, war das Material noch einwandfrei. Drang er aber ein, wies das auf zerstörtes Gefüge hin. So ließ sich die Tiefe der Vermürbung einwandfrei feststellen.

Ihr Boot näherte sich, von Mertens behutsam geführt, der

ersten Bohrstelle und legte seine Saugnäpfe vorsichtig an die Wand. Mertens sah Blego an. In seinen Augen stand der Zweifel, ob die Sauger sie überhaupt noch halten können.

Blego bediente den Bohrerarm. Und es bestätigten sich Mertens Zweifel. Zwar hielten die Sauger das Boot, aber nur, weil der Bohrer in die Wand rutschte wie ein Holzstäbchen in garen Kuchen.

Mechanisch sagte Blego die Bohrtiefe an.

»... dreißig ... vierzig ... fünfzig Zentimeter ...«

Obwohl er wußte, daß der Plast viel tiefer zermürbt sein mußte, obwohl er die Zahlen deutlich von der Zentimeterskala ablesen konnte, traute er seinen Augen nicht.

»... siebzig ... achtzig ... neunzig ...«

Gänsehaut kroch über seinen ganzen Körper. Aber die Fundamentschrauben waren schließlich eineinhalb Meter tief verankert gewesen, einhundertfünfzig Zentimeter! »...einhundertdreißig ...einhundertvierzig ... einhundertfünfzig ...«

In ihm spannte sich alles, jeder Muskel, vibrierte jeder Nerv.

»... einhundertsiebzig ... einhundertachtzig ...«

Wie tief ist die Wand vermürbt? Breitet sich, entgegen ihrer Annahme, diese Plastseuche von innen aus, ist die Wand etwa schon vollständig vermürbt und jeder Belastung widerstandslos ausgeliefert?

»... einhundertneunzig ... zweihundert ... zweihundertzehn ...«

Drang der Bohrer langsamer ein?

»... zweihundertzwanzig ... zweihundertdreißig ...«

Und immer noch schob sich der Bohrer in den kranken Rumpf des Atolls. Ihm begann kalter Schweiß über den Nakken zu laufen. Tropfen auf Tropfen rann über seinen Rücken, aus seinen Achselhöhlen.

Fassungslos hockte er in seinem Sessel und bediente zwei kleine Hebelchen.

»Zweihundertfünfunddreißig ... zweihundertvierzig ... zweihundertzweiundvierzig ...« Der Bohrermotor begann zu brummen, zornig wie ein gereizter Bär. Das Boot saugte sich fester ans Atoll. Der Vortrieb verlangsamte sich, nur noch millimeterweise drang der Bohrer ein.

Endlich die unversehrte Schicht?

Es ruckte, der Motor heulte auf, der Vortrieb jagte den Bohrer fast widerstandslos hinein und schaltete sich ab. Der Motor summte nur noch im Leerlauf. Spritzte der Ozean durch das Loch ins Atoll?

»Was ist los?« rief Blego spontan.

Mertens zeigte wortlos auf die Saugnäpfe. Die hatten große Brocken aus der Wand gerissen. Das Boot trieb ab, von der harten Schicht durch den Bohrervortrieb weggestemmt.

Als Blego begriff, hätte er Mertens umarmen können. Wenn noch überall 58 Zentimeter unversehrt waren, bestand keine akute Gefahr ...! Aber waren es noch überall achtundfünfzig Zentimeter? Und wie schnell fraß sich die Seuche weiter, nach den Seiten und nach innen? War das Atoll vom Untergang bedroht?

Ihn packte Ungeduld. Er mußte schnellstens wissen, wie weit die Vermürbungszone reicht. Aber wenn er so weitermachte, dann wußte er das in Wochen.

»Wir fühlen erst mal grob ab«, schlug er Mertens vor, der noch immer auf die Saugnäpfe sah.

Mertens drehte sich um. Er nickte ihm zu. »Einen Saugnapf ansetzen, mit den anderen abstemmen? Dabei gewännen wir gleich Proben!«

Sie hatten den gleichen Gedanken. Mit einem solchen Partner ließ sich arbeiten! dachte Blego und erklärte: »In Ordnung, das spart Zeit. Sagen wir aller zehn Meter? Und aller dreißig Meter fummeln wir mit dem Bohrer nach der Tiefe.«

»Unter der Strahlergalerie nach beiden Seiten?«

»Genau, erst nach back- und dann nach steuerbord, Kapitän.«

Sie arbeiteten wie am Fließband. Zehn Meter vorrücken, den Saugarm mit dem Saugnapf an die Wand legen, die übrigen Arme gegenstemmen, ein kurzer Ruck, den Arm mit dem Brocken ans Boot anlegen, die Probe ins Magazin einbringen, numerieren, zehn Meter vorrücken ...

Sie arbeiteten verbissen, ohne ein Wort.

Blego wurde immer bleicher, von Probepunkt zu Probepunkt. Ihm vereiste das Herz. Ging es Mertens ebenso?

... Saugarm anlegen, die anderen gegenstemmen, kurzer Ruck ... Hinter dieser Wand pulsierte das Leben, arbeiteten, schliefen, liebten Menschen, pulsierte das große Elektronenhirn, rasten Lingualschreibmaschinen, surrten Produktionsautomaten, gluckerte es in Destillationskolonnen ...

Und allenthalben, wo sie mit dem Saugarm ruckten, Mürbekuchen! Und überall, wo sie mit dem Bohrer fummelten, nur noch etwa sechzig Zentimeter gesundes Material.

Zehn Meter vorrücken, Saugarm heranführen, Saugnapf ansetzen ...

Merten's Augen waren nur noch Schlitze, der Mund ein Strich, das Gesicht starr wie eine Maske.

Für ihn mußte es noch grausiger sein. Als wäre die Bordwand seines Schiffes überall durchgerostet. Aber er schwieg. Und wurde von Bruchstück zu Bruchstück verbissener.

Blego arbeitete wie ein Roboter. Aber er grübelte. Was war die Ursache? Etwa Alterung? Unfug – nicht schon nach Monaten! Bakterien? Viren? Es gab ja welche, die bestimmte Plastarten fraßen. Vom Menschen gezüchtet. Hatte etwa jemand ...?

Nach Stunden qualvoller Arbeit war das Ausmaß der Plastseuche abgegrenzt. Drei Sektoren waren betroffen, eine Wunde von etwa drei Kilometern Länge im Rund des Atolls, soweit es nicht noch irgendwo Nester gab. Man mußte schnellstens wissen, was diese Mürbe verursachte, erst dann wußte man, was man weiter zu tun hatte.

Blego rief über Sonar Seybal an. Für Sonar gab es keine privaten Empfänger auf dem Atoll und somit keine Indiskretionsmöglichkeiten.

Seybal war sehr wortkarg. Ob er noch andere Informationen bekommen hatte? Das Grauen wich von Blego. Gewiß, es war schlimm. Aber es hätte noch schlimmer sein können. Nun, da er den Schaden in etwa einschätzen konnte, war ihm danach, in die Hände zu spucken.

Ob sich, wie damals beim Orkan, auch hier ein Mittel finden ließ? Wenn man die Mürbezone wieder verfestigen könnte! Vorausgesetzt, sie fraß nicht weiter um sich. Und das mußte schnellstens ergründet werden.

28

Seybal saß starr wie eine Skulptur im Sessel. Den Hörer des Sonars hielt er selbstvergessen in der Hand. Seine Gedanken jagten sich. Nach Blegos erster Meldung hatte er aus den Leitungsmitgliedern Trupps zusammengestellt. Sie waren mit

Booten unterwegs, um die Sektoren in Höhe der Wasserlinie zu überprüfen, die keine Strahler trugen. Dazu genügte ein einfacher Trick, den er angewiesen hatte: geschärfte Bootshaken wurden seitlich ausgelegt und so verzurrt, daß sie während einer Längsfahrt am Atoll kratzten. Bei Vermürbung mußten sie die Wand aufreißen. Schwustoch hatte die Ratsmitglieder eingesetzt, stichprobenartig die wichtigsten Räume im Atoll von innen zu überprüfen.

Nirgendwoher kam eine Katastrophenmeldung.

Auch auf dem Atoll herrschte noch Ruhe, nachdem Schwustoch zwei Panikmacher isoliert hatte. Sie saßen im Hinterzimmer eines Lokals und wurden als Gäste des Hauses behandelt, aber von Angehörigen des Ordnungsdienstes mit der Weisung, sie am Verlassen des Hauses zu hindern, überwacht.

Es war also zur Zeit eine zwar gespannte und aufregende, aber hoffnungsvolle Lage. Und nun kam Blegos Meldung: drei Kilometer Mürbebereich innerhalb der Strahlerzone. Wieso gerade dort?

Seybals Gedanken jagten sich. Wie schnell griff das um sich? Und wo lag die Ursache?. Etwa eine Plastealterung? Immerhin hatte er Regenerat eingesetzt, gebrauchten und neu aufgearbeiteten Kunststoff! Einer der großen Vorteile: Abtragen der Plastehalden und des Plasterücklaufs. Also Abfall! Was galt nun das Gutachten, daß die Regeneration den »Abfall« in Material verwandelte, das in allem den Parametern neuen Materials entsprach, wo die Alterung doch nur näherungsweise – wenn überhaupt – rechnerisch ermittelt werden konnte? Mathematische Modelle? Lachhaft? Aber konnte man Jahrhunderte warten, um die tatsächliche Alterungsgrenze empirisch zu ermitteln? Gibt es denn Fortschritt ohne Risiko? Und doch – solche Fehleinschätzungen durfte es ganz einfach nicht geben! Alterung hieße allseitige, unaufhaltsame Vermürbung! Er hatte diese Insel konzipiert, ihren Bau initiiert und koordiniert, er hatte auch Menschen auf dieses Atoll gelockt, wie in eine große Falle.

Es war nicht auszuschließen, daß der Ozean irgendwo einbrach, sich gurgelnd in die Räume ergoß, Gänge füllend weiterwälzte, daß Sektoren ihre Schwimmfähigkeit verloren und die anderen Sektoren mit sich zogen, hinunter in die Tiefe …

Grauenvolle Bilder zogen an ihm vorbei: Gurgelnd versank der große Ring, bäumte sich auf, zerbrach. Bevor der Ozean über ihm zusammenschlagen konnte, kippten Hochhäuser, knickten Masten und Bäume und stürzten ins aufschäumende Meer. Und überall hingen Menschen, Frauen und Kinder, an Fensterkreuze geklammert, an Geländer, an Büsche … Schweiß perlte von seiner Stirn, lief ihm salzig in die Augen, in seiner Brust raste das Herz.

Mit einer unmenschlichen Anstrengung zwang er sich zur Sachlichkeit. Er durfte sich keine Schwäche leisten, er war der Hauptverantwortliche, denn noch hatte er Sondervollmachten, noch war er es, der alles am besten überblickte. Und er war der Schuldige, wenn es um den Anteil am Versagen des Atolls ging.

Er kämpfte einen schweren Kampf. Mußte er um Hilfe rufen? Eine Bankrotterklärung?

Er war bankrott!

Im Orkan hatte Mertens mit seinen Leuten heldenhaft um die materiellen Werte gekämpft, wo Seybal der Menschen wegen aufgeben wollte. Aber hier war die Situation anders. Hier ging es erstens um Familien, und zweitens hatte er keine seetüchtigen Schiffe, um einen Kampf aufzunehmen, der vor allem Können erforderte und den zu gewinnen, es Chancen gab. Wenn das Atoll aber von einer fortschreitenden Seuche befallen war, dann gab es keine Chance, außer der einen, die Zeit zu nutzen, um die Menschen zu retten.

Professor Emori Seybal erhob sich steif und befahl dem Diensthabenden mit belegter Stimme: »Geben Sie SOS! Und unsere Position. Nicht jeder weiß, wie er uns finden kann. Ersuchen Sie über Satellit alle Schiffe und Flugzeuge und Luftschiffe, die sich im Aktionsbereich befinden, die Insulaner des Atolls OKEANOS aufzunehmen. Und informieren Sie die Abteilung Weltmeere der UNO. Fordern Sie Schlepper an, damit wir versuchen können, das Atoll sektorenweise in seichtere Gebiete zu schleppen.« Mit steifen Beinen stelzte er zum Diensthabenden. »Geben Sie Vollalarm für das Atoll. Frauen und Kinder versammeln sich mit dem nötigen Gepäck auf dem Sportplatz des vierten Sektors, von dort aus ist es etwa gleichweit zu Hafen und Flugplatz. Schicken Sie einen Arzt und eine Schwester mit. Und zwei Abteilungen Ordnungsdienst. Ab sofort auf dem ganzen Atoll Streifendienst für die

Ordnungskräfte. Nach Plan C 3. Panikmacher überstellen zu den anderen. Und bitten Sie Oberrat Schwustoch hierher … Die nächste Kommissionssitzung in zwanzig Minuten.«

Das Meereskasino lag unterhalb der Wasserlinie mit vorgewölbten Panzerglaskuppeln, durch die man in die dämmrige Unterwasserwelt der Lagune hinausschauen konnte.

Beli und Wankon gingen durch die Tischreihen. Der ganze Raum war in warmen Farben gehalten, von den weißen Tischdecken wurde ihre Wirkung noch verstärkt, sie bildeten einen wohltuenden Gegensatz zu der scheinwerfererhellten, kühlen Welt der Fische draußen hinter dem Glas.

Aus Gewohnheit ging Wankon zu einem Tisch an einer der Scheiben. Beli fragte hintergründig: »Hast du vom Wasser noch nicht genug?«

Er schob ihr einen Sessel zurecht. »Hier sieht man mehr, als wenn man mit dir in die Tiefsee taucht!«

Und tatsächlich eröffnete sich ihnen hier, nur fünfzig Meter unter dem Meeresspiegel, eine andere Welt: blaugrüne Dämmerung, glotzende Augen, blitzschnelle Rachen mit nadelspitzen oder messerscharfen Zähnen – Tropfen, Kugeln, Scheiben, Stäbe, Röhren, Walzen, Spindeln …

Man konnte sie in Ruhe betrachten, war von dem Anblick jedesmal gefangen. In der Tiefe lag ein unergründlicher Schimmer, blitzten flüchtige Lichter. »Wie Irrlichter im Moor«, fand Henry.

Sie lächelte und sagte: »Plankter, mein Chronist, die sich im Positionslicht für die Bathys spiegeln.«

Er aber löschte die Scheinwerfer und sah dann hinunter in die ungewisse Finsternis. Und ihm war zumute, als drängen aus der Tiefe Klagelaute, und er sagte: »Wenn man sich vorstellt, welche Tragödien sich in der Fischwelt abspielen … Wie mag das Klagen und Wimmern …«

Sie lachte lautlos und bemerkte: »Was hier im Meere allenfalls zu hören ist, mein Lieber, das ist das Brummen oder Quaken des Knurrhahnes. Und vielleicht knistern Garnelen oder knattern Seekrabben … Was ist denn mit dir los?«

Er schüttelte den Kopf. »Du bist wieder mal die Nüchternheit in Person!«

Beli sah ihn an und sagte mit gespitzten Lippen: »Ach was, setz dich, Henry Wankon. Vielleicht auch bin ich nur bestürzt, daß du in meiner Gegenwart an kalte und glitschige Fische denken kannst?«

Er fuhr herum und beugte sich zu ihr herunter. Aber sie hielt ihm ihre Hand vor den Mund.

»Nicht, daß du mir küssenden Mundes verhungerst, Freßsack!« warnte sie ihn. »Wir sind zum Essen hier herunter gekommen.«

Er machte eine Verbeugung, rückte eine imaginäre Serviette auf seinem Arm zurecht und fragte devot: »Und was wünschen die Dame zu speisen?«

»Danke, Henry«; sagte sie. »Es muß uns ganz schön mitgenommen haben, dieses Warten in der Tiefsee ...«

Er wurde sofort ernst. »Willst du wirklich nichts essen, Beli?«

»Nein«, sagte sie. »Aber eine Cola möchte ich.«

Er ging zum Speisenspeicher, überflog die Liste der Menüs, drückte die Wahltaste und verfolgte die Assiette beim Lauf durch den Infrarottunnel.

Zurückgekehrt mit einem lecker aussehenden Gericht, setzte er sich neben sie, reichte ihr die Cola und begann zu essen. Er hatte Hunger, und es schmeckte ihm, so langte er wortlos zu.

Plötzlich wurde ihm bewußt, daß er ein Reisgericht gewählt hatte. Wo er Reis nicht besonders mochte! Mußten die Köche den Reis auch unter dem Meereskohl verbergen? Aber konnte er nicht lesen? Er wälzte kleine Bissen eines Tiefseefischs in der Algensoße, jedoch er zögerte, die Gabel zum Munde zu führen ... Was war los mit ihnen? Nachwirkungen?

Sie bemerkte sein Zögern, lächelte spöttisch und frozzelte: »Schon wieder Fisch? Wärest du Fischkoch geworden, hättest du ständig naschen können ...«

Warum nur brachte ihn das auf? »Natürlich«, entgegnete er gereizt, »morgens Sägefisch in Agar-Agar-Spänen, mittags Riesenkrake, gegrillt, mit Chlorellagemüse und Tintenfischsoße, abends gedörrten Knurrhahn mit gepfeffertem Krill und als Nachtmahl: gegarte Seejungfrau mit ...«

Sie betrachtete ihn mit einem Lächeln, nachsichtig, wie einen kessen Zwölfjährigen, doch ehe sie etwas sagen konnte, sagte Croupier hinter ihnen: »Hoffentlich kommen Sie noch zu gegarten Gerichten ...«

Wankon wandte sich ärgerlich um. Der fehlte ihm noch!

»Vielleicht gibt es bald Haifisch«, fuhr Croupier fort, »aber naturell, in Salzwasser Original, mit Plankton garniert!«

Wankon parierte: »Sehr witzig, Croupier. So kannte ich Sie gar nicht.«

»Bisher habe ich bei Vollalarm auch noch kein Pärchen angetroffen, das überm Flirten die Sirenen überhört hat!«

Nun grinste Wankon. »Das hatten wir schon. Seybals kleine Spielereien!«

Croupier blieb ernst. Er hob nur eine Augenbraue. »Ernstfall!«

Wankon winkte ab. Auch Beli lächelte amüsiert.

»Und weshalb schweigt die Alarmglocke, hier unten, im Meeresklub?«

»Und weshalb sind Sie die einzigen, zu dieser Zeit, in diesen beliebten Hallen?« fragte Croupier in gleichem Ton. »Deshalb bin ich hier, wegen der Glocke. Die Rückmeldung fehlte! Also verlassen Sie den Klub und begeben Sie sich nach oben!«

»Wir waren in U 83 eingeschlossen – ohne Verpflegung!« protestierte Wankon empört. »Jetzt muß ich erst was essen, wer weiß, wann mich Ihr Alarmfall wieder dazu kommen läßt?«

»U 83?« tat Croupier verwundert. »Das war doch zwischen zwei Mahlzeiten!«

Wankon nickte nachhaltig. »Eben. Zwischen Frühstück und Abendbrot. Da fehlen zweites Frühstück, Vesper, zweite Vesper – von der Mittagshauptmahlzeit nicht zu reden!«

Nun verschenkte Beli ihr schönstes Lächeln. »Wissen Sie, Croupier, das hat er immer, diesen Hunger, wenn er sich aufregt. Wenn Sie ihn von seinen Fischtöpfen reißen, ist er das erste Opfer Ihres Ernstfalls.«

Mit Kopfschütteln betrachtete Croupier die beiden. »Ahnen Sie auch nur, was es heißt, nicht zu wissen, wann das Atoll untergeht?«

Beli nickte Wankon zu und meinte: »Nicht wahr, Henry, wir ahnen das nicht nur, wir wissen es!«

Croupier gab auf. »Beeilen Sie sich aber – es ist wirklich Ernstfall!«

Wankon sah zum Fenster. »Sieht nicht aus, als gingen wir schon unter!«

Croupier hatte genug. »Sie stellen sich beide auf dem vierten Sektor ein, wie alle Frauen und Männer, die evakuiert werden.«

»Wie bitte?« fragte Beli. »Ich habe wohl nicht richtig verstanden? Meine Abteilung im Stich lassen, meine Kollegen? Nur weil ich das Haar lang trage und Kinder kriegen kann? Leben wir im Mittelalter, Herr? Ich bleibe auf OKEANOS, solange es nötig und möglich ist! Außerdem bin ich Abgeordnete!«

Croupier hob verunsichert die Schultern. »Anweisung vom Professor.«

»Ich gehe zu Schwustoch!« drohte Beli.

»Und mir hat Seybal nichts anzuweisen!« stellte Wankon fest.

Croupier ging, nicht ohne zu sagen: »Ich unterrichte Seybal!«

»Tun Sie das!« rief ihm Beli hinterher. »Für mich ist der vierte Sektor passé. Das sage ich auch Seybal!«

Wankon wurde jetzt erst bewußt, worum es ging. Angst breitete sich aus in ihm, Angst um Beli. »Du mußt hingehen, Beli. Ich bringe dich!«

»Was denn«, fuhr sie auf, »auch du? Ich soll alles im Stich lassen? Und euch das Retten überlassen, euch Herrlichkeiten? Das willst du?«

»Aber ich liebe dich doch«, flehte er, »wenn dir etwas zustieße!«

»Liebe? Bin ich ein Glashausgewächs?« Sie redete sich in Rage.

Er umfaßte versöhnlich ihre Schultern, aber sie warf seine Hände ab. »Faß das Pflänzchen nicht an, sonst bricht noch was ab«, fauchte sie.

»Ich spreche mit Schwustoch!« drohte er in seiner Not.

»Wage das!« sagte sie nur.

29

Als Blego die Luke öffnete, überfiel ihn das Geheul der Sirenen. Von überallher sahen sie Menschen kommen. Frauen und größere Kinder, die Koffer schleppten, Taschen und Rucksäcke. Kleine Kinder wurden mitgezogen, sie hatten Puppen und Teddys unter die Arme geklemmt.

»Da hat er seine Panik«, keuchte Blego beim Laufen, »dieses Sirenengeheul macht sogar mich verrückt.«

Mertens mußte es ähnlich gehen, denn Blego hatte Mühe, mit ihm Schritt zu halten.

Sie waren dennoch die letzten, die den Konferenzraum erreichten.

Leitung und Rat saßen um den großen Konferenztisch.

Neben Croupier, der ihnen zuwinkte, waren zwei Plätze frei. Hechelnd vom Lauf, ließen sie sich auf die Sitze fallen. Croupier flüsterte ihnen zu: »Bisher ist nur die Strahlerzone betroffen, Sektoren eins bis drei. Sonst scheint alles in Ordnung!«

Blego atmete auf. Das war schlimm genug, ohne Frage, aber kein Grund, ergeben die Hände zu heben.

»Und nun Doktor Blego bitte?« schreckte ihn Seybal hoch.

Er saß neben Schwustoch an der Stirnseite des Tisches.

»Zuvor darf ich vorschlagen, die Sirenen abzustellen«, sagte Blego und wies aus dem Fenster. »Inzwischen dürfte auch der Dickfelligste wissen, daß Alarm ist.«

Man sah sich verblüfft an. Die Sirenen drangen nur sehr gedämpft in diesen Raum, und man hatte sie nicht mehr bewußt wahrgenommen. Seybal wies den Diensthabenden an.

»Der Zerfall, so muß man es wohl nennen, verläuft zweifelsfrei von außen nach innen. Wie schnell er fortschreitet, ist nicht bekannt. Wir sind aber nirgends auf geringere noch vorhandene Wandstärken gestoßen als etwa sechzig Zentimeter. Professor Seybal müßte uns sagen, wie weit diese Stärke sich noch verringern darf.«

Seybal unterbrach Blego mit keiner Silbe, nickte am Schluß des Berichtes und erhob sich. Er stützte sich mit beiden Händen auf den Tisch, eine an ihm gewohnte Haltung.

»Weil die Zerfallsgeschwindigkeit nicht bekannt ist, ist die Bestimmung der minimalen Wanddicken für unsere Maßnahmen unerheblich. Die Lage ist sehr ernst, um nicht zu sagen äußerst gefährlich. Sie zwingt zum sofortigen Handeln. Ich habe deshalb den laufenden Alarm ausgelöst und über Satellit alle erreichbaren Schiffe und Luftfahrzeuge ersuchen lassen, unverzüglich das Atoll anzulaufen, um seine Bewohner zu evakuieren und, soweit möglich, Sachwerte zu retten.«

Seinen Worten folgte betroffenes Schweigen.

Auch Blego verschlug es die Sprache. Seybal, der dieses

Atoll über alles andere gestellt hatte, wollte OKEANOS aufgeben?

»Wie denn, wenn ich fragen darf, wie denn wollen Sie Sachwerte retten?« rief Blego impulsiv.

»Wir trennen die einzelnen Sektoren wieder und schleppen sie zur nächsten Untiefe. Dort setzen wir sie auf Grund. So läßt sich ihre Einrichtung sicherstellen ...«

»Entsprechende Untiefen finden Sie in Tausenden Seemeilen Entfernung von hier ...«, warf Croupier spontan ein.

»Wir haben einen verdienten Seemann unter uns«, sagte Seybal beherrscht. »Kommodore Mertens, der vom Rat zum Hafenkapitän berufen werden sollte. Kommodore Mertens wird uns beraten, wohin wir die Sektoren schleppen.«

»Das wären auf jeden Fall wieder Wochen oder Monate Schleppzeit, ferner brauchten wir wieder einhundertachtundneunzig Schlepper ...«, gab Mertens zu bedenken.

Die Teilnehmer der Konferenz waren unruhig geworden, es gab wohl gespannte Aufmerksamkeit für das offizielle Gespräch, aber auch Raunen und Tuscheln unter den fast vierzig Anwesenden von Leitung und Rat.

»Wie wollen Sie die Sektoren trennen? Haben Sie dafür schon eine Technologie? Das war doch, wenn ich recht informiert bin, nicht vorgesehen?« fragte Blego. »Schließlich auch benötigt die Demontage Zeit!«

»Und was wird mit der Unterwassertechnik?« fragte erregt der Direktor für Technik und fuchtelte mit den Armen. »Wird die von vornherein aufgegeben?«

»Die Netzreviere auch?« Lundquists Frage klang aufgebracht.

Seybal öffnete wiederholt den Mund, um zu antworten, aber auch Maggiero fühlte sich durch Lundquists Frage ermuntert, in die Debatte einzugreifen. »Wenn Sie die Sektoren trennen und einzeln abtransportieren wollen, haben Sie die beschädigten schon abgeschrieben?«

Endlich kam Seybal zu Wort. »Ich bitte um Disziplin, meine Herren«, sagte er sehr energisch. Die Tuscheleien verstummten. »Schleppen wir das Atoll im Ganzen, das Atoll kann drei beschädigte Sektoren tragen. Was meinen Sie, Kommodore?«

»Im Ganzen?« Mertens schien seinen Ohren nicht zu trauen. »Abgesehen von der Schlagseite ... Das ergäbe Strömungsverhältnisse … Turbulenzen … Die einen Schlepper müßten ziehen … Die anderen schieben«, überlegte Mertens laut, »man müßte es überrechnen – aber wenn es überhaupt sinnvoll ist, die Schleppzeit würde sich, im Verhältnis zu den Sektoren, auf ein mehrfaches erhöhen … Und frißt unterwegs die Vermürbung weiter, dann ist das ganze Atoll gefährdet!«

»Das wäre es hier auch«, fiel Schwustoch ein, »aber wir würden Zeit gewinnen, könnten sofort anfangen mit der Regeneration …«

»Wir können kein Risiko eingehen«, sagte Seybal entschieden, »es geht um Menschenleben.«

»Die wären auf den Sektoren auch gefährdet!« widersprach Blego.

»Die Sektoren würden, wie beim Hertransport, ohne Besatzung geschleppt«, sagte Seybal, dem solcher Widerspruch ungewohnt war, der aber trotzdem von seinen Vollmachten noch keinen Gebrauch machen wollte. »Eine Regenerierung erfolgt selbstverständlich erst an sicherer Stelle.«

»Das hieße aber, daß wir mit hoher Wahrscheinlichkeit die betroffenen Sektoren einbüßen«, sagte Blego.

»Und das wären Milliardenwerte …«, warf der Direktor für Technik ein.

»Bleibt das Atoll hier«, sagte Seybal, »könnten wir alles verlieren, noch wissen wir nicht, wie schnell die Seuche um sich greift, wann sie die anderen Sektoren erfaßt. Das Risiko ist zu groß!«

Nun konnte Blego nicht mehr an sich halten. Er erhob sich und sagte unbeherrscht: »Es kann doch nicht darum gehen, daß wir jedes Risiko scheuen. Es geht doch um ein vertretbares Risiko! Ehe wir kopflos Reißaus nehmen und kampflos Milliardenwerte im Stich lassen oder abschreiben, sollten wir ernsthaft prüfen, ob keine andere Lösung möglich ist!«

Seybal fuhr ihn an: »Ich muß doch sehr bitten, Herr Doktor Blego! Mäßigen Sie sich!« Beherrscht fuhr er fort: »Haben Sie eine solche Lösung?«

»Was schlagen Sie vor?« fragte Schwustoch.

Im Raum war wieder Ruhe, alles horchte auf.

»Lassen Sie mich überlegen«, begann Blego zögernd. »Eine harte Haut über die Wunden ziehen, so, daß man hinter ihr arbeiten kann … Unter ihrem Schutz, ich improvisiere, das heißt hinter ihr, die Mürbestellen auskratzen und plombieren ... ausgießen ... Aber dazu müssen wir erst wissen, was die Vermürbung verursacht.«

»Sie haben eine solche Haut?« fragte Seybal sachlich.

»Nein«, bekannte Blego, »aber ich denke, daß wir sie finden.«

»Also eine neue Unbekannte«, stellte Seybal fest. »Fraglich also, ob und wenn ja, dann fraglich wie und wann solch ein Stoff zur Verfügung steht. Ist dieses Risiko nicht zu hoch?«

»Darauf kann ich nicht antworten, Herr Professor. Und außerdem, Sie haben Befehlsgewalt, und ich unterwerfe mich natürlich Ihrer Vollmacht.«

»Darum geht es nicht«, widersprach Seybal nachdenklich. »Ich möchte die Meinung aller Anwesenden wissen.«

Das Resultat seiner Frage war eindeutig. Die meisten waren Blegos Ansicht: Am Ort verbleiben!

Seybal kamen ernste Zweifel, ob er noch auf seiner Entscheidung beharren sollte. War er denn klüger als alle diese Fachleute? Zum anderen verunsicherte ihn, daß sie alle ihre Meinung sagten, was früher durchaus nicht immer so war. Hatte er bereits den schonenden Übergang zum kollektiven Leitungsstil verpaßt? War das nun ein Bruch? Kann er also gegen das Kollektiv entscheiden und das auch verantworten? Er hat doch tagtäglich erlebt, wie sie alle die Geschicke von OKEANOS zu ihren eigenen machten. Und außerdem, früher war er weit entfernt von den Baustellen der Sektoren – aber hier hatte er seine Leute direkt vor sich ...

Wie nun weiter? Konnte er etwas beschließen, von dem er selbst nicht überzeugt war?

Schwustoch, der, neben Seybal sitzend, dessen innere Skrupel mitfühlte, sagte in die befremdlich werdende Stille: »Da Professor Seybal auf seine Vollmachten verzichtet, bin ich als Vorsitzender des Inselrates für diese Entscheidung zuständig. Ich meine, wir lassen OKEANOS an Ort und Stelle, evakuieren alle entbehrlichen Leute, vor allem Mütter und Kinder, und kämpfen mit den verbleibenden Leuten um den Erhalt des Atolls, so, wie Doktor Blego es vorgeschlagen hat: Sanierung der Schadstellen, ständige Kontrollen des gesamten Ringes und umfassende Suche nach der Ursache.« Er sah sich um. Ringsum Zustimmung. Dann blickte er zu Seybal.

»Verfahren wir so«, sagte der Professor mit verschlossenem Gesicht und fuhr fort: »Unter diesen Umständen verzichten wir wohl auf die Schlepper? Es wäre angebracht, mehrere Arbeitsgruppen zu bilden: eine für die Untersuchung der Ursache, eine für die Sanierungstechnologie und eine für die Vorbereitung der Sanierung. Doktor Blego müßte der zweiten angehören ...«

»Da man aber erst sanieren kann, wenn man weiß, welche Ursache die Vermürbung hat und ob sie weiterfrißt, müßte er auch der ersten angehören ...«, meinte Croupier.

»Und wenn er die Sanierungstechnologie mitbestimmt, und nachdem, was ich von Professor Seybal hörte, steht zu erwarten, daß Doktor Blego daran maßgeblich mitbeteiligt sein wird, dann sollte er auch bei den Vorbereitungen dabei sein«, gab Schwustoch zu bedenken und lächelte. »Hinzukommt, daß er bestimmt ist, nach der Quelle der Meeresstrahlung zu suchen, nicht mehr im Zweimannkollektiv, sondern als Leiter ... Ein bißchen viel auf einmal, wie?«

Seybal sah in die Runde, sagte: »Nichts gegen Ihre Fähigkeiten, meine Herren, aber ich bin der festen Überzeugung, daß Doktor Blego in keinem Falle entbehrlich ist!« blickte nun zu Doktor Blego und fragte direkt: »Und was sagen Sie selbst dazu? Untersuchung der Ursache und Suche nach der Sanierungstechnologie dauern doch noch ein wenig?«

Blego erhob sich, nickte und erwiderte: »Es bleibt Zeit für die Suche nach der Strahlungsquelle. Trotzdem würde ich sie Kommodore Mertens übertragen. Ich denke nämlich, daß wir mit der Verkleidung der Mürbestellen in einigen Tagen beginnen können. Und einiges nebeneinander laufen zu lassen, das bekommen wir in den Griff!«

»Haben Sie denn schon Platten dafür?« wunderte sich Seybal.

»Die sind sicher leichter herzustellen als der Schaum«, sagte Blego optimistisch.

»Wir werden sehen«, bemerkte Schwustoch und wandte sich direkt an Seybal. »Du bildest wohl die Arbeitsgruppen? Wäre die Einteilung bis zur nächsten Sitzung der Kommission möglich? Ja? Also bis morgen 10 Uhr. Und stehen die Schiffe für die Suche nach der Strahlungsquelle bereit?«

»Für sie müßte erst ein Einsatzplan erarbeitet werden.«

»Ich werde mit Ringalla sprechen«, versprach Schwustoch. »Abschließend für heute muß ich noch eine andere Sache zur Sprache bringen.« Er wandte sich an Seybal. »Ich muß dich vor deinem Kollektiv darauf hinweisen, daß ich als dein Disziplinarvorgesetzter hier auf OKEANOS bei der Personalabteilung auf dem üblichen Wege eine Rüge beantragen werde. Eine Rüge wegen deines panikartigen Alarms. Es gab keinen Grund – auch bei allen Sondervollmachten nicht –, weshalb die Katastrophenkommission nicht vorher verständigt werden konnte. Jetzt aber haben wir panikartige Zustände und Aufregung in aller Welt. Und wir werden anschließend beide, der eine zum Flugplatz, der andere zum Hafen, gehen und zu jenen Leuten sprechen, die evakuiert werden sollen. Rügend sei auch angemerkt, daß es bisher kein Antihavarietraining gegeben hat, selbst wenn mit dieser Katastrophe nicht gerechnet wurde. Es wäre vorzusehen gewesen!«

Seybal, kreidebleich, hatte Mühe, sich aus dem Sessel zu erheben. Wenn er mit allem gerechnet hätte, damit nicht. Eine Rüge wegen Versäumnissen– ihm! Das Gefühl, versagt zu haben, verstärkte sich in ihm.

Im Saal herrschte eisiges Schweigen. Schwustochs sachliche Feststellung und die daraus abgeleitete Rüge hatte niemand erwartet. Derartig kritische Worte in solch großem Kreise waren von den meisten überhaupt nicht für möglich gehalten worden, waren beide doch als gute Freunde bekannt. Und bei aller Einsicht in die Notwendigkeit dieser Maßnahme spürten viele auch die Tragik, die in ihr lag: Der Schöpfer des Atolls sollte wegen Versäumnissen bei der Rettung seines Werkes zur Verantwortung gezogen werden. Allein der Gedanke erschien manchem wie ein Sakrileg.

Seybal war inzwischen zu sich gekommen und stand nun kerzengerade vor der Katastrophenkommission und sagte heiser: »Ich nehme die Rüge zur Kenntnis und unterrichte Sie, daß ich es für unumgänglich halte, eine Überprüfung meiner Leitungstätigkeit, insbesondere meiner Alarmentscheidung und der mir vorgeworfenen Versäumnisse zu beantragen, wie auch der Verantwortung, die ich für die Ausmaße dieser Havarie trage. Bis dahin halte ich mich für suspendiert, und schlage ... ich meine, daß Doktor Blego am geeignetesten wäre, an meine Stelle zu treten!«

Man sah es ihm an, und man hörte es auch an seiner Stimme, wie betroffen er war. Nur optimale Leitung kann optimale Erfolge erzielen, davon war er überzeugt. Eitelkeit wäre fehl am Platze. Es galt Vertrauen zu rechtfertigen, was aber auch heißen konnte, einem Besseren Platz zu machen, so schmerzlich das auch sein würde.

Schwustoch musterte ihn, und er konnte sich denken, was in Seybal vorging. Ruhig sagte er deshalb ganz im üblichen Ton: »In dieser Situation, Emori, gibt es solche Ablösungen nicht. Ich halte sie auch in keiner Weise für gerechtfertigt.«

30

Langsam legte Sira die Fernbedienungskapsel ihres Videos aus der Hand, mit der sie sich in eines der Fernsehprogramme einschalten, ihren Video als Kopierer von übersendeten Dokumenten, Zeitungen oder Briefen dienstbar machen oder auch einen Gesprächspartner aus der Ferne ins Zimmer holen konnte.

Aber was nützte die modernste Technik, wenn man keine Verbindung bekam. Heute jedenfalls hatte sie mehrfach versucht, das gewohnte wöchentliche Gespräch mit Blego zu führen, aber auf dem Bildschirm erschien immer nur das Dia: »Der Empfang auf OKEANOS ist leider gestört.«

Nun war es ja weit bis OKEANOS, und selbst bei Satellitenverbindung konnte es Pannen geben, aber Sira spürte zunehmende Ungeduld.

Was doch Liebe zuwege brachte: Jahrelang, nach der Trennung von Seybal, war sie allein durch die Tage gegangen und hatte sich eigentlich nie einsam gefühlt. Jetzt, wo sie Blego kannte und er von ihr getrennt war, schien ihr jede Stunde – ohne ihn – eine verlorene Stunde.

Zwar belächelte sie sich, aber das nahm ihr kein Quentchen Sehnen ab. Wer bloß hatte das Gerede aufgebracht, nur sehr junge Leute kämen vor Liebe aus dem Gleichgewicht …

War es richtig gewesen, Blego allein fahren zu lassen? Aber wieder in Seybals Nähe? War sie sich ihres Gefühles doch nicht sicher? Fürchtete sie, Emotionen aus der Vergangenheit wären noch nicht tot? Aber nach wem sehnte sie sich? Nach Blego! Na also! Und trotzdem …

Sie wollte sich gerade an ihren Tisch zum Abendbrot setzen, da gongte ihr Video. Blego! Schnell langte sie zur Kapsel und ging auf Empfang.

Aber es war ihre Stellvertreterin vom Dienst. Sira erschrak. Ohne Grund rief sie nicht an. Was war passiert?

»Die Zentrale wollte dich haben, Sira. Sehr dringend! Bei mir liegt ein Telegramm an – ich überspiele es dir. Wenn du es gelesen hast, möchtest du unbedingt Präsident Ringalla von der Abteilung Weltmeere anrufen!«

Dann fiel das Telegramm als Kopie in den Auffangkorb.

Sira las den Text und tastete, ohne das Telegramm aus der Hand zu legen, rückwärts nach einem Sessel.

Sie war bleich. Und das Telegramm zitterte in ihrer Hand.

OKEANOS in Gefahr. Das hieß Gefahr für Gregory! Aber auch für Emori Seybal. Und sie, das heißt ihr Institut, sollte Seybals Projekt überrechnen, da sie bei der Orkanfahrt des ersten Sektors so hervorragend geholfen hatten. Eine Auszeichnung also ... Dennoch, OKEANOS kam für sie aus einer für sie sehr schmerzhaften Zeit. Sie war ja nicht etwa leichten Herzens von Seybal gegangen. Und dieser Enttäuschung wegen war sie auch jahrelang allein geblieben, hatte sie sich in ihre Arbeit vergraben. Jetzt hatte OKEANOS sie auch wieder von Blego getrennt.

Die Nacht war lang, weil Sira schlaflos war und sich immer wieder dieselben Fragen stellte: Wie konnte sie helfen. Wie sollte sie sich Seybal gegenüber verhalten. Wie würde Blego reagieren, wenn sie ihm von ihrer Ehe mit Seybal erzählte?

Der Morgen brachte mit der Helligkeit auch Klarheit: Sie *mußte* OKEANOS helfen. Das war sie Seybal schuldig, Blego auch – und sich!

Sie war zeitig im Institut. Mit ihrem ersten Videogespräch forderte sie das Projekt an.

Inzwischen hielt die Welt den Atem an: Millionen Menschen warteten auf jede Information darüber, wer das Atoll ansteuerte und wie viele Insulaner an Bord genommen werden konnten, wer noch auf dem Atoll verblieben war, wie man dem Ungemach, das über OKEANOS hereingebrochen war, begegnete.

Aber es gab auch Meldungen, nach denen OKEANOS mit schwerer Schlagseite hilflos im Pazifik trieb und tausend Insulaner schon ertrunken waren, ja, daß das Atoll gekentert und versunken sei. Mochte das auch gelogen sein, wichtig war, es brachte Profit durch erhöhte Auflagen, und man verunsicherte Leichtgläubige, notfalls dementierte man später.

Überall auf der Erde meldeten sich Freiwillige, aber nicht einer wurde gebraucht. Es kostete sogar Wankon Mühe, zu begründen, weshalb er auf OKEANOS bleiben müsse. Croupier hatte Seybal von der Weigerung Beli Kohlus' und Henry Wankons unterrichtet, das Atoll zu verlassen. Bei Beli Kohlus gab Seybal erstaunlicherweise sofort nach: »Sie wollen bleiben?« fragte er. »Ich kann Sie verstehen. Und außerdem haben Sie ja Erfahrung mit Krisensituationen.«

Wankon nahm das für sich auch in Anspruch, schließlich war er mit Beli auf dem Sektor gewesen, aber Seybal verschloß sich seiner Bitte.

»Ich habe für Sie keine Verwendung. Und es werden Leute evakuiert, die echte Aufgaben erfüllten, wie beispielsweise der Strahlermeister.«

»Der aber keine Aufgabe mehr hat«, entgegnete Wankon. »Ich jedoch hätte eine!«

»Die Chronik«, bestätigte Seybal etwas maliziös, »ob der Vorsitzende sie für so wichtig hält? Aber das muß er selber entscheiden.«

Wankon hatte das Glück, daß Schwustoch im Nebenzimmer bei Frau Leipin war. »Die Chronik?« Er sah von Beli zu Henry und sagte schließlich zu Seybal: »Die Chronik könnte wichtig sein, für die spätere Rekapitulation der jetzigen Vorgänge und für eventuell nötige Korrekturen am Projekt.«

»Das erfordert ein ausgesprochen verantwortungsvolles Herangehen«, sagte Seybal zögernd. »Es müßten auch vertrauliche Dinge in die Chronik, die aber nicht oder noch nicht nach draußen dringen dürfen!« Er blickte abschätzend zu Wankon.

»Hat denn die Öffentlichkeit kein Recht auf Wahrheit?« widersprach Wankon.

»Wir waren uns einig«, erklärte Schwustoch kategorisch, »daß die Chronik ein Einzelexemplar bleibt, aus dem bei Bedarf auszugsweise zitiert wird! Solange es noch Kreise gibt, die zu unserem Schaden Tatsachen verdrehen, müssen wir gemeinsam überlegen, was wir veröffentlichen. Denken Sie an die Sensationsmeldungen!«

»Und was können die uns schaden?« fragte Wankon leichthin.

»Vetos, Einsprüche, Verleumdungen in der UNO. Manipulierung des eigenen Volkes zu dessen Schaden und ihrem Nutzen.«

»Dann wäre es doch erst recht notwendig, auf OKEANOS einen Presseverantwortlichen einzusetzen. Damit ließe sich einem Ansturm von Reportern vorbeugen, die unkontrollierte Meldungen verbreiten.« Wankon blickte von Seybal zu Schwustoch.

»Und dieser Pressechef sollte Wankon heißen?« fragte Seybal ironisch. »Das war es doch?«

»Wären Ihnen Fremde lieber?«

»Das ist das Stichwort«, schaltete sich Schwustoch wieder ein. »Die Welt ist durch das SOS alarmiert, was sie erfährt, kommt aus dem Funkverkehr, über unsere Gespräche mit der UNO, also meist bruchstückhaft! Wir müssen regelmäßige Bulletins herausgeben, die wir gemeinsam erarbeiten. Also jeden Morgen Presserapport mit Pressechef Wankon.«

Bald war es, als wäre wieder alles normal. Der Alltag kehrte zurück. Und nur die veränderten Aufgaben des Restes der Insulaner, die dürftige Besetzung der U-Bahnzüge und die Luftschiffe, die startbereit auf den Sportplätzen ruhten, erinnerten an den Ausnahmezustand.

Seybal aber grübelte und grübelte, und das Grübeln höhlte ihn aus. Er war zu sehr an wissenschaftliches Denken gewöhnt, um nicht über die Ursachen seiner Situation nachzudenken und dabei zu objektiven Erkenntnissen zu kommen, auch über sich selbst, die nicht durchweg schmeichelhaft für ihn waren. Es gab zweifelhafte Aktivitäten, es gab Fehler, die er sich aufrechnete. Und Verdienste gab es auch. Aber die verbuchte er unter seinen Pflichten, erachtete sie als nicht geeignet, damit Fehler aufzuwiegen. So dämpften die Zweifel an sich selber seine Agilität, ließen ihn zögern. Neuerdings prüfte er vor Entscheidungen seine Meinung an der Meinung seiner Mitarbeiter, um in dieser gefährlichen Situation nicht fehlzugehen und seinem Werk etwa zu schaden. Doch es fiel ihm nicht leicht, und er empfand diese Unsicherheit als beschämend.

Immerhin spürte er – und er war sich Blegos Anteil daran durchaus bewußt – daß seine Mitarbeiter sich mehr und mehr dem Atoll verbunden fühlten, intensiver und tiefgehender überlegten, was zu tun sei, und so auch williger mitentschieden.

War das die Schwelle zum kollektiven Leitungsstil?

Er hoffte auf die Kommission, aber er begann sie auch zu fürchten.

Blego kam nicht aus den Kleidern. Gegenüber Seybal, der sich mühte, nichts von seinen Zweifeln nach außen dringen zu lassen, war Blego wie immer sachlich, höflich, korrekt und auch ein wenig salopp. Er traf zielbewußt und ohne Zeitverlust die richtigen Maßnahmen und versäumte nie, sich Seybals Zustimmung zu versichern.

»Verkleiden wir zuerst die Mürbezone, dann notfalls den gesamten Wasserlinienbereich rund um das Atoll mit Platten. Als Sicherheit gegen Wassereinbrüche«, sagte Blego, als er Seybal anhand einiger Skizzen erläuterte, wie er vorgehen wollte, und es Seybal somit ermöglichte, dieses oder jenes zu ändern.

Frau Leipin trug ein Tablett ins Zimmer, verteilte die Tassen und Teller und stellte die Kanne griffbereit hin.

Seybal nickte ihr dankbar zu und sagte zu Blego: »Essen wir erst einen Bissen!« Er war seiner Sekretärin nicht nur für den Imbiß dankbar, sondern vor allem dafür, daß sie diese Gelegenheit genutzt und Blego zwanglos festgehalten hatte. Daß es Absicht war, stand für ihn fest. Er kannte seine Sekretärin. Ihr Verdienst bestand nicht nur in dem, was sie tat, und das war viel, sondern auch in dem, was sie ermöglichte.

Nach einigen Bissen schenkte er Blego Kaffee nach. Blego mußte diesen Imbiß nötig gehabt haben, er schien förmlich aufzublühen. Das Grau seiner Wangen rötete sich. Seine Augen wurden lebhafter.

»Haben Sie geeignetes Material gefunden?« fragte Seybal nun.

»Unser Chemiekombinat wartet auf Ihr Startsignal. Ein glasfaserbewehrter Plast in gesickten Platten.«

Seybal war wieder verblüfft. »Wie haben Sie das so schnell geschafft?«

Blego wehrte lächelnd ab. »Den gab es schon. Nur eine kleine Modifikation, noch einfacher als damals, Herr Professor. Der neue Stoff ist völlig anderer Art als der des Atolls. Es ist also keine Vermürbung zu erwarten, falls es noch frißt und auch ansteckt. Die Platten kleben wir!«

»Geben wir die Produktion frei. Ihre Lösung sehe ich mir dann genauer an.«

Als Blego Seybal verließ, drehte er sich in der Tür noch einmal um. »Ach so«, sagte er, »bisher hat sich kein Zuwachs der Vermürbung feststellen lassen.«

»Ich weiß, aber kennen wir das Ausbreitungstempo?«

Als hinter Blego die Tür ins Schloß fiel, überlegte Seybal einen Augenblick, was nun zu tun sei. Das Chemiekombinat, der Produktionsbeginn! erinnerte er sich. Er langte zum Video, aber es gongte in diesem Augenblick.

Es meldete sich Schwustoch. Er grüßte vom Bildschirm. »Ich bekam Bescheid, Emori, daß der Vorsitzende der Kommission eintrifft!«

»Würdest du ihn empfangen?«

»Aber du hast die Kommission beantragt, Emori. Die ganze Überprüfung!« widersprach Schwustoch freundschaftlich.

»Eben deshalb«, wandte Seybal ein, »man soll nicht denken, ich wollte ihn beeinflussen!«

Das Flugboot zog eine große Schleife, setzte zur Wasserung an, ließ das Wasser hoch aufspritzen und tauchte seinen Bauch wie eine Ente in die Fluten. Langsam schwenkte es zum Jachthafen ein und näherte sich einem der Anlegestege, an dem einige abreisende Insulaner warteten.

Schwustoch erkannte jenen Mann unter ihnen, den er bei den fußballspielenden Kindern kennengelernt hatte.

Er fragte Wankon, und der sagte etwas boshaft: »Da werden seine Kollegen traurig sein. Zerrspiegel, der Strahlermeister.«

Schwustoch entsann sich. Der Strahlermeister. Er hatte zur Zeit keine Aufgabe.

»Was haben Sie denn gegen ihn?« fragte er Wankon.

»Ich mag Leute nicht, die sich für unfehlbar und alle anderen für Idioten halten«, erwiderte Wankon freimütig.

Schwustoch warf ihm einen so mißbilligenden Blick zu, daß Wankon sich beeilte hinzuzusetzen: »Er spricht wirklich von Idioten, wenn er von Kollegen spricht, Gennadi Schwustoch.«

Das Flugboot legte am Steg an und enthob Schwustoch einer Antwort. Was hätte er darauf auch entgegnen sollen!

Es war ein großes Flugboot, sechsstrahlig und mehrere Stockwerke hoch. Schwustoch wunderte sich, daß nur eine Person ausstieg. Noch dazu eine Frau. Ob sie nichts von der Besuchersperre gehört hatte? Undenkbar!

Oder … eine Vorsitzende! Donnerwetter, dachte er, während sie den Steg herunterschritt, und was für eine!

Sie kam auf ihn zu, als er ihr entgegenging, und stellte sich vor: »Sira Solomka!« Er verbeugte sich und nannte seinen Namen. Sie reichte ihm die Hand. »Ist Professor Seybal verhindert,«

»Er fürchtet, man könne ihn des Versuchs einer Beeinflussung bezichtigen, wenn er …«, sagte er mit leichtem Schmunzeln.

Lachend meinte die junge Frau: »Daran erkenne ich ihn.«

»Sie kennen ihn?« fragte Schwustoch verwundert.

»Hat er denn nie von mir erzählt?« fragte sie zurück.

»Von Ihnen?«

»Wenn ich mich recht erinnere, haben Sie gemeinsam studiert?«

Da schlug sich Schwustoch mit der flachen Hand vor die Stirn. »Natürlich, seien Sie herzlich willkommen. Himmel, wird sich Emori freuen! Und ich dachte, es wäre die Vorsitzende einer Kommission, die wir erwarten.«

»Das bin ich auch!« Sie lachte auf eine Art in sich hinein, die Schwustoch für sie einnahm. Wußte denn Seybal, daß sie der erwartete Vorsitzende ist? Aber aus ihrem Verhalten ließ sich schließen, daß sie sich vorher nicht mit Seybal verständigt hatte. Warum eigentlich nicht?

Vom Flugboot rief der Flugkapitän herüber: »Ich habe Reporter an Bord! Dürfen sie an Land?«

Mit einem triumphierenden Blick zu Schwustoch rief Wankon zurück: »Kapitän, Sie wissen doch, Besuchersperre!«

»Die Öffentlichkeit hat ein Recht, informiert zu werden«, rief ein Reporter, der neben dem Piloten auftauchte.

»Das wird sie auch!«

»Die Presse muß hier vertreten sein«, protestierte der Reporter.

»Das ist sie auch!« versicherte Wankon nicht ohne Stolz.

Schwustoch blinzelte Sira zu und wies auf Wankon. »Sie hörten es, unser Pressemonopol, Henry Wankon.«

Während sich Wankon und Sira begrüßten, ging der Strahlermeister an Bord. Schwustoch sah noch, wie er von den Reportern in ihre Mitte genommen und zur Kabine geleitet wurde.

Das Flugboot drehte zur Lagunenmitte ab und startete mit schäumender Spur.

Als Sira und Schwustoch Seybals Arbeitszimmer betraten, saß dieser am Schreibtisch. Er erhob sich und schien für einen Augenblick versteinert. Wieviele Male in all den Jahren hatte er an sie gedacht, wie oft sich vorgestellt, sie käme zurück. Und nun stand sie da. Vor ihm. In Wirklichkeit!

»Du«, fragte er aus seinem Staunen heraus und war so überrascht, daß Schwustoch sofort wußte: Sie hatte er jetzt auf keinen Fall erwartet.

Seybal trat auf Sira zu, reichte ihr die Hand und zog sie in einer spontanen Regung in seine Arme, drückte sie an sich, gab sie wieder frei und war derart verwirrt, daß er sie mit Schwustoch bekannt machen wollte. »Ach so ja, ihr kennt euch ja schon!« sagte er dann und winkte ab, um sich anschließend wie benommen an den Kopf zu fassen.

Schwustoch fühlte sich überflüssig und schützte dringende Arbeiten vor.

Leise zog er die Tür hinter sich zu. Er war ergriffen von Seybals Freude und sagte zu Frau Leipin: »Jetzt braucht er Ruhe!« Sie nickte verständnisvoll und sorgte doch vorausschauend für Kaffee.

Im Leitzentrum traf Schwustoch auf Blego, der ihn begrüßte und fast im gleichen Atemzug in seiner direkten Art fragte: »Seybal hat Besuch? Eine alte Bekannte, die neue Vorsitzende?«

Schwustoch sah zu Wankon und meinte sarkastisch: »Also nicht nur die Presse, der Buschfunk funktioniert auch?«

»Ganz schön clever, unser Professor«, brabbelte Wankon trotzig.

Ehe Schwustoch etwas dagegen sagen konnte, schaltete sich Blego ein. »Hör zu, Wankon. Der Professor hat seine Ecken, zugegeben, die haben wir alle. Aber ein Intrigant ist er nicht, klar?«

In einer solchen Stimmung war Seybal seit Ewigkeiten nicht gewesen. Er freute sich sehr, aber diese Freude war mehr, als er ausdrücken konnte. Nur an seinen Augen erkannte man ihr Maß und an seiner ungewohnten Betriebsamkeit. Alle Grübelei und alle Zweifel waren weggewischt. Und alles, was ihn bedrückt hatte, schien kaum noch der Rede wert. Selbst diese

Havarie wurde für ihn zur Herausforderung: Er würde sich ihr stellen, mit allen seinen Kräften! Und ihm war, als wüchsen ihm noch Kräfte zu.

Sira bei ihm, zurückgekehrt nach Jahren! Und ausgerechnet in dieser Lage! Weil er in Bedrängnis ist!

Was anders konnte das heißen, als daß sie ihren damaligen Abschied bereute, daß sie die damaligen Dinge anders sah … Aber was sollten die alten Geschichten? Wesentlich war, daß sie vor ihm saß.

»Daß du jetzt kommst, Sira, in dieser äußerst angespannten Situation, das macht mich froh. Ich habe mir dein Kommen so oft gewünscht. Und doch, Liebes, du mußt sofort zurückfliegen, zum Festland, weg von OKEANOS. Warte an Land auf mich, ich komme, sowie ich kann. Hier ist der Teufel los.«

»Wegen des Teufels bin ich hier«, sagte sie und lehnte sich im Sessel zurück, als wolle sie damit ihren inneren Abstand andeuten.

Er merkte es nicht. »Das ist gut gemeint«, erwiderte er, »und du kannst mir eigentlich nichts Schöneres sagen, aber versteh bitte, ich erwarte den Vorsitzenden einer Kommission. Wie könnte er Verständnis haben, daß du jetzt hier bist. Alle entbehrlichen Insulaner mußten uns nämlich verlassen. Es ist kein Platz jetzt für private Dinge, mögen sie noch so wichtig und beglückend sein. Du fliegst zurück, ja?«

Schweigend hatte sie ihm zugehört, und es fiel ihr nicht leicht, nun zu sagen, was zu sagen war: »Ich fliege nicht! Ich kann nicht fliegen, Emori, denn der Vorsitzende, den du erwartest, das bin ich!«

Seybal starrte sie wortlos an und sank in seinem Sessel zurück. Er faßte es nicht.

»Die UNO beauftragte mich, dein Projekt zu überrechnen. Es ist in Ordnung, dort kann die Ursache eurer Havarie nicht liegen. Morgen trifft meine Kommission ein. Experten unterschiedlicher Fachrichtungen.«

Noch hatte er seine Fassung nicht wiedererrungen. »Aber ich hatte eine Überprüfung meiner Maßnahmen und der Entscheidungen, die ich traf, beantragt«, sagte er und verstummte.

»Wie könnte man deine Entscheidungen beurteilen, wenn man nicht die Ursachen klärt, die Vorkommnisse, die zu diesen Entscheidungen führten? Außerdem meint man in der

UNO, daß es jetzt vor allem gilt, das Atoll zu retten. Und dabei wollen wir helfen!«

Er schwieg. Ausgerechnet Sira sollte ihn überprüfen, seine Leitungstätigkeit überprüfen. Aber wenn sie den Vorsitz übernommen hatte, wozu? Um ihm zu helfen?! Ihm persönlich?

Das Wiedersehen berührte Sira tiefer, als sie es für möglich gehalten hatte, schließlich war sie darauf vorbereitet gewesen. Er hatte geglaubt, sie käme zu ihm zurück! In ihr klangen Saiten wieder an, die sie längst verstummt glaubte, sie spürte, daß er ihr noch längst nicht so fern stand, wie sie gedacht hatte. Sie hätte diesen Vorsitz nicht annehmen, überhaupt nicht hierher kommen sollen! Aber da war der Wunsch zu helfen gewesen. Und ein Schuldgefühl gegenüber Seybal, nicht sehr drückend, aber doch deutlich genug, um, im Verein mit anderen Gründen, sie zusagen zu lassen. Das Schuldgefühl kam wegen ihres damaligen Vorurteils, ihres Zweifels, ob er je mit diesem Atoll zu Rande käme, und wegen ihrer seinerzeitigen Uninteressiertheit. Aber wie hätte sie damals auch erkennen können, was da unter Seybals Regie zu wachsen begann. Und sie hatte auch Seybals Kräften mißtraut. Nicht nur sie allein. Sie dachte an den Papierkrieg, den Seybal geführt hatte, an die vielen Rückgaben des Projektes. Verlorene Mühen, so hatten sie seine Arbeit gewertet. Und in ihr war Unruhe gewesen, Neugier und Erlebnishunger. Sie wollte die Welt entdecken, Abwechslung anstelle des täglichen Gleichmaßes, wollte sich selbst bestätigen. Wenn sie etwas gutmachen konnte, dann jetzt. Ein zweiter Grund, hierher zu kommen, war Blego gewesen und der Wunsch, ihm nah zu sein. Konnte sie einer Sache wegen und wegen vergangener Fehleinschätzungen ihre Liebe zu Blego verleugnen und zu Seybal zurückkehren? Das wäre absurd! Das Beste, was sie Seybal tun konnte, war, ihm die Zweifel zu nehmen und zu helfen, die Ursache der Havarie zu finden und die Sanierung des Atolls zu fördern.

Sie aßen bei Seybal daheim. Und sie erzählten sich belanglose Dinge und bemühten sich, dabei mit dieser ungewöhnlichen Situation fertig zu werden.

Seine Wohnung erinnerte sie an früher, aber auch an ihr damaliges Unvermögen, sie wohnlicher zu machen, gemütlicher.

Ihr Unbehagen kam plötzlich, und es drängte sie, Blego zu sehen. Welch ein Unfug, ihn überraschen zu wollen.

Seybal war sehr besorgt um sie, und doch war sie froh, als das Essen vorüber und es ihr möglich war, aufzustehen.

»Ich möchte so schnell wie möglich die Unterlagen einsehen«, begründete sie ihren Aufbruch. »Dein Stellvertreter hilft mir sicher dabei. Vorher aber möchte ich Gennadi Schwustoch sprechen.«

Sie mußte hinaus, wenigstens für Minuten allein sein. Seybal folgte ihr glücklicherweise nicht.

Als sie über die obere Promenade ging, bot sich ihr ein beeindruckender Rundblick. Das war also Seybals Werk.

Unterwegs traf sie Schwustoch, der zu Seybal wollte, das aber aufschob, als sie ihm sagte, sie sei wegen der Unterlagen auf dem Wege zu Blego. Er begleitete sie zu dessen Zimmer.

»Doktor Blego ist auf dem Schiff, bei der Plattenmontage!« sagte Frau Leipin, gab ihnen jedoch die Unterlagen. Schwutoch blieb bei Sira.

Die Unterlagen verscheuchten Siras Grübeln. Die Messungen, die Analysen und Berichte und die Skizzen von der Ausdehnung der Mürbezone vermittelten ihr einen tieferen Eindruck als die lapidaren Zusammenfassungen, die ihrer Berufung auf das Atoll zugrunde lagen.

Sie las und fühlte sich mitten hineingestellt in diese Katastrophe, von der noch keiner wußte, was sie ausgelöst hatte, wie groß sie wirklich war und wie sie ausgehen würde. Das packte sie. Hier ging es nicht um die persönlichen Gefühle, ihre Aufgabe war es, mitzuhelfen, daß dieses großartige Zeugnis menschlicher Schöpferkraft zum Nutzen der Menschheit erhalten blieb.

Auf einer Übersichtszeichnung vom Atoll waren die Sektoren eins bis drei als Mürbezonen rot ausgewiesen. Und auf einer anderen Zeichnung liefen gelbe Strahlenkränze vom Atoll hinweg, was sie nicht verstand.

Als sie Schwustoch fragte, erhob er sich sofort von Blegos Schreibtisch, an dem er saß und Unterlagen sichtete, und kam zu ihr an den Kartentisch.

»Diese Sektoren trugen nukleoxylare Strahler, die Strahlenkreise deuten es an. Aber das ist überholt. Wir mußten sie demontieren. Sie hingen nur noch an den Kabeln.«

»Alle?«

Er nickte. »Ohne Ausnahme. Sie befanden sich im Mürbebereich!«

Sira stutzte und sagte überlegend: »Oder der Mürbebereich befindet sich dort, wo die Strahler standen!«

Schwustoch lächelte über das Wortspiel und fragte verdutzt: »Die Strahler? Aber ja! Donnerwetter, das könnte so sein. Wir müssen zu Doktor Blego, es ihm sagen, er ist an der Mürbezone.«

31

Was Blego vorhatte, war nicht einfach, wenn auch die Vorbereitungen einwandfrei geklappt hatten. Auf der oberen Promenade der Sektoren eins bis drei stapelten sich Plasteplatten und Kanister mit Kleber, der bei Kontakt auch unter Wasser haftete.

Von mobilen Kränen wurden die U-förmigen Platten über die Brüstung gehoben und zur Mürbezone hinabgelassen. Sie waren so abgewinkelt, daß sich unter- und oberhalb des mürben Materials ein Klebestreifen ans Atoll legte und einen Umlauf schuf, hinter dessen Schutz gearbeitet werden konnte.

Unten warteten Boote, die sich mit Saugern über und unter der Mürbezone fest verankert hatten und auf deren allseitig schwenkbaren Montageplattformen Monteure – unter Wasser im Taucheranzug – die Platten mit Andruckgeräten an die Atollwand preßten.

Aller einhundert Meter wurden mit denselben Platten senkrechte Schächte nach oben gebracht, in die kleine Aufzüge montiert werden sollten, damit man zum Umlauf kam.

Blego stand mit Mertens auf dessen Flaggschiff. Es hielt sich mit einem Sauger am Atoll fest.

Der Umlauf war schon über fünfhundert Meter lang, und Mertens sagte anerkennend: »Das fleckt, Dok, hätte ich nicht geglaubt.«

»Wie sagte der Metzger«, erwiderte Blego aufgeräumt, »wir werden das Schwein schon kriegen, wenn es auch quiekt!«

»Aber jetzt quiekt nichts, Doktor, machen Sie mal Pause.« Mertens fuhr fort: »Sie sind seit zwanzig Stunden auf den Beinen, die Monteure haben schon viermal gewechselt!«

»Die haben auch gearbeitet«, wehrte Blego ab.

»Stapeln Sie nicht tief, Sie haben nicht nur Däumchen gedreht. Und vergessen Sie nicht, bei einem guten Leiter läuft es auch mal ohne ihn weiter!«

»Schön«, spöttelte Blego, »dann können wir ja beruhigt nach der Strahlenquelle suchen!«

Mertens kam nicht zur Erwiderung. Rufe ertönten, es gab Geschrei, einige derbe Worte flogen durch die Luft.

Blego fuhr herum und fürchtete, einen der Monteure ins Wasser stürzen zu sehen ...

Er bemerkte, was nicht zu übersehen war: Eine Platte klebte, oberhalb des Umlaufs, schräg am Atoll.

Monteure wurden von unten mit Stuhllifts, die für Kontrollen bereithingen, hinaufgezogen, um die Platte zu lösen. Wie denn?

Blego war schon am Mikrofon und rief: »Monteure sofort auf die Montageplattform zurück! Arbeitsboot versucht mit zwei Saugarmen die Platte abzuziehen. Sofort beginnen!«

Das Arbeitsboot lag unterhalb der Stelle und fuhr zwei Saugarme aus, heftete sie an die Platte, stemmte sich unterhalb der Mürbezone am Atoll ab und begann zu ziehen.

Das Boot neigte sich.

Nun setzte der Bootsführer zwei zusätzliche Saugarme über- und unterhalb der Platte zum Gegenstemmen an. Die Maschinen heulten auf, die Platte aber rührte sich nicht.

»Nicht zu fassen«, brummte Mertens. Blego aber ordnete an: »Platte sitzen lassen. Weitermachen mit der nächsten!«

Die Arme schwenkten zurück, die nächste Platte schwebte heran, wurde angepreßt, verlängerte den Umlauf.

»Lassen Sie die sitzen, Dok? Sieht häßlich aus, wie eine Warze!« stichelte Mertens.

Aber Blego winkte ab. »Entfernen wir später!«

»Und wie, wenn man fragen darf?«

Das wußte Blego selbst noch nicht. »Abbrennen mit Plasmastrahl, abtrennen mit Laser? Vielleicht absägen, planschleifen ...?«

Indessen hörte Mertens gar nicht mehr hin. Er starrte zur Bootstreppe, wo unbemerkt ein Boot angelegt hatte. Schwustoch kam an Bord in Begleitung einer jungen Frau. Mertens pfiff leise durch die Zähne.

Blego hörte einen der Monteure sagen: »Es ist doch nur noch die Kohlus auf der Insel?«

Er kümmerte sich nicht darum und beobachtete den Arbeitsablauf.

Bis eine Stimme hinter ihm sagte: »Hallo, Gregory!« Das ging ihm ins Mark.

Er fuhr herum und traute seinen Augen kaum. Vor ihm stand Sira. Da nahm er sie in die Arme und küßte sie vor allen. Und sagte: »Schön, daß du da bist!«

Schwustoch war verdutzt. »Sie kennen sich – auch?« entfuhr es ihm.

Beide nickten. Sah man das nicht? Nur über das »auch« wunderte sich Blego.

Blego wandte sich an Schwustoch und Mertens und erläuterte: »Wir zwei haben zusammen Schaum gerührt!« Und nun zu Mertens: »Ihren Sturmschaum, Kommodore!«

»Reine Übertreibung«, behauptete Sira lachend, »er hat gequirlt, ich habe nur den Topf gehalten!«

Genügte das, um ihre Beziehungen zu erklären? fragte sich Blego, aber er entsann sich der Frotzelei der Monteure: Gut für'n Herzinfarkt! und dachte, warum erklären, wen ging es an? Ihm fiel aber ein, daß tatsächlich nur noch die Kohlus geblieben war. Wieso war Sira gekommen? Gekommen!

»Daß man dich hat einreisen lassen, nach OKEANOS!« wunderte er sich.

»Ich bin sogar eingewiesen worden«, sagte sie, »euch zu helfen!«

Blego glaubte, sie scherze, und sah sie zweifelnd an.

»Frau Solomka hat den Vorsitz der Prüfungskommission, die Professor Seybal erbat«, erläuterte Schwustoch, um allen Klarheit zu verschaffen.

Trotz aller Verwunderung – sie hatte ja nie nach OKEANOS gewollt, nicht mal zu Besuch! – freute sich Blego sehr. Nun waren sie beisammen. Warum, das würde sie ihm sagen, wenn sie sich ungestört unterhalten könnten. »Hilfe brauchen wir dringend«, sagte er, »bis jetzt wissen wir nur, daß hier eine weiche Stelle ist, die nicht einmal unsere Strahler halten konnte.«

»Und wenn diese Strahler die Ursache sind? Die mürbe Stelle liegt im Strahlerbereich!«

Blego lächelte im ersten Impuls. Dann wurde sein Gesicht ernst, und er blickte Sira mit ungläubigen Augen an. »Das ist schlimm«, sagte er spontan. »Seit dem Strahlerabbau ist keine Ausbreitung mehr feststellbar!«

»Das ist schlimm?«

»Ja«, sagte er. »Für mich!«

Abends lehnte Sira erschöpft an der Balkontür ihres Hotelzimmers, schaute über OKEANOS, das sich im Abendrot wie eine Zaubermuschel vor ihr breitete, und sie nahm doch nicht richtig wahr, was sie sah.

In welche Situation war sie hier hineingeraten!

Von der Vorsitzenden wurde unbedingte Objektivität gefordert. Was aber erwarteten die beiden Männer?

Gregory, soweit sie ihn kannte – und wie weit kannte sie ihn wirklich, eine echte Bewährungssituation zwischen ihnen hatte es noch nicht gegeben! –, Gregory war objektiv und schien das auch von ihr zu erwarten. In jeder Situation! In jeder? Auch wenn die nukleoxylare Strahlung schuld an der Vermürbung trug und sie ihm das zur Last legen mußte? Ausgerechnet sie!

Und Emori? Er war verantwortlich für alles, was hier geschah. Sie kannte sein Pflichtbewußtsein, seine Hingabe an sein Werk. Was, wenn sie ihm wesentliche Versäumnisse bescheinigen mußte?

Sollte sie sich für befangen erklären? Aber hieße das nicht, sich kleiner zu machen, als sie war? Ja auch, die beiden kleiner zu machen? Und hätte es Sinn gehabt, sich vorher mit beiden zu verständigen?

»Du wohnst bei mir«, hatte Blego gesagt, und sie wäre dem gern nachgekommen – aber Seybal erwartete das gleiche, noch hatte sie ihm ja keine Klarheit gegeben. Wieder hatte sie seine Freude vor Augen, als er sie zur Begrüßung in die Arme genommen hatte.

Ihr blieb nur zu sagen: »Ich bin als Untersuchungsorgan hier!« Wäre sie privat hier, stünden ihr unangenehme Minuten der Klärung bevor, dann aber könnte sie tun und lassen, was ihr beliebte – aber jetzt? Sie konnte doch nicht zu Blego gehen, wo es möglich war, daß sie zwischen ihm und Seybal dienstliche Versäumnisse abzugrenzen hatte.

Wenn sie sich vorstellte, was Schwustoch von ihr halten mußte … Nicht, weil sie zwei Männer kannte – aber wie beide sie begrüßt hatten!

Bedachte sie es recht, hatte Blego seinen Anteil an dieser Situation, sie hatte ihm von Seybal erzählen wollen!

Am nächsten Morgen brachte das Flugboot die Experten von Siras Kommission, vier anerkannte Kapazitäten verschiedener Fachgebiete, Leiter von Instituten wie Sira. Und wenn die Insulaner insgeheim befürchtet hatten, sie würden nun überall im Wege stehen, so sahen sie sich angenehm enttäuscht.

Wie Sira übernahmen sie einen der verwaisten Büroplätze, arbeiteten sich durch die Unterlagen, beteiligten sich an Arbeitsbesprechungen, besichtigten die Mürbezone, fragten diesen und jenen und berieten dann mit Sira, die inzwischen schon einen tieferen Einblick gewonnen hatte.

Mittags kam Sturm auf, nicht so heftig, daß er den großen Ozeanlinern hätte gefährlich werden können, einem gesunden OKEANOS gleich gar nicht, doch jetzt hielt er die Insulaner in Atem, blies er doch ausgerechnet gegen die Mürbezone. Er erfaßte die großen Platten beim Absenken und schleuderte sie unkontrolliert gegen das Atoll. Zwei Platten hafteten schon an Stellen, an die sie nicht gehörten.

Weil Blego keine Pause eintreten lassen wollte – er hatte nicht Ruhe, bevor die Wunde geschlossen war – ließ er die Leitung zusammenbitten, so daß auch für Sira zu privaten Gesprächen keine Zeit blieb.

Das Atoll war mit vielen Trossen, wie ein Luftschiff früher auf seinem Landeplatz, auf dem Meeresboden verankert. Blego schlug nun vor, das ganze Atoll zu drehen, bis die Mürbezone im Windschatten läge.

Verständnislose Stille folgte seinen Worten. Selbst Seybal schwieg, von Blegos Gedanken überrumpelt. Er bewunderte wieder Blegos Kreativität und entsann sich, nicht ohne leise Wehmut, jener Zeit, in der ihm die Einfälle wie von selbst gekommen waren, wo er für jedes Problem schnell eine Lösung gefunden hatte.

Aber Croupier schüttelte den Kopf und sagte schließlich: »Das dauert doch Tage. Bis dahin ist der Sturm abgeflaut!«

Blego schaute herausfordernd in die Runde. Aber die Mienen der schweigenden Kollegen verrieten, daß sie nicht viel von seinem Vorschlag hielten. Lieber die Montage des Umlaufs unterbrechen, als eine solch zeit- und arbeitsaufwendige und deshalb auch fragwürdige Drehung des Atolls.

Nach einer Weile des Wartens sagte Blego: »Es geht doch nicht nur um diesen Sturm. Wenn uns ein richtiger Orkan in die Einfahrt pustet, dann kann es passieren, daß wir anschließend die Frachter von den Stufen des Atolls fegen müssen!«

Seybal fühlte sich getroffen. Provozierend fragte er: »Und Sie wissen natürlich auch schon, wie gedreht werden soll?«

»Übergeben wir die Trossen an vielen Punkten des Umfanges gleichzeitig, so kostet die Drehung einen Bruchteil der hier vorausgesetzten Zeit. Wir sollten einmal durchrechnen, an wie vielen Punkten gleichzeitig wir ansetzen können, ohne das Atoll zu gefährden. Vielleicht unter deiner Regie, Sira? Und Kapitän Mertens sollte den Standort aller Schiffe überprüfen, die sich in der Lagune befinden. Nach der Drehung wird der Wind tatsächlich fast voll in die Einfahrt blasen.«

Seybal schluckte, aber er überwand sich und sagte zu Frau Leipin: »Bitte halten Sie das fest. Später ist zu überprüfen, ob OKEKANOS mit schwenkbaren Hydrodüsenantrieben versehen werden kann, zum Drehen, um die Ortsstabilität zu erhöhen und als Transport- und Manövrierhilfe.«

So ruhig, wie er sich gab, war Seybal indessen nicht. Er hatte die vertrauliche Anrede wohl bemerkt. Was ging hier vor? Sira kannte Blego? War sie dessent- und nicht seinetwegen gekommen? Hatte Blego bei der Wahl Siras zur Vorsitzenden seine Hände im Spiel? Würde sich so sein Antrag, ihn zu prüfen, von vornherein gegen ihn richten?

Seybal hatte Blegos Variante als Lösung akzeptiert, nun aber schmerzte es ihn, daß sie ihm nicht selber eingefallen war. Er hatte immer zurückgestanden, wenn es um OKEANOS ging, es war ihm auch heute selbstverständlich, aber nie war es ihm so schwer gefallen. Eine verflixte Konstellation!

Anschließend bestätigte Sira im Namen der Kommission Blegos erste Maßnahmen und die Verschalung als günstigste Variante. Und sie schlug vor: »Da die Mürbezone im Strahlungsbereich der Nukleos lag, empfehlen wir dringend, Materialproben des unversehrten Bereiches dieser Strahlung auszusetzen.«

Seybal erhob sich anschließend und ersuchte noch einmal, ihn von seiner Funktion zu entbinden. Konnte er denn mit einem solchen Zwiespalt in dieser kritischen Situation weiter Chef sein?

Einige Kollegen hielten die Bitte für gekränkte Eitelkeit,

andere für Quängelei, weil es nicht nach seinem Kopf ging. Er mußte das schlucken.

Nach einer kurzen Beratung entschied auch die Kommission, daß keine Veranlassung bestünde, ihn zu entlasten, und daß er bis zur Behebung der Havarie der Leitung vorzustehen habe. Sein Antrag sei danach an die zuständige Abteilung zu stellen.

Seybal biß sich auf die Lippen. Daß es Sira war, die über ihn verfügte, machte es nicht angenehmer. Im Gegenteil. Dieser Wust von Zwiespältigkeit, Unklarheiten und Ungeklärtem belastete ihn und erregte ihn zunehmend. Er ahnte, daß er nicht mehr objektiv urteilte. Und fühlte, wie sich in ihm ein Zorn ausbreitete, gegen sich, gegen alle, gegen alles ...

Nach der Sitzung, als sich der Raum leerte, trat Sira zu ihm, um ihm Mut zu machen. Sie kannte ihn doch und wußte, was in ihm vorging.

»Du hast dir gute Mitarbeiter herangezogen«, begann sie in der Absicht, ihn auf seine leitende Rolle zu verweisen und einige Maßstäbe gerade zu rücken.

Er lachte bitter auf. »Das wirst du gewiß beurteilen können, offensichtlich kennst du Blego besser als ich. Nun sieht allerdings manches anders aus ...«

»Emori!«

Aber Seybals Zorn ging mit ihm durch. »Die Strahlung ist übrigens auch von Doktor Blego vorgeschlagen worden.«

Sira kehrte auf dem Absatz um und ließ ihn stehen.

32

Die Bestrahlungskammer öffnete sich. Der Cheflaborant entnahm ihr einen Plastewürfel und legte ihn auf den großen Tisch, den Seybal, Schwustoch, Croupier, einige Leitungsmitglieder und die gesamte Kommission umstanden.

Alle blickten auf den Würfel.

Nervös fuhr sich Seybal durchs Haar und sagte zum Cheflaboranten: »Bitte beginnen Sie, das übliche Programm!«

Der Cheflaborant trug den Würfel selbst zum Prüfautomaten und stellte ihn in der Eingabe ab. Sein Knopfdruck belebte den Koloß. Mehrere Sichtfenster ermöglichten einen Einblick in seine Eingeweide.

Der Würfel wanderte in den Rachen der Maschine, Laserstrahlen zerschnitten ihn in kleinere Würfel, schmale Stangen, dünne Platten und Streifen, die über verschiedene Bahnen zu den nächsten Prüfplätzen liefen, wo sie zerdrückt, zerrissen, gebogen, verdreht, gekerbt und geschliffen wurden. Andere Proben wiederum wurden erhitzt, gefrostet, in Säure und Lauge getaucht, abgespült, getrocknet und dann ebenfalls der zerstörenden Werkzeugprüfung unterworfen.

Diese Tortur dauerte natürlich ihre Zeit und vermochte die Anwesenden nicht auf die Dauer zu fesseln. Und sie wußten ja, daß der Automat die Ergebnisse dieser einzelnen Prüfetappen auf eine Testkarte druckte, die sofort in die Ablage fallen würde, wenn das Material alle Kammern durchlaufen hatte.

Sie umstanden den Tisch und unterhielten sich, unwillkürlich gedämpft, wie hospitierende Ärzte bei einer Operation.

Nur Seybal stand abgewandt und blickte hinüber zum Automaten, verfolgte die Angaben auf den Anzeigeschirmen, verglich sie mit den Werten auf einer Prüfkarte, die die Werte des gesunden Atollmaterials enthielt. Ohne die Angaben wirklich aufzunehmen, folgte er unsicher dem Gespräch am Tisch. Ihn verunsicherte, daß er sich nicht mehr mit den anderen in Übereinstimmung befand. Aber sich am Gespräch beteiligen wollte er auch nicht, um nicht Sira ansehen zu müssen, weil er sein gestriges Verhalten als verächtlich empfand. Wie hatte er sich so gehen lassen können!

Obwohl er noch immer annahm, Blego sei an Siras Berufung nicht unbeteiligt, gestand er sich ein, daß keiner Blego dafür persönliche Gründe unterstellen konnte. Ihm ging es auch um das Atoll.

Aus dem Automaten fiel die Testkarte. Erst als der Cheflaborant auf ihn zutrat, wurde Seybal aufmerksam, und es war ihm peinlich, daß er, der angeblich ständig die Geräteanzeigen und Kartenangaben beobachtet hatte, nun beide Karten erst vergleichen mußte.

Er nahm sich zusammen und sagte mit gewohnter Stimme: »Die Bestrahlung mit nukleoxylarer Strahlung ruft keinerlei Materialveränderung hervor. Bitte!« Mit einer förmlichen Verbeugung übergab er die Prüfergebnisse an Sira.

Nachdem sie verglichen hatte, reichte sie die Karte weiter und sagte: »Auch nicht die strukturelle Veränderung wie bei der Mürbezone!«

In diesem Augenblick kam Blego ins Labor und trat zu Seybal. Doch Sira kam seiner Frage zuvor. »Keine Vermürbung!«

Blego kratzte sich über dem Ohr, nahm die zugereichten Karten, verglich sie und streichelte gedankenversunken sein Kinn. »Zum Mäusemelken! Seit der Strahlerdemontage keine Vermürbung mehr, jedenfalls nicht feststellbar. Es muß mit der Strahlung zusammenhängen ... Nur im Strahlerbereich ...« Er stockte. »Und dort nur im Bereich der Wasserlinie! Ob das Meerwasser reagiert?« Er wandte sich an Seybal. »Sollten wir den Test nicht unter Einwirkung von Meereswasser wiederholen?«

Seybal stimmte sofort zu und veranlaßte das Nötige, während die anderen das Labor verließen. Nach dem Test würden sie wiederkommen.

Blego begleitete Sira. »Du kennst Seybal?« fragte er in seiner direkten Art. »Jedenfalls behauptet das der Buschfunk.«

Sie nickte.

»Vor meiner Zeit?«

»Du hast mich immer gehindert, von meinem Vorleben zu erzählen ... Ich kannte Seybal nicht nur näher, wir lebten zusammen. Bis ich ihn verließ. Übrigens wegen OKEANOS, das damals noch in der Wiege lag und uns die Gemeinsamkeit stahl. Das heißt, ich war ein Gänschen!«

»Und heute?«

»Hoffe ich keins mehr zu sein!«

»Also gehst du zurück?«

»Heute weiß ich, daß es keine Liebe war. Hätte ich sonst weggehen können?«

»Und wann kommst du zu mir?«

»Laß mich erst diese Überprüfung zu Ende bringen!«

An der Reling des Flaggschiffes lehnten Blego und Wankon. Sie beobachteten die Männer auf und an den Kränen, die die Platten über die Brüstung hievten und aufpassen mußten, daß der Wind kein loses Spiel damit trieb. Doch sie wußten mit Schraubklemmen, Saugbügeln, Schäkeln und Seilen umzugehen.

Wankon arbeitete in Gedanken an seiner Reportage. Und sah er hinaus aufs Meer, wo der Sturm die Wellen fegte, entsann er sich des Orkans, den er mit Beli auf dem Sektor erlebt hatte.

Auch Mertens erinnerte sich. »Damals war's schlimmer, Dok. Da ist das hier nur ein laues Lüftchen!«

Wankon stimmte zu: »Wirklich kein Vergleich! Die Wellen haushoch, aber wie Hochhäuser!«

Blego lachte lautlos. Und Mertens sagte: »Stimmt ja, da war unser Chronist dabei. Daß blinde Passagiere so etwas sehen?«

»Und wie hoch waren die Wellen nun wirklich?«, fragte Blego, ohne den Blick von einer Platte zu nehmen, die heruntergelassen wurde.

»Na ja«, brummte Mertens, »so an die fünfundzwanzig Meterchen werden es gewesen sein!«

Wankon protestierte. »Aber da wirkte der Schaum schon drauf.«

»So soll es tatsächlich in der Chronik stehen, die ein gewisser Wankon schreibt«, erwiderte Mertens trocken, »aber wir können ja mal die Chefs der anderen Schleppflottillen fragen!«

»Das wäre Ihnen zuzutrauen«, wehrte sich Wankon und hob abwehrend die Rechte. »Wäre aber unfair, Käptn! Die beiden anderen Schleppzüge haben das Sturmtief doch nur noch am Rande abbekommen. Die hätten den Schaum doch gar nicht gebraucht!«

»Vorsicht ist die Mutter der Porzellankiste!« erklärte Mertens.

Blego hatte mit wachsender Aufmerksamkeit zugehört. Nun drehte er sich zu Mertens um. »Was denn, Kommodore, da waren noch andere Sektoren im Orkan? In meinem Schaum?«

»Wußten Sie das nicht?« fragte Mertens verwundert. »Die Sektoren zwei und drei!« Er zeigte mit ausgestrecktem Zeigefinger auf die Sektoren vor ihm, hielt plötzlich in der Bewegung inne, steckte verlegen die Hand in die Tasche und knurrte, kaum verständlich: »Sie meinen?«

Blego nickte schwer. »Eins, zwei und drei fuhren in meinem Schaum und eins, zwei und drei haben in Höhe der Wellen eine Vermürbungszone.«

»Der Zusammenhang ist ja wohl noch gar nicht erwiesen«, sagte Mertens, aber es klang wenig überzeugt.

»Das muß sofort überprüft werden«, Blego ging zum Brükkenhaus. Mertens folgte ihm.

»Der Zusammenhang ist doch noch nicht bewiesen?« wiederholte Mertens.

»Dann sehen Sie mal genau hin«, forderte Blego. Sektor eins hat eine höhere Vermürbung als zwei und drei. Bei ihm waren die Wellen höher, also kam der Schaum weiter hinauf.«

Das hatte auch Wankon gehört, der hinterhergekommen war. Er sagte zu Mertens: »Nun läßt sich mit dem Bandmaß abmessen, wie hoch die Wellen tatsächlich gewesen sind.«

Aber Mertens ging nicht darauf ein. Blego hatte schon den Funksprecher zur Hand. »Hallo Professor, hier Blego! Ich glaube, wir haben die Ursache: Alle drei Sektoren waren beim Transport im Sturm und damit im Schaum. Lassen Sie bitte im Labor etwas Schaum herstellen. Sira Solomkas Informationszentrum hat die Analyse gespeichert. Und bereiten Sie bitte einen Test vor. Schaum, Meerwasser, nukleoxylare Strahlung ... Bei der Auswertung wäre ich gern dabei!«

»Gibt es Fakten, die Ihre Vermutung stützen?« fragte Seybal. Blego erklärte sie ihm. Eine Weile schwieg Seybal. Dann kam es aus dem Schallwandler: »Also Ihr Schaum als Zeitzünderbombe!«

Doktor Blego verfolgte nach der Bestrahlung noch gespannter als Seybal den Weg des beschäumten Würfels durch den Prüfautomaten. Gesprochen wurde kein Wort.

Endlich die Ergebnisse auf den Anzeigeschirmen: Negativ. Keine Vermürbung!

Voller Erleichterung holte Blego tief Luft. Er war so froh, daß er Seybals Entschuldigung ohne Groll entgegennahm. »Schon vergessen!« Aber lange hielt seine Erleichterung nicht vor. Noch kannte keiner die Ursache. Er kam sich vor wie ein Arzt am Krankenbett: Ein röchelnder Patient, aber nicht zu finden, warum er röchelte.

Es war lebenswichtig zu wissen, woher die Vermürbung kam!

Sie setzten sich erneut an den Beratungstisch, durchdachten auch die abwegigsten Vermutungen, bemühten sich, keine Möglichkeit außer acht zu lassen, zogen immer neue Mitarbeiter hinzu. Was schließlich herauskam, war so dürftig, daß sie schon an Vertagung dachten, da brummte Mertens: »Sicher unsinnig, aber ... Wenn man einen solchen Testwürfel nicht nur mit den Nukleos, sondern auch mit der Meeresstrahlung bedient. Dann hat man doch Bedingungen, wie sie lange Zeit geherrscht haben!«

Sira wurde aufmerksam. »Noch eine Strahlung?«

Blego nickte und wies auffordernd zu Beli Kohlus. Sie berichtete von ihren Funden.

Blego fuhr dann fort: »Ich habe mehrmals gemessen, draußen im Meer. Vor allem bei Strömungen aus Nordwest bis Nordnordwest. Hier ändern sich die Richtungen oft.«

»Und die Quelle? Wo kam die Strahlung her?« fragte Sira ungeduldig. »Was habt ihr unternommen? Warum steht nichts in den Unterlagen?«

Blego warf Mertens einen Blick zu. »Sie sind in meinen Unterlagen.«

»Was denn«, fragte sie befremdet und wandte sich an Seybal: »Gibt es hier ein Privatunternehmen Blego?«

»Gab es beinahe«, mischte sich Schwustoch unverhofft ins Gespräch. Er schilderte den Ablauf der Tage vor ihrer Ankunft. »Die Suche ist schon angeordnet, die Sonden sind eingetroffen. Nur die Ereignisse verhinderten bisher die Suche!«

Sira verständigte sich nur kurz mit den Experten ihrer Kommission, dann wies sie an, sofort mit der Suche zu beginnen.

Schwustoch sah erst zu Blego, dann zu Seybal: »Seemännischer Leiter der Suchexpedition ist Kommodore Mertens, technisch-wissenschaftlicher Doktor Blego. Dieses Team ist bestens eingespielt. Es werden sämtliche verfügbare Schiffe eingesetzt, sobald wieder Radioaktivität meßbar ist. Brauchen Sie noch andere Unterstützung, Doktor Blego?«

Blego wehrte ab. »Im Bedarfsfall melden wir uns. Ich bitte, uns Beli Kohlus mitzugeben – sie hat die Strahlung entdeckt.«

In Mertens Gesicht kamen Schmunzelfältchen. Knapp und deutlich sagte er: »Es erscheint notwendig, daß Henry Wankon uns begleitet und das Wesentliche der Suche für die Chronik festhält!«

Seybal schwieg. Schwustoch stimmte dem zu.

»Wir beginnen sofort mit den Vorbereitungen!« Blego sagte es, erhob sich und wartete auf die anderen drei. So vernahm er noch, daß ein neuer Test angeordnet wurde: Meereswasser plus Schaum plus Nukleos plus Radioaktivität! Jetzt haben wir dich beim Wickel, OKEANOS, dachte er. Nun wirst du Farbe bekennen müssen!

33

Siebzehn Schiffe, weit auseinandergezogen, schleppten in unterschiedlichen Tiefen stromlinienförmige Tauchkörper mit hochempfindlichen Strahlungsmeßgeräten hinter sich her.

Obwohl die Sonne schien und der Ozean sich vom Sturm ausruhte, saß Mertens unzufrieden neben Blego am Tisch im hinteren Teil des Brückenhauses. Mal blickte er am Kapitän vorbei nach vorn, mal schaute er durchs Fenster zurück ins Schraubenwasser.

»Schon stundenlang radioaktive Strömung, aber keine Quelle«, knurrte er Blego an, als könne der dafür.

Um ihn abzulenken, fragte Blego: »Warum haben Sie Wankon mitgenommen? Sie sind doch sonst nicht für publicity?«

»Die Kohlus erfuhr, daß er Schwustoch bat, sie zu evakuieren. Nun ist er Luft für sie.«

Blego schmunzelte. »Sie können wohl auch nicht sehen, wenn zwei sich gram sind, die sich lieber küssen sollten?«

»Das Leben ist einmalig, jede Stunde kostbar, jede verpaßte lohnende Gelegenheit unwiederbringlich!« sagte Mertens, schon weniger unwillig.

»Auf einem Schiff sind sie, Kommodore, ja, aber er in der Messe, sie an der Reling!« erwiderte Blego. Er dachte an Sira und hätte den beiden gern geholfen. Die Kohlus kam ihm nicht so vor, als messe sie ihren Charme daran, wie lange sie einen an der Nase herumführen könne. Ein etwas stark ausgeprägtes Selbstbewußtsein? Schlechte Erfahrungen mit einem der Sorte, die in der Frau noch immer ein Produkt ihrer eigenen Rippe sehen? Wankon schien nicht dieser Art. Warum engagierte sich Mertens? Späte Erkenntnisse eines älteren Herrn? Reue?

»Das Leben ist verdammt kurz!« sagte er aus seinen Gedanken heraus.

Mertens schob nun seine Mütze in den Nacken und lachte in sich hinein. »Hat meine Frau auch gesagt, als sie sofort mit anreisen wollte!«

Was denn, dachte Blego überrascht, Mertens hat eine Frau? Darauf wäre er nie gekommen.

»Sie kommt, sobald heraus ist, ob Ihre Bandage hält!«

»Da muß ich mich ja mit der Sanierung beeilen, Käptn. Und wir sausen übers Meer und suchen eine Tonne Müll!«

»Die Seybalsche einzelne Tonne kann's ja nun wohl nicht mehr sein, bei der Entfernung, wie?«

Blego kam zu keiner Antwort.

»Volle Kraft zurück«, rief der Schiffskapitän. »Leine lose!«

Das Schiff verlor an Fahrt.

»Die Notbremse, Kapitän?« fragte Mertens.

»Achtung, daß die Leine nicht in die Schraube kommt!« rief der Kapitän erst ins Mikrofon, ehe er sich umwandte. »Der Schwimmkörper hat sich verfangen, Kommodore. Nun muß sich ein Taucher an der Leine hinabtasten!«

Auch die anderen Schiffe verloren an Fahrt und warteten auf Anweisungen des Flottillenchefs.

Mertens sah sich in der Klemme. Nachdenklich sagte er zu Blego: »Ein Taucher, das dauert ... Steige ich um? Lasse ich die Flottille allein weiterziehen? Oder holen wir alle Schwimmkörper ein und lassen die Flottille am Ort treiben?«

»Mit unserem Bathy nachsehen, geht schneller. Manipulatoren hat er ja«, schlug Blego vor.

»Können Sie denn das Seil verfolgen, vom Bathy aus?« fragte der Schiffskapitän.

»Ja, meinen Sie denn, unser Tauchboot wäre mit der Axt zurechtgehauen worden?« gab Mertens zur Antwort und straffte seinen Rücken.

Der Kapitän lächelte. »Die Trosse ist sehr dünn und aus einem Kunstfasergewirk, das auf Radar nicht und auf Sonar kaum anspricht.«

»Dann fädeln wir den großen Ring ein, den wir beim Tauchen mit Manipulator halten«, schlug Blego vor, »so verlieren wir ihn nicht und gewinnen Zeit!« So sehr ihn interessierte, worin sich der Schwimmkörper verfangen hatte, so wollte er doch schnellstens wieder weitersuchen, denn es zog ihn zurück aufs Atoll.

»Einverstanden«, sagte Mertens und befahl, das Tauchboot zu wassern und der Flottille zu übermitteln, daß am Ort zu verweilen sei.

Zur Tür hereinkommend, hatte Wankon Mertens' Befehl gehört. »Kann ich mit?« fragte er, mit dem Zeigefinger hinunter weisend.

»Haben Sie noch nicht genug von U 83?« entgegnete Mertens.

Nun sah Wankon hilfesuchend zu Blego. »Falls wir aussteigen müssen, brauchen wir einen zweiten Taucher«, stellte Blego fest. Das war Gesetz. Deshalb hatten ja viele Insulaner Taucherlehrgänge mitgemacht.

»Einverstanden«, stimmte Mertens zu, »allerdings wäre auch die Kollegin Kohlus vonnöten, als Meßhilfe. Wenn wir schon mal unten sind!«

»Beli Kohlus auf die Brücke«, rief er dann auch mit Kommandostimme ins Mikrofon. Dabei blinzelte er Blego zu.

Es war, als habe sie hinter der Tür gewartet, so schnell kam sie herein. Wie im Theater. Blego grinste vor sich hin. Stichwort – Auftritt. Und Mertens als Regisseur. Wenn das nichts wird.

Sie erklärte sich nicht nur bereit, mitzukommen, sie bedankte sich sogar bei Mertens.

Blego hatte Mühe, unbeteiligt auszusehen. Diese Frauen! Da gab sie sich liebenswürdig zu Mertens und ihm – und es war doch ganz klar, daß das nur Wankon galt.

»Zwei Skaphander!« sagte er kurz.

»Sind schon an Bord, Dok«, versetzte Mertens. Dieser Philanthrop lächelte tatsächlich!

Sie verließen die Brücke. »Bathy aussetzen!« befahl Mertens in der Tür.

Über dem Achterdeck schwebte der Bathyskaph am Kranhaken und sank mit einer behutsamen Schwenkung langsam zwischen den beiden Rümpfen aufs Wasser. Beim Aufsetzen wurde er von einem Saugarm erfaßt und festgehalten. Aus der Bordwand schob sich ein schmaler Laufsteg hinüber zum Einstieg des Bathys.

Blego hielt Wankon zurück, der zuerst einsteigen wollte. Er kannte Mertens. Zuerst ging der Bootsführer an Bord und prüfte die Betriebsbereitschaft.

Beli Kohlus war die nächste, die über die Planken lief. Und Wankon ließ nun sogar Blego den Vortritt.

Mertens schloß hinter ihnen die Luke und wies ihnen die Plätze an. Er und Beli Kohlus am Leitpult, Blego und Wankon neben den Skaphandern in der Nähe der Schleusenkammer.

»Saugarm los!« kommandierte Mertens ins Mikro.

»Ist los!« kam es zurück.

»Danke, Kapitän«, erwiderte Mertens und öffnete das Ballastventil. Sie hörten Wasser in die Behälter schießen und begannen, in die ewige Finsternis zu sinken.

Wieder beschlich Blego leises Unbehagen. Langsam verdämmerte das Tageslicht und machte jener Dunkelheit Platz, in der man auch die sagenhaftesten Ungeheuer wähnen konnte.

Nur die Skalen der Instrumente fluoreszierten, und hin und wieder kamen geheimnisvolle Lichter aus der Dunkelheit, zogen vorbei oder verloschen.

Mertens schaltete die Außenscheinwerfer ein. Blitzartige Bewegungen brachten einige Tiefseebewohner aus dem Lichtkegel, ehe man sie recht erfassen konnte. Andere blieben, glotzten, nahmen das Licht gelassen hin.

Wankon fieberte dem Kommenden entgegen. Mertens und Beli Kohlus waren von Spannung gezeichnet, und selbst Blegos Unbehagen verging.

Sie starrten auf den Ring, in dem das Seil lief. Mertens minderte die Sinkgeschwindigkeit, obwohl das Echolot noch dreißig Meter über Grund anzeigte.

Plötzlich krachte und scheuerte es. Sie fuhren auf, aber Mertens hatte schon auf Steigen geschaltet. Trotzdem neigte sich der Bathy vornüber, ehe er wieder zu steigen begann. Vor ihnen war nichts zu sehen.

Mertens überflog die Instrumente. »Nichts passiert«, knurrte er beruhigend. »Kleiner Kratzer am Lack.«

Er brachte den Bathy in die Waagerechte und ließ ihn langsam rückwärts fahren. Dann ging er wieder behutsam nach unten.

Ein Gewirr von Blechfetzen und Stahlstangen kam ins Bild des Sonars.

Vorsichtig fuhr Mertens näher heran.

»Ein Mast«, sagte er, »Radar, Scheinwerfer – könnte ein Gefechtsmast sein. Ein Kriegsschiff!«

Er stoppte jede Bewegung.

»Warum tauchen Sie nicht weiter?« drängte Wankon. »Ein Kriegsschiff habe ich noch nie gesehen!«

»Seien Sie froh«, brummte Mertens und fügte grimmig hinzu: »Genau das fehlte noch. Müll der Vergangenheit. Und mehr als eine Tonne!«

Er rückte seine Mütze gerade und sagte zu Blego: »Jetzt müssen wir gut überlegen, Doktor. Was wartet hier auf uns?

Minen, Wasserbomben, Granaten, Raketen ... Mit Kerngefechtsköpfen?«

Blego fror. Blässe zeichnete auch die anderen. Beli starrte angestrengt aus dem Bullauge hinunter ins Dunkel.

Mit solchen Dingen hatte Blego nie Berührung gehabt: Neutronenbomben, chemische Waffen ... Was für eine barbarische Zeit. Und was für eine Gesellschaft, die auf diese Waffen im Machtrausch setzen wollte, um aus den Mühen aller Völker ihren Profit zu ziehen ...

Was nun? Da unten lagen sie, diese Waffen, lauerten noch immer auf Opfer.

»Na und? Sehen wir sie uns an!« hörte er Wankon ungerührt sagen.

Er wollte ihn zurechtweisen, aber es wurde ihm bewußt, um wieviel jünger Wankon war.

Beli sah Wankon ebenfalls an, anders als sonst, ernster ja, aber nicht verschlossen. Auch sie sagte kein Wort.

»Überlegen wir nüchtern«, begann schließlich Mertens, und seine schleppende Redeweise verriet, daß auch ihn Emotionen überrollt hatten. Doch für ihn war das noch eigene Erinnerung, diese ständige Bedrohung. Diese militärischen Überfälle mal hier, mal da. Sein Gesicht war kantig. Und die Sachlichkeit fiel ihm nicht leicht. »Minen werden sie hier, inmitten der Südsee, kaum gelegt haben. Wenn der Kasten also welche an Bord hatte, dann sicher ohne eingeschraubte Zünder. Ebenso die anderen schlimmen Sachen. Aber alles ist eben schön verrostet!«

»Was sieht man auf dem unteren Sonar?« fragte Blego, und sie suchten stückweise den Grund ab. Die Bilder waren wie Steinchen im Mosaik. Dann hatten sie es erfaßt: »Riesiger Kasten. Langes ebenes Deck. Ein Tanker! Die Aufbauten sind seitlich versetzt«, sagte Blego erleichtert. »Kein Kriegsschiff!«

»Kein Tanker«, widersprach Mertens. »Ein Flugzeugträger!«

»Da können wir doch runter!« rief Wankon spontan. »Oder wollen Sie nicht?«

»Ich will schon, junger Mann, aber noch hängen wir an der Trosse! Sie hat sich im Wrack verfangen! Die Frage ist, wenn Zug auf die Trosse kommt, was dann, was lösen wir aus?«

»Dann lassen wir den Ring fahren oder zerschneiden wir die Trosse«, drängte Wankon ungeduldig.

»Den Meßgeräteträger opfern?« Blegos Vorworf war unüberhörbar.

»Dann sehen wir mit den Skaphandern nach«, sagte Wankon ungerührt.

Dem geht es doch nur ums Aussteigen. Abenteuerlust, dachte Blego. Aber das Risiko! Für das Aussteigen müßten sie tiefer hinunter. Schon das war riskant. Auf den Schwimmkörper verzichten und sofort auftauchen? An der Trosse ist eine Boje befestigt, die den Standort markiert!

Der Bathy ist mehr wert, als hundert dieser Schwimmkörper – aber vielleicht könnte man den später mit bergen?

Andererseits sind sie nun einmal unten, wissen genau, wo das Wrack liegt, können gleichzeitig prüfen, woher die Strahlung kommt, ob von Waffen oder dem Atomantrieb, können dem Bergungskommando genaue Angaben übermitteln, welche Hilfsmittel benötigt werden, welche Experten, aus welcher Richtung man am besten herangeht ...

Jede Angabe, die sie machen können, nimmt vom Bergungskommando etwas Gefahr – erhöht aber die ihre.

34

Seybal ging in seinem Zimmer auf und ab. Er fühlte sich unentrinnbar den Gegebenheiten ausgeliefert.

Viel war auf ihn eingestürmt, auf ihn, der eigentlich hart war im Nehmen und dessen Selbstbewußtsein so schnell nicht anzukratzen gewesen war. Und nun diese vertrackte Katastrophe.

Er nahm zum wiederholten Male die Testprotokolle zur Hand. Können diese Kurzzeittests wirklich die monatelange Einwirkung des Schaumes simulieren? Der Schaum schien ja tatsächlich der Katalysator dieser Reaktion gewesen zu sein, die am Atoll nagt. War es keine Reaktion? Es handelte sich immerhin um eine organische Lösung ... Wurde sie aktiviert ... Auf jeden Fall hatte sich Blego geirrt, wenn er dachte, daß sein Schaum von den Fischen gefressen würde. Und trotzdem, diese Langzeitwirkung, ganz einfach unglaublich!

Bloß gut, daß die von der Kohlus festgestellte Radioaktivität als Ursache ausschied ... Aber auch die nukleoxylare. Sie hatte ja auch keine hohe Intensität, da war doch Croupier dabei gewesen!

Ein heißer Schreck durchfuhr ihn. Er spürte, wie ihm der Schweiß ausbrach. Die Intensität! Er hatte sie doch erhöhen lassen! Aber das hätte Blego doch auffallen müssen, als er nach den Protokollen die Tests vornehmen ließ. Er hatte nichts gesagt!

Sofort ließ er sich von Frau Leipin die Unterlagen und Protokolle des Strahlermeisters geben.

Er blätterte und las und suchte – keine Eintragung! Warum hatte man seine Weisung nicht ausgeführt? Wie hoch war die angewiesene Intensität gewesen?

Was tun? Sofort die anderen unterrichten.

Schwustoch, Blego, Sira …

Nachdem er gegenüber Blego so aus der Rolle gefallen war? Und auch Schwustoch würde kein Verständnis haben für diesen Alleingang. Und nicht dafür, daß er sich nicht wenigstens mit Croupier beraten hatte!

Vor allem aber Sira – welche Ironie des Schicksals, seine ehemalige Schülerin und Frau würde über ihn zu Gericht sitzen! Sollte er lieber Schweigen bewahren?

Die Zweifel würden ihn wie Säure ätzen, ihn und seine Selbstachtung zerfressen.

Aber ehe er die Pferde scheu machte, mußte er wissen, ob er die Havarie verschuldet hatte.

Entschlossen ging er ins Strahlenlaboratorium. Er wies alle Hilfsangebote des Cheflaboranten ab. »Nur einige Überprüfungen neuer Materialien.«

Endlich allein, legte er einen Würfel des Atollplastes in die Bestrahlungskammer, netzte ihn mit Meereswasser, häufte Schaum auf ihn, schloß die Tür und ließ der Strahlung ihren Lauf. Dieses Mal mit der erhöhten Dosis.

Und wieder ging er auf und ab. Unablässig. Stunden verrannen. Anfangs hatte der Cheflaborant hin und wieder hereingesehen, nach diesem und jenem Gerät gesucht, das er im Nachbarlabor brauche. Aber dann war es ihm offensichtlich peinlich geworden. Seither störte ihn keiner mehr.

Einige Male blickte Seybal zur Strahlungskammer, verzögerte den Schritt, aber er setzte seine Wanderung jedes Mal fort. Bis sich die Tür öffnete.

Unschlüssig wog er den Quader in der Hand, ließ ihn

schließlich langsam durch den Prüfautomaten wandern. Vor allem interessierte ihn der Härtetest. Ungeduldig verfolgte er, wie eines der Stückchen unter die Testspitze kam und sie sich senkte.

Aschfahl suchte er einen Halt am Automaten.

Als die Prüfkarte in die Ausgabe fiel, steckte er sie mit bebenden Händen ein, kehrte die Reste der Materialproben vom Ausgabeblech, ließ alles in die Tasche seines weißen Mantels fallen und verließ schleppenden Schrittes das Labor. Er kannte die Ursache! Zwar hatte sich nur ein Hauch der Materialoberfläche verändert – aber er konnte sich nichts vormachen. Seine Anweisung! Die erhöhte Strahlendosis!

Er ging weder nach Hause, noch suchte er sein Arbeitszimmer auf. Er mied auch die Promenade, erklomm mühsam die Stufen zum Park und setzte sich in einem stillen Winkel auf eine Bank.

Keinen sehen jetzt und keinen hören!

Das Material vermürbte seinetwegen. Seine Selbstherrlichkeit nagte am Atoll! Was galt jetzt, daß er Initiator und Verwirklicher gewesen war?

Sollte er sich selbst anklagen?

Was würde Sira sagen? Wie könnte er Schwustoch unter die Augen treten? Oder Blego? Gar Ringalla?

Doch wer wußte davon? Nur er!

Der Strahlermeister war evakuiert. Er mußte ihn nicht zurückholen! Nur gut, daß sein Weggang eine kollektive Entscheidung war, keiner konnte sagen, er hätte ihn abgeschoben ... Aufzeichnungen gab es nicht. Der Disziplinverstoß war jetzt seine Rettung. Er konnte nicht alles hier aufgeben. Alles war über seinen Schreibtisch gegangen. Er hatte darüber gewacht, daß alles zu- und ineinander paßte, daß sich die Insel belebte und man zu produzieren begann.

Er hatte zuviel durchlitten, OKEANOS wegen. Und nun gehen? Jetzt erst wußte er wirklich, was ihm diese Gemeinschaft bedeutete: Schwustoch, Blego, Mertens, die Kohlus und die anderen ... Sogar dieser Wankon würde ihm fehlen. Was blieb, würde Leere sein, Einsamkeit!

Er löste den Blick vom Boden und sah sich um, wechselte die Bank und setzte sich in den Schatten eines Baumes mit herabhängenden Zweigen, der ihn auch gegen Blicke von den Hochhäusern deckte.

Hier erschlaffte er völlig, stützte die Ellbogen auf die Knie und das Kinn in die offenen Hände.
So hatte ihn noch keiner gesehen.

»Also erkunden, wo sich der Geräteträger verfing, versuchen, ihn freizumachen, das Wrack umrunden, ob von ihm die Radioaktivität kommt. Strahlungsmesser haben wir dabei«, zählte Blego auf und sagte so kategorisch, daß sich Wankon unwillkürlich aufrichtete: »Die haben rote Marken, Wankon, und die bedeuten unwiderruflich, sofortige Umkehr in strahlungsarmes Gebiet. Verstanden?«
»Verstanden, Doktor«, versicherte Wankon.
»Absolute Disziplin, Wankon!«
»Absolute, Doktor Blego!«
»Außerdem beurteilen wir, soweit uns möglich, den Zustand des Wracks, stellen, wenn möglich, den Namen des Schiffes fest, seinen Typ – ob also tatsächlich Flugzeugträger – und seine Nationalität! Den Geräteträger befestigen wir am Bathy und die Trosse am Wrack. Die oben sollen dann eine Leuchtboje anbringen. Das war's im groben. Einverstanden, Kommodore?«
»Einverstanden, Doktor!« sagte Mertens.
»Aber ich nicht«, sagte Beli Kohlus spitz. »Ich bin ebenfalls im Skaphandertauchen ausgebildet. Und ich habe die Strahlung entdeckt!«
»Sie wollen tatsächlich?« Blego musterte sie verblüfft und sah dann ratlos zu Mertens. Gut, sie war auf dem Sektor gewesen und in U 83, aber das hier war doch etwas völlig anderes und ihr nachzugeben brachte er nicht fertig. Ihm war fast so zumute, wie es Wankon sein mußte, der voller Entsetzen an die Panzerscheibe des Bullauges klopfte und im Rhythmus der Schläge keuchte: »Du ... willst ... dort ... hinaus?« Er zeigte hinunter, wo das Wrack lag.
Sie holte tief Luft: »Du vielleicht nicht?«
»Das ist auch Männersache!«
Ihre Augen funkelten. »Da ist er wieder, dieser Herrlichkeitskomplex!« sagte sie schneidend.
Er unterbrach sie beschwörend: »Du mißverstehst mich, Beli, das haben Männer gebaut.« Er suchte nach Argumenten. »Und gebraucht haben sie's auch, Beli!«
»Das ist vielleicht eine Argumentation. Doktor Blego, ich

muß erwarten, daß Sie sich diesem Anachronismus nicht anschließen!«

»Das werde ich auch nicht! Es bleibt aber bei Wankon! Nicht weil das Männersache wäre, sondern weil es zweckmäßiger ist!« antwortete Blego.

Auf ihren fragenden Blick fiel ihm nichts Besseres ein, als noch zu sagen: »Er hat das geschulte Auge des Reporters!« Aber am liebsten hätte er sich dafür nachträglich auf die Zunge gebissen.

Ihr Blick war nadelspitz, als wolle sie ihn mit ihm durchbohren. Glücklicherweise kam ihm Mertens zu Hilfe.

»Verehrte Beli Kohlus«, sagte er mit ungewohnter Liebenswürdigkeit, aber sehr nachdrücklich: »Ich habe Sie als Meßhilfe erbeten und brauche Sie an Bord. Sie protokollieren! Oder soll vielleicht Doktor Blego dort draußen mit Stift und Notizblock hantieren? Und glauben Sie etwa, mir machte es Spaß, an Bord zu bleiben?« Und hart: »Hier kann nicht jeder machen, was er will. Wir sind kein Vergnügungsdampfer. Das gilt auch für Sie, Wankon, dort draußen!«

»Das war nicht fair«, raunte sie, als Blego an ihr vorbei zur Schleusenkammer ging.

Blego und Wankon schlossen die Schleuse hinter sich, stiegen in ihre Skaphs und schleusten sich dann aus.

Zwar schwebte über ihnen der Bathy, und seine Scheinwerfer überschütteten einen Teil des Wracks mit seltsam milchigem Licht. Was aber lauerte in der Finsternis?

Gewiß, ihre Skaphs waren bewegliche Panzer und verfügten über Hydroantriebe, die sie notfalls zu Torpedos machten, und über Sonarwerfer auch, die selbst große Fische verscheuchen konnten. Ebenso Kalmare, falls sie ihnen begegneten und diese versuchen sollten, sie zu verschleppen. Doch das unangenehme Gefühl blieb bei ihnen, ihnen säße einer im Nacken.

Aber sie wußten, am großen Sonar im Bathy saßen Mertens und Beli und beobachteten sie, bereit, sofort zu helfen, wenn es nötig würde.

Das Wrack war tatsächlich ein Flugzeugträger von beachtlichem Ausmaß. Das Licht des Bathys reichte nur als Schimmer bis zum Heck. Dorthin führte aber die Trosse, die sie nicht aus den Händen ließen.

Der Schwimmkörper war zwischen die Radargeräte des Gefechtsmastes geraten und hatte sich dort verklemmt und die Trosse verwickelt.

Es war nicht schwer, ihn freizubekommen, aber die Trosse abzuwickeln, machte ihnen Schwierigkeiten. Zwar war sie sehr flexibel, sie mußten aber mit den Manipulatoren der Skaphs arbeiten. Die wurden mit ihren Bioströmen gesteuert, und sie waren in diesem Manöver nicht allzu geübt. Mit Hilfe des Antriebes schafften sie es endlich, allerdings nicht, ohne mehrmals gegen den Masten und die Reflektoren zu stoßen.

Das Seil lösten sie vom Schwimmkörper und verknüpften es am Mast. Den Schwimmkörper brachten sie zum Bathy, fanden aber nichts, womit sie ihn an einer der Ösen befestigen konnten, und brachten ihn vor den Bathy in Mertens' Sicht. »Halten Sie ihn mit einem der Manipulatoren!« rief Blego ins Mikrofon, und Mertens ließ vorsichtig eine der starken Greifhände des Bathys zufassen.

Sie schwammen zurück zum Wrack. Ein ungutes Gefühl sagte Blego, daß hier etwas nicht stimmen könne, aber er kam nicht darauf, was es wäre.

Die Radioaktivität war hier etwas stärker als auf der Fahrt hierher, wobei ihnen die Strömung entgegengekommen war. Oben am Gefechtsmast hatte es keine Radioaktivität gegeben. Das alles deutete darauf hin, daß sie die Quelle vor sich hatten.

Gab es auf der anderen Wrackseite, von der her die Strömung kam, keine Strahlung, dann konnte das als Beweis angesehen werden.

»Umrunden wir den Kasten. Etwa in halber Höhe des Rumpfes. Und auf Lecks achten!« wies er Wankon an.

Wankon schwamm wortlos neben ihm her. Sie fanden kein Leck. Blego hatte ein großes Loch erwartet. Und die Strahlung erhöhte sich nicht. Auf der anderen Seite war sie, wie erwartet, verschwunden.

»Noch eine Runde in Höhe des Decks!« ordnete Blego an.

»Das ist vielleicht ein Brocken«, staunte Wankon, als sie zum Bug schwammen.

»Sie vergessen die Abwehr!« erwiderte Blego, stutzte und wußte, was ihn verunsichert hatte. »Haben Sie Kanonen gesehen, Raketenabschußvorrichtungen? Ich nicht, scheint alles demontiert.«

Am Bug stand mit großen Lettern »Warrior«. Dieser »Krieger« hatte ausgekämpft, träumte im Rost – aber diese verdammte Radioaktivität?

Es war wie bei der vorhergehenden Runde. Auf der Gegenseite keine Strahlung.

Sie inspizierten das Deck. Keine Waffen. Blego war froh. Dann hatte er auch keine Flugzeuge mitgehabt, die nun womöglich ringsum verstreut gelegen hätten – mit Kernwaffen unter den Tragflächen!

»Und nun noch eine Runde um die Aufbauten, Sie links, ich rechts herum, und dann ab zum Bathy«, sagte Blego und erinnerte sich, daß Mertens mithörte. Er blies die Backen auf. ›Links und rechts‹ – und das bei der Seefahrt. Mertens' Gesicht möchte er sehen. Und das von Wankon, wenn er ›backbord‹ gesagt hätte …

So aber sagte Wankon: »In Ordnung!«, und verschwand nach links.

Blego zog seine halbe Runde ohne nennenswerte Entdekkung und wartete auf der anderen Seite. Aber Wankons ›halbe Runde‹ war kürzer gewesen, und als er jetzt ins Mikro rief: »Hallo Wankon!« und keine Antwort bekam, war er sicher, daß Wankon bereits in der Schleuse des Bathys steckte.

Er schwamm zurück, schleuste ein und stieg aus dem Skaphander.

Allein kroch er durch die Schleuse in die Kabine, sah sich um, bemerkte Belis Unruhe und fragte: »Wankon noch nicht zurück?«

Sie schüttelte den Kopf.

»Er muß gleich kommen. Seine Neugier. Er ist ja Reporter!«

Mertens sah ihn mißbilligend an: »Taucher sollten immer paarweise …«

»Schon«, gab Blego zu, »aber er hat Sonar und Schutzstrahler, was kann ihm passieren?«

Mertens beugte sich übers Mikrofon: »Wankon, einschleusen! Hallo, melden Sie sich!«

»Hier Wankon, komme gleich!« kam es von weit her.

»Hören Sie, Wankon! Wo sind Sie? Kommen Sie unverzüglich zum Bathy!« befahl Mertens streng. Es kam keine Antwort mehr.

Beli wurde unruhig. »Rufen Sie noch mal, Kommodore, bitte!«

Mertens lächelte. »Er meldet sich schon, vielleicht gleich durch die Luke!« sagte er und zeigte zur Schleusenkammer.

Aber dort blieb es ruhig und Beli wurde zunehmend besorgter, steckte schließlich Blego und sogar Mertens an. Mehrmals rief er. Jedesmal ohne Antwort.

»Mein Gott, tun Sie etwas, Sie müssen ihm helfen!« flehte Beli mit ineinanderverkrampften Händen. »Sie können ihn doch nicht allein ...«

Da fuhr Mertens sie an, wie es Blego noch nie von ihm gehört hatte: »Jetzt wissen Sie, was Angst um einen Menschen ist, den man mag! Vielleicht begreifen Sie nun, weshalb Wankon Sie von der Insel haben wollte?«

Sie sah erschrocken von einem zum anderen.

Zur Ruhe gekommen, sagte Mertens mit einem verstohlenen Seitenblick zu Blego: »Wir machen keinen Finger mehr krumm für Wankon, wenn die Dame wieder tut, als ginge Wankon sie nichts an!«

Beli sah auf und sagte zu Blego: »Bitte!«

Blego konnte ihrem angstvollen Blick nicht widerstehen und ging zur Schleuse.

»Diese Jugend!« sagte Mertens und hob ergeben die Hände.

Als Blego in den Skaphander steigen wollte, den er in der Schleusenkammer aus der wasserdichten Skaphanderbox gezogen hatte, kopfte es von außen an die Schleusenkammer. Er schob den Skaph in die Box zurück, verschloß sie, verließ die Kammer, verriegelte sie und stellte die inneren Ventile auf Füllen.

»Er ist da!« sagte er in die verwunderten Gesichter der beiden am Pult.

Wankon kam herein. Mißbilligend sah Mertens zu Wankon und fragte barsch: »Warum, Henry Wankon, haben Sie sich nicht gemeldet?«

»Mein Sonar ist ausgefallen«, sagte Wankon gepreßt. Er war auffallend bleich. Und er schien weiche Knie zu haben. Aber das sollte sich ändern.

Beli Kohlus trat auf ihn zu und küßte den Verblüfften mitten auf den Mund. »Der Kommodore hat's angeordnet«, sagte sie und fragte Mertens im gleichen Atemzug: »War's gut so?«

Mertens grinste breit. »Fragen Sie das Wankon!«

»Nicht so gut«, meinte Wankon, »daß man das nicht noch üben müßte!«

Mertens schüttelte den Kopf. »Hat man Töne, Dok?« Und wurde offiziell: »Warum kommen Sie so spät?«

»Ich sah eine Tür«, begann Wankon, erheblich lebendiger. »Vermutlich Magazin. Über die plötzliche starke Radioaktivität erschrak ich, blieb irgendwo hängen und riß mir die Sonarantenne ab. Ich sah trotzdem Betonklötze, überall.«

35

Seybal starrte in die Nacht. Ihn floh der Schlaf, bedrängte das Für und Wider der kommenden Entscheidung.

Noch lag alles in seiner Hand. Schwieg er, blieb es sein Geheimnis, konnte er wissenschaftlich-technischer Koordinator dieser Insel bleiben. Behielt er die Achtung seiner Mitarbeiter und seiner … Freunde.

Aber dann mußte er kämpfen, zeitlebens, mit dem erbittertsten Feind, den er sich schaffen konnte und dem er letzten Endes – er kannte sich! – unterliegen müßte: dem eigenen Gewissen!

Die Achtung der anderen, was wäre sie ihm wert, wenn er keine Selbstachtung mehr besäße? Und die verlöre er auch, stähle er sich davon wie ein Strauchdieb in der Nacht. Diese Möglichkeit gäbe es. Rücktritt aus gesundheitlichen Gründen. Aber nicht für ihn, Seybal. Natürlich kannte er schwache Stunden, wie jeder Mensch, aber er war kein Feigling!

Fahl dämmerte der Morgen herauf. Die mächtigen Lampen auf Promenaden und Kais verloren ihre Brillanz und verschwammen im diffusen Licht, verloschen endlich. Rot tauchte die Sonne aus dem Meer, übergoß alles mit ihrem Schimmer, wurde zunehmend gelber, weißer, gleißender …

Seybal riß sich los von diesem Bild. Er rief den Diensthabenden an. »Haben Sie etwas von der Flottille gehört?«

»Die Strahlungsquelle ist gefunden, Herr Professor. Ein Teil der Flottille bleibt am Ort, die anderen Schiffe sind unterwegs nach hier.«

»Wann werden sie zurück sein?«

»In einer Stunde etwa.«

Seybal ging ins Bad und duschte kalt.

Sofort nach dem Eintreffen mußte eine Besprechung sein, Leitung und Rat. Ob er vorher mit Schwustoch sprach oder mit Sira? Schwieg er, brauchte er nicht zu bekennen ... Was aber erhoffte er von Schwustoch? Fürsprache etwa? Was war in ihn gefahren? Er würde sprechen, endgültig, Punktum!

Er war froh, daß ihn Schwustoch mit einem Anruf aus dem Grübeln riß. »Morgen, Emori. Kann man sich bei dir zum Frühstück einladen?«

»Guten Morgen, Gennadi, aber gern!«

»Ich gehe nur noch schnell am Backwarenmagazin vorbei!«

Seybal brühte starken Kaffee im Espresso und deckte den Frühstückstisch für zwei.

Am besten, er entdeckte sich Gennadi, wenigstens andeutungsweise. Nein, er suchte weder Fürsprache noch Kumpanei, nur freundschaftliche Aussprache. Gutheißen würde Gennadi seinen Alleingang nicht, aber vielleicht verstehen. Er war doch auch besessen von seiner Arbeit. Aber waren das nicht alle, fast alle, die hier lebten? Lundquist, Maggiero, Blego, Kohlus ... Doch ob sie ihn verstehen werden? Seine Ungeduld? Den Erfolgszwang? OKEANOS wurde doch erst sinnvoll, wenn es seinen Zweck, seine Vorgaben erfüllte. Es war schließlich nicht zum Selbstzweck errichtet.

Aber war es das gewesen?

Schwustoch kam mit frischen Brötchen.

»Wer soll denn das essen?« fragte Seybal entgeistert, als er Schwustochs Netz bemerkte.

Schwustoch lachte. »Fünf sind wir.«

»Fünf?«

»Sira Solomka bringt noch Blego mit und Mertens. Unsere beiden anderen Seefahrer haben für uns keine Zeit.«

»Da hättest du Kuchen mitbringen können«, mäkelte Seybal. Gleichzeitig bedauerte er, daß ein vertrauliches Gespräch mit Schwustoch unmöglich sein würde. Doch er ließ es sich nicht anmerken, sondern sagte: »Es kann nichts mehr passieren, Gennadi. Und der Schutzring Blegos muß nur um die Mürbezone gezogen werden. Es wird keine Zunahme der Vermürbung mehr geben!«

»Was du sagst!« sagte Schwustoch völlig überrascht. »Du hast die Ursache entdeckt?«

»Das habe ich«, sagte Seybal mit Nachdruck. »Und sie wird die Ursache sein, daß ich diese Insel verlassen muß.«

»Dann laß hören«, verlangte Schwustoch.

Seybal berichtete ungeschminkt. »Dieser Alleingang war doch nicht nur ein Mißgriff, Gennadi«, fuhr er fort. »Er war ein Symptom für einen Leitungsstil, der für das Atoll längst nicht mehr zeitgemäß war. Und weil das so ist, kann es passieren, daß ein Leiter nicht mehr den objektiven Anforderungen genügt ...«

Ohne ein Wort, ohne eine Geste hatte Schwustoch zugehört. »Und lernen kann ein so alter Mann wie du natürlich nicht mehr, nicht wahr, mein Alter«, erwiderte er gemütlich, als Seybal geendet hatte. »Ich weiß nicht, wie man entscheiden wird, aber ich werde der sein, der gegen deine Ablösung energisch opponiert.«

»Aber es ist keine verletzte Eitelkeit, Gennadi!«

»Wäre es eine, verlöre ich kein Wort. Ich weiß, daß es dir um die Sache geht. Gerade deshalb bleibst du hier. Wo kämen denn unsere Erfahrungen her, wenn nicht auch aus Fehlern?«

»Bist du dir bewußt, welchen Schaden ich angerichtet habe? Dafür wird man mich zur Verantwortung ziehen.«

»Möglich«, sagte Schwustoch ungerührt. »Obwohl ich meine, wenn einer seinen Fehler einsieht und daraus gelernt hat, erübrigt sich das. Ich glaube, härter, als du am Ende mit dir selber, kann kaum einer mit dir ins Gericht gehen. Und was den Schaden angeht, er würde noch größer, ließe man dich gehen! Und dann, wer sollte ihn denn wiedergutmachen, wenn nicht du? Du hast eine gute Leitung, einen hervorragenden Stellvertreter, und wir alle müßten es doch schaffen, den Verlust bald aufzuholen?«

»Gennadi, meinst du das im Ernst?« Seybal war nicht in der Lage, diese Möglichkeit sofort zu fassen. »Hierbleiben, auf OKEANOS, ich?«

»Aber ja«, sagte Schwustoch betont launig, »wir machen doch nicht deine Arbeit. Und außerdem – du vergißt, daß meine Gören einen Onkel brauchen, bei dem sie sich über ihren Vater beschweren können. Dann legst du ein gutes Wort für mich ein.«

Seybal konnte nichts erwidern. Aber Schwustochs Gelassenheit hatte ihm das Gefühl der Ausweglosigkeit genommen.

Sira kam mit Blego und Mertens, und sie erfüllten den Raum mit Stimmengewirr und Geschirrklappern. Und sie scheuten nicht einmal vor Seybals kostbarem Geschirr zurück.

Nach dem Frühstück berichteten Blego und Mertens von der Suche und ihrem Fund. Dann nahm Seybal kurzentschlossen das Wort.

Er bekannte schonungslos, was ihn bedrückte.

»Nun gut«, sagte Blego, »keiner konnte voraussehen, daß diese Strahlenerhöhung derartige Auswirkungen hat. Viele Ursachen führten zu dieser Havarie. Auch unser Schaum!« Er sah Sira an. »Aber es gibt keinen Fortschritt ohne Risiko, ohne Rückschläge, das wissen Sie besser als ich! Neues birgt immer mögliche Gefahren in sich.«

»Darum geht es nicht«, sagte Seybal. »Es geht um Fragen der Leitung. Und ich bin mir nicht sicher, ob ich mich da umstellen kann.«

»Ist dein Bekenntnis nicht schon ein Schritt dahin?« fragte Sira und stellte weiter fest: »Fehler in der Leitungstätigkeit sind niemals Fehler eines einzelnen, sie schließen immer Fehler des Kollektivs mit ein! Darüber müssen wir uns klar werden, alle gemeinsam. Und das sollten wir auch nicht aufschieben. Außerdem gilt es, die Sanierungsmaßnahmen zu beschließen und in Angriff zu nehmen. Jetzt ist ja die Ungewißheit über die Ursache von uns genommen.«

Dann wandte sie sich noch einmal direkt an Seybal. »Übrigens werde ich der UNO empfehlen, dein Versetzungsgesuch abzulehnen, Emori. Du wirst OKEANOS weiter voranbringen. Wir helfen dir dabei.«

»Du auch?«

»Ich bleibe bei Gregory Blego, wenn du eine Stelle für mich hast!«

»Die habe ich Blego doch schon vor seinem Urlaub angeboten …«

Gleichfalls 1988 im Greifenverlag

Heiner Hüfner

Das Land Caldera

Utopischer Roman

Lesen Sie folgenden Auszug

HEUTE IST DER 27. JUNI. Es bleiben noch reichlich zwölf Stunden. Dann wird es 18.57 Uhr, und mein Mann erteilt dem Kapitän der JOHANNES KEPLER den Befehl zum Start unserer zweiten Venusexpedition.

Das ist mein erster Gedanke beim Aufwachen. Ich bleibe liegen, mit dem luftigen Laken zugedeckt bis unters Kinn. Mir ist so übel. Dieses Kügelchen ist bestimmt die Ursache.

Gestern in aller Herrgottsfrühe fuhr ich nach Leipzig in die Neurochirurgie. Dort pflanzten sie mir eine Riemann-Kugel ins Gehirn. Das Kügelchen mißt im Durchmesser weniger als einen Millimeter. Der Chirurg bohrte ein kleines Loch in meine Schädeldecke. Die Riemann-Kugel wurde durch die winzige Öffnung tief in den Kopf gepreßt; sie steckt in dem Teil meines Gehirns, der Bilder verarbeitet. Als Thermodynamikerin weiß ich zwar fast alles über pendelnde Moleküle in festen Körpern, Flüssigkeiten und Gasen, doch herzlich wenig über Hirnkybernetik. Trotzdem besitze ich eine feste Vorstellung von der Bildverarbeitung in meinem Kopfe: Bilder drängen sich von außen auf, werden abgespeichert, geraten größtenteils in Vergessenheit. Neue Bilder werden über Nacht hervorgezaubert – scheinbar aus dem Nichts. Die Riemann-Kugel liegt in der hellgrauen Hirnmasse, vielleicht in einer Falte, vielleicht in einer Windung – bestimmt aber mitten in meinem Hirnbilderbuch.

Nach dem Eingriff sagte der Chirurg zu mir *Keine Bange, Rita! Nimm die fabrikneue Riemann-Kugel in deinem Hirn als eine Art Kamera. Sie macht unablässig Aufnahmen deiner bildlichen Gedanken. Mehrere jener Bilder ergeben einen sogenannten Klarfilm. Wenn du morgen aufwachst, dann könntest du den ersten eigenen Klarfilm schon erleben.*

Ich bleibe also unter dem kühlen Laken liegen und gebe mir die größte Mühe mit der Kugel. Da läuft nichts. Ich nehme mich zusammen und stelle mir etwas Handgreifliches vor: das Ereignis des heutigen Abends. Ich kneife die Augen zu und sehe weißgraue Wolken. Die quellen ungestüm unter dem Raumschiff hervor, qualmen, hüllen das Heck der KEPLER ein. Der massive zylindrische Schiffskörper zittert, erhebt sich langsam. Der Raketenantrieb – rohe Kraft, geballt, losgelassen, in einem breiten Feuerschweif endend. Die JOHANNES KEPLER verläßt den Bluomenbacher Tagebau, wird schnell und schneller, rast, schrumpft zum Punkt am hellrosa Abendhimmel.

Soll das ein Klarfilm sein? Hoffentlich ist in meinem Gehirn noch alles in Ordnung! Vater beschrieb mir im vorigen Jahr die eigentümliche Erscheinung Klarfilm so: *Der Klarfilm kündigt sich bei mir jedesmal mit zwei untrüglichen Vorzeichen an. Zunächst leuchtet die Oberfläche der Riemann-Kugel im Gehirn in grellen Farben auf. Dann treten die Bilder der äußeren Welt zurück, verblassen, verlöschen, und mir ist, als werde ich ins Innere meiner Riemann-Kugel hineingezogen.*

An mir beobachtete ich noch keines dieser Vorzeichen. Vermutlich bin ich doch anders als der Vater. Oder ist meine Riemann-Kugel liederliche Arbeit? Eben stellte ich mir lediglich den Start der KEPLER vor – so wie ich ihn zu Beginn der ersten Venusexpedition gesehen hatte.

Hans kommt an mein Bett. Ich kann das süßliche Rasierwasser nicht mehr riechen. Er fahre nun los, sagt er, und er hole meinen Vater aus dem Krankenhaus. Weiß ich doch! Ich antworte „Ja“ und bleibe zugedeckt liegen. Hans streicht mit der Hand über sein glattrasiertes Kinn, wirft einen prüfenden Blick auf mich, dann einen mißbilligenden, winkt ab und geht langsam auf mein Nachttischchen zu. Hans ist im Recht. Die einzige Tochter muß mitfahren, wenn der schwerkranke Vater aus dem Krankenhaus geholt wird. Wenn es dieser Tochter aber hundeelend ist! Der Brechreiz, meldet er mir die nächste Schwangerschaft? Ich will aber nicht mehr. Meine Kinder sind flügge. Obwohl ... Unfug! Ich kriege bestimmt kein Kind. Da ist Hans einmal nicht im Spiele. Er stiert so auf mein Bett. Ist das Laken durchsichtig? Hätte ich nur ein Hemd angezogen! Dann könnte ich aufspringen und Hans davonlaufen.

Das sind bloß Erwägungen. In der Tat bin ich jedesmal auf dem Rücken liegengeblieben. Auch jetzt wieder.

Endlich ist es vorüber. Mein Mann bläst sich auf wegen Vater. Hans soll die Nase nicht in Angelegenheiten stecken, die nur meinen Vater und mich betreffen. Mit Vaters Pflege in meinem Haus wird alles in Ordnung gehen. Vater wird in der Kleinen Stube neben unserem Schlafzimmer liegen. Tag und Nacht werde ich für meinen Vater da sein.

Hans wendet sich zur Tür; geht hinaus. Ich atme auf.

Die Sonne strahlt zum halbgeöffneten Schlafzimmerfenster herein. Morgens, kurz vor dem Aufstehen, sind mir an manchen Tagen Lichtblicke geglückt. Heute bin ich nicht nur wegen dieser Riemann-Kugel liegengeblieben. Eigentlich warte ich unterm Laken, weil ich auf einen Lichtblick hoffe.

Hoffnung. Lichtblick ... Wenn das nur so einfach wäre! Es fehlen zu viele Mosaiksteinchen über Vaters Erlebnisse auf der Venus. Wird Vater meine gezielten Fragen nachher genau genug beantworten können? Wird er überhaupt Kraft zur ehrlichen Antwort aufbringen? Haben sich alle Venusbilder, die ich kennenlernen muß, scharf genug in Vaters Gehirn gebrannt? Ich werde Vater nicht schonen können, denn heute abend 18.57 Uhr startet das Raumschiff. Bis zum Mittag muß ich mich entscheiden. Ich kann keine Rücksicht auf Vater nehmen.

Das mit Vaters Pflege in der Kleinen Stube – gleich nebenan – mache ich mir das vor? Da kommt der Lichtblick: Heute abend halb sieben werde *ich* in die JOHANNES KEPLER steigen. *Ich* werde mitfliegen. Hans wird Vater pflegen. Hans ist der Schwiegersohn. Er wird meinen Entschluß nicht verstehen. Er möchte mich im Haus haben. Hans braucht eine Frau. Er hat sich an meinen Körper gewöhnt. Deswegen muß ich ihn bis zur letzten Minute im unklaren lassen.

Vater landete vor einer Woche, am 20. Juni nachts – mitten

in einem schweren Gewitter – mit der Johannes Kepler hier bei uns in Bluomenbach. Immerhin kam er lebend von dem Planeten Venus zurück. Gunter, unser Prozeßverantwortlicher, ließ Vater sofort nach Leipzig in die Hautklinik transportieren. Schlimme Verbrennungen. Ich durfte Vater noch nicht wiedersehen. Hans sagte, die Ärzte können viel. Sie brachten meinen Vater durch. Hans war bei zwei Befragungen meines Vaters dabei. Gunter beorderte Hans an Vaters Krankenbett. Gunter ist jüngstes Mitglied des Obersten Wissenschaftlichen Rates in Bluomenbach. Manchmal darf er in der Runde der dort versammelten Greise den Vorsitz führen. Mich, die Tochter, hielt Gunter von Vaters Krankenlager fern. Schonte Gunter das schwache Geschlecht?

Mein Mann nahm gestern von unserem hohen Chef Gunter die Weisung entgegen: *Zwei Spezialisten für Thermoschilde fliegen am 27.Juni 18.57 Uhr mit.* Ich soll die Spezialisten auswählen. *Freiwillige drei Schritt vor!* Es gibt fünf Verrückte aus meiner Arbeitsgruppe, die sich in die Hitze stürzen möchten. 470 Grad Celsius! Alle fünf wollen einfach so – aus freien Stücken – dem mörderischen Überdruck standhalten. Neunzig Atmosphären!

Hans war vorhin ein wenig böse auf mich, weil ich meine Wahl immer noch hinauszögere, weil ich die Todesmutigen zappeln lasse. *Nun benenne endlich die zwei Schildträger für heute abend! Wie stehe ich denn da als Flugleiter!*

Unser Prozeßverantwortlicher ist selber dran schuld, antwortete ich meinem ungeduldigen Hans. *Warum erlaubte Gunter nur dir die Teilnahme an der Befragung meines Vaters und schloß mich, die Tochter, aus?* Wenn Vater nach einer Woche Krankenhaus schon wieder heim darf, dann müssen doch die Brandwunden am Verheilen sein. Ich kann unter Umständen schlimme Wunden eher sehen als mancher Mann; eher als mein Hans zum Beispiel. Der starke Hans ist ein Feigling. Nie sagte er so etwas wie: *Rita, ich fliege 18.57 Uhr. Ich will auslöffeln, was wir eingebrockt haben. Ich will Kristine retten. Es wenigstens versuchen! Die restlichen neunundneunzig Mann Besatzung der* Kepler *werden mir nach Kräften beistehen. Vielleicht können wir sogar die Caloriten bändigen, diese unternehmungslustigen Automaten.* Solche Worte werden Hans nie über die Lippen kommen. Hans, der Flugleiter, setzt die zweite Venusexpedition in Szene. Er befiehlt den Start natürlich persönlich, beobachtet die Ausführung genau; schickt hundert Kampfesmutige auf die Reise. Dann kommt er heim und will zu mir unters Laken.

Ich bin eine böse Frau! Ich mache meinen Mann schlecht, der Vater in aller Frühe aus dem Leipziger Krankenhaus holt. Eigentlich ist Hans als Flugleiter heute im Bluomenbacher Tagebau unabkömmlich. Aber er weiß, was sich gehört. Ich hingegen bleibe im Bett liegen, rekele mich unter dem hauchdünnen Laken, lasse die Sonne auf mein Gesicht scheinen. *Vater und Hans, heute abend verlasse ich euch. Ihr seid selber schuld.* Unsinn! Jetzt ist keine Zeit für alten Zorn auf Vater und Hans. Nun werde ich vor der eigenen Tür kehren. Gunter, unser Prozeßverantwortlicher, soll vorige Woche zu Hans gesagt haben: *Ritas Thermoschilde sind Fehlkonstruktionen. Die Venushitze drang durch.* Ich kann mir nicht vorstellen, wie das passiert sein soll. Vater wird mich hoffentlich heute vormittag über diese unglaublichen Vorfälle auf der ersten Venusexpedition unterrichten.

Ich werde nun endlich aufstehen. Drüben in der Kleinen Stube soll wirklich alles in Ordnung sein, wenn sie kommen.

Kann ich meine schweren Fehler berichtigen? Neue Thermoschilde bauen? Wie denn? Wann denn? Gut – heute abend werde ich einem der fünf Abenteuerlustigen aus meiner Gruppe den Platz in der JOHANNES KEPLER wegnehmen. Aber sobald ich auf dem Planeten gelandet bin, was stelle ich dann an? Verbrennen werde ich; kochen im eigenen Saft. Wird mein Thermoschild wirklich so schlecht schützen wie Gunter behauptete? Wird mich der höllische Gasdruck überm Venusboden zerquetschen, sobald ich den Fuß auf den Planeten setze? Ich besitze keinerlei Expeditionserfahrungen. Höchstens die Fahrt nach Neapel im vorigen Jahr zusammen mit Kristine: Einstieg in den Vesuv.

Die Freiwilligen meiner Gruppe lauern; warten auf mein Wort. Und ich liege hier nackt im Bett. Trotzdem – jeder meiner Mitarbeiter wird die Aufgabe nur schlechter lösen können als ich. Auch der Erfahrenste in Vorkommnissen auf noch unbewohnbaren Planeten wird nicht über die Kenntnisse verfügen, die ich besitzen werde, nachdem ich meinen Vater über alles befragt habe, was er auf der Venus durchmachen mußte.

Gunter, unser Prozeßverantwortlicher, mit seinem völlig unangebrachten Geheimnisprinzip! *Informationsausgabe heute abend zwanzig Uhr an Bord des Raumschiffs* JOHANNES KEPLER.

Jetzt muß ich Bescheid wissen! Wie kann ich sonst die richtigen Entscheidungen treffen?

Auf eine Art ist es gut, daß ich die Frau bin, über die Hans regelmäßig herfällt. Vorgestern nacht konnte ich ihm vorher einige Einzelheiten auspressen; Auskünfte meines Vaters während der Fragestunde am Krankenbett. Vater kann weder sprechen noch schreiben. Zum Glück trägt er eine Riemann-Kugel im Gehirn. Gunter konnte einige Bilder aus Vaters Kugel lesen. Nach Vaters Hirnfilmen arbeiten sämtliche Caloriten, die auf der Venus ausgesetzt wurden, selbständig wie Menschen. Aber Caloriten sind doch Maschinen! Es gibt einen Plan für den Prozeß. Den hat Gunter unterschrieben. Die Caloriten sollen exakt nach diesem Plan vorgehen und die beiden Polkappen gleichmäßig abkühlen. *Das ist mein venusglobaler Prozeß,* sagte Vater jeden Tag mindestens einmal, als wir alle noch hofften. Auf der Venus setzte Vater die Caloriten ein. Den einen nannte er Entropos, den anderen Bird Mola. Jedem drückte er eine besondere Venuskarte in die Metallhand. Darin waren alle Stellen mit ergiebigen wasserdampfspeienden Vulkanen genauestens vermerkt. Die beiden Caloriten hatten verschiedene Aufgaben. Erstens mußten sie feststellen, ob Vater richtig gerechnet hatte: Brach an den bezeichneten Stellen wirklich genügend Wasserdampf aus dem Venusgestein? Zweitens sollten die Caloriten eine Chlorophyllfabrik bauen. Drittens mußte das künstliche Blattgrün in den oberen Wolkenschichten des Planeten mit dem Wasserdampf vermischt werden – für die Fotosynthese, für den Abbau des Kohlendioxids in der Venusatmosphäre. Aber leider, so las Gunter aus meines Vaters Bildern, verlaufen die Wasserdampf-Eruptionen nicht nach Plan. Also konnte der Prozeß auf der Venus gar nicht anlaufen. Das mit dem fehlenden Wasserdampf haben die Caloriten auf einem Erkundungsmarsch rund um die Venus angeblich gemessen. Die Automaten Entropos und Bird Mola sitzen in Südpolnähe in einer Caldera. Kein Mensch versteht das. Die Verteilung des Wasserdampfes war berechnet. Mein Vater ist anerkannter Thermodynamiker. Wie konnte er sich so verrechnen? Die Landemannschaft der ersten Venusexpedition – also mein Vater, seine Mitarbeiter Simon und Robert sowie Kristine – hielten sich in einer Hütte am Äquator der Venus auf. Vater rechnete eilig ein neues Dampfmodell durch, das er mit den Meßwerten der Caloriten verbesserte. Er nahm die Besatzung der KEPLER zu Hilfe. Das Raumschiff umrundete die Venus auf einer Parkbahn. Während dieser Denkpause für die Menschen handelten die Caloriten auf eigene Faust. Hans erzählte mir, die Caloriten hätten schnell zwei zylindrische Edelstahlbehälter – ein jeder haushoch – gebaut. Er sprach von Chlorophylltorpedos. Die Caloriten produzierten das künstliche Blattgrün trotz Wasserdampfmangels angeblich fast nach Plan. Sie füllten das Grünzeug in die Torpedos und schossen eins nach dem anderen gezielt ab. Nummer eins in den Himmel direkt über ihrer Caldera. Und Torpedo Nummer zwei ... das weiß ich nicht. Hans meinte, die Caloriten hätten ihren Wohnsitz, der von Wasserdampfquellen dicht umgeben sei, mit dem Chlorophyll abgekühlt. Nach Hans halten die Caloriten die Caldera auf ungefähr 27 Grad Celsius. Unvorstellbar! Wie kommen die Caloriten gegen die Hitze und den Gasdruck von außerhalb an? Ich fragte Hans nach dem zweiten Chlorophylltorpedo. Er wurde einsilbig. Vorsichtig strapazierte ich weiter seine Geduld. Er beendete das Bettgeflüster. *Wird zur Zeit untersucht. Wir wollen doch jetzt schlafen, Rita.* Ich hielt den Mund, und es geschah. Ich verachte mich für meinen langjährigen Gehorsam.

Wenn ich aus Vater herausbekäme, wo das zweite Torpedo ... Was hätte ich davon? *Kristine* will ich retten. Heute muß ich noch viel über die Caloriten erfahren. Vater müßte mir doch den Caloritenspuk erklären können. Aber wenn nun meine Riemann-Kugel nicht funktioniert? Ich bin auf diese neue Hirnfilmtechnik angewiesen. Vater wird mir Klarfilme aus seinem Hirn senden, und ich werde sie über die Riemann-Technik auffangen können. Anders geht es nicht. Das muß laufen. Vater ist der einzige Zeuge, der von der Venusoberfläche zurückgekommen ist. Und die sechsundneunzig Mann Besatzung der JOHANNES KEPLER? Was wissen die? Die Venus im sicheren Raumschiff umrunden, auf Kristine, Vater, Robert und Simon warten, über den dichten Venuswolken schweben bei einem Glas eisekühlter Waldmeisterlimonade, das wird nicht viel Erkenntnis über das Unwesen der Caloriten gebracht haben. Oder? Unter Umständen sehe ich zu schwarz. Vielleicht hat Kristine eben jetzt in dieser Minute sämtliche Caloriten schon wieder fest unter ihrer Herrschaft. Was ist mir bekannt? Die Caloriten haben sich in einer Caldera am Südpol der Venus eingerichtet. In dem vulkanischen Kessel stehen auch die Chlorophyllfabrik und die Steuerzentrale der Caloriten. Das ist nicht eben viel Wissen; und ungesichertes dazu. Vielleicht verstanden Hans und Gunter einiges falsch, als sie meinen Vater *befragten.* Ich werde es besser machen! ... Moment mal, Hans sagte doch, heute abend flögen fünf Dresdner Caloritenerbauer mit. Ich werde mich an sie heranmachen. Es muß jemand auffindbar sein, der einer Thermodynamikerin erklärt, wie caloritische Automaten innen aufgebaut sind, woher sie ihre Freude am Risiko und ihr Durchstehvermögen nehmen. Ich werde meine Landung auf der Venus so gut wie möglich vorbereiten. Ich werde dem Kapitän der KEPLER keine ruhige Minute gönnen mit meinen bohrenden Fragen. Warum ließen Vater und der Kapitän Kristine allein auf der Venus zurück?

Endlich stehe ich auf und trete vor den Spiegel, der in die Schranktür eingelassen ist. „Rita, du bist dick geworden." Ich sollte noch weniger essen. Hans gefallen mein Hintern und besonders meine straffen Brüste. *Läßt du dir dein Haar färben?* fragte Hans vorige Woche einfältig, als er darin wühlte. Mein Haar ist noch so blond wie vor über zwanzig Jahren. Mein Gesicht ist immer noch glatt. Nur um die Augen herum, die Fältchen müßten weg. Ich belüge mich. Vor reichlich zwanzig Jahren war mein Gesicht viel schöner!

Was ziehe ich nun an? Das Blaßblaue oder das Weiße? Ich suche den Schrank durch, stütze den Kopf in die Hand. Weiß sieht aus wie Krankenschwester. Ich wähle das Blaue, kämme mein weiches blondes Haar. Wie wohltuend! Der Brechreiz ist fort.

VON BLUOMENBACH BIS NACH LEIPZIG benötigt man mit dem Automobil eine halbe Stunde. Ich hätte Vater doch persönlich abholen sollen. Hans hat geschauspielert: *Dein Vater sieht wieder ganz gut aus.* Stimmt überhaupt nicht. Vaters Gesicht ist verbrannt. Es ist nicht mehr Vaters liebes Gesicht, in das ich schaue. Aber es ist Vaters Körper, der vor mir liegt auf dem Bett in der Kleinen Stube. Vater hat überall Verbrennungen: auf der Brust, an Händen und Oberarmen. Der Rücken soll auch verbrannt sein. Vaters Haar fällt aus.

Ganz sachliche Fragen an Vater hatte ich mir zurechtgelegt. Nun sind sie alle fort. Lauter abseitige Gedanken rauschen durch meinen Kopf; dumme Gedanken, die mich keinen Millimeter voranbringen werden: Vater soll wieder sein lockeres feines braungelocktes Haar wachsen. Ab heute wird Vater kein einziges künstliches Organ mehr eingesetzt werden. Ich werde Vater vor jeder neuen Operation behüten.

In einer Hinsicht sprach Hans die Wahrheit. Vater kann wirklich nicht mehr reden. Seine Sprechwerkzeuge sind auf der Venus zerstört worden. Vater soll taub gewesen sein, als er vor einer Woche landete. Gunter ließ Vaters Gehör mit Hilfe einer Prothese in Ordnung bringen. Seltsam – Vater, in seinem miserablen Gesundheitszustand, wurde nach so kurzem Aufenthalt aus dem Krankenhaus entlassen. Mir schießt das Blut in den Kopf. Ich glühe. Ist Vater für die Ärzte ein hoffnungsloser Fall? Muß er sterben? Oder will mein Vater nicht mehr leben? Hans erzählte mir auch, wie Gunter die eilige Entlassung nach Hause durchgesetzt hat. Jetzt dämmert's! Meine Riemann-Kugel! Dahinter steckt Gunter. Er verschaffte mir mit seinen weitreichenden Verbindungen den gestrigen Operationstermin. Gunter steht seitlich hinter mir am Fenster. Im Augenblick möchte ich mich nicht mit ihm anlegen. Mir geht es um meinen Vater. Ich muß ihn nur ansprechen, auch wenn es mir wieder im Halse würgt. Sei tapfer, Rita! Vater trägt eine Riemann-Kugel. Sonst kenne ich nur noch drei Kugelträger: Martin, Kristine und Gunter. Martin ist Kristines Mann und wohnt zwanzig Kilometer von hier entfernt. Nein, ich *kenne* Martin nicht mehr, jedoch kannte ich ihn einmal. Warum verließ ich ihn nur? Schon früher bin ich ein schlechter Mensch gewesen.

Vater trägt die externe Wulst um die nackte Stirn; zur Verstärkung der Signale aus seiner Riemann-Kugel. Einer der Mediziner um Vater setzt mir eine ebensolche Gummikrone auf den Kopf. Ich lasse das widerspruchslos geschehen. Wie soll ich auch sonst mit Vater ins Gespräch kommen?